当　代　社　科　研　究　文　库

问学鸿爪拾碎

宋恪震◎著

中国言实出版社

图书在版编目（CIP）数据

问学鸿爪拾碎 / 宋恪震著. -- 北京：中国言实出版社，2014.5

ISBN 978-7-5171-0523-7

Ⅰ.①问… Ⅱ.①宋… Ⅲ.①中国文学—古典文学研究—文集 Ⅳ.①I206.2-53

中国版本图书馆 CIP 数据核字（2014）第 067444 号

责任编辑： 李　生

出版发行 中国言实出版社

地　址：北京市朝阳区北苑路 180 号加利大厦 5 号楼 105 室

邮　编：100101

编辑部：北京市西城区百万庄大街甲 16 号五层

邮　编：100037

电　话：64924853（总编室）64924716（发行部）

网　址：www.zgyscbs.cn

E-mail：zgyscbs@263.net

经　　销 新华书店

印　　刷 北京天正元印务有限公司

版　　次 2014 年 8 月第 1 版　2014 年 8 月第 1 次印刷

规　　格 710 毫米×1000 毫米　1/16　19 印张

字　　数 331 千字

定　　价 57.00 元　　ISBN 978-7-5171-0523-7

自 序

收进这本小书的是我上世纪八十年代以来，根据从事中国古代文学教学与研究中的点滴心得体会，陆续写出并发表过的二十四篇论文。为便于寻觅自己在治学道路上迤逦前行的足迹，特不问每篇内容如何而率依发表时间先后为序编排，因定其书名曰《问学鸿爪拾碎》。另有关于唐诗具体篇章的解读鉴赏文章四十三篇，已于二〇〇六年汇集成书，定其名曰《唐诗名篇精赏》（增订版）单行出版；关于唐宋词具体篇章的解读鉴赏文章四十余篇，现正进行加工整理，拟定其书名曰《唐宋词名篇精赏》，而作为《唐诗名篇精赏》的姊妹编，也希望能早日问世，以飨读者。

我古代文学教学与研究的主攻方向是魏晋南北朝及隋唐五代文学，故平时所写文章大抵限于这一范围之内；但因某种需要也间有上探下延而越出此界域者，如《诗经体议析》一文即属先秦范围，《关于读〈唐宋词选〉》一文则已涉及两宋内容。

又，这次在汇集诸文成书的过程中，出于把事情做得更好一些的考虑，曾对原发表时出现的错字尽量加以纠正，对篇中某些文句作了适当润饰，对个别篇题作了必要改动。

自知才疏学浅，本书所收文章何敢自信都有多重的学术分量，但“葑菲不弃，敝帚自珍”，还是决心把它们结集出版。倘能获方家认定其中尚有某些一得之见、可资参考的价值，也就自感十分欣慰了。

是为序。

二〇〇九年六月六日于郑州

增订版弁言

此次增订，除对所发现的原收文章中的个别错字加以订正外，又加收近四年来陆续写成并发表过的论文七篇，仍依原书成例，按时间先后排列，续接于原收文章之后。

此次增订告竣时，适值我八秩生辰，故又添一层纪念自己年齿已入耄耋之期的意义，谨录所作《八十初度》小诗一首，以自勉励云。

今生八十不稀奇，要紧光阴勿白驰。
少往读书早成嗜，暮来问学更无疲。
尝欢总在知新后，忘食常为发愤时。
仍拟馀年如老马，扬蹄千里自相期。

作者

二〇一三年十一月五日于西里居

目　录
CONTENTS

形象大于思想的适例

——也谈《长恨歌》的主题思想

关于白居易《长恨歌》的主题思想，历来众说纷纭；时至今日，仍是白居易研究中的热门课题之一。前一时期，笔者较集中地览读了这方面的讨论文章，在颇受启发之余，感到这一讨论尚有继续深入的空间。因此，不揣浅陋，也谈谈个人看法，以就教于海内方家。

一

笔者认为，对白居易《长恨歌》主题思想的认识之所以会发生分歧，很大程度上是由于论者们对文学作品的主题思想这一概念的理解和运用事实上并不相同所造成的。大家的理解不同，据以观察和分析问题的角度互异，所得结论自然也就不可能一样。有鉴于此，笔者感到，为使这一讨论严格遵循“同一律”的要求进行，以利早日求得问题的圆满解决，首先限定文学作品的主题思想这一概念的具体内涵和适用范围，就不无必要了。

那么，究竟什么是文学作品的主题思想呢？笔者认为，正确的理解，应该是指作家通过作品的艺术描写所要暗示给读者的某种观点和态度，换言之，亦即通常所说的体现于作品中的作者的创作意图①。因此，在讨论中，只有在这

---

① 笔者感到，目前文学理论界存在着一种将主题思想这一概念的使用范围不适当地扩大的倾向。例如冉欲达、李承烈等同志编著的《文艺学概论》说：“我们把作家在一定的阶级立场上，在一定的世界观的指导下，对于他所选择和描绘的社会生活现象的认识和评价以及读者可能得出的结论，叫做作品的主题或主题思想”。这个定义，把“读者可能得出的结论”也一并纳入主题思想的范围，显然是把这一概念扩大为作品可能具备的全部思想意义了。笔者认为此说值得商榷。

个意义上使用主题思想的概念方可被认作是适宜的；凡是超出了这个意义的，一概不得以主题思想目之。

当然，不以主题思想目之并非就可以弃置不顾了。笔者的意思只是在强调：作品的主题思想与作品的思想意义并不能构成恒等式，从而，在对作品进行思想分析的时候，切不可将诸多因素一概纳入主题思想的范围，而应当加以细心的区别，判定什么是它的主题思想，什么是主题思想以外的因素，以期对作品作出恰当的思想估价。

为了说明这个意思，不妨援引马克思说过的一段话："对一个著作家来说，把某个作者实际上提供的东西和只是他自认为提供的东西区分开来，是十分必要的。这甚至对哲学体系也是适用的：例如，斯宾诺莎认为是自己体系基石的东西，和实际上构成这种基石的东西完全不同。"（马克思：《致马·马·柯瓦列夫斯基》，《马克思恩格斯全集》第34卷，第343页）显而易见，这种"把某个作者实际上提供的东西和只是他自认为提供的东西区分开来"的做法，既然"甚至对"以直接表述思想的方式构筑起来的"哲学体系也是适用的"，那么，对以艺术形象反映社会生活的文学作品，无疑就更不可少了。

在对文学作品进行思想分析的时候，有一种误解是应当消除的，就是认为唯独归纳和把握作品的主题思想是重要的，此外就都无关宏旨。不错，在对文学作品进行思想分析的时候，是应当首先努力做到对作品主题思想的准确归纳和把握，因为从理论上说，一篇（部）文学作品的主题思想，应当就是该篇（部）作品思想意义的集结点，准确地归纳和把握了作品的主题思想，也就等于正确地理解和估价了作品的思想意义。但是，从创作实践看，一篇（部）作品、尤其是古代作品的思想意义的构成往往是复杂的，所谓"形象大于思想"，也就是作品所显示的客观意义，溢出了作家通过作品所要体现的主观意图的现象并非罕见。高尔基说："在每个俄国作家的作品里，你都可以发现那些超出他的倾向范围而且本质上与之相矛盾的过剩题材和多余思想。"又说："甚至在西欧作家，如狄更斯、巴尔扎克、左拉等辈那里，也可以发现这种矛盾。"（《俄国文学史》，新文艺出版社1958年版，第6页）正是指这种情况。同样，对我国古代作家作品只要稍加留心，也会找出很多这样的例证。情形既然如此普遍，当然不可等闲视之，此其一。还应看到，作品的思想意义那溢出了作者的创作意图的部分，有时还会成为人们评论整个作品思想价值的主要依据，因此，对这一情况就更不能不给予足够重视，此其二。明此二端，误解庶可消除。

总之，在对一篇（部）作品进行思想分析的时候，应当做到两点：第一，严格区分什么是这一作品的主题思想（即作者的创作意图），什么是主题思想以外的因素（即作品的思想意义溢出了作者创作意图的部分）；第二，全面估价作品的思想意义，既对作品的主题思想作出恰当的分析，又对作品的主题思想以外的部分作出合理的解释。在笔者看来，唯其如此，才是正确的做法。

基于上述认识，现对白居易的《长恨歌》试作如下具体的思想分析。

二

白居易的《长恨歌》写的是唐玄宗和杨贵妃悲欢离合的故事。

关于这首诗的主题思想（也就是作者的创作意图），《长恨歌传》的作者陈鸿曾经表示过这样的意见："意者不但感其事，亦欲惩尤物，窒乱阶，垂于将来也。"（《长恨歌传》）按照笔者的理解，"感其事"，是说对唐玄宗和杨贵妃的悲欢离合的遭遇有所感慨或感叹①，"欲惩尤物，窒乱阶，垂于将来"，是说想把唐玄宗的重色误国作为历史教训流传后世。这里，实际上是表述了呈现着递进关系的两层意思：有所感慨或感叹还不过是一种务虚之举，它只能充当引出历史教训的思想感情基础；引出历史教训则是有所感慨或感叹的理智上的升华，才把问题落到实处。也就是说，在陈鸿看来，白居易《长恨歌》的创作意图，归根到底，是为了总结历史教训，引为鉴戒的。

陈鸿的这个意见，在某些论者看来不算高明，但笔者认为，无论如何，也否定不了它的权威性，应该受到人们的高度重视。请看陈鸿在他的《长恨歌传》中说过的一段话："元和元年（806）冬十二月，太原白乐天自校书郎尉于周至，鸿与琅琊王质夫家于是邑，暇日相携游仙游寺，话及此事，相与感叹。质夫举酒于乐天前曰：'夫希代之事，非遇出世之才润色之，则与时消没，不闻于世。乐天深于诗，多于情者也，试为歌之，如何？'乐天因为《长恨歌》……歌既成，使鸿传焉。"

---

① 王运熙先生在他的《〈长恨歌〉内容的构成》（见先生所著《汉魏六朝唐代文学论丛》一书，上海古籍出版社 1981 年版）一文中曾把"感其事"理解成"就是为两人的悲剧所感动，因而赋予同情"。窃以为恐与陈鸿原意未符。这里的"感其事"的"感"，实为"感慨"或"感叹"之意，这可由陈鸿在同段话中所说"话及此事，相与感叹"得到证明。"感慨"或"感叹"与"感动"虽只一字之差，但其含义殊异，会直接影响到对《长恨歌》主题思想的分析和认识，故不可不辨。

这段话向我们透露了重要的消息：第一，陈鸿是白居易创作《长恨歌》的当事人之一，他对创作这首诗的前前后后无疑是最得底细的一个。他不仅亲与白居易、王质夫等同游仙游寺，“话及此事，相与感叹”，而且亲闻王质夫邀请白居易创作《长恨歌》：可以说他掌握着有关《长恨歌》的创作的第一手材料。这一情况表明，陈鸿对于《长恨歌》的创作意图的说明，就决不是一般的臆测，而定然是对其实情的披露；第二，陈鸿还是应白居易之约为《长恨歌》作传的人。这一情况进一步表明，他在《长恨歌传》中对于《长恨歌》创作意图的说明，更不仅是一种个人意见，而且还带有为《长恨歌》作者发声明的性质。

当然，陈鸿的意见之所以应当引起人们的高度重视，根本理由在于：这一意见是符合白居易的创作本意的。细读全诗，不难发现，作者确实在极力要把唐玄宗和杨贵妃的悲欢离合的际遇写成一个具有惩戒意义的故事。需要补充说明的只是，作者通过作品的艺术形象所要展示的历史教训，除了陈鸿已经指明的重色误国之外，还应当包含重色害身的内容。

为了体现这样的创作意图，我们可以清楚地看到：

全诗是循着“乐极生悲”的情节发展线索结构布局的。这样，诗的内容就十分清晰地呈现为前后两大部分。从开头到“尽日君王看不足”，是前一部分，写安史之乱以前唐玄宗和杨贵妃的淫乐生活；从“渔阳鼙鼓动起来”到篇末，是后一部分，写二人的淫乐生活所招致的可悲后果。

在诗的前一部分，作者首先紧紧抓住“重色”这一特点，成功地塑造了唐玄宗的形象。

“汉皇重色思倾国，御宇多年求不得”。诗一开篇就给唐玄宗这个人物定下“重色”的性格基调。原来，在杨贵妃被选入宫以前，他就因为“重色”而“求”“倾国”已经“多年”。“后宫佳丽三千人”，正是他多年搜求的结果和证据。不难理解，“佳丽三千”是经过精心挑选的，自然都不会是相貌寻常的女子。但在他眼里仍无一人够得上“倾国”之“色”，所以还在继续地“求”。他不仅求诸外（有“密采艳色者”，当时号为“花鸟使”，专司此事）；还要求诸内（就连皇亲国戚也不放过）。就这样，他不择手段地求啊求，终于求到了杨贵妃。杨贵妃一到手，更刺激了他的“色”欲，使他神魂颠倒，不能自已。于是，他就“春宵苦短日高起”，“从此”再也“不早朝”，“缓歌慢舞凝丝竹”，“尽日”看也“看不足”，完全沉溺于歌舞声色之中。作品通过这样的描写而展现于人们面前的大唐皇帝李隆基，已经不是早年那个励精图治的圣君，而是一个不折不扣的色鬼了。

为了更好地塑造唐玄宗这个色鬼的形象，作者又着力渲染了“恃色”邀宠的杨贵妃。“回眸一笑百媚生”，“侍儿扶起娇无力”，“春从春游夜专夜”，“金屋妆成娇侍夜，玉楼宴罢醉和春”，这一连串铺张而又细腻的描述，并不单是写她具有怎样得天独厚的自然美“色”，更重要的是写她如何不放过任何一个可以利用的机会，向唐玄宗卖弄风情，“恃色”邀宠的。

当然，这样写杨贵妃的“恃色”，终归是为了进一步表现唐玄宗的“重色”，仅只因为“重”杨贵妃的“色”，竟可以让她“姊妹兄弟皆列土”，个个都飞黄腾达起来。由此不难想见，因为唐玄宗个人生活上的糜烂而造成的国家政治上的腐败，已经达到何等严重的地步。进而不难推知，大唐帝国的厄难是必至无疑了。

总之，在诗的前一部分，作者从写唐玄宗的“重色”带出杨贵妃的“恃色”，反转来再以杨贵妃的“恃色”强化唐玄宗的“重色”，这样的艺术构思是成功的。正是通过这样的艺术构思，塑造了唐玄宗这个性格鲜明的人物形象，体现着作者预定的“惩尤物，窒乱阶，垂于将来”的创作意图。

在诗的后一部分，作者主观上仍是沿着前一部分的构思，竭力要把唐玄宗写成一个因重色而受到惩罚，虽受到惩罚而仍不觉悟，因不觉悟而最后酿成绵绵无绝期的长恨的人物形象的。

诗中关于安史之乱的描写虽只两句，却极有分量。“渔阳鼙鼓动地来，惊破霓裳羽衣曲。”这样把“渔阳鼙鼓”与“霓裳羽衣曲”联系起来，就十分明确地显示了唐玄宗与杨贵妃的淫乐生活是导致安史之乱爆发的原因，体现着“重色误国”的诗旨。

诗中关于马嵬兵变杨贵妃之死的描写也成功地体现着惩戒的意义。根据史料记载，马嵬兵变的起因，就是要杀酿成安史之乱，导致潼关失守、京城陷落的罪魁祸首杨国忠及其“同恶”诸杨一伙的。不过平心而论，真正的罪魁祸首，恐怕倒应当是唐玄宗。对于这一点，当时的正史是不敢正视的。那些写正史的封建文人，不惜掩盖兵变的真相，为唐玄宗开脱罪责，把他美化为迷途知返的圣君，说什么“明皇鉴殷夏之败，畏天悔过，赐妃子死”，他竟有那样高的“觉悟”！而诗人白居易的杰出处恰恰在于，他不避嫌，坚持了文学创作的现实主义，通过诗中的具体描写，如实地揭示了此时的唐玄宗早已不是励精图治的圣君，而成了一个沉溺于女色的昏庸之辈。是他宠幸杨贵妃，并因裙带关系而重用和纵容以杨国忠为代表的杨氏外戚，终于招致安史之乱的爆发，把一个好端端的大唐帝国弄得七零八落，使广大人民蒙受深重的痛苦和灾难，就是到安史叛军攻破京城长安，逼得他仓皇出逃的路上，面临“六军不发”，实行兵谏的严重关头，他也并未“悔过”，而只是在“无奈何”之下才赐他所宠爱的妃子一死。“君王掩面救不得，回看血泪相和流”，这样的诗句，不正把他当时那种实在不忍心眼睁睁看着杨贵妃去死，而又不得不亲自下令让杨贵妃去死，万般无奈而又极其悲痛的复杂心理和盘托出了吗！这样，诗中的描写就产生了如下的效果：读者在读到前一部分唐玄宗专宠杨贵妃的描写的时候，并不会去欣赏他们之间的所谓“恩爱”之情；而在读到这后一部分杨贵妃被迫而死，唐玄宗无限悲伤的描写的时候，也不至于对“不发”的“六军”产生不满情绪。这，也是这首长诗难能可贵的成功之处。

诗中关于唐玄宗失去杨贵妃之后与日俱增、有加无已的长恨的描写，是诗的后一部分的重点。不错，这里的描写确是淋漓尽致地表现了唐玄宗失去杨贵妃之后刻骨相思的苦情，但请千万不要误认为这是作者有意识地写他对杨贵妃深挚的爱情的，不，决不是的。在作者看来，杨贵妃生前，二人的淫乐生活，固然是唐玄宗重色的突出表现；杨贵妃死后，唐玄宗的刻骨相思，就更是他重色的恶性发展。人生色在，重色实有对象，当然可供淫乐；人死色亡，重色已无依托，可就空余重色之“情”，人死不能复生，色亡无由再现，而重色之“情”却与日俱增，历久弥深，于是，也就害得他不能不陷入“绵绵无绝期”的“长恨”。大致说来，“重色害身”，正是作者通过这些描写所要展示的思想意义。

诗末关于死后成仙的杨贵妃怀念唐玄宗的一段描写，也是作者的精心结撰。不错，这里的描写，是突出地强调了她死后成仙却仍对唐玄宗不能忘怀的深意，但请千万不要误认为这是作者有意识地写她对唐玄宗的坚贞的爱情的，不，决不是的。在作者看来，杨贵妃生前，“回眸一笑百媚生”、“侍儿扶起娇无力”等一系列表现，固然是她向唐玄宗邀宠的得意手段；杨贵妃死后，对唐玄宗仍不能忘怀，也还是她希望继续向唐玄宗邀宠的心理反映。人生色在，邀宠拥有资本，当然尽可卖弄；人死色亡，邀宠已无仰仗，可就空余邀宠之“意”；人死不能复生，色亡无由再具，而邀宠之“意”却冥藏于怀，仙凡弗禁；于是，也就使她同样不能不陷入“绵绵无绝期”的“长恨”。大致说来，“邀宠必顽”，则是作者通过这些描写所要展示的思想意义。

作者的这种思想，在他稍后一些时候所创作的新乐府《李夫人》一诗中曾有直接的表述。作者自注该诗的主旨是：“鉴嬖惑也”。诗中有句云：“又不见泰陵一掬泪，马嵬坡下念杨妃？纵令妍姿艳质化为土，此恨常在无销期。生亦惑，死亦惑，尤物惑人忘不得”。

这些，都清楚地表明，在白居易看来，唐玄宗对杨贵妃刻骨相思的苦情，无非是他“惑”于“尤物”的色情，而不是什么真正的爱情；并且，他一经跌入“惑”于“尤物”的深渊，也就永无自拔之日，只落得“生亦惑，死亦惑”，“纵令妍姿艳质化为土，此恨常在无销期”了。至于杨贵妃死后对唐玄宗仍不能忘怀的情意，也无非出于“尤物惑人”的本性，而不是什么真正的爱情；正因为是本性决定，才不由她不对唐玄宗“生亦惑，死亦惑”的。

不错，作者在描写唐玄宗对杨贵妃刻骨相思的苦情的时候，是深致同情与叹惋的，但也请千万不要误认为这就是对他们爱情悲剧的同情与叹惋，不，决不是的。在作者看来，唐玄宗重色误国害身，是应当受到讽刺与批判的，却又是值得同情与叹惋的：同情他因重色而招致误国害身的不幸遭遇，叹惋他因重色而招致误国害身之后竟始终执迷不悟。

作者的这种态度，在《李夫人》一诗中也有较为明显的流露。如该诗的结句是：“人非木石皆有情，不如不遇倾城色。”

这是说，人皆有“情”，“遇色”难免受“惑”；欲免受“惑”，“不如不遇”。也就是，在白居易看来，唐玄宗当初的“重色”而“求”，这自然是他的过错；但求而既“遇”杨贵妃的“倾城色”之后，他就转到了无可奈何的被动地位，欲免受“惑”而殊难了。这，又是他的莫大不幸，实在可悲可叹。

从以上分析可知，白居易为《长恨歌》规定的主题思想（也就是创作意图），确实是为了总结唐玄宗重色误国害身的历史教训，引以为戒的；而这一主题思想，又确实是贯穿于全诗的始终，从而像一条红线，将全诗前后两大部分紧密地联结在一起，使之成为一个有机的艺术整体的。

三

但是，在客观效果上，当读到作品对唐玄宗与杨贵妃生离死别以后的描写的时候，人们毕竟十分自然地会产生是写爱情的印象。这也难怪。因为诗中对唐玄宗与杨贵妃生离死别以后的描写，与前面的描写的确有了不同。如前所述，按照作者的构思，诗的前一部分是集中描写唐玄宗的重色与杨贵妃的恃色，诗的后一部分则是侧重表现唐玄宗失去杨贵妃之后的重色之“情”以及杨贵妃赐死色亡之后而继续怀有的邀宠之“意”。于是，撇开了“色”而专写“情”和

"意"，这一描写上的侧重点的转移，在客观上就很容易造成如下效果：在诗的前一部分本为色鬼的唐玄宗，在诗的后一部分却俨然成为一个"情种"；在诗的前一部分恃色邀宠的杨贵妃，在诗的后一部分也俨然成为一个专于爱情的"贞女"。从而，他们二人生离死别的长恨，也就明显地带上了一对痴情恋人虽生死相思，却永无见期的爱情悲剧的色彩。结果，作者主观意图上所要惩戒的东西，也就恰恰变成了诗歌实际描写中所要歌颂的东西了。

这，实在是作者始料所未及的。这，也正是"形象大于思想"的适例。

对于这种创作上事与愿违的矛盾现象，看来白居易到后来是有觉察的。

白居易对《长恨歌》原本是很重视的。如他在《编集拙诗成一十五卷，因题卷末，戏赠元九、李二十》一诗起首就说："一篇《长恨》有风情，十首《秦吟》近正声。"这是把《长恨歌》与《秦中吟》摆在了同等重要的地位。

正像霍松林先生所已经指出的，这里把"风情"与"正声"对举，可知"风情"当指风人之情①。《毛诗序》云："上以风化下，下以风刺上，主文而谲谏，言之者无罪，闻之者足以戒，故曰风……国史明乎得失之迹，伤人伦之废，哀刑政之苛，吟咏情性，以风其上，达于事变而怀其旧俗者也。故变风发乎情，止乎礼义。"这就是"风情"的含义。显然是，白居易之所以看重《长恨歌》，正因为它具有"风人之情"的缘故。

然而，诗歌既成之后，读者却似乎并未领会作品中的"风人之请"，倒把它作为一首哀感顽艳的爱情诗广泛传诵。这，不能不使作者深表遗憾。无怪乎他要在《与元九书》中发出"今仆之诗，人所爱者，悉不过'杂律诗'，与《长恨歌》以下耳；时之所重，仆之所轻"的慨叹。

笔者认为，在《长恨歌》的创作中之所以会出现这种事与愿违（亦即形象大于思想）的情况，除了上述与诗的后一部分在描写上的侧重点有所转移有关之外，还有以下两点不可忽视：

第一，这与白居易对唐玄宗和杨贵妃的矛盾态度有关。白居易一方面对唐玄宗后期的荒淫生活，也就是史家们所说的"天宝夺明"非常不满，对杨氏兄妹的弄权乱政，更是深恶痛绝；但另一方面，又对唐玄宗早年的励精图治十分景仰，对他晚年因生活上的堕落而招致的政治上的失败深感惋惜，并且对杨贵妃的被缢而死，事实上充当了政治上的牺牲品寄予同情。这种态度反映到诗里，

---

① 见霍松林先生所著《唐宋诗文鉴赏举隅》一书所收《一篇"长恨"有风情——说白居易〈长恨歌〉》一文。

也就表现为对诗中主人公既有讽刺和批判，又有同情与叹惋，前面的描写主要是基于理智的讽刺与批判，后面的描写则更多地掺进了感情上的同情与叹惋的矛盾现象。这一矛盾现象，也正是诗的后面的描写之所以往往会引起读者的欣赏兴趣，却不易启迪读者的批判意识的根本原因。

第二，这也与诗的题材的来源有关。描写唐玄宗和杨贵妃悲欢离合的故事，这并不是白居易的创造，而早就在民间流传了。这可以从前引陈鸿介绍《长恨歌》的创作缘起时所说“话及此事”的文句得到证明①。不难理解，在这一故事长期流传的过程中，人民并不是按照封建帝妃原有的关系，而是按照自己的爱情理想进行了艺术上的加工改造，结果，这个故事就具有普通人的爱情悲剧的品格。白居易不过是因“感其事”而写成了诗歌，在原来民间传说的基础上进行了艺术上的再加工而已。应当承认，从客观上看，作为一个普通的爱情悲剧，白居易的再加工是太成功了，经过他的再加工，这个故事更加优美动人，因而也就得到更为广泛的流传，赢得历代人们的普遍喜爱。

不过，问题也就出在这里。民间流传的李杨故事本已成为一支普通人的爱情颂歌，而白居易硬要把它“还原”为封建帝妃的悲欢离合的际遇，用以表现自己的“惩尤物，窒乱阶，垂于将来”的创作意图。这就不能不形成诗的思想内容的复杂化：诗本来是以喜剧开头的，可结果却不得不以悲剧告终；作者主观上原是要进行政治讽刺与批判的，可诗歌写到后来却在客观上变成了对于爱情的赞美与歌颂。

从以上分析可知，这首诗的客观意义又确实溢出了作者的创作意图。从客观效果看，说它是一支爱情的颂歌也是不无理由的。

四

根据以上认识和分析，现在可以对目前学术界存在的关于《长恨歌》主题思想的几种有代表性的意见表示一下个人看法，作为这篇文章的结束语。笔者认为：

从归纳和把握《长恨歌》的主题思想（亦即作者的创作意图）的角度看，“讽谕说”（或“惩戒说”）无疑是正确的，理由已如上述。此说的不足之处在

① 关于这一点，王运熙先生在他的《〈长恨歌〉内容的构成》（出处见前注）一文中有较精详的说明，令人信服，可参读。

于，未能在归纳和把握主题思想的同时，对溢出主题思想的部分给予应有的重视和作出合理的解释；

从重视《长恨歌》的客观效果（亦即作品的思想意义溢出了作者的创作意图的部分）的角度看，"爱情说"是有一定道理的，理由已如上述。此说的不恰当处在于，过分地强调作品的客观效果而事实上无视了作者的创作意图，从而未能正确地归纳和把握诗歌的主题思想；

从全面估计《长恨歌》的思想意义的角度看，"双重主题说"也不无参考价值，理由是它事实上触及了作者的创作意图和作品的客观效果两个方面，而如前面所分析的，《长恨歌》的思想意义也的确存在着这样两个方面。但归根结底，此说毕竟似是而非，因为它混淆了作品的主题思想（即作者的创作意图）与主题思想以外的因素（即作品的思想意义溢出了作者创作意图的部分）之间的界限，从而也就无法对作品作出具体的切合实际的思想分析。

综观以上三说，虽各有其观察问题的角度，各有其立论的根据，却都存在着弱点或缺陷，因而很难说服对手，取得辩论的胜利。

在笔者看来，对于像白居易《长恨歌》这样思想意义宏富复杂的作品进行思想分析，只有首先准确归纳和把握其主题思想，同时注意指出并合理解释其主题思想以外的因素，才有希望得出理想的结论。

一九八五年元月廿日初稿
一九八五年十一月十日改定
原载《郑州大学学报》1986 年 2 期

国内唐代散文与小说研究近况

据笔者粗略统计，自一九七七年到一九八五年九年间，国内在唐代散文研究方面，发表论文近四百篇，出版专书二十四种；在唐代小说研究方面，发表论文四十余篇，出版专书十三种。这些论文和专书，内容涉及评论、赏析、质疑、探源、辨伪、钩沉、集释、选注、考证、校点、版本、传记、年谱、索引等各个方面，其中有一些达到了较高的学术水平。

在研究工作普遍开展的基础上，学术交流也比较活跃。一九八一年十月在湖南零陵举行的柳宗元学术讨论会以及一九八二年五月和一九八四年九月先后在西安和兰州举行的第一、第二届全国唐代文学学术讨论会，出席专家、学者和大专院校教师共四百余人，提交论文近二百篇，堪称唐代散文和小说研究史上规模空前的盛举。在第一届全国唐代文学学术讨论会上，还成立了唐代文学学会。由学会主办的《唐代文学论丛》现已出版六期，《唐代文学研究年鉴》现已出版八三年号和八四年号。适应着研究工作的蓬勃开展，陕西人民出版社组编的《唐代文学研究丛书》，也已陆续出版发行。

综观九年来这两方面的研究情况，可以明显看出如下一些特点：

一、研究范围在不断扩大

在散文研究方面，这首先表现在一些中、小作家及其作品，开始引起了研究者的注意，而被陆续提到研究日程。如对晚唐散文作家及其作品，鲁迅早在三十年代就给予过高度评价，指出："唐末诗风衰落，而小品文放了光辉。但罗稳的《谗书》几乎全部都是抗争和愤激之谈；皮日休和陆龟蒙自以为隐士，别人也称之为隐士，而看他们在《皮子文薮》和《笠泽丛书》中的小品文，并没有忘记天下，正是一塌糊涂的泥塘里的光彩和锋芒"（《鲁迅全集》卷四，四四一页至四四二页）。但是，在鲁迅之后，有关这一方面的研究却一直非常冷落。建国前不必说，就是建国后也很少有人对这“放了光辉”的晚唐散文作家及其作品加以应有的注意。“文革”前出版的几部有代表性的文学史著作，如中国科学院文学研究所编写的三卷本《中国文学史》根本未开设有关晚唐散文的章节，在不得不论及上述几位散文成就比较突出的晚唐作家及其作品的时候，只好放在《晚唐诗人》一节里捎带而过；再如游国恩等主编的四卷本《中国文学史》对这方面的论述虽有所改进，但也均不以其散文名家，实际上仍未给晚唐散文作家作品以应有的席位。这种状况，反映了国内唐代散文研究中长期存在的一个薄弱环节。近年来，情况有了变化，萧涤非重新校点的《皮子文薮》一书的出版以及邓魁英等有关罗隐的《谗书》研究论文的发表，打破了多年来这方面研究的沉寂空气，标志是一些研究者已经开始把视野扩展到晚唐散文作家及作品上来；而一九八〇年出版的六省市十一院校合编本《中国文学简史》中《晚唐小品文》专节的开辟，一九八四年出版的孙昌武所著《唐代古文运动通论》中《古文运动在晚唐的延续》专章的确立，以及同年出版的刘国盈所著《唐代古文运动论稿》中有关中晚唐散文作家专题的设置，则比较集中地显示了这方面研究不断取得的新的进展。

其次，还表现在历来蜚声诗坛的一些名家的散文成就，也开始吸引了研究者们的关注。如李白、杜甫、白居易、刘禹锡等本都是诗、文兼善的大家，但在过去却常被扬其诗名而隐其文名，他们的散文成就常被研究者们所忽视。近年来，一些研究者开始注意纠正这一偏颇，有关他们散文的论著逐渐增多起来。裴伟华的《试论李白散文的艺术性》、刘开扬的《杜文管窥》、《杜文管窥续编》（一）（二）等论文的陆续发表，和顾学颉校点的统括了诗、文在内的《白居易集》的出版，就是鲜明的例证。

在小说研究方面，主要表现为一些研究者已在扩大研究的视野。近年来，除出现一些涉及范围较广的单篇论文之外，王汝涛等选编的《太平广记选》的出版，当是一个引人注目的标志。该书选编者认为，“《太平广记》中收录的唐人小说，除由鲁迅先生、汪辟疆先生已选的之外，佼佼者还大有文在，研究唐代小说，如果忽视了这部唐代小说总集，就难免有以偏概全之嫌了。”有鉴于此，所以“在《太平广记》中择取唐代作品（有少数五代作品）堪称为小说，而未蒙二先生选入者，成此一书，意在作为二书之补充，再提供一些小说资料”。的确，这部书对全本《太平广记》而言，它自是一个选本；但对唐人小说而言，则毋宁把它看成鲁迅《唐宋传奇集》和汪辟疆《唐人小说》的续编。该书共选入作品二百八十篇（其中包括选编者从其他典籍中钩稽出来的十六篇）。尽管入选作品是否全都恰当尚容商酌，仅从在鲁迅、汪辟疆所选八十五篇范围之外又增补出近三百篇这个可观的数字，毕竟不难窥得唐代小说该有怎样宏大的规模。人们不能否认，该书的问世，开阔了研究的眼界，显示了唐代小说研究范围上的一个很有意义的突破。

二、研究深度正逐步推进

在散文研究方面，这主要表现在对一些名家名篇的研究不断取得新的进展和突破。如在韩愈、柳宗元散文研究方面，过去九年间共发研究论文近二百篇，几占九年间所发唐代散文研究论文总篇数的二分之一；共出专书十一种，竟为九年间所出唐代散文研究专书总种数的三分之二强。这个比例数字，清楚地显示了研究者们对这两位大家的重视程度之高和投放精力之大。而这些论文和专著，又相当集中地从知人论世和作品评析两方面进行了或单人专题或综合比较的研究，其中不乏颇具创见卓识之作。这里应该着重提到的是童第德选注的《韩愈文选》和孙昌武所著的《柳宗元传论》。

《韩愈文选》定稿于一九六二年，一九八〇年六月正式出版。该书的成功之处在于选得准、注得精、说得清，显示了选编者卓越的识力和深厚的功力。如韩愈散文现存三百多篇，本书选入五十四篇，约为韩文总数的六分之一，一些有代表性的优秀作品，可说是几乎无一遗漏地都入选了；同时，还打破了全集分类编排的旧例，而逐篇厘定其作时，重新按年代先后编次，这本身就是一项很有分量的研究成果，而且由于这种编次可以清楚地体现韩愈创作发展的历史脉络，又为进一步的研究奠定了基础。在注释和说明方面，虽然韩愈散文过去注家已有不少，但本书对每条注释和每项说明仍采取十分严肃认真的态度，既注意吸取前人成果，又勇于提出个人创见。一条注释，一项说明，看似小节，但要做到精当而有创获，却也要以全面深入的研究为前提，由微入妙，集腋成裘，同样是功力深厚的一种标志。

《柳宗元传论》也是一部被人誉为“内容赡博，立论清新”的力作。柳宗元是中华人民共和国成立以来最受注目的古典散文作家之一，要继续发掘新问题自有较大难度，但该书能在前人成果的基础上另辟蹊径，提出不少言之成理，持之有故的新颖见解。如在柳宗元的思想渊源及其崇佛等问题的论述上，多能发前人之所未发；并且在总结柳宗元的文学业绩时，又能避开扬柳抑韩或扬韩抑柳问题的纠缠，而对韩、柳二人各自在文学上的得失加以实事求是的分析，从而作出比较公允，令人信服的评价。

在唐代小说研究方面，前面提到的《太平广记选》是一部较有深度的专著。书中所选篇目，固然反映了选编者的识力，而对每篇所作的注释和说明，则更体现出选注者的功力。从这两方面看，对唐代小说研究都具有创新和突破的意义。

三、资料整理已明显加强

在全集的整理方面，出版了《柳宗元集》点校组点校的《柳宗元集》，顾学颉校点的《白居易集》，陈允吉校点的《樊川文集》，萧涤非、郑庆笃重新校点的《皮子文薮》，以及汪绍楹校点的《太平广记》等。这些全集的主要价值在于“全”：它们为全面深入的研究奠定了比较充分可靠的材料基础。

在选集的编选、注释方面，出版了童第德选注的《韩愈文选》、冯中一主编的《唐宋八大家散文选》、王汝涛等选注的《太平广记选》、张友鹤选注的《唐宋传奇选》以及徐士年选注的《唐代小说选》等。这些选注本总的优点是“少而精”，它们本身既是一种研究的成果，同时又为进一步的研究提供了有利的条件。

在作家的年谱、传记方面，出版了卞孝萱编著的《元稹年谱》，王拾遗著的《白居易生活系年》，朱金城编著的《白居易年谱》，缪钺撰写的《杜牧传》和《杜牧年谱》，陈克明著的《韩愈述评》，以及前面提到的孙昌武著的《柳宗元传论》等。这些年谱和传记，辑录了有关作家作品的丰富资料，凝聚着编著者长期研究的成果，有较高的参考价值。而傅璇琮、张忱石、许逸民编撰的《唐五代人物传记材料综合索引》，也为查考唐五代作家的材料提供了极大的方便和广泛的线索。

在前人研究资料的清理方面，出版了吴文治编撰的《韩愈资料汇编》，重印了华文轩编著的《杜甫卷》（上编）等。这种“汇编”，汇集并梳理了历代研究的历史轨迹，成为今后进一步研究各该作家作品可资借鉴的全面而又系统的材料库存。

在唐集版本的研究方面，出版了万曼著的《唐集叙录》。书中共著录了有传本的唐人诗集、文集、诗文合集共一百零八家，作者对这些唐人别集的著者、书名、卷数、成书年代、编辑者、刊刻者、收藏者等各项均按时代先后作了较为详尽的介绍。其间，对于各集的版本源流、编次体例以及该书在唐、宋、元、明、清各朝直至近代的流传、演变（存、佚、阙、未见）等情况考述尤多，功力不小，填补了这方面专著的空白。据悉，正在编写中的《中国大百科全书·中国文学卷》和十四卷本《中国文学史》也都充实了有关版本知识的介绍。所有这些，又从版本学的角度为全面研究的顺利开展提供了方便。

四、研究方法也有所改善

中华人民共和国成立以后，古典文学研究接受了马克思主义理论的指导，成绩是卓著的，但道路也有曲折。在过去长时期中，思想政治路线上的“左”的干扰，尤其“文革”十年“四人帮”的恣意破坏，都给研究工作造成巨大的损伤：仅以政治态度的考核判定作家优劣，单凭思想内容的甄别评价作品好坏等一整套主观、简单、片面的做法，曾使文学遗产的继承陷进狭窄化和贫乏化的困境；再经过“四人帮”伪造的所谓“儒法斗争”公式的杀伐，更把文学遗产的继承拖向民族虚无主义的绝路。近年来，研究方法上的拨乱反正取得了明显的成效。研究者们普遍重视了对马克思主义理论指导下的科学方法的正确掌握和运用，注意防止主观主义的简单化和片面性，力求对历史上的文学现象做出历史的客观的全面的分析和评价。

如关于韩愈评价问题的再讨论，就鲜明地体现了这种精神。不少研究者都强调指出，对韩愈这样情况复杂的历史人物，绝不可“攻其一点，不及其余”。从政治态度上说，既应看到他反对“永贞革新”，又应看到他力主去除弊政与积极参与削平藩镇割据；既应看到他利用诗文宣扬儒家之道，又应看到他对儒家思想也时有突破；既应看到他所提倡的儒道有压制人民的消极作用，又应看到这些也有“尊王攘夷”的积极意义；既应看到他有某些保守、落后的政治观点，又应看到这些政治观点却往往同他文学革新的理论主张和创作实践扭结在一起。所有这些，都应加以全面深入、细致具体的分析研究，切不可简单从事。目前，尽管国内学术界对韩愈的认识和评价仍有分歧，但随着科学方法的正确运用和研究讨论的逐步深入，认识上的渐趋一致和评价上的臻于公允，是完全可以期待的。

再如前面提到的孙昌武著的《柳宗元传论》和童第德选注的《韩愈文选》，之所以能够达到较高的质量，重要原因之一也是注意了科学方法的运用。《柳宗元传论》的主旨在于系统全面地评价柳宗元的创作生涯和文学业绩，但作者并没有孤立地从文学史的角度就文论文，而是把柳宗元这样一个兼文学家、思想家与政治家于一身的特定人物，放到整个唐代政治史、思想史和文学发展史的大背景下进行综合研究，从政治、哲学、文学等各个侧面加以考察剖析，因而写得视野开阔远大，内容宏肆丰满，论述深刻透辟。这种知人论世，注意从社会历史的纵横联系上去把握研究对象的做法，是该书的一大特色，也是写得成功的一个关键。而《韩愈文选》对收入的韩文除每篇注释词语、句意外，均附有简要的分析和说明。这些分析和说明，有两个突出的特点，一是各随其宜，不拘长短。长的可以洋洋千言，条分缕析；短的则仅三言两语，点破要害。二是各有侧重，不拘一格。有的说明时代背景，有的归纳思想内容，有的勾画层次结构，有的点出艺术特色，也有的兼顾两三个方面；而对某些作品的糟粕，也恰如其分地加以指出。这看来似乎属于写作方法问题，但从深一层的意义体会，又何尝不关系着治学之道：透过行文上的繁简取舍的灵活生动的字面，正可以追踪到研究者从实际出发，具体地分析具体问题的研究足迹。

近几年来，国内唐代散文与小说的研究虽然取得了显著成绩，但从整个唐代文学研究的全局看，仍是比较薄弱的方面，比起唐诗的研究来，不能不承认还有很大的差距。

第一，从研究范围说，虽然较过去有所扩大，但面对着唐代散文与小说研究的总任务，怕只好承认还等于刚刚迈出了万里长征的第一步。唐代散文，据有人所作比较精确的统计，《全唐文》以及《唐文拾遗》、《唐文续拾》共收作品两万两千八百九十六篇，共有作者三千五百一十六人，其中与唐诗作者互见者不到七百人，就是说，仅以散文入选的作者即达两千八百人以上。人们有理由认为，这里所统计的，还不能说是唐代散文作家和作品的全部，今后随着研究工作的深入和各种典籍、文物的发现，其数字必然还会有所增加。而目前唐代散文研究中较多涉及的作家不过二三十人，作品不过百篇左右，这比起唐代散文作家作品大得惊人的总数来，就显得太不相称了。小说方面也是如此。如上面所说《太平广记选》的出版，固然表明一些研究者的视野在扩大，但目前看来，仍未引起学术界更多人应有的反响。书中所选近三百篇作品，基本上仍落在研究者的视野之外。总之，无论散文与小说，都还有大面积的“生荒”等待开垦，需要研究者们以拓荒者的姿态，不断扩大视野，不断开辟研究新的领域。

第二，在研究质量方面，从目前研究工作的全局看，像前面所指出的那样，有质量的论著还比较少。立意缺乏创新，内容失之平庸，分析显得浮泛的平平之作仍多有寓目。因此，努力提高研究质量，仍是摆在我们面前的一项亟待解决的严重任务。

第三，资料整理工作在整个研究工作中目前也还是一个突出的薄弱环节。在散文资料方面，如《全唐文》现在虽已有中华书局版的问世，这无疑会给研究工作带来极大的方便；但它毕竟还只是一种旧刊本的重印，根据一些研究者的初步查阅，发现旧刊本《全唐文》书中的问题并不少于《全唐诗》，而对该书的修订工作，还远未提到议事日程。可见这方面的任务仍是十分艰巨的。在小说资料整理上，从严格意义上说来，怕也只好承认目前竟还处于起步阶段。前人的《太平广记》所收唐人小说固然较全，它无疑为唐代小说研究提供了丰富而珍贵的资料，但由于它是一部大型类书，内容驳杂，并非仅以小说为限，这就增加了使用时翻检甄别的麻烦；而且由于它成书时代早，随着近年来研究工作的逐步深入，堪称唐代小说而未收入本书者续有发现，所以把它径直看成唐代小说总集并不恰当。及至鲁迅《唐宋传奇集》和汪辟疆《唐人小说》二书问世，才算有了唐代小说资料专辑的奠基之作；但由于二书均系选集性质，所收篇什虽精却少，要据以对唐代小说进行全面深入的研究，也并非理想版本。前面提到的王汝涛等选编的《太平广记选》的出版，从唐代小说资料整理的角度看，显然是向前跨进了一大步，把它与鲁迅、汪辟疆二书配合，大致可以看作一套比较完全的唐代小说集了；但筚路蓝缕，所失难免，书中所录全否当否，尚容商酌。在这种情况下，人们希望也像《全唐诗》、《全唐文》那样，能有一套比较理想的《全唐小说》早日成书问世，该不是无谓的奢求。由此看来，对于唐代小说资料的整理加工，同样是任重道远的。

第四，研究方法问题也不能说目前都已经很好地解决了。前面提到不少论著质量并不理想，究其原因，在很大程度上仍与运用方法的不科学有直接关系。要改变这种状况，就必须努力学习和掌握马克思主义理论武器，同时发扬研究方法上的大胆革新精神，以求在方法的运用上多方面地打开门路。

总之，回顾过去，充满信心；瞻望前景，大有可为。

一九八六年三月初稿，六月改定

原载《文学遗产》1987年2期

陶渊明出仕之我见

世界上的事物是复杂的，总是在诸多因素的影响与制约下运动和变化的。作为生活在一定社会中的人，他的一切行为，更只有从诸多因素的联系中才好求得合理的解释。对于陶渊明的出仕，也应作如是观。

陶渊明的籍贯是浔阳柴桑。据《晋书·地理志》载，浔阳，郡名，属江州，下领浔阳、柴桑二县。柴桑，故地在今九江西南，南面庐山，北依长江，境内“山拥千峰，江环九派，上水龙形，奇秀甲于天下”，风景十分优美。陶渊明就出生在庐山脚下的一个山村里，他是在故乡优美的山水大自然的怀抱中渡过青少年时代的。这，对他“爱丘山”的性格的养成，无疑有着深刻的影响。

与他陶冶于其中的家乡自然环境的优越形成鲜明的对照的，是他遭遇到的社会环境的恶劣和家庭状况的破落。陶渊明生活于晋宋易代之际，当时，不仅门阀制度已经根深蒂固，而且统治阶级内部争权夺利的斗争也达到了白热化的程度，因而造成了社会的极端黑暗。而陶渊明又出生于虽经几代官僚但已破落的家庭，他的曾祖父侃曾官至大司马，是东晋开国功臣，彼时，陶家固然“望非世族”，毕竟不失为显宦之门；但到了他祖父茂、父亲逸的时候，却只做过太守之类的地方官，加以他父亲早年去世，更无人支撑门楣，家境也就相当困窘了。这在当时门阀等级森严的社会里，再不可能为他提供方便的仕进条件和优裕的物质生活基础。这，对陶渊明的生活和思想，势必产生极大的刺激和制约作用。

陶渊明早年深受儒家精神的熏陶，同时对老庄思想也发生过浓厚的兴趣。他的《饮酒》诗其十六有云：“少年罕人事，游好在六经。”可见他年轻时就苦读过儒家的典籍。正是在儒家“达则兼济天下”信条的影响下，他很早就树立了“大济于苍生”（《感士不遇赋》）的雄心壮志。他的《杂诗》其五有云：“忆我少壮时，无乐自欣豫；猛志逸四海，骞翮思远翥。”又《拟古》其八有云：“少时壮且厉，抚剑独行游；谁言行游近？张掖至幽州。”这些，都证明了他年轻时确实怀有远大的理想和抱负。而另一方面，老庄的崇尚自然的思想，融合着儒家“穷则独善其身”的戒律，也时时在他的脑海中泛起。他的《辛丑七月赴假还江陵夜行涂口》诗有云：“闲居三十载，遂与尘事冥；诗书敦宿好，林园无世情。”这又分明表示，他还常常向往着隔绝尘俗、忘却世情。洁身自好的林园生活。这，在他一生行事中，又十分自然地成为一种精神上的支配力量。

在笔者看来，陶渊明的出仕，归根结底，就是在上述社会时代环境、家庭生活状况以及个人思想性格等主、客观诸多因素的彼此渗透、交互作用下，所必然产生的一段人生历程。

陶渊明从二十九岁到四十一岁这十三年间，曾断续地四次出仕：

第一次，二十九岁时，“起为州祭酒”，因“不堪吏职，少日自解归”（《宋书·隐逸传》）；

第二次，三十五岁时，出任恒玄（时为江、荆二州刺史）僚佐，至三十七岁冬，以丁母忧去职（据逯钦立《陶渊明事迹诗文系年》和孙钧锡《陶渊明年谱》）；

第三次，四十岁时，出任刘裕（时为镇军将军）参军，后转刘敬宣（时为建威将军）参军，至四十一岁三月，随刘“自表解职”而罢任（据逯钦立《陶渊明事迹诗文系年》和孙钧锡《陶渊明年谱》）；

第四次，四十一岁八月，出任彭泽县令，“仲秋至冬，在官八十余日”，以“程氏妹丧于武昌，情在骏奔，自免去职”（《归去来兮辞·序》）。

陶渊明究竟为什么出仕呢？现今论者大都单纯强调他为实现理想和抱负。而笔者认为，这种意见并不能全面反映陶渊明出仕的实际。其实，陶渊明之所以出仕，是由两方面的因素促成的，即：一出于生计的考虑，再为了实现理想和抱负。而且，这二者相较，前者是首要因素，而后者，则只能是次要因素。

确认陶渊明首先出于生计考虑而出仕，并不是笔者的新发现，因为这早经陶渊明本人反复地申明过。如他的《饮酒》诗其十九有云：“畴昔苦长饥，投耒去学仕。”他的《归去来兮辞·序》有云：“尝从人事，皆口腹自役。”他的《与子俨等疏》有云：“每以家弊，东西游走。”这些，不清清楚楚地是在表示着，他的出仕，就是为了养家糊口么！在这里，陶渊明对自己出仕原因的说明，还采用了举其要而舍其次的省略式，特别突出了他为解决生计问题而出仕这一首要因素。但十分可惜，早经陶渊明本人反复申明过的这一首要因素，到如今，竟被论者们有意地回避或无意地忽略了。而论者们之所以如此，正是由他们对陶渊明出仕前家贫这一情况抱怀疑甚至否认态度所导致的必然结果。于是，为了澄清陶渊明的出仕到底是否出于生计考虑，就不得不对他出仕前是否真的家贫做一番切实的考察。

在笔者看来，陶渊明出仕前家贫是无可怀疑的，是否认不了的。当然，这里有必要先弄清两点。一是要辨明陶渊明家贫的时间界限。我们说的是陶渊明出仕前家贫，而不少论者却举出陶渊明出仕后的家庭状况和某些资料，作为怀疑或否认陶渊明出仕前家贫的证据。这种用变化后的情况来推翻存在过的事实的做法，是很难说服人的。二是要划定陶渊明家贫的程度界限。笔者认为，确认陶渊明出仕前家贫，并不就等于说他已经贫到如梁启超所言“不过庐山底下一位赤贫的农民”（梁启超《陶渊明之文艺及其品格》）的地步了。以阶级分析的眼光看，陶渊明出仕前的家庭状况，说到底，也不过是一个地主阶级的破落户，其父祖辈留给他的，毕竟还有宅园，如“方宅十余亩，草屋八九间”的“园田居”（《归园田居》其一）；有耕田，如“将有事于西畴”的西田（《归去来兮辞》）等，证明他远没有达到“赤贫”的境地。当确认陶渊明出仕前家贫的时候，对于这一情况是不该忽视的。但同样不该忽视的是，在我国古代，“贫”与“富”对举，并不表示严格的阶级划分，而是一个内涵与外延都相当宽泛的概念。一般地说，大凡经济显得拮据，生活紧于自给者，都可以称“贫”。因此，一提陶渊明出仕前家贫，就简单地把他混同于“赤贫”的劳苦农民，固不合适；但是仅以他尚未贫到一般农民那种“赤贫”的程度，就武断地否认他出仕前家贫，怕也不妥当。要之，在当时历史条件下，农民的赤贫当然是“贫”，就是地主阶级的破落，也同样可以称“贫”。陶渊明正属于后一种。

关于陶渊明出仕前家贫的具体状况，他自己曾不止一次地做过表白。如《归去来兮辞·序》有云：“余家贫，耕植不足以自给，幼稚盈室，瓶无储粟，生生所资，未见其术。”这分明表示，他家庭贫寒，单靠农田收入很难维持必需的生活开支，加以幼小孩子一大堆，连少许的口粮储备也达不到，故而他不得不常年为养家糊口奔忙，却又苦苦找不到有效的脱贫的门路。再如《自祭文》有云：“自余为人，逢运之贫，箪瓢屡罄，絺绤冬陈。”又《祭从弟敬远文》有云：“念畴昔日……冬无缊褐，夏渴瓢箪”。这更表示，他是自幼就赶上了家庭贫寒的厄运，而不得不常年过着食不果腹、衣难御寒的贫困生活。至如《与子俨等疏》所云“少而贫苦”，《有会而作》所云“弱年逢家乏”等等，也都表明出仕前家贫在他是耿耿于怀，且从来不讳于直言的。

正如历来论者们所公认，陶渊明是以“任真自得”（萧统《陶渊明传》）而鄙弃“矫厉”（《归支来兮辞·序》）为其立身行事的准则的，因此，完全有理由相信，他有关出仕前家贫的自述，绝非无病呻吟，装腔作势，故意“哭穷”，而确是他对自己家庭破落状况的如实吐诉和痛心回忆。

关于陶渊明出仕前家贫的具体状况，除他自己曾多次提及外，他的同时代人颜延之在《陶征士诔》中也这样记述：“有晋征士浔阳陶渊明……少而贫病，居无仆妾，井臼弗任，藜菽不给，母老子幼，就养勤匮。”这里说得很清楚，陶渊明年轻时就家贫多病，家中没有男女佣人，不仅打水舂米等家务操劳使他难以招架，而且因连粗劣的饭菜也屡屡接济不上使他愁苦潦倒。维持一家老小的生活，就成了常年压在他肩头的一副重担。

颜延之是陶渊明同时代人，而且是他的好友，对陶渊明出仕前的家庭生活状况，无疑是十分了解的。因此，他的具体介绍，完全可以作为陶渊明出仕前家贫的一个证据。

今人逯钦立先生曾对陶渊明的嗜酒作过有说服力的考察和分析（逯钦立《关于陶渊明》），笔者认为，这一考察和分析，也同样可以作为陶渊明出仕前家贫的一个佐证。逯先生根据他对陶渊明的诗文的研究得出结论说，陶渊明嗜酒实际开始于三十九岁时，也就是他出仕十年之后。由此，我们则可以进一步推断：陶渊明出仕前正由于“家贫，耕植不足以自给”（《归去来兮辞·序》），故而他无从嗜酒。就是他二十九岁“起为州祭酒”，开始走上仕途，已有俸禄可享，也因家底尚薄，首先要满足全家吃饭穿衣的急需，而不可能嗜酒；更何况他“少日自解归”，很快又断绝了这一经济进项，此后家庭生活状况不会有多大好转自属意料中事。这样一挨又是五个年头，仍一直过着“耕植不足以自给”的贫寒生活，哪里允许他去嗜酒？直到他三十五岁后近三年中，由于较长时间在桓玄手下供职，经济上才逐渐有了一些积蓄，所以他三十九岁起开始嗜酒，才成为可能。

当然，也不应忽视，陶渊明之所以出仕，除出于生计考虑外，也怀有希图实现理想和抱负的动机。前面已经谈到，陶渊明年轻时就树立了“大济于苍生”的理想和抱负。而在封建社会里，要实现这样的理想和抱负，又唯其仕进，别无他途。因此，陶渊明为实现理想和抱负而出仕，本属情理中事。如今论者大都强调这一点，也是有根据的。

但笔者认为有必要指明，陶渊明的出仕只能说是他希图实现理想和抱负的一种尝试之举，绝不像论者们所高度评价的那样，竟是他为实现理想和抱负而采取的坚决行动。正如前面已经指出的，陶渊明的时代社会和出身家庭，事实上并没有给他提供理想的环境和方便的条件。时代的黑暗，社会的腐败，家庭的破落，个人的屈抑，这一切，他在出仕前不用说早就有了深切的感受。于是，为实现理想和抱负而必得出仕，但出仕又分明预感到理想和抱负的难于实现。这，就形成了他思想上的深刻矛盾；从而，也就规定了他从出仕一开始就是不坚定的、犹疑不决的。而他迟迟到二十九岁方才步入仕途，且此后又只断续几次短暂的任职，除说明他为解决生计问题并非甘愿但却不得不求助于这一门路之外，则一方面反映了他在出仕道路上所经历的步履艰辛，另一方面更显示着他在从仕过程中始终保持的权且一试的心理态势。正如他自己所说，他在断续出仕的十三年里，是始终辗转于“一心处两端”（《杂诗》其九）的思想矛盾与痛苦之中的。既然如此，那么，为实现理想和抱负之不可能成为陶渊明出仕的首要因素，也就不难理解了。

总之，陶渊明之所以出仕，一是出于生计考虑，这是现实的迫切的因而是首要的因素；再是为了实现理想和抱负，这是尝试的犹疑的因而是次要的因素。在讨论陶渊明究竟为什么出仕的问题时，如果仅看到前一因素，固然未免过于绝对；但若单纯强调后一因素，则更不啻舍本逐末了。

那么这样认定，是否会有损于陶渊明的形象，影响对他人品的评价呢？笔者认为不仅不会，而且惟其如此，方才还了陶渊明以历史的本来面目，恢复了他出仕的真正“形象”；再说，陶渊明的人品主要也不表现在他一定坚决出仕上，而恰恰表现在他尔后的坚决归隐上。既然如此，又何有损于他的形象，影响对他人品的评价呢？

一九八六年十月初稿

一九八七年四月改定

原载《郑州大学学报》1987年4期

陶渊明归隐之我见

陶渊明自四十一岁归田，至六十三岁辞世，迄未再涉仕途。历来论者们最感兴趣的陶渊明的归隐问题，就是针对他生平中的这一段提出来的。

钟嵘最早在他的《诗品》中送给陶渊明以“隐逸诗人之宗”的桂冠。这在今天看来，无疑是一种过于皮相之论了。别的不说，即从陶渊明之后既有隐逸经历又以诗人见称者来看，情况就各有不同。

有所谓“终南捷径”式的隐逸，如唐代卢藏用即是。《新唐书·卢藏用传》载：“藏用能属文，举进士不得调。与兄徵明偕隐终南少室二山。……隐山中时，有意当时，人目为‘随驾隐士’。……司马承祯尝召至阙下，将还山，藏用指终南曰：‘此中大有嘉处’。承祯曰：‘以仆观之，仕宦之捷径耳’，藏用惭。”这种隐逸，究其实不过是待价而沽的市侩手段。

有所谓“山中宰相”式的隐逸，如南朝陶弘景即是。《南史·陶弘景传》载：“永明十年，（弘景）脱朝服挂神武门，上表辞禄。……于是止于句容之句曲山，齐末为歌曰‘水丑木’为‘梁’字。及梁武兵至新林，遣弟子戴猛之假道奉表。及闻议禅礼，弘景援引图谶，数处皆成‘梁’字，令弟子进之。武帝既早与之游，及即位后，恩礼愈笃，书问不绝，冠盖相望。……后屡加礼聘，并不出。……国家每有吉凶征讨大事，无不前以咨询。月中常有数信，时人谓为‘山中宰相’。”这种隐逸，究其实无非是幕后操纵的遥控伎俩。

有所谓“滥竽充数”式的隐逸，如东晋末的皇甫希之即是。《晋书·桓玄传》载：“玄以历代咸有肥遁之士，而己世独无，乃征皇甫谧之六世孙希之为著作，并给其资用，皆令让而不受，号曰高士，时人名为‘充隐’。”这种隐逸，究其实只能是一种点缀当朝的假冒勾当。

还有所谓单纯“寄情山水”式的隐逸，如南朝宋谢灵运即是。《宋书·谢灵运传》载：“灵运因父祖之资，生业甚厚，奴僮既众，义故门生数百，凿山浚湖，功役无已。寻山陟岭，必造幽峻，岩嶂千重，莫不备尽。登蹑常著木履，上山则去前齿，下山去其后齿。尝自始宁南山伐木开径，直至临海，从者数百人。临海太守王琇惊骇，谓为山贼，徐知是灵运乃安。”这种隐逸，究其实也不能不是一种丝毫无补于时代社会的自我麻醉术而已。

要之，所有上述这些“假隐”、“充隐”或“纯隐”，是一概无法与陶渊明的归隐相提并论的。对于这一点，宋代的朱熹算得上颇有眼力。他在《评陶三则》中说：“晋宋人物，虽尚清高，然个个要官职，这边一面清淡，那边一面招权纳货。陶渊明真个能不要，此所以高于晋宋人物”。朱熹看到了陶渊明同那些“假隐”，“充隐”、“纯隐”者最主要的区别，应当说，这在对陶渊明归隐问题的认识上，是一个明显的历史性进步。

但是，尽管如此，仍说不上对陶渊明的归隐已经有了充分的认识与恰当的评价。因为，在这里，朱熹对陶渊明究竟为什么“真个能不要”“官职”，“真个能不要”“招权纳货”，又如何“高于晋宋人物”等实质性的问题，并没有、也不可能进行更高层次的观照，从而，也就无法揭示陶渊明归隐的社会价值和历史意义。

中华人民共和国成立以来，陶渊明研究进入了一个崭新的阶段，对他的归隐问题，论者们都在力争做出符合历史唯物主义的解释。截至目前，学术界流行着一种似乎已成定论的意见，即认为：陶渊明的归隐，一方面表现了他对生活于其中的社会现实的不合作态度，因而具有反抗性的进步意义，另一方面，又是一种逃避现实的行为，因而带着明显的消极成分。

首先应该肯定，从研究层次看，这种意见注意按照历史唯物主义的原则，把陶渊明的归隐问题提到了社会意义的高度加以认识和评价，反映了对这一问题认识上的质的飞跃，因而是过去历史上任何时期的研究所无法比拟的了。但笔者又感到，这样的认识和评价也还不能尽满人意。因为，从研究方法上看，这只是停留在对问题的一般“两点论”式的“理性”评估，而缺乏针对性的深入的具体分析。所得结论，施之于任一出自不满现实而隐逸者，似也均无不可，因而也就未能真正揭示出陶渊明归隐的“这一个”。

事实上，陶渊明的归隐具有不容忽视的个人特点，而这种个人特点，归根结蒂，又正是他所独具的社会、家庭和个人诸多方面的因素彼此渗透、交互作用的特定产物，因而，是不好用对不满现实的隐逸者的一般性评估加以涵盖的。具体问题具体分析，是马克思列宁主义的一条基本原则。对陶渊明的归隐，也只有从他所独具的诸多主客观条件及其相互联系中，具体分析并充分揭示了他的个人特点，才可望做出真正公允恰切的评价。

陶渊明的籍贯是浔阳柴桑。据《晋书·地理志》载，浔阳，郡名，属江州，下领浔阳、柴桑二县。柴桑，故地在今九江西南，南面庐山，北依长江，境内“山拥千峰，江环九派，上水龙形，奇秀甲于天下”。陶渊明就出生于庐山脚下的一个山村里，他是在故乡优美的山水大自然的怀抱中渡过青少年时代的。这，对他“爱丘山”性格的养成，无疑有着深刻的影响。

与他陶冶于其中的家乡自然环境的优越形成鲜明对照的，是他遭遇到的社会环境的恶劣和家庭状况的破落。陶渊明生活在晋宋易代之际，当时，不仅门阀制度已经根深蒂固，而且统治阶级内部争权夺利的斗争也达到了白热化的程度，因而造成了社会的极端黑暗。而陶渊明又出身于虽曾几代官僚但已破落的家庭，他的曾祖父侃曾官至大司马，是东晋开国功臣，彼时，陶家固然“望非世族”，毕竟不失为显宦之门，但到了他祖父茂、父亲逸的时候，却只做过太守之类的地方官，加以他父亲早年去世，更无人支撑门楣，家境也就相当困窘了。在当时门阀等级森严的社会里，再不可能为他提供方便的仕进条件和优裕的物质生活基础。这对陶渊明的生活和思想，又势必产生极大的刺激和制约作用。

陶渊明早年深受儒家精神的熏陶，同时对老庄思想也发生过浓厚的兴趣。一方面，在儒家“达则兼济天下”信条的影响下，他很早就树立了“大济于苍生”（《感士不遇赋》）的雄心壮志。而另一方面，老庄的崇尚自然的思想，融合着儒家“穷则独善其身”的戒律，也时时在他的脑海中泛起。他的《辛丑七月赴假还江陵夜行涂口》诗有云：“闲居三十载，遂与尘事冥；诗书敦宿好，林园无世情。”这分明表示，他还常常向往着隔绝尘俗，忘却世情，洁身自好的林园生活。这，在他一生的行事中，也十分自然地成为一种精神上的支配力量。

在笔者看来，陶渊明的归隐，就是在上述时代社会环境、家庭生活状况以及个人思想性格等主客观诸多因素的彼此渗透、交互作用下，所必然产生的一段人生历程。而这种归隐，也由此理所当然地带上了三个相当鲜明的个人特点。

第一，是他归隐原因的正当性。

关于陶渊明从断续几次出仕到最后决计归隐，南朝梁萧统的《陶渊明传》有过这样的记述：“亲老家贫，起为州祭酒；不堪吏职，少日自解归。……后为镇军、建威参军。谓亲朋曰：‘聊欲弦歌，以为三径之资，可乎？’执事者闻之，以为彭泽令。……岁终，会郡遣督邮至，县吏请曰：‘应束带见之’。陶渊明叹曰：‘我岂能为五斗米折腰向乡里小儿！’即日解绶去职，赋《归去来》。”在讨论陶渊明的归隐原因时，历来论者多津津乐道于这里所说他不肯低首逢迎督邮事。不错，陶渊明的这一表现是很感动人的，但千万不可误认为这只是针对某人某事的一时感情冲动的轻率之举。即从萧统的这段记述也不难看出，陶渊明之所以决计归隐，是早有思想酝酿的。严格说来，不肯低首逢迎督邮事只是促成他归隐的一个触媒，而“不堪吏职”才是他归隐的根由所在。

关于这一点，陶渊明自己在他最后决计归隐时所写的《归去来兮辞》前小序中，有一段很好的说明：“……及少日，眷然有归欤之情。何则？质性自然，非矫厉所得，饥冻虽切，违己交病。……于是怅然慷慨，深愧平生之志。……寻程氏妹丧于武昌，情在骏奔，自免去职。”这里，明确说出了他之所以弃官归隐，奔赴妹丧也只是一个由头，而根本原因在于“质性自然，非矫厉所得”，在于“饥冻虽切，违己交病”，在于“怅然慷慨，深愧平生之志”。字字句句，没有半点的虚伪和掩饰，全是真实心境的剖白。这对于认识陶渊明归隐的真正原因，无疑是极其珍贵的第一手资料。

笔者认为，在认识陶渊明归隐的原因时，有两点值得特别重视：

其一，是特定的自然社会环境、出身家庭条件以及个人所受教养，自幼铸就了他的“质性自然，非矫厉所得”。他要光明磊落地做人，不会投机钻营，也不愿阿谀逢迎，这就必然与当时那种“真风告逝，大伪斯兴”（《感士不遇赋》），“羲皇去我久，举世少复真”（《饮酒》其二十）的积重难返的社会现实格格不入。用他自己的话说，就是“性刚才拙，与物多忤”（《与子俨等疏》）。他面对当时那种腐败黑暗的社会现实，决不愿同流合污，又无力拨乱反正，经过“贫富常交战”（《咏贫士》其四）、“一心处两端”（《杂诗》其一）的激烈思想斗争和巨大精神痛苦之后，终于觉悟到自己为解决生计问题而“尝从人事”，是“心为形役”（《归去来兮辞》），败坏操守，于是，他为此而“怅然慷慨，深愧平生之志”。这，正是他决计归隐的思想基础。

其二，是他虽胸怀大志，但因出身寒微，不仅做官只能沉于下僚，而且还要备尝上层社会的冷落和歧视。他在断续几次出仕的尝试中，越来越深刻地认识到当时社会政治的腐败，门阀制度的黑暗，越来越确定无疑地感知到实现理想和抱负的根本无望，于是发觉自己寄迹官场，是误入“迷途”（《归去来兮辞》），实在荒唐。这，又构成了他决计归隐的现实条件。

总之，“饥冻虽切，违己交病”；“迷途”知返，贵在及时——有了这样的认识和觉悟，他的归隐也就主意打定，势在必行。正是在这种情况下，萧统所记陶渊明不肯低首逢迎督邮事，才适巧成了他归隐的导火索；而陶渊明自己所作为奔妹丧的表白，也才刚好可以充当他及时脱身的体面话。

由以上论述可知，陶渊明是为了坚守自己清白的节操而归隐的，是由于彻底打消了对黑暗社会的幻想而归隐的。这样的归隐，是完全正当的。因此，那些仅为个人利害而不满现实的隐逸者，也就决然无法望其项背了。

第二，是他归隐思想的坚定性。

毋庸讳言，陶渊明的归隐是被迫的。正因为社会现实极端腐败与黑暗，使他感到格格不入，难以敷衍，他才不得不另找寄托生命的天地，正因为他“大济于苍生”的理想无望实现，他才最后选定了“击壤以自欢”（《感士不遇赋》）的人生道路。难怪他归隐后仍不能忘怀于他同上层社会无法相容的隐痛，而时时流露出“日月掷人去，有志不获骋，念此怀悲悽，终晓不能静”（《杂诗》其二）的心神的不安和“虽怀琼而握兰，徒芳洁而谁亮”（《感士不遇赋》）的难平的愤慨。

但有必要指出，陶渊明的不安与愤慨，与一般隐逸者的所谓“身在江湖，心怀魏阙”毕竟不可同日而语。须知陶渊明的不安与愤慨，是产生于腐败黑暗的社会现实所加于他的难以平复的心灵创伤，是来自他对实现理想和抱负的绝然无望的深刻觉醒。所以，这种不安和愤慨，不仅丝毫没有妨碍，而且还大大增强了他的归隐思想的坚定性。事实证明，陶渊明归隐后是经受住了多方面的严峻考验的，他的归隐思想是愈老弥坚的。

首先，他经受住了来自官方的压力。如朝廷对他亲下征召，他能坚决顶住：“顷之，征著作郎，不就”（《晋书·陶渊明传》）；“义熙末，征著作佐郎，不就”（《宋书·陶渊明传》）。又如地方大员对他巧言游说，他更严词驳回：“江州刺史檀道济往候之，偃卧瘠馁有日矣。道济谓曰：‘贤者处世，天下无道则隐，有道则至。今子生文明之世，奈何自苦如此？’对曰：‘潜也何敢望贤，志不及也’。道济馈以粱肉，麾而去之。”（萧统《陶渊明传》）。

其次，他经受住了世俗舆论的干扰。陶渊明的归隐，是受到了世俗们的讥议的，但他对这些却一概不予理睬，照样我行我素：“余尝学仕，缠绵人事，流浪无成，惧负素志，敛策归来……置彼众议。”（《祭从弟敬远文》）“置彼众议”，该是怎样的坚定不移！即使是知心朋友对他好言相劝，他也从不动摇：“清晨闻叩门，倒裳往自开。问子为谁欤？田父有好怀。壶浆远见候，疑我与时乖，缊缕茅檐下，未足为高栖。一世皆尚同，愿君汨其泥。深感父老言，禀气寡所谐。纡辔诚可学，违己讵非迷！且共欢此饮，吾驾不可回。”（《饮酒》其八）“吾驾不可回”，这又是何等的义无反顾！

再次，他经受住了生活困窘的折磨。陶渊明归隐后，生活多有坎坷，饥寒困顿一次比一次严重地向他袭来:“天道幽且远,鬼神茫昧然。结发念善事,黾勉六九年。……炎火屡焚如,螟蜮恣中田。风雨纵横至,收获不盈廛。夏日长抱饥,寒夜无被眠。造夕思鸡鸣,及晨愿乌迁。”(《怨诗楚调·示庞主簿邓治中》)晚年乃至落到不得不向人乞食的地步:“饥来驱我去,不知竟何之。行行至斯里,叩门拙言辞。”(《乞食》)但尽管如此,他也都挺住了:“在己何怨天,离忧悽目前。吁嗟身后名,于我若浮烟。”这是说,他不“怨天”,甘忍“离忧”,把“身后名”(意即个人的功名利禄)早就抛诸脑后,而始终没有动摇归隐的决心。

总之,陶渊明归隐后,无论遇到怎样的压力和困苦,他都以“吾驾不可回”的诚意和决心,始终不渝地在这条路上走下去,充分证明他是一个铁骨铮铮的硬汉。

第三,是他归隐生活的充实性。

陶渊明归隐后,并没有像一般隐士那样去安享山泽索居、悠游自在的清福,而是脚踏实地地走上了“躬耕自资”的新的生活道路。就是说,他的归隐,只是自拔于污浊的宦海,却没有逃避现实的人生。因此,他归隐后的生活倒是空前的充实了。

首先,是他亲身参加了劳动。固然,他的劳动与一般农民受压榨、被剥削的苦役性劳动还存在着根本的差别,但劳动毕竟成了他生活的重要内容,并且成了他的谋生手段,作为出身于官僚家庭的封建知识分子,在当时以轻视劳动和轻视劳动人民为其传统风气的社会条件下,陶渊明能第一个(恐怕在整个封建社会里也是唯一的一个)自觉自愿地实行了与劳动的结合,这已经非常了不起了。还应看到,他在亲身参加劳动的过程中,更与劳动农民不仅在生活上越来越打成了一片,而且在思想上也越来越多地有了共同语言。“种豆南山下,草盛豆苗稀。晨兴理荒秽,带月荷锄归。道狭草木长,夕露沾我衣。衣沾不足惜,但使愿无违。”(《归园田居》其三)——他体验到了劳动的艰辛,可贵的是他并不把这看成自己身心的沉重负担,相反却认为很符合自己的心愿,决心坚持下去。“人生归有道,衣食固其端。孰是都不营,而以求自安。”(《庚戌岁九月中于西田获早稻》)——他悟出了劳动是衣食之源,劳动人人有份的道理。这种依靠自身劳动营生的认识,与劳动人民自食其力、不剥削他人的朴素思想已经融为一体了。“时复墟曲中,披草共来往。相见无杂言,但道桑麻长。我麻日已长,我土日已广,常恐霜霰至,零落同草莽。”(《归园田居》其二)——他在劳动实践的过程中,与农民交上了朋友,并且能够想在一处,说到一起了:因庄稼长势良好而欢欣，以耕地不断扩大而自豪，也为气候变化无常，会影响收成而担忧，他已经逐步培养起想农民之所常想、急农民之所常急的淳朴可贵的思想感情。总之，是劳动使他的生活得到了空前的充实。

其次，是他坚持了歌唱田园生活的诗文创作。陶渊明归隐后，写了不少赞美农村田园的诗文。他把农村田园写得那样美好，正说明他对田园生活的真心热爱。当然，在他笔下，那种纯洁、幽美的田园风光，无疑带有着诗人的主观感情色彩，而与当时经过战争骚扰后的浔阳农村的本来面目存在着差距，但应注意到，他是有意以田园的纯洁、幽美，反衬官场的污浊、丑恶的。从这个意义上看，陶渊明归隐后坚持诗文创作，也正是用他的笔进行战斗的：赞美农村田园，批判上层社会。尤其到了晚年，他还从写肯定现实生活的田园赞美诗发展到写否定现存社会制度的田园理想国，创作出他的杰作《桃花源诗并记》，更显示出他的思想已经达到封建社会知识分子所可能达到的最高度。无可否认，《桃花源诗并记》是诗人始终不倦地追求真理、探索人类美好未来的实践经验与心血智慧的结晶，是诗人在封建社会的漫漫长夜里为人们点亮的一支希望的火炬，虽然它本身仍是一个不能实现的幻想，却能启发人们认识封建社会的黑暗，鼓舞和提高人们为探索和创建新的社会制度而奋斗的勇气和决心。总之，是诗文创作使陶渊明的归隐生活进一步充实了战斗的内容。

笔者认为，根据以上论述，可对陶渊明的归隐作出如下的具体评价：

陶渊明的归隐，是他坚守正义与节操的必然归宿，是他以自己的理想和志趣投向黑暗现实的辛辣讽刺，是他对不合理的社会制度所进行的特殊形式的抗争。这，才是陶渊明归隐的实质；这，也正是陶渊明之所以杰出和伟大的所在。

如此说来，陶渊明的归隐就没有局限性了么？当然不是。按照马克思列宁主义的观点，世界上的万事万物都是在一定的时空条件下运动发展的，而这一定的时空条件就是一种局限。从这个意义上说，任何事物都不可避免地带有局限性，陶渊明岂能例外。从客观效果看，他的归隐，也确曾给后世造成一定的消极的影响，就正是他的局限性（包括时代的和阶级的）的折光和表现，在评价陶渊明的归隐问题时，恰如其分地指出这种局限性是可以的。但是，决不应以此去苛求生活于一千多年以前的陶渊明，决不应用今人能够达到的思想高度去衡量他的是非长短。陶渊明的杰出和伟大，在于他在当时的历史条件下，用自己的思想和行动，为“隐逸”这一社会历史现象提供了积极的既超越前人又高于后人的东西。对于这一点，只有给予具体的充分的肯定，才好说是对陶渊明的归隐做出了符合于他的历史实际的评价。

鉴于此，笔者感到，目前学术界流行的那种一般“两点论”式的评估的意见，就不仅显得过于笼统，而且显得有欠公允了。果否如此，愿质诸大方之家。

一九八七年五月三日初稿

一九八八年七月十五日改定

原载《郑州大学学报》1988 年 5 期

诗经体议析

这里所说诗经体的“体”，系特指作品的体裁、体制、样式而言，并不包括传统上常常牵连到的风格、流派、表现方法等含义。

从我国古代诗体衍变的历史考察，诗经体应是在原始体的基础上发展起来，而由我国最早的一部诗歌总集——《诗经》所体现的我国第一种成熟的诗体。说它成熟，是由于它已经形成自成体系的三大特点。今分述如下：

一、联章复沓的篇式

《诗经》中的作品都是入乐的，即都是可以配上乐曲歌唱的。传统上正是依据各篇所属乐调的不同，而分成了风、雅、颂三大类。《诗经》作品这种与音乐一而二、二而一的不解之缘，形成了它在体制上联章复沓的特点。联章的“章”，原本就是音乐上的名称，一章指乐调的一个段落。“复沓”，则指反复。诗经体往往一篇分为若干章而构成联章复沓格式，不联章复沓者是少数。

具体考察诗经的联章复沓，又可以细分出多种格式。从各章相互关系看，有重章复沓、并列复沓和递进复沓等；从全篇构成成分看，则有单纯联章复沓、副歌联章复沓、序曲联章复沓、尾声联章复沓、序曲并尾声联章复沓以及联曲联章复沓等。

重章复沓。此式系完全出于音乐分章或抒发感情的需要，仅使各章字句稍有调整或变更，而内容呈简单重复格局。如《鄘风·鹑之奔奔》：此诗为顽的弟弟所作，讽刺了顽与宣姜的淫乱行为。卫宣公死，其妻宣姜竟公然与宣公庶子顽姘居，生了三男二女。诗中所写即隐括其事。全诗虽分两章，而两章内容并无不同：均以鹌鹑结伴双飞、喜鹊成对相随起兴，从反面引出对顽与宣姜乱伦行为的指刺；只是两章首二句句次相互倒置，末句更换一字，于是章间呈简单重复关系。

并列复沓。此式章间语句有部分不同，从而各章内容呈并列平行格局。如《秦风·黄鸟》：此诗哀悼子车氏奄息、仲行、鍼虎三兄弟为秦穆公殉葬而死，控诉了奴隶社会人殉制度的残暴。诗分三章，每章各咏一人，从而语句有部分不同，章间呈并列平行关系。

递进复沓。此式各章语言结构仍基本相同，唯各章内容依次延展或加深，从而章间呈逐层递进格局。如《王风·采葛》：这是一首恋歌，写男主人公对自己情人的热切思念。他与情人分离的时间实际仅只一天，这有诗句“一日不见”为证。一天本来就是一天，可在抒情主人公焦灼的等待中，却始而是“如三月兮”，继而是“如三秋兮”，终而至于“如三岁兮”。这种心理上时间的一再而三的扩张与夸饰，自然地形成了三章层层递进的格局，有力地表现了抒情主人公内心感情的步步激化与深化。

副歌联章复沓。此式篇中各章有一部分语句不同，另一部分语句全同，并在章间呈整齐对应关系，这整齐对应的语句全同部分即为副歌。副歌可在每章之前，也可在每章之后。副歌在前者如《豳风·东山》：此诗共四章。首章写诗人久戍得归，悲喜交集；次章写途中想象家中残破荒凉，倍增怀念；三章想象家中妻子思念自己；末章回忆出征前新婚生活，急切盼望及早到家与亲人团聚。每章均以“我徂东山，慆慆不归。我来自东，零雨其濛”四句开端，构成副歌，反复烘染了征人西归时阴雨绵绵的凄凉环境和难以言喻的忧伤心情。

副歌在后者如《周南·汉广》：此诗共三章，反复咏叹了男主人公对他所爱慕的女子可望而不可求，不可求而仍无限向往的一片痴情。每章均以“汉之广矣，不可泳思。江之永矣，不可方思”四句作结，构成副歌，形成了一唱三叹的抒情气氛，增强了诗的表达效果。

序曲联章复沓。此式诗篇在联章复沓前，先有揭示全诗内容的一章，此即为序曲。如《陈风·衡门》：这首诗写一个贤者安贱乐贫的生活理想。全诗三章，首章以栖居衡门而不嫌其简陋，以泉水充饥而自甘其乐先揭示全诗主旨，是为序曲。然后，二、三章再以饮食男女诸般情事反复强调，进一步对安贱乐贫的主旨生发扬厉，使贤者的生活理想得以完满充分的表达。这后二章为联章格局，构成全诗主体。

尾声联章复沓。此式诗篇在联章复沓之后，再续补一章，以为全诗之收束，此即为尾声。如《郑风·子衿》：这是一首恋歌，抒情主人公为女性。共三章，首二章反复写她与情郎本已约好在城边相会，但久等不见人影而引起的悠悠思念、失去平衡的心态，构成联章格局。末章则补充交代她在城边踱来踱去，一日不见如三月的焦急等待的情状，是即为尾声。

序曲并尾声联章复沓。此式诗篇在联章复沓前后各有一章，分别起到揭示和总结全篇内容的作用。在前者为序曲，在后者为尾声。如《豳风·九罭》：这是一首恋歌，表现了一个女子对爱情的大胆追求。共四章，首章写她遇上了意中人而喜出望外，是为序曲。二、三章反复写她找理由劝说他留住两天，构成联章复沓格式，为全诗主体。末章写她如愿以偿后而欢欣激动的心情，是为尾声。

联曲联章复沓。此式诗篇将乐性、节奏、拍顿皆不相同的两个曲调先各自联章复沓，然后再组合起来，构成联曲格局。如《郑风·丰》：这是一首恋歌，表现了一个少女恋爱时复杂微妙的心理状态。共四章，前二章反复写她遇上了一个长得很帅的小伙儿，然而当他约她相会时，她却由于或许少女初恋时常有的羞怯，或许少女初恋时特有的矜持——反正连她自己也难以说清的原因，而一次次的拒绝相见，但事后却又一次次悔恨不迭，从而构成联章复沓格局。后二章则反复写她在极度悔恨中产生的急切盼望与情人相见乃至立刻成亲的心愿，从而也构成联章复沓格局。再从全诗看，前二章与后二章又构成总的联曲格局。

当然，《诗经》作品也有一些非联章复沓篇什，这又有单章与多章之别。

单章。此式通首一体，不分章，而皆出于传统上所谓“颂诗”类中。如《周颂·清庙》：这是一首西周初年贵族统治者及其臣僚在文王庙举行祭祀典礼时演唱的乐歌。表现出一种极为肃穆虔敬的宗教氛围。《礼记·祭义》云：“祭不欲数，数则烦，烦则不敬。”意谓繁文缛节会破坏庄严肃穆的气氛，影响虔诚的宗教情绪。祭礼本身如是，祭歌当亦如是。故此诗篇短小，不分章，显示着一种简练凝重的风格。

多章。此式诗篇虽分章，但章间不存在复沓关系，故构不成联章格局。如《小雅·斯干》：这是一首大型建筑群落成时的庆典歌辞。为尽热烈庆祝之意，故对过去的卜筑，现在的室成，将来的祝愿均作了巨细不遗的铺写；而根据内容侧重点的变化，分出不同的章，但章间不存在复沓关系，故全诗构不成联章格局。

二、四言为主的句式

《诗经》作品现存三百零五篇，其创作年代固难一一确指，却大致可以断定是包括了自西周初年（前十一世纪）到春秋中叶（前六世纪）约五百年的漫长时期。这一时期，我国正值奴隶社会后期，随着社会生产力不断发展和人类生活不断丰富，语言也逐渐发展变化：词汇量空前增多，双音词迅猛涌现，语法结构也一步步复杂化、多样化。于是，早先以二言句式为其主要特征的原始体再不能满足表达的需要，而在时代的呼唤之下，以四言句式为其基本特征的诗经体则应运而生。

四言句式比二言句式有很大的优越性：它由于句式的成倍延长而空前地扩充了语言的容量，从而为灵活运用句法结构和语言修辞开拓了新天地，这就使诗歌的表现力得到明显的加强。同时，诗经体除四言的基本句式外，还间有长短不等（即杂言）的句式，作为四言式的调节与补充，这也使诗的表达显得更为灵活自如。

纯四言。此式在《诗经》中共计139篇，占全书总数的将近一半，无疑为诗经体最典型的句式。如《周南·关雎》：这是一首恋歌，抒情主人公是男性。诗分三章，首章四句，以在河洲关关和鸣的雎鸟起兴，联想到那位娴静、勤劳的姑娘是自己理想的生活伴侣，预示了全诗歌咏纯真爱情的主题。二、三章八句，二章抒发对那位姑娘的思慕，以致他日夜牵念，连睡梦中也不能忘怀；三章则进一步表白如果有朝一日能亲近她、娶到她，自己该如何对待她。全诗纯用四言，从诗经体句式说，属正格。而这纯粹的四言句式，使全诗的内容得以从容匀称、细腻周到的表达。

纯五言。此式在《诗经》中仅两篇，但篇数虽少，却为诗经体除纯四言外唯见的齐言式。如《魏风·十亩之间》：这是一首劳动者之歌。写的是一群采桑女在一天紧张劳动之后收工回家时的情景，表达了一种劳动后所特有的轻松愉快。诗分两章，章三句。首章写采桑女劳动结束时相约结伴同行，一路归去。二章写她们三五成群地走在归家路上，有说有笑，十分欢乐。而句句皆在原四言末再缀以“兮”字，构成五言式，自然地拖长了语调，正好表现出一种舒缓轻松的气氛，与诗歌内容恰相适应。

四言为主之杂言。此式在《诗经》中共计145篇，占全书总篇数的将近一半。又分：

四言杂以五言。此式在《诗经》中共68篇，为四言为主杂言式之篇数最多者。如《邶风·静女》：这是一首恋歌，抒情主人公为男性。全诗三章，章四句。首章写小伙赴约，姑娘藏起，他急得抓耳挠腮，一阵好找。二章写姑娘送他一支茅草，他非常喜欢这草的鲜嫩润泽。末章写他与姑娘约会后的幸福回忆，强调他之所以如此这般地爱这支草，是因为它来自姑娘的馈赠。通篇基本用四言，而首末两章各出一句五言，正好突出了二人的约会地点和定情之物，配合了主题的表达。

四言杂以三言。此式在《诗经》中共16篇，为四言为主杂言式之篇数次多者。如《召南·摽有梅》：这是一首恋歌，歌者是一位少女。全诗三章，章四句。逐章通过内容近似但非重复的歌吟，表达了她珍惜青春年华、希望有人向自己求爱的强烈的内心冲动。通篇主要用四言，而每章首句为三言。正是这以梅子起兴的三言式，成了敲响少女急于求爱的心音的鲜明铺垫，对主题的表达起到了强有力的提示作用。

四言杂以六言。此式在《诗经》中共8篇。如《小雅·南有嘉鱼》：这是一首祝酒歌。共四章，章四句。全诗通过反复歌咏，展示了当时南方地区主客欢聚、融洽和乐的生活场景，表达了主人对宾客的纯朴真挚的感情。通篇主要用四言，而每章末句再在四言基础上加进两个虚字构成六言。正是这种六言式，因为增加一个音步而与各章前三句的二音步形成节奏上的反差，从而由整齐里显错落，在单纯中寓变化；并由于末句增加了字数，因而在歌唱时乐句自然延展，乐章如行云流水般徐徐结束，更觉韵味悠长。

四言杂以二言。此式在《诗经》中共6篇。如《魏风·硕鼠》：这是一首反抗剥削的诗。诗借农奴之口，对剥削者进行了愤怒的斥责，对美好生活抒发了向往的激情。全诗三章，章八句，基本用四言，而每章章首均有一句两两重叠的二言："硕鼠！硕鼠！"的招呼，增强了对剥削者厉声斥责的感情分量；而各章末依次发出的"乐土！乐土""乐国！乐国""乐郊！乐郊！"的颂扬，则突现了对理想生活的由衷渴望。

四言杂以五六言。此式在《诗经》中共15篇，为四言为主杂言式之篇数居第三位者。如《周南·卷耳》：这是一首思妇诗。共四章，章四句。首章直写思妇怀念征人。二、三、四章侧写思妇因"己思人乃想人亦思己"，补足征夫情况。首章写实情，二、三、四章写虚境。而通篇主要用四言，唯二、三两章末二句各出以五言与六言。这不仅使想象征人慊慊思归、饮酒自宽之状形象生动，如在眼前；尤其在句式上较其他各句多出一字或两字，造成一种拖腔，更见出思妇怀念征人时的真挚神往。

四言杂以三五言。此式在《诗经》中共10篇，为四言为主杂言式之篇数较多者。如《王风·君子于役》：这是一首思妇诗。写妻子对行役在外、杳无音讯的丈夫的惦念与体贴。诗分二章、章八句，主要用四言，而首章三言句"曷至哉？"的提问和五言句"如之何勿思！"的反诘，正好加强了妻子对丈夫的深切思念的表达。

四言杂以三种以上其他的句式。此式在《诗经》中共4篇。如《豳风·七月》：这是一首表现三千年前奴隶生活的诗。全诗八章，章十一句，是以奴隶自述的口吻，诉说了自己一年到头的生活苦况和劳动艰辛。诗以月份为经，以每月的家事、杂务为纬，纵横交错，叙议结合，组成了一幅幅生动的画面，显示出当时社会的不合理，透露了奴隶们的初步觉醒。而适应着这样丰富深刻的内容表达的需要，全诗以四言为主，同时穿插进五言、六言、七言，显得十分凝练而又舒卷自如。

五言为主之杂言。此式在《诗经》中共7篇。为除四言为主杂言式之外最多的以一种句式为主之杂言式。如《卫风·木瓜》：这是一首青年男女互赠信物的情歌。诗以“我”（男子）的口吻写出。共三章，章四句。每章前两句写男女互赠信物；后二句表永远相爱的决心。全诗主要用五言，而每章中“匪报也”一个三言句，以果断的否定实现了所写内容从回赠信物到表达爱情的转换。

三言为主之杂言。此式在《诗经》中共3篇。如《召南·江有汜》：这是一首弃妇诗。诗三章，章五句。全诗唱出了一位被遗弃的商人妇的悲哀与怨愤。三言句的设置，加快了全诗感情表达的节奏；而各章末：“其后也悔!”“其后也处（忧愁）!”“其啸也歌!”的四言句的拈用，则正好突现了弃妇对自己丈夫今日的背弃行为日后势必在感情上受到自我惩罚的预言的充分自信。

六言为主之杂言。此式在《诗经》中仅1篇，为诗经体杂言式之篇数最少者。如《齐风·著》：这是一首婚嫁诗，写一位女子回想自己出嫁时夫婿如何迎她进家门、入洞房的经过。共三章，章三句。内容层层递进，感情充满着幸福的喜悦。而全诗各句在四言或五言的基础上再缀以“乎而”虚词，形成六言或七言句，音节显得舒缓而优美，更有助于诗的喜悦感情的表达。

典型杂言式。此式在《诗经》中共有8篇。其特点是多种句式错落交杂，分不出何者为主。如《邶风·式微》：这是一首怨诗。写一个普通劳动者为官家服役，直到天晚仍不得休息，在露水和泥泞中操劳着，因而对奴役他们的君主发出了激烈怨愤的控诉。全诗两章，章四句，从结构看，它重章复沓，仅只变字换韵而已；而每句字数不一，少则二言，多至五言，自然流畅，正好体现了顺口吟出、直抒胸臆的特色。

三、自由多样的韵式

韵式的自由多样，这一方面显示了诗经体的用韵大都出于天籁，成由自然，尚未形成严密韵律的状况，另一方面，也反映出诗经体的用韵生动活泼，勇于创造的特色。

诗经体的用韵，可以说几乎涉及了所有的用韵方式。从用韵的句中位置看，有句尾用韵和句中用韵；从用韵的疏密程度看，有隔句用韵和句句用韵；从用韵的部类多少看，有一韵到底和中间换韵；从用韵的特定关系看，有抱韵、遥韵等。这就为后代诗歌的用韵奠定了深厚的基础并开辟了广阔的前景。

句尾用韵。此为诗经体的基本韵式之一。如《秦风·蒹葭》：这是一首情歌。共三章，章八句，以四言句式为主。诗中表现的不是具体的爱情故事和场景情节，而是抒情主人公心灵的追求和叹息。用韵全在句尾（一章“苍”“霜”“方”“长”“央”；二章“凄”“晞”“湄”“跻”“坻”；三章“采”“已”“涘”“右”“沚”），而句尾韵的恰当配置，正好体现了全诗那种执著缠绵而略带感伤的情调。

句中用韵。此式诗句以语气词或代词结尾，用韵是在语气词或代词前面；而语气词或代词本已由于自身重复而押韵，这就构成双字（乃至三字）韵脚。在诗经体中，常构成双字（或三字）韵脚的语气词或代词有之、兮、止、也、我、哉、焉、只、女、思、忌、乎、与等。如《周南·芣苢》这是一首周代南方妇女在劳动中即兴口唱的山歌。共三章，章四句，句四言。诗中依次写出了她们采集芣苢（即车前子）的摘、拾、盛的操作过程，并表现了她们劳动中异常兴奋的情绪，十分热烈的场面。而“采之”、“掇之”、“襭之”三个双字韵脚的配置，正好真切生动地描状出她们采集芣苢的操作过程，烘染了劳动中欢快热烈的气氛。又如《王风·扬之水》：这是一首周代戍边士兵诉说怨愤的诗。共三章，章七句，系杂言。周平王东迁以后，平王母家申国经常受到强楚侵扰，于是平王征调畿内人民去为申国守边。戍边士兵长期远离家乡，不得与家人团聚，内心充满怨愤，于是发而为诗。诗中各章.“怀哉！怀哉！”“归哉！”三个双字韵脚的配置，突出地表达了戍边士兵内心的强烈怨愤之情。

隔句押韵。此为诗经体基本韵式之一。一般是偶句押韵奇句不押韵，但也间有奇句押韵偶句不押韵者。如《周南·樛木》：这是一首祝贺新婚之喜的诗。

共三章，章四句，句四言。诗中各章首二句以既形象又普遍的葛藟缠绕樛木的自然事物为比，反复强调表明女子嫁给“君子”的婚喜之事；后二句则层层加深语势地表达了对新郎的衷心祝福之情。而每章皆偶句押句中韵（一章“累之”“绥之”；二章“荒之”“将之”；三章“萦之”“成之”），正好节奏鲜明地突现了诗的主体内容，烘染了诗的欢乐气氛。又如《召南·羔羊》：这是一首政治讽刺诗。通过生活中的一个片断，揭示出衙门官吏过着吸吮人民血汗的奢侈生活。诗三章，章四句，句四言。三章皆以旁观者的身份，反复地写官吏们身着皮衣，上朝退朝，吃饱喝足，然后心得意满、晃晃悠悠地走回家去。诗以首句入韵（一章“皮”；二章“革”；三章“缝”），着意地强调出官吏们的穿戴，成为各章开局鲜明有力的一笔。又如《魏风·伐檀》：这是一首反抗阶级剥削的诗。共三章，章九句，各章句式均以五、六、六、四、七、四、八、四、四之杂言顺次排列，章间形成整齐对应格局。在用韵上，属隔句韵中一、三句入韵之偶句押韵式，并各章统用“兮”或“猗”字脚（一章“檀兮”“干兮”“涟漪”“廛兮”“貆兮”“餐兮”；二章“辐兮”“侧兮”“直猗”“亿兮”“特兮”“食兮”；三章“轮兮”“漘兮”“沦猗”“囷兮”“鹑兮”“飧兮”），全诗采用此种格式，集中地揭露了奴隶主贵族不劳而获的阶级剥削本质，反映了奴隶们的阶级觉醒。又如《唐风·无衣》：这是一首怀人诗。诗中主人公为男性，不知为了什么，他与自己的故妻或情人分离了。于是他览衣感旧，睹物思人，不胜依依；他无日不穿衣，也就无日不伤怀，以至觉得衣服再多，也都比不上她给自己做的那件穿到身上合体、美观和暖和。诗共两章，章三句，奇句押韵偶句不押韵（一章“七兮”“吉兮”；二章“六兮”“燠兮”），这种别致的押韵方式，造成一种声情上的变奏效应，从而把主人公那种深切思念、爱屋及乌的特定心态强烈地表现出来。

句句押韵。此亦为诗经体常用的韵式之一。如《桧风·素冠》：这是一首悼亡诗。抒情主人公为女性。她的丈夫死了，将入殓时，她刚巧外出归来，才得最后见到丈夫一面，她不禁抚尸痛哭，伤心地表示愿意跟丈夫一同死去。全诗三章，章三句，而句句用韵，并缀以“兮”字脚（一章“冠兮”“栾兮”“慱兮”；二章“衣兮”“悲兮”“归兮”；三章“韠兮”“结兮”“一兮”），充分地表达了女主人公声泪俱下、悲痛欲绝的情状。

一韵到底。此式诗篇每章只用一个韵部。这在诗经体中最为常见。如《齐风·鸡鸣》：这是一首表现夫妻情爱的诗。诗三章，章四句，诗中所写均为二人床笫间的对话。表面看，丈夫贪恋床第，妻子催促上朝，二人态度有别；实际上，却丈夫是半真半假地寻找借口，妻子则似嗔实爱地迁就默许——二人在交流着共同的温柔缱绻的情意。诗的各章均一韵到底（一章耕部韵；二章阳部韵；三章蒸部韵），贴切地传达出夫妻恩爱、床笫私语、卿卿我我的声口。

中间换韵。此式诗篇一章用两个以上韵部。这在诗经体中也相当常见。细分起来。又有：

一般中间换韵。即一章内根据表达需要自由变换韵部。如《卫风·氓》：这是一首弃妇诗。共六章，章十句，句四言。全诗通过女主人公的自叙，抒写了她初恋的甜蜜，婚前的幸福，婚后的操劳，丈夫的虐待，被休的痛苦，以及痛定思痛、斩断情根的决绝，成功地塑造了一个多情而又薄命的弃妇的典型形象，有力地控诉了薄情的负心汉和造成她人生悲剧的封建社会与封建礼教的罪恶。诗中除一、二、五章为一韵到底外，其余三章则顺应着内容的不断递转和感情的起伏跌宕而多次换韵（三章铎部，侵部，月部；四章文部，阳部，职部；六章元部，之部）达到了出乎天籁，成由自然的化境。

交叉用韵。即一章内奇句与奇句押韵，偶句与偶句押韵，形成了韵部的有规则的交叉变换。如《周南·兔罝》：这是一首歌赞畋猎武士的诗。共三章，章四句，句四言。每章均为前二句歌赞畋猎之事，后二句歌赞畋猎之人；而前二句与后二句之间，出以交叉用韵（一章“罝”“夫”鱼部，“于”“城”耕部；二章“罝”“夫”鱼部，“逵”“仇”幽部；三章“罝”“夫”鱼部，“林”“心”侵部），于是使所歌赞之人与所歌赞之事得以自然连接，圆满地完成了对全诗主题的表达。

抱韵。此式诗篇一章内起首与结尾用一种韵，中间用另一种韵，形成一种韵环抱另一种韵的格局。如《小雅·伐木》：这是一首民间宴请亲友的乐歌。共三章，章十二句，句四言。首章以鸟鸣引起思亲求友的意绪，渲染了殷勤和乐的氛围。二、三章则具体描述宴请“诸父”、“诸舅”、“兄弟”的丰美的酒馔、欢乐的歌舞、融洽的亲情、热烈的场面。而首章以“丁、嘤”耕部字韵开头，以“谷、木”屋部字韵居中，再以“鸣、声、声、生、听、平”耕部字韵收尾，形成了耕部韵环抱屋部韵的格局，从而造成一种富于变换而又十分谐和的声情效果，更好地适应了思亲求友的意绪的表达和殷勤和乐的氛围的渲染。

遥韵。此式诗篇除章内押韵外，还隔章押韵。遥韵一般是在诗章末尾；也可在诗章开头，并且有时某字在前章中本为一般韵脚，而到后章中则复变为遥韵。但无论何种情况，遥韵在一首诗各章中必定处于相同位置，并且句子相同或基本相同。如《郑风·褰裳》：这是一首情歌。抒情主人公为女子。诗二章，章五句，系以四言为主之杂言。两章诗反复写这位女子或者以攻为守，主动试探，希望小伙在爱河之前当机立断，明确摊牌；或者出于激将，正话反说，鼓励对方冲破现实障碍，来到自己身边。总之，表现了她对爱情的热烈而又矜持。而两章末均以“狂也且”三字脚煞尾，从而形成遥韵，正好适应了女主人公激情鼓荡、反复催促的声音。又如《小雅·瞻彼洛矣》：这是一首武事诗。共三章，章六句，句四言。全诗对周天子大会诸侯、检阅六军作了种种至高无上的礼赞。而各章起首“瞻彼洛矣，维水泱泱”两句，以兴的手法层层烘染了深广壮美、气象雄浑的背景；再置以阳部“泱”字，形成章首遥韵，更反复强调了浩大恢宏的氛围。又如《周南·葛覃》：这是一首准备归宁的诗。共三章，章六句，句四言。全诗生动地表现了一个婚后女子即将回娘家省亲的行前准备和喜悦心情。首二章均以“葛覃”（葛藤长长）兴起，从而引出治葛为服的联想；至三章再直叙向“师氏”（女管家）告假和换洗内外衣裳的具体准备。内容由虚转实，音情自缓到急。而首章章首“谷”字先与该章“木”字为屋部协韵产，本已构成一般韵脚；二章章首再以“谷”字与上章“谷”字相应，复又构成遥韵。这适巧使葛覃的兴起在声音的回旋中得以突出和强调。

总之，在笔者看来，作为我国古代第一种成熟的诗体——诗经体，不仅以它在篇式、句式、韵式诸多方面所取得的辉煌成就，铸起了我国古代诗体衍变史上一座不朽的丰碑；而且，还以它那熔开创性、奠基性、广博性于一炉的宏伟建树，给予了后来诗体的发展以深远的影响、无穷的沾溉。乃至今天，我们重新回头审视诗经体的历史经验，这对繁荣新诗的创作，谅也仍不无借鉴意义。

原载《郑州大学学报》1992 年 4 期

研杜二题

一、关于杜甫的主导思想

杜甫的主导思想是儒家思想，这在学界似乎已成定论。但仅仅如此说，未免太笼统，因而也就难以真正把握杜甫思想的“这一个”。列宁说，具体问题具体分析。那么，怎样才算确切地判断了杜甫的主导思想呢？笔者以为是否可以作这样的表述：杜甫的主导思想，是对儒家思想的颇具新意的扬弃，即对儒家思想某些进步因素的发扬和对其中某些消极因素的突破这样两个方面的有机融合。为了进一步弄清这个问题，大概有以下三点值得特别重视：

首先，杜甫为奉儒而守官。

“奉儒守官”，这是杜甫自己在他的《进雕赋表》中提出来的。《进雕赋表》说：“自先君恕、预以降，奉儒守官，未坠素业。”意思是，“奉儒守官”是他的世代家传，他自然也无例外地要奉儒守官，以承续这一家传。但对“奉儒守官”应该如何理解呢？笔者以为，在杜甫，“奉儒”与“守官”虽说并提，但非并列，二者的关系，不是又“奉儒”，又“守官”，所谓平分秋色；而是有主有从，一为目的，一为手段。即：“奉儒”是主，是目的；“守官”是从，是手段。换句话说，杜甫是为“奉儒”而“守官”，或者说是要通过“守官”来实现“奉儒”。而这，正是他对儒家思想中进步因素的继承和发扬。《论语·先进》有云：“所谓大臣者，以道事君，不可则止。”《孟子·万章下》亦云：“立乎人之本朝，而道不行，耻也。”可见，孔、孟都主张做官就要行道。杜甫的“奉儒守官”就正是这个意思。还应看到，杜甫不仅这样说了，而且切切实实地身体力行了。试看他任朝中左拾遗期间，为了忠于职守（也就是为了“奉儒”）曾经上疏营救房琯罢相，竟然可以置触怒肃宗、很有可能丢官获罪而不顾，这一事实，就是铁的证据；证明他所以要“守官”，确实是为了“奉儒”。同时，既是为“奉儒”而“守官”，自然也可以为“奉儒”而丢官。官可做也可不做，但“奉儒”是绝对不能放弃的。在封建社会，知识分子想当官，大概说可分两种：一种是为了光宗耀祖，荣华富贵，这自然是不好的，无疑应该鄙弃的；另一种，是为了实现自己的理想和抱负，即所谓建立功业，这却不仅无可厚非，而且是应该加以肯定的。杜甫就属于后一种。

接下来，是对杜甫的“奉儒”的具体内涵，又应怎样理解？简单说，“奉儒”就是奉行儒家之道。那么，杜甫要奉行的儒家之道又是什么呢？这从他一心一意要“致君尧舜上，再使风俗淳”，“许身一何愚，窃比稷与契”，“盖棺事则已，此志常觊豁”等一系列的自我表白可以得到明确的回答：他要行的儒家之道，就是尧舜之道。说到底，也就是儒家思想中“匡时济世”、“仁政爱民”等进步的成分。因此，杜甫的“奉儒守官”，是有历史进步意义的，正是这种思想主张，成为贯串他一生思想行动的红线。

其次，杜甫奉儒而不泥儒。

杜甫是儒家思想的信奉者，却不是儒家教条的卫道士。这主要是因为他所生活于其中的社会的急剧动荡和他自身经历的坎坷困顿，使他对当时社会现实的种种矛盾有了深刻的观察和切身的感受；是在现实生活的严酷教育下，他逐步地认识到他所信奉的儒家思想有很大缺陷，是很难解决实际问题的。所以，他每每自嘲为“腐儒”，常常发出“儒冠多误身”的感叹，有时还表现出“儒术于我何有哉，孔丘盗跖俱尘埃”的愤慨和绝望。也因此，他对儒家思想的消极或不切实用的方面能有所突破。比如，儒家虽然也高喊“节用爱人”、“民为贵”的动人口号，实际上却轻视劳动，轻视劳动人民。杜甫则不是这样，他喜欢劳动，乐于接近下层人民，对人民有深厚的感情，“穷年忧黎元”始终是他的基本情怀，他的大量的优秀的诗篇可以说都是自觉地为民请命的。从这方面看，杜甫已经超越了儒家“民本”思想的范围，而升华为人民的忠实代言人了。当代学者萧涤非先生称杜甫为人民诗人，这评价是符合实际的，这称誉在杜甫是当之无愧的。再比如，儒家立身行事的信条是“穷则独善其身，达则兼善天下”，“不在其位，不谋其政”。而杜甫则不管“穷”、“达”都要“兼善天下”，不管在不在“位”，都要“谋其政”，“济时肯杀身”确实是他的一贯精神。这是杜甫最感动人的地方，也是杜甫的真正伟大之处。否则，杜甫一生“达”的时间太少了，如果把他任左拾遗实际履行职务不到一个月的时间也算“达”的话，照此说来，杜甫一生活了五十九岁，那五十八又十二分之十一岁都是

“穷”，倘若按照儒家的信条他只好“独善其身”，哪还有今天我们所看到的这样对国家一腔血诚、对人民无比热爱、为实现理想和抱负而矢志不移到“盖棺事则已，此志常觊豁”的伟大的现实主义诗人杜甫呢！

再次，杜甫将忠君与忧民、爱国融为一体。

与封建时代一切具有进步思想的人一样，由于历史的局限，杜甫也终归不可能否定皇帝，他始终是一个皇权主义者，忠君思想在杜甫的思想里一直占有不可动摇的地位。这应该是没有疑问的。当然，这并不说明杜甫就不伟大了。杜甫是否伟大并不表现在他是否忠君上，关键是对他的忠君应作具体的分析和恰当的评价。笔者以为：一方面，我们应当看到，杜甫始终坚守着“致君尧舜上”的抱负，希望通过皇帝“下令减征赋”来“各使苍生有环堵”，进而达到“再使风俗淳”的终极目的。也就是说，他对皇帝一直存在着很大的幻想，他的忠君有“愚忠”的一面，所谓“葵藿倾太阳，物性固莫夺”就是他最好的自白。而另一方面，又应当看到，他的忠君，却往往是与忧民爱国融合在一起的。正因为如此，他常常能够突破“愚忠”的羁绊，而表现出诤臣的骨气和胆略。他的大量的优秀诗篇如《兵车行》、《丽人行》、《自京赴奉先县咏怀五百字》等等，就不乏对于朝廷乃至皇帝的大胆揭露和尖锐批判。但这终究并不意味着他已改变忠君的基本立场。须知所谓“诤臣”者毕竟仍以“忠君”为前提，否则就只能是“叛臣”了。笔者对这一点曾在一篇分析《自京赴奉先县咏怀五百字》的小文中作过具体的说明，为免辞费，不妨径引一段：

“君臣留欢娱，乐动殷胶葛。赐浴皆长缨，与宴非短褐。”……值得注意的是，“君臣”二字并提，显然是把批判的矛头直接指向了上层统治集团，乃至最高统治者，那个不争气的玄宗皇帝。回想起玄宗自从得到杨贵妃之后，就日甚一日地沉浸在酒色之中，再也不理朝政，而经常带着杨氏姐妹泡在华清宫里，过着糜烂的生活。这正是唐朝由盛而衰的一个重要原因。杜甫敏锐地觉察到这个问题，心中升起了巨大的不安，为了正面揭出要害，也就无所顾忌地点了玄宗的名。这并非有什么恶意，而是出于万般无奈，或者说，这正是他为“致君尧舜上”而采取的一项非常手段。因而，这不仅不与他的忠君思想相抵触，而且是与他的忠君思想完全一致的。从实质上看，他这样做，正是他的忠君思想的特定形式的体现。（引自《唐诗名篇精赏》）

还应当看到，尤其在民族矛盾尖锐、国难当头的情况下，杜甫的忠君思想与他的爱国精神之间就简直可以划上全等号了。在这种情况下，杜甫的忠君就成了他的爱国的具体体现，因而也就更具有了进步的意义。

总之，杜甫一方面继承和发扬了儒家思想中某些进步的因素，同时批判和改造了儒家思想中一些消极落后的因素，从而形成了他自己的进步思想。正是这种进步思想，生发了他永不衰退的政治热情，造就了他百折不挠的坚强性格，淬砺了他胸襟开阔的进取精神。从而，终于使他成为我国古代伟大的爱国志士和伟大的人民诗人。

二、关于杜甫的现实主义创作方法

什么是现实主义？学界公认恩格斯的一段名言可以看做是经典性的说明。恩格斯说："据我看来，现实主义的意思是除细节的真实外，还要真实地再现典型环境中的典型人物。"（《马恩选集》第四卷《致玛·哈克奈斯》）这段名言，提示了现实主义的主要特征。析言之，这些特征就是：

第一，现实主义必须真实地表现现实生活，即具有真实性；

第二，现实主义必须具有细节的描绘，即具有具体性；

第三，现实主义必须创造典型环境中的典型人物，即具有典型性。

自然，这是现实主义发展到近代高度水准上的特征，而不是一切现实主义都能完全具备的。比如，创造典型环境中的典型人物，这是近代叙事文学中现实主义高度发展的最突出的成果，已经成为现当代现实主义的最核心的内容；倘若以之要求古代作家特别是古代诗人也必须如此，那是不符合历史唯物主义的原则的。但归根结底，除去创造典型人物这一条件可以有所通融之外，而一般强调作为优秀的现实主义作品都要具有典型性，则无论古今，却毕竟是必不可少的。

现在，把上述时代因素考虑在内，来对照现实主义的这些特点和要求，应当毫不含糊地承认，生活在一千二百多年以前的伟大诗人杜甫，他已经出色地实践了这一创作方法，并从而取得了创作上的辉煌成就。

首先，是杜甫的诗歌做到了客观的表达和细致的描写。

客观的表达和细致的描写，也就是按照现实生活的本来面貌如实地反映现实生活，这是现实主义创作方法的最基本的要求（即上述真实性、具体性），也是杜甫诗歌最为突出的特点和最为出色的成就。

——杜甫始终坚持了客观的表达：

比如，在叙事诗里，他总是绝对避免抽象的议论或空泛的抒情，而全神贯注于对人物、事件或景物作客观的描述。在这方面，特别值得人们叹服的是：诗人杜甫不仅具有高超的描写事物的艺术本领，而且具有能够冷静地控制自己由被描写的事物所激发起来的那种实在难以控制的主观感情冲动的性情上的修养。当然，这并非诗人就不表达感情。诗总是要表达感情的，叙事诗也不例外，问题是如何表达。杜甫则最善于把自己的主观感情融化到客观的描写之中，通过所描写的客观事物本身的形象去感染读者。《石壕吏》就是一很好的例子：

暮投石壕村，有吏夜捉人。老翁逾墙走，老妇出门看。吏呼一何怒，妇啼一何苦。听妇前致词："三男邺城戍。一男附书至，二男新战死。存者且偷生，死者长已矣！室中更无人，惟有乳下孙。有孙母未去，出入无完裙。老妪力虽衰，请从吏夜归。急应河阳役，犹得备晨炊。"夜久语声绝，如闻泣幽咽。天明登前途，独与老翁别。

我们读过全诗就会明显地看到，诗中除"吏呼一何怒，妇啼一何苦"两句隐约地透出诗人的爱憎态度之外，便都是客观事件的具体描述，而诗人的巨大的愤怒和强烈的斥责，真挚的关爱和深切的同情，全都渗透到对具体事件的客观描写之中了。这里，可以举出晚唐诗人唐彦谦的一首《宿田家》来和《石壕吏》做个对比：

落日下遥峰，荒村倦行履。停车息茅店，安寝正鼾睡。忽闻扣门急，云是下乡隶。公文捧花柙，鹰隼驾声势。良民惧官府，听之肝胆碎。阿母出搪塞，老脚走颠踬。小心事延款，□余粮复匮。东邻借种鸡，西舍觅芳醑。再饭不厌饱，一饮直呼醉。明朝怯见官，苦苦灯前跪。使人不能眠，为渠滴清泪。民膏日已瘠，民力日益弊。空怀伊尹心，何补尧舜治！

唐彦谦诗的主题和结构与《石壕吏》都很相近，作者同样投宿到一个老百姓的家里，同样是在深夜遇上差吏敲门派差的事。诗中对阿母"搪塞"和"延款"等情节的描述，也称得上具体、形象、生动。但到诗末，作者终于沉不住气了，他要把自己的感情直接宣泄出来，并要把自己的心愿明白告诉读者。当然，作者有权这样写，但从艺术表现的角度看，其高低巧拙的区分，是毋庸讳言的。

杜甫的《石壕吏》就不是如此。从“夜久语声绝，如闻泣幽咽”的诗句中，我们可以体会到诗人杜甫也彻夜未眠，看来，他也曾陪着那个媳妇暗自流了眼泪；但他却未作“使人不能眠，为渠滴清泪”的直接表白。杜甫是立志“致君尧舜上，再使风俗淳”的诗人，但在这里也没有“空怀伊尹心，何补尧舜治”的明确宣告。就这样，杜甫以他惊人的控制力，始终坚持了对事件的客观描叙，是通过客观描叙而给予读者以强烈的艺术感染，收到理想的社会效果的。清代学者刘熙载在《艺概》卷一中说：“叙事不合参入断语。太史公寓主意于客位，允称微妙。”这是对司马迁《史记》的评语，但用以说明杜甫诗歌的特点，也是合适的。其实，这是一切叙事文学所应共同遵守的原则。用今天文学评论的述语来说，就是要“用形象说话”。而杜甫，则是高度自觉地遵守了这一文学表达的原则的。

——与客观的表达紧密相连，杜甫还运用了细致入微的描写。这里不妨拿杜甫与李白加以比较。

李白和杜甫的诗歌都取得了空前辉煌的成就，这是人们所公认的。但他们在创作中所运用的具体方法却各有专擅，这也是不容忽视的。从读者的感受看，如果说李白的诗歌如同暴风骤雨，是凭借极不平凡的气势震撼读者的话，那么，可以说杜甫的诗歌就像和风细雨，是通过“润物无声”的方式渗透到读者的心田的。当代学者袁行霈先生有个精彩的概括：“李使人惊叹，杜使人亲近。”何以会如此呢？笔者以为一个重要原因，正是二人所使用的创作方法不同所使然的。

比如，同是写“安史之乱”这样的社会大事件，李白是从大处落墨：“俯视洛阳川，茫茫走胡兵。流血涂野草，豺狼尽冠缨。”诗中所展现的，是鸟瞰式的笼统依稀的全景；杜甫则就细处着眼，具体而细微地描写了这次战乱的各个方面，像《三吏》、《三别》那样，通过亲见亲闻的一件件具体事实的记叙，真实地反映出战乱时代人民遭受的巨大痛苦和灾难。

在描写具体事件和景物时，杜甫那种体物察情的细致入微就更能显示出它的特色。比如《望岳》就写出了他对泰山的景色的细致的观察，全诗八句四联，全是围绕“望”字展开，通过远近距离的变化和不同角度的转换，虚实结合地写出了四种望法：

“岱宗夫如何？齐鲁青未了。”——这是远望，故诉诸绘其山色；

“造化钟神秀，阴阳割昏晓。”——这是近望，故诉诸状其山势；

“荡胸生层云，决眥入归鸟。”——这是细望，故诉诸摹其山景。

以上三联，都是写实，写诗人亲眼所见。

“会当凌绝顶，一览众山小。”——这是极望，因尚未“凌绝顶”，故诉诸表其愿望。

这末一联是虚写，写诗人心中所想。就这样，全诗通过远望、近望、细望、极望，而且通过实写和虚拟，细致地描绘了泰山的高大磅礴、雄奇神秀的气象，表现了诗人勇于攀登、积极向上的进取精神。

再如《羌村》三首其一，除了“峥嵘赤云西，日脚下平地”这起头两句是集中写景交代到家时间之外，其余各句则顺次写出了诗人到家后全家人心情的每一起伏变化：

“柴门鸟雀噪，归客千里至。”——是写诗人初到家时的欣喜；

“妻孥怪我在，惊定还拭泪。”——是写全家人团聚时的激动；

“邻人满墙头，感叹亦歔欷。”——是写全家团聚后与邻人一起的感慨；

“夜阑更秉烛，相对如梦寐。”——是写全家打灯围坐中体味久别重逢的臆幻。

这样细致的描写，确实达到了出神入化的境地。

以上是说在叙事诗里，杜甫坚持了客观而细致的表达。那么，在他的抒情诗里，情况又怎样呢?

就是抒情诗里，诗人也像在叙事诗里客观而细致地描写事件、表现人物那样，总是对自己曲折矛盾的内心世界进行冷静的层次分明的解剖。

如《自京赴奉先县咏怀五百字》长诗的第一部分就是一个很好的例证：

杜陵有布衣，老大意转拙。许身一何愚，窃比稷与契。居然成濩落，白首甘契阔。盖棺事则已，此志常觊豁。穷年忧黎元，叹息肠内热。取笑同学翁，浩歌弥激烈。非无江海志，潇洒送日月。生逢尧舜君，不忍便永诀。当今廊庙具，构厦岂云缺。葵藿倾太阳，物性固莫夺。顾惟蝼蚁辈，但自求其穴。胡为慕大鲸，辄拟偃溟渤？以此悟生理，独耻事干谒。兀兀遂至今，忍为尘埃没？终愧巢与由，未能易其节。沉饮聊自遣，放歌破愁绝。

这一部分，是直接抒写怀抱的，一落笔就像江河澎湃，奔腾流注，反复吟唱，欲罢不能，以至花费了三十二句的篇幅。仔细体味，按照抒情方法的不同，又可细别为三个层次。第一层为开头十二句，是从正面抒写怀抱；自“非无江海志”以下十四句为第二层，是从反面抒写怀抱；自“兀兀遂至今”以下六句为第三层，再把上述两方面合起来加以发挥。就这样，通过正、反、合三个步骤的抒写，清楚地亮明了自己的远大理想和为实现这种理想而奋斗不懈的执著态度，深刻地剖示了自己的内心世界，可说是杜甫思想面貌的一幅生动传神的自画像。

再如《闻官军收河南河北》：

剑外忽传收蓟北，初闻涕泪满衣裳。
却看妻子愁何在，漫卷诗书喜欲狂。
白日放歌须纵酒，青春作伴好还乡。
即从巴峡穿巫峡，便下襄阳向洛阳。

这首七言律诗，说起来写的不过是诗人“初闻”“官军收河南河北”胜利喜讯刹那间的感情变化；面对如此单纯的题材，作者也没有简单化的处理，而是通过曲折顿挫的章法，写出了丰富多彩、绚丽夺目的生活场景，既气氛紧张，使人读时有应接不暇之感；又条理井然，让人读后兴从容圆满之叹。清代人施补华《岘佣说诗》曾对此做过精到的阐发，他说：

“剑外忽传收蓟北”，今人动笔，便接“喜欲狂”矣。忽拗一笔，云：“初闻涕泪满衣裳”，以曲取势。活动在“初闻”二字，从“初闻”转出“却看”，从“却看”转出“漫卷”，才到喜得还乡正面，又不遽接还乡，用“白首（日）放歌”句垫之，然后转到还乡。收句“巴峡穿巫峡”，“襄阳下（向）洛阳”，正说还乡矣，又恐通首太流利，作对句锁之。即走即守，再三读之思之，可悟俯仰用笔之妙。

所谓“即走即守”，所谓“俯仰用笔”，都是对这首诗曲折顿挫的章法特色的总结和概括。总之，在诗中，热烈鼓舞的艺术表达与冷静细致的心理解剖达到了高度完美的统一。正因为如此，所以这首诗除具有一气贯注的基调之外，还体现出一种摇曳多姿之美。

其次，是杜甫的诗歌创造了具体而又典型的形象。

如前所述，杜诗的现实主义并不表现在塑造了典型人物形象上。在杜甫的诗歌作品中虽然写了不少人物，却都不是作为具有个性的典型而出现的。杜诗现实主义典型性的特点在于：从现实生活中选取具有典型意义的事件或感情，加以艺术地、集中概括地描写或抒发，从而构成典型的艺术形象；通过这样事件或感情的典型形象，而生动地展示出他那个时代的社会面貌和基本特征。

如他的一些叙事诗就常常是只描写生活里的某一侧面，只记叙社会上的某一事件，只表现客观存在着的社会全景中的某一细部；却又都具有广泛的代表性，概括了现实生活的基本内容，因而具有典型的意义。如《兵车行》，通过一个行人的答话，广泛地反映了当时社会兵役的繁重，战争的艰苦，以及人民对朝廷为“开边”而穷兵黩武的不满。又如《石壕吏》，通过一位老妪的诉说，介绍了一个家庭的遭遇，概括了千万个家庭的悲剧。诸如此类的诗篇中的人物都不是典型形象，他们的典型意义是通过典型的有代表性的事件来体现的。

杜甫还特别善于将巨大的社会内容熔铸到一两句诗里，从而构成具体而鲜明的典型形象。如《自京赴奉先县咏怀五百字》诗中“朱门酒肉臭，路有冻死骨”两句，就正是诗人用如椽的诗笔，高度概括了社会现实中尖锐的阶级矛盾，以鲜明的形象，指控了统治阶级铁证如山的血腥罪行。它之所以能成为千古名句，是因为它是以具体生动的形象揭示了深刻重大的社会内容，思想性和艺术性达到了完美的统一，不仅具有巨大的感染力，而且具有高度的典型性。

再如杜甫的抒情诗，其所抒的情也都是由现实生活所激发，为现实生活所规定的典型感受。因此，一方面，这种感受带有诗人的个性特点；另一方面，又具有社会的典型意义。像《春望》中所抒发的痛苦和忧伤，《闻官军收河南河北》中所表达的激动和喜悦，诸如此类的感情，就既是诗人自己内心活动的真实记录，又是他所生活于其中的那个战乱时代的人们共同感受的生动反映。透过这些诗句，不仅可以了解诗人个人的遭遇情况，而且可以窥得当时整个社会生活的真实面貌。

还有一点应当强调指出，由于诗人杜甫既始终坚持客观而又细致的表达，又注意创造生动而典型的形象，所以他的诗常常能从身边琐事的描写，自然推衍到国计民生的重大问题的开掘和提示。如《茅屋为秋风所破歌》、《又呈吴郎》等等都是如此。还有许多是将重大的社会政治内容与生活中的某一侧面的细节描写穿插起来，借助这些细节更好地突现全诗的重大主题。《北征》诗就是典型的例子：这首诗在写法上是由国及家，再由家及国，通过自己一个家庭，反映整个国家的状况。明人胡应麟《诗薮》评杜诗说：“盛唐一味秀丽雄浑。杜则精粗、巨细、巧拙、新陈、险易、浅深、浓淡、肥瘦，靡不毕具。”这话很有见地。总之，杜甫通过自己一生艰苦的创作实践，确实和谐地统一了巨细、大小、远近、虚实等原相对立的审美范畴，创造了丰富多彩、涵汇汪茫的艺术境界，取得了现实主义的空前辉煌的成就。

原载《杜甫研究论文集》中州古籍出版社1995年出版

选学最早几部撰著试述

研治“选学”，自必以理清其基本撰著为先行要务。但“选学”历史悠久，迄今垂千有余年；经岁月剥蚀，早期撰著，率多散佚，欲再见真面，洵非易事。今不揣浅陋，谨捡其中最早几部，藉个人所见历代有关资料，勉力爬罗，悉心剔抉，或提要钩沉，或拟测推断，而作试述如下。榷而为论，若能得其仿佛，已属望外创获。果否有当，敬俟方家教正。

文选三十卷（原无注本）

撰者萧统（501－531），字德施，小字维摩，南兰陵（今江苏常州市西北）人，梁武帝萧衍长子。天监元年（502）立为皇太子，未及即位而卒，谥昭明，世称昭明太子。《梁书》卷八、《南史》卷五十三有传。所著《文集》二十卷、《正序》十卷、《文章英华》二十卷，皆散佚（今传《昭明太子集》系明人重辑）。《文选》三十卷于《隋书·经籍志·总集类》有著录。两《唐志》一仍《隋志》，至《宋志》不载。盖自唐李善注《文选》六十卷、五臣注《文选》三十卷大行后，此三十卷无注本也就渐告式微了。

萧统撰《文选》，自《隋志》著录始，历宋、元、明、清诸朝，千余年间，皆作定谳不疑。只是近世以来，渐生异议。先是近人何融首论《文选》编者确非一人（见其所撰《文选》编撰时期及编者考略）；近年又有日人清水凯夫力主《文选》编者实非萧统而为刘孝绰（见其所撰《从（文选）选篇看编纂者的文学观》）。二氏之说出，均受到学界关注并引起深入讨论。如今，作出大家普遍认可的结论或为时尚早，但判定《文选》编者确非一人而萧统主编不容否决，则似可为多数学者所乐意接受。

本书编定的确切时间史阙明文，迄无定论。近世以来，不少学者致力于此一问题的研究，提出过多种拟测或推断，目前亦难取得共识。但根据已为学界认同的该书选文不录生存的原则和主编萧统辞世的具体年月，将此书的编写时限粗断在梁普通七年（526）以后至梁中大通三年（531）以前数年间，谅无明显不妥。

此书为一诗文总集。其编纂宗旨，原序有云：

自姬汉以来，眇焉悠邈，时更七代，数逾千祀。词人才子，则名溢于缥囊；飞文染翰，则卷盈乎缃帙。自非略其芜秽，集其清英，盖欲兼功，太半难矣。

而验之以今传诸本，知全书共选录上起子夏（书中所署《毛诗序》作者）、屈原，下迄该书编定当时约七、八百年间一百三十余位作者七百六十余篇作品。确实可谓《诗经》以后萧统以前我国古代文学的精华，已基本收纳在此书中。今人倪其心评其选文云：

在思想上不拘一家，在艺术上不限一体，历史纵向呈现发展变化，时代横向表现各种差别，因而尽管萧统的识见不免存在若干不足，但大体做到了择优选取各时代有代表性有影响的好的或比较好的各体文章（见其所撰《关于〈文选〉和文选学》）。

这该是符合实际的。要之，此书不仅具有很高的文学史料价值，而且相当清晰地体现了先秦以迄梁代文学发展的轨迹，成为后世凡治先秦汉魏六朝文学者必需研读的一部文学要籍。

此书的编排体例，是选文“各以汇聚。诗赋体既不一，又以类分。类分之中，各以时代相次”（《文选序》）。从今传诸本看，知全书先依赋、诗、杂文三门，分列赋、诗、骚、七、诏、册、令等三十八体（李善注本、六臣注本皆作三十七体。清人胡克家《文选考异》卷八“移书让太常博士”条下引陈景云《文选举正》云：“陈云题前脱‘移’字一行。是也。各本皆脱。又卷首子目亦然。”又近人黄侃《文选平点·文选目录校记》亦补有“移”文一体，并出校语云：“意补一行”。今按，陈、胡、黄诸家之说是。因为第一，《文选》原书既然接连收有刘歆《移书让太常博士》、孔稚珪《北山移文》两篇，则依该书随文定类的编纂体例，设立“移”文一体本在情理之中；加之第二，今传南宋陈八郎本五臣注《文选》原就列有“移”文一目，更为证成此说提供了凿凿不疑的文献根据。只是胡氏所言“各本皆脱”，则由其未得见陈本所致）。在赋、诗体下，复各依题材再细别为京都、郊祀、耕籍等十五类和补亡、述德、勤励等二十三类。如此划分体类，固然显得碎杂，因而受到后世一些学者如章学诚、俞樾等人的尖锐批评，但毕竟“体现了萧统对古代文学发展、尤其是对文体分类及源流的理论观点，反映了文体辨析在当时已经进入非常细致的阶段”（《中国大百科全书·中国文学·文选》），因而其历史价值似不宜低估。

此书问世后，很快引起人们的重视。经隋至唐，研读《文选》即成为一门学问，被称作“文选学”或“选学”。由此，多种《文选》版本应运而生。就中以李善注本、五臣注本及其后合二者而成的六臣注本为最著名。入宋后，随着印刷技术的进步，版刻《文选》，遂成风气；降及元、明、清诸朝乃至近世，递修翻雕，益加繁夥。要皆李善、五臣、六臣诸本余脉，已非原三十卷无注本之旧。值得注意的是，今人屈守元近年披露其所传校的《日本古抄〈文选〉无注三十卷卷子本》残帙，认为此即李善未注以前萧统旧本。倘果如此，则虽系残帙，而此书原编大貌，总有幸重现于今人，并长传于后世了。

文选音义（文选音）

撰者萧该，生卒年未详。《隋书·儒林·何妥传》附载其事迹云：

兰陵（今江苏常州市西北）萧该者，梁鄱阳王恢之孙也。少封攸侯。梁荆州陷，与何妥同至长安。性笃学，《诗》、《书》、《春秋》、《礼记》，并通大意。尤精《汉书》，甚为贵游所礼。开皇初，赐爵山阴县公，拜国子博士。奉诏与何妥正定经史。然各执所见，递相是非，久而不能就。上谴而罢之。后撰《汉书》及《文选音义》，咸为当时所重。

按鄱阳王恢，为梁武帝萧衍之弟，则萧该乃《文选》主编萧统从侄。是知，萧该之所以著《文选音义》，实出于承传其家学的因缘。只是此书《隋书·经籍志》、《旧唐书·经籍志》、《新唐书·艺文志》并作《文选音》，书名与《传》载有差。所以然者，因该书已佚，难于确考。今据《隋志》较《隋传》晚出：《隋志》完成于唐显庆元年（656），而《隋传》完成于唐贞观十年（636）；又《隋志》与两《唐志》所载该书卷数亦不同：《隋志》作三卷，两《唐志》作十卷等情，似可做如下拟测：此书盖初名《文选音义》，后或因实以释音为主——这也符合传统的训诂规律，汉字固有形、音、义三要素，但总以音为基础。清人阮元《研经室集·释矢条》谓“义从音生也，字从义造也”，所指正是此种情况。故训诂常因音以求义，甚至释音即释义。汉代刘熙《释名》一书，即专意因音求义之作，可谓萧氏先声——遂更名为《文选音》；且更名后复有增修之举，而终致传本非一。要之，《隋传》所载当为更名前之书，《隋志》所载当为更名初之书，两《唐志》所载当为增修后之书，三者皆据实以录，只是所见有异而已。近人丁福保《文选类诂·自序》云：

隋兰陵萧该与陆法言同撰《切韵》，盖最初为“选学”者。三卷或作十卷，或有增纂也。

“最初为‘选学’”，“或有增纂”之说，似已道破个中原委。

此书为《文选》研究之滥觞。至《宋史·艺文志》不载，盖早在五代时已失传。近人王重民《巴黎敦煌残卷叙录》曾以法国巴黎国家图书馆所藏《唐写本文选音残卷》（北师大现存有该残卷照片六张，一册）假定为萧该《文选音》的残留，王氏云：

王子渊《圣主得贤臣颂》“清水淬其锋”，《集注》引《音决》云：曹七对反，萧子妹反。曹为曹宪，萧为萧该。此残卷作“之对、子妹”二反与曹宪《音》不同，又知非曹宪书。李善音间存（于）《选》注，许淹《音》盖已无存，而此残卷所载“子妹”一音适与《音决》所引萧该《音》合，余虽仅得孤证，在未见许淹《音》以前，无宁假定此残卷为萧该《文选音》也。

对王氏这一假定，今人周祖谟《论文选音残卷之作者及其方音》已证其不能成立。周氏云：

余初读此文，欣然而喜，以为萧氏之书犹在人寰。已而按核残篇，乃发现此书绝非萧该所作，王先生之说不可信。观所举“淬”字之音，残卷为“之对子妹二反”，考诸书此字均无“之对”一音，此“之对”者当为“七对”之伪，盖写者不察，乃蒙上文“铸”字之音“之戍”而误。至于《音决》云“曹七对反，萧子妹反”者，乃以“淬”有二音，而萧、曹各具其一，故萃而录之。今残卷兼举“七对、子妹”二音，则非萧、曹之独具一音可比；然则其非萧、曹之书，亦至为明切矣。不尔……若以为萧该之作，则《音决》何以止引“子妹”一反？愚以为尤不可者，则在王子渊《圣主得贤臣颂》“袭狐貉之暖兮”，《集注》引《音决》“暖，奴管反；萧香远反”一例。考此残卷“暖音乃管反”，与《音决》符合：以视萧《音》，殊为不侔。有此确切反证，可知以此为萧该之作，终非允洽之论。且《离骚》“路漫漫其修远兮”，《集注》引《音决》：“漫，音万，萧武半反。”此残卷“漫”凡二见，均为“万”音，而不作“武半反”，是与《音决》所引萧《音》又不合也。抑犹有可言：残卷“重”字三见，均作“直工”反，按《汉书·扬雄传》上萧该《音义》“重音直龙反”，“直龙、直工”韵殊有别，果此残卷为萧该之书，亦未得与《汉书音义》背戾若是。然则《叙录》之言，岂其然乎？

周氏此论，援据精博，信而有征。如此，则萧该《文选音义》，仍无改失传之数。不过，此书虽已失传，而于有关文献中爬罗剔抉，尚可偶有所获。近人骆鸿凯《文选学》考证：

今可见者，唯《文选·思玄赋》“行颇僻而获志兮”注引萧该《音》“颇本作陂，布义切”，《汉书·扬雄传》官本引萧该《音义》曰：“呹，《文选》余日反”二条。此则片羽仅存，不得如《汉书音义》，后人得为搜集成卷耳。

又，今检近人罗振玉影印日本金泽文库藏《古写本文选集注残卷》，复得如下八条：

该《残卷》卷六十三，《离骚》“路漫漫其修远兮”注引《音决》：

曼，音万，萧武半反；

又卷六十六，宋玉《招魂》“身服义而未沬”注引《音决》：

沬，亡背反，萧《音》亡盖反；

又卷六十六，刘安《招隐士》“偃蹇连卷兮，枝相缭”注引《音决》：

缭，居虬反。萧《音》料；

又卷六十八，曹子建《七启》八首，“垂宛虹之长绥，抗招摇之华旌”注引《音决》：

招，之遥反。萧《音》韶；

又卷七十九，繁休伯《与文帝笺》“謇姐名唱”注引《音决》：

姐，萧子也反；

又卷九十三，王子渊《圣主得贤臣颂》“清水淬其锋”注引《音决》：

淬，曹七对反。萧子妹反；

又卷九十三，王子渊《圣主得贤臣颂》“袭孤貉之暖兮”注引《音决》：

暖，奴管反。萧香远反；

又卷一〇二，王子渊《四子讲德论》“鄙人暗浅”注引《音决》：

暗，王《音》暗。萧《音》奄。

增此八条，固然仍属吉光片羽，但唯其如此，也就弥足珍贵。

文选音义

撰者曹宪，生卒年未详，扬州江都（今属江苏）人。新、旧《唐书》有传。《旧唐书·儒学传》载其事迹云：

仕隋为秘书学士，每聚徒教授，诸生数百人。当时公卿以下，亦多从之授业。宪又精诸家文字之书，自汉代杜林、卫宏之后，古文泯绝，由宪此学复兴。大业中，炀帝令与诸学者撰《桂苑珠丛》一百卷，时人称其该博。宪又训注张揖所撰《博雅》，分为十卷，炀帝令藏于秘阁。贞观中，扬州长史李袭誉表荐之，太宗征为弘文馆学士，以身老不仕，乃遣使就家拜朝散大夫，学者荣之。太宗又尝读书有难字，字书所缺者，录以问宪，宪皆为之音训及引证明白，太宗甚奇之。年一百五岁卒。所撰《文选音义》，甚为当时所重。初，江淮间为“文选学”者，本之于宪。又有许淹、李善、公孙罗，复相继以《文选》教授，由是其学大兴于代。

《新唐书》所载略同。唯旧《传》所载《博雅》此作《广雅》。盖《广雅》乃张揖原著之名，《博雅》则曹宪训注以后之称。曹宪隋唐间人，其作训注正当隋时，为避炀帝讳，遂改“广”为“博”。又旧《传》所载《文选音义》，此则阙如，而仅具“宪始以梁昭明太子《文选》授诸生”十余字的简略说明。

曹宪著述，除《传》载者外，尚有《古今字图杂录》一卷（见《隋志》）；《尔雅音义》二卷（见《新唐志》）；《文字指归》四卷（见新、旧《唐志》）；《曹宪集》三十卷，（见新、旧《唐志》）。

由以上《传》、《志》所载可知，曹宪堪称一代德高望重的汉学泰斗，尤于“文选学”有开创之功。稍后之许淹、李善、公孙罗、魏模诸“选学”名家，无不出其门下。可惜所撰“甚为当时所重”的《文选音义》，竟未能长传后世。清人阮元《扬州隋文选楼记》有云：

古人古文小学与辞赋同源共流，汉之相如、子云，无不深通古文雅训。至隋时，曹宪在江淮间，其道大明。马、扬之学，传于《文选》，故曹宪既精雅训，又精“选学”，传于一郡。公孙罗等皆有《选》注，至李善集其成。然则曹、魏、公孙之注，半存李善注中矣。

由此看来，曹氏之书虽佚，但其弟子李善之注犹存，且能独擅千古，流传艺苑，光景常新，则曹氏之学，尚可由李注得其仿佛，这也是不幸中的大幸了。又，今检近人罗振玉影印日本金泽文库藏《古写本文选集注残卷》，竟得其《音义》三条：

该《残卷》卷六十六，宋玉《招魂》“聚萑是食些”注引《音决》：

聚，在东反。曹《音》邹；

又卷七十九，繁休伯《与魏文帝笺》“謇姐名唱”注引《音决》：

姐，曹子预反；

又卷九十三，王子渊《圣主得贤臣颂》“清水淬其锋”注引《音决》：

淬，曹七对反。

千载之下，片羽竟存，可谓不幸中的又一幸事。

此书《旧唐志》未予著录，《新唐志》虽有著录而不注卷数，且验之以新、旧《唐传》所载，又各相乖互。由此看来，则此书疑即曹宪当年教授《文选》所用讲义：这在听讲者自必详录善存，在传写者亦当风行辗转，固皆视为珍宝，即传所谓“甚为当时所重”者；而在“始以梁昭明太子《文选》授诸生”的曹宪本人，恐实以亲授为宗，至于讲义，或随讲随修，终无定稿，遂致后人登录时，所见纷纭，难有一准，乃使两《唐传》、两《唐志》或载或否，即载又不注卷数，呈此踳驳不规之状了。

此书至《宋史·艺文志》不载，因推知其或亡于五代时。

文选音十卷

撰者许淹，生卒年未详，润州（今属江苏）人。《旧唐书·儒学传》载其事迹云：

少出家为僧，后又还俗。博物洽闻，尤精诂训。撰《文选音》十卷。

《新唐书·儒学传》亦载：

（淹）自浮屠还为儒，多识广闻，精故训，与罗（按指公孙罗）等并名家。

又《新唐书·艺文志》则载有：

许淹《文选音》十卷。

此书至《宋史·艺文志》不载，因推知其或亡于五代时。有关此书编撰详情，容当结合下部撰著加以拟测和推断。

文选音义十卷

《旧唐书·经籍志》载：

《文选音义》十卷，释道淹撰。

《新唐书·艺文志》亦载：

僧道淹《文选音义》十卷。

释（僧）道淹究竟是何许人？《文选音义》究竟为何样书？因新、旧《唐传》均无明文交代，遂致后世难定一是。近人骆鸿凯《文选学》论及许淹《文选音》时云：

《新唐志》又别载释道淹《文选音》十卷（按当为《文选音义》十卷）。考本传淹"出家为僧，后又还俗"，疑道淹、许淹，当即一人，二书当即一书。《旧志》载道淹之《文选音》（按当为《文选音义》，而不载许淹之《文选音》，得其实矣。《华严经》引淹师《文选音义》云"猗，美也"，此淹师即许淹，此条即《文选音》（按当为《文选音义》）之佚文。

随后，近人普暄《文选书目》则不同意骆氏之说，而谓：

《文选音义》十卷，僧道淹撰。按或谓道淹、许淹为一人，二书为一书者，以许淹少曾出家，后又还俗，且《旧唐志》只载道淹之《文选音》而不载许淹之《文选音》，以为证，似颇有据；但《新唐志》既载许淹之《文选音》又载道淹之《文选音义》，人名书名，均各分标，骤指为一，似不甚妥。故仍分别录之。

今据新、旧《唐传》、《唐志》所载加以综合考察，盖对骆、普二家之说作如下折中，或更近是，即：许淹、道淹，当即一人，理由确如骆氏所举；而《文选音》、《文选音义》，谅非一书，理由则如普氏所言。要之，《文选音义》当为淹"少出家为僧"时所著，署名僧道淹撰者，以此；至于书中内容，循名责实，自必释音释义，二者兼及。而《文选音》则当为淹"自浮屠还为儒"之后所著，署名许淹撰者，以此；至于书中内容，循名责实，亦当主释音而舍释义了。然则，二书的关系该当何如？谨就上述先兼及音义而后独主于音的拟测，以及二者并作十卷等情作进一步推断，《文选音》殆即《文选音义》略去释义后而对释音作大量增订所成。因之，一方面，认定《文选音义》乃《文选音》之前身，不无道理；另一方面，后著者既经大量损益，毕竟面目已非，因而断为新撰，或更切实际。

许淹始著《文选音义》而后著《文选音》，验之于“选学”早期历史，不为无因。清人余萧客《文选音义·自序》云：

《文选》自陈、隋后，《注》则有公孙罗、李善、李邕、吕延济、刘良、吕向、张铣、李周翰；《音》则有萧该、许淹；《音义》则有公孙罗、僧道淹、曹宪。

可谓大致理出了早期治“选学”者各自的学术侧重，以及整个“选学”由简到繁的发展大势。发轫者萧该，其治《文选》虽音义兼及，实重音而略义，所撰始名《音义》而终改为《音》，并非偶然；继起者曹宪，已音义并重，无所轩轾，所撰《文选音义》一名终始，不生歧异，亦属当然；降及李善，则在音义并重的前提下，更求阐明语源事典，自可集前此“选学”之大成，后来居上；复逮吕延济等人，倘仍循此以往，已无精进余地，故又别开蹊径，以图在疏解文理方面，再拓新宇。在此“选学”早期发展大势中，公孙罗或可谓“选学”中坚李善的同调，而许淹则不啻是“选学”先驱萧该的忠实传人。

此书至《宋史·艺文志》不载，因推知其亦亡于五代时。又，今人周祖谟《论文选音残卷之作者及其方音》曾推断今存《唐写本文选音残卷》当即许淹《文选音》的残留，周氏云：

卷中摘字记音，不为义训，以故知为《文选音》。又写者于“民”、“治”二字均不避讳，唯“国”字作“圀”，乃武后新定之字，是此本写于武后之际可知。惜残阙之余，首尾不全，无以考见其作者耳。按史志所载，隋、唐人之作《选音》者数家。……今诸家《音》均已散佚不存，无以按核残篇。但榷而为论，此卷非萧、曹、公孙、李善之书，则显然易见。……今从其体例断之，篇中有音无义，其许淹之作欤?

周氏之言颇合情理，无疑自为一家之说，倘能终成定谳，则许氏《文选音》全豹，当可有借此残卷窥而复得的希望了。

文选注六十卷

撰者李善（630? -689），唐扬州江都（今属江苏）人（《新唐书·曹宪传》称“江夏李善”，今依近人周贞亮说江夏当谓其本贯）。高宗显庆间，累官太子右内率府录事参军、崇贤馆直学士，兼沛王侍读。显庆三年（658）九月，注《文选》成，上表高宗，诏藏于秘阁，除潞王府记室参军，转秘书郎。乾封中，出为泾城县令。寻坐贺兰敏之事，配流姚州（今云南姚安）。后遇赦得还，遂寓居汴（今河南开封）、郑（今河南郑州）间讲授《文选》，学生多自远方而至，传其业，号“文选学”。又撰有《文选辨惑》十卷，已佚。传见《旧唐书》卷一八九上、《新唐书》卷二零二。

梁昭明太子萧统所编《文选》旧本约三十万字，共三十卷。至隋萧该著《文选音》，开了注《选》先河。及唐曹宪以教授《文选》著名，复有《文选音义》。其后李善则承扬曹宪衣钵，为《文选》作注，集当时“选学”大成，遂使全书增至百万字以上，几为原书四倍；盖以内容繁夥，始每卷各析为二，成六十卷。《新唐书·李邕传》称此注本“释事而忘意”，而与由其子邕更改过的“附事见义”者“两书并行”。今按，唐末人李匡义《资暇录》早有记载：

李氏《文选》有初注成者，有复注，有三注、四注者。当时旋被传写之。其绝笔之本，皆释音训义，注解甚多，吾家幸而有焉。

《四库全书总目提要》更辨《新唐书》之诬，云：

今本事义兼释，似为邕所改定，然《传》称善注《文选》在显庆中，与今本所载进表题显庆三年者合，而《旧唐书》邕传称天宝五载，坐柳勣事杖杀，年七十余。上距显庆三年，凡八十九年。是时邕尚未生，安得有助善注书之事……善之定本，本事义兼释，不由于邕。匡义唐人，时代相近，其言当必有征。知《新唐书》喜采小说，未详考也。

《四库提要》以今本事义兼释者为李善定本，甚是。要之，李善作注，用力至勤，可谓积毕生心血，前后数易其稿，方成定本。以今本论，全书主要采用征引式注法，释事详赡，训义简赅，注音确切，校勘精审，共引书达一千六百余种，其中许多书都已散佚，佚文赖李注得以保存。这样的注释，不仅有助于理解原书词义典故，而且是文字训诂和校勘辑佚的重要参考资料。又，全书注例严谨，一仿《左传》注例散在各篇之法，而随文逐条加以诠立。故书中凡所出注，皆有依循，排比规整，毫不淆乱。李善注《文选》以其有突出优点，受到后世学者的特别推重。清代人胡绍煐《文选笺证自序》云：

李善注援引赅博，经史传注，靡不兼综。又旁通仓雅训故，及梵释诸书，史家称其淹贯古今。……李时古书尚多，自经残缺，藉存十一，不特文人资为渊薮，抑亦后儒考证得失之林也。

胡氏之言，大致代表了学界的共识。当然，过于偏重释事和辞藻的溯源，而相对忽略对文意的析解，作为李善注的缺欠，似也毋庸讳言。近年来，一些学者在与李善注《文选》的比较研究中，同时注意肯定五臣注的价值，提出二者“兼之则美，离之两伤”（见牛贵琥、董国炎《文选六臣注议》）的看法，不无道理。

李善注《文选》成书之初，辗转传抄，尚无刻版。至五代孟蜀时，毋昭裔首刊《文选》（据《五代史补》），但所据何本，无由考知。入宋后，刊本大都盛行五臣注，又并李善注为六臣注，而李善单注本反倒罕有闻见（今存北宋刻李善注仅天圣、明道本残卷）。降及南宋淳熙八年（1181），尤袤为江东常平，驻池州（亦即池阳，治贵池，今属安徽），复独取李善注雠校锓版，是为现存最早的宋刊李善注全本（通称“尤刻本”）。唯其所据版本来源，尤氏未作说明，遂致后世学者作出种种推测。如《四库全书总目提要》以为此本非出自单刻李注，而系由六臣注中摘出者。大抵四库馆臣未得亲见北宋刻本及此尤氏原刻本，故所作判断难与事实相符。今按，尤氏跋语明记当时传世《文选》皆为五臣注本，且以“五臣特训释意旨，多不原用事所出。独李善淹贯该洽，号为精详，虽四明、赣上各尝刊勒，往往裁节语句，可恨”。可见尤氏刻书用意乃在保存李注原貌。再就文字比勘，此本多有与北宋本合，而与其他各本歧异者。如此本卷二《西京赋》“赫昈昈以弘敞”句下善注有“昈音户”三字，“鲔鮷鲿魦”句下善注有“鲿音尝”三字，“载猃猲獢”句下善注有“猃吕验切獢许乔切”八字，凡此皆与北宋本同，而宋刊其他各本皆脱。似此情况，谅非“从六臣本抽出”说所能解释。

自尤刻本问世后，凡李善单注本，率皆祖此以出。如元张伯颜刊本，明汪谅翻张伯颜本，晋藩重刊张伯颜本，明成化刊本，汲古阁刊本，清胡克家模刊尤氏本等，均属尤氏版本系统。而胡克家本可谓后来居上。胡氏花费多年时间，几经易稿，把尤本校勘重刻，并著《考异》十卷，附于末，于嘉庆十四年（1809）完成。胡本改正尤本明显的错误多达七百余处（《考异》指出的尚未计算在内)，虽在刊刻中也新添一些错误，但大多由字迹模糊或残缺所致，而且这类错误仅只六十余处。可见胡氏校订工作做得相当严肃认真。他所著的《考异》也远远超过尤本所附《李善与五臣异同》。只是胡氏未得见尤刻原本，所依据的不过是迭经翻刻的晚出本，加以其时敦煌残卷尚未发现，故许多可以订正今本的地方还无由采用。

尤刻原本今存北京图书馆，1974 年中华书局曾据以影印出版。胡刻本则自清以来，版本甚多，就中以 1974 年中华书局影印本、1976 年上海古籍出版社铅排标点本较为通行。

一九九四年八月初稿，十二月修定

原载《郑州大学学报》1995 年 3 期

乐府诗鉴赏举隅

一

乐府诗，是我国古代诗歌史上继《诗经》、《楚辞》以后出现的第三种重要的诗歌类别。

乐府，原本是一种官府的名称，顾名思义，它是官方掌管音乐的机关。根据考古发现和史书记载，这种官府早在秦和汉初就已经有了。不过，那时它所掌管的只是郊庙朝会（“郊”指郊祀，就是祭享天地；“庙”指太庙，就是祭祀祖先；“朝会”指朝廷上的典礼）的乐章，与诗歌还没有直接联系。

到了汉武帝时代，大兴制礼作乐，建立一系列文化设施，其中之一就是扩大了乐府的规模和职能。《汉书·艺文志》记载：

> 自孝武（即汉武帝）立乐府而采歌谣，于是有代、赵之讴，秦、楚之风，皆感于哀乐，缘事而发，亦可观风俗，知厚薄云。

可见，此时的乐府已经把采集民间歌谣定为一项重要任务。当然，这里所说“亦可观风俗（考察民情），知厚薄（了解施政得失）”，不一定就是乐府采诗的主要目的，主要目的恐怕还是为了丰富乐府的乐章，供宫廷各种典礼乃至娱乐的时候用的。但它客观上毕竟起到了搜集和保存民歌的作用，而这是有重要意义的。文学史上所说两汉乐府诗，正是指这类作品而言的。汉代人把这类诗叫做“歌诗”，魏晋六朝人开始把这类诗叫做“乐府诗”或简称“乐府”，于是乐府便由官府的名称演变成带有音乐性的诗体的名称了。

再到南北朝时期，乐府的采诗职能相沿以下，因此又有一批民间歌谣得以搜集和保存，成为当时诗坛上足以与文人诗相抗衡的另一诗歌大宗，这在文学史上被统称为南北朝乐府民歌。只是，由于当时中国南朝和北朝政治局面的对立，也由于当时南方和北方人民生活习惯的各异和地域的差别，导致了南朝民歌与北朝民歌从思想内容到艺术风格方面显著不同的特色。

二

两汉乐府民歌直接继承《诗经》民歌“饥者歌其食，劳者歌其事”的现实主义传统，“感于哀乐，缘事而发”，相当全面而深刻地反映了当时的社会生活和人民的思想感情。最为突出的有以下几个方面。

首先，是描写广大下层人民极端贫困乃至被迫反抗的作品。如：

妇病行

妇病连年累岁[1]，传呼丈人前一言[2]。当言未及得言，不知泪下一何翩翩[3]。“属累君两三孤子[4]，莫我儿饥且寒[5]，有过慎莫笪笞[6]，行当折摇[7]，思复念之[8]！”乱曰[9]：抱时无衣，襦复无里[10]。闭门塞牖[11]，舍孤儿到市。道逢亲交[12]，泣坐不能起[13]。从乞求与孤买饵[14]。对交啼泣，泪不可止。“我欲不伤悲，不能已。”探怀中钱持授交[15]，入门见孤儿啼索其母。抱徘徊空舍中。“行复尔耳[16]！”弃置勿复道[17]。

[1]妇：妻子。[2]丈人：古时妻子称其丈夫。由“传呼”可以想见，其丈夫为家庭生计，常年打工在外，无法在家护理病妻。一言：指临终留下遗言。[3]不知：不自觉。何：多么。翩翩：连续不停，此指泪流不止的样子。[4]属累君：嘱托拖累你。君：病妇当面呼其夫。孤子：《管子》“民生而无父母谓之孤子。”此处因病妇即将死去，故称儿女为孤子。[5]莫：不要（让）。[6]慎莫：千万不要。笪笞：鞭子打，木杖击。[7] 折摇：即夭折，短命，早死。行当：不久就要。[8]思：心想着。念：挂念着。[9] 乱：乐章的最后一段，因是合唱，故称。[10]衣：此指外罩衣，如袍子等。襦：短袄，与外袍相对。袄本有表有里，无里，可见已不成袄。[11]牖：窗子，读音 yǒu。窗子不关要“塞”，可见居住条件简陋已极。[12]亲交：亲近的朋友。[13]泣：有声为哭，无声为泣。已经泣不成声，可见其悲痛至极之状。[14]从：向（亲交）。饵：糕饼类食物。[15]探：从深处掏。授：递给。[16]行复尔耳：也将要这样啊，指孩子们也活不长了。[17]此句不属正文，系乐工演唱时所加，古乐府常有此例。

古人云：“世治则室家相保，世乱则室家相弃。”这首诗，正是写在那动乱的社会里，一个妻死儿幼、父子不能相保的普通家庭的生活悲剧。全诗细节描写十分生动传神，感情表达极为真切强烈。《庄子·渔夫》有云："真者精诚之至也，不精不诚不能动人。……真在内者，神行于外，是以心贵真也。"正是诗中那种声泪俱下的传神的内心真情的吐诉，深深地撼动着读者，令人简直不忍卒读。

东门行（本辞）

出东门[1]不顾归[2]。来入门[3]，怅欲悲[4]。盎中无斗米储[5]，还视架上无悬衣。拔剑东门去[6]，舍中儿母牵衣啼[7]："他家但愿富贵[8]，贱妾与君共餔糜[9]。上用仓浪天故[10]，下当用此黄口儿[11]。今非[12]！"咄[13]！行[14]！吾去为迟[15]！白发时下难久居[16]。

［1］东门：诗中主人公所住城市的东门。［2］顾：考虑。［3］：指自己的家门。［4］怅：失意，懊恼。悲：伤心，哀痛。［5］盎：小口大肚的瓦罐。［6］拔剑：这一举动表示男主人公面对饥寒交迫，举家待毙的惨景，已忍无可忍，故决心铤而走险。［7］儿母：孩子他妈。［8］他家：别人家。［9］贱妾：妻子自己的谦称。共餔糜：一同喝稀粥。《释名》："糜，煮米使糜烂也。"［10］用：为了。仓浪天：青天。仓浪：系叠韵联绵词，即青色。［11］黄口儿：小儿。雏鸟黄口，故如此比喻。以上两句是想用天道人情说服丈夫。［12］今非：现在千万不要那样做。［13］咄：读音 duō，呵斥声。［14］行：（我）一定得走。［15］吾去为迟：我现在走也嫌晚了。［16］白发时下：头发都愁白了而且不断地脱落。难久居：很难长久苦捱下去。

此诗写一个市民家庭因为生活濒临绝境，丈夫被逼得走投无路，几经周折，最后再也听不进妻子的苦苦劝说，愤然决定铤而走险，要去做当时社会所不能容的事的典型场景。诗中所写虽只一个家庭，实则可以看作当时千百万人民生活极端贫困而被迫走反抗道路的一个缩影。全诗采用简洁的行动描写和个性化的语言描写，把人物刻画得活灵活现，把故事表达得紧张生动，宛如一出短剧，令人读之难忘。

其次，是表现战争和徭役给人民造成深重灾难和无穷痛苦的作品。如：

战城南

战城南，死郭北[1]，野死不葬乌可食[2]。为我谓乌[3]："且为客豪[4]，野死谅不葬[5]，腐肉安能去子逃[6]？"水深激激[7]，蒲苇冥冥[8]。枭骑战斗死，驽马徘徊鸣[9]。（梁）筑室，何以南，（梁）何以北[10]？禾黍不获君何食[11]？愿为忠臣安可得[12]？思子良臣[13]，良臣诚可思[14]，朝行出攻，暮不夜归[15]。

[1]郭：外城。以上两句互文见义，意指城南城北，郭内郭外，到处都在激战，到处都有伤亡。[2]可：正好。据传，乌鸦最爱吃死尸腐肉。[3]为：则，就。为我谓乌：即我就谓乌，意为我就告诉乌。[4]且：语气助词，无实意，用在此处有表示希望、请求口气的作用。客：指死者，因其多为外乡人，故称客。豪：指对新死者行招魂礼时且哭且喊，同“嚎”，亦即号（háo）。[5]谅不葬：想必不会有谁埋葬他。[6] 去子逃：逃脱你而去。[7]激激：清澈的样子。[8]冥冥：幽暗的样子，指茂密蓊郁。[9]枭骑：勇猛善战的骏马。驽马：劣马，此当指受伤而无用的战马。[10]梁：表声字，无实意。筑室何以南何以北：意为那些服工役、筑工事的人为何也像士兵一样南征北调呢？室：此指营垒之类的工事。[11]禾黍：统指粮食。君：指国君。[12] 愿为句：王先谦《汉铙歌释文笺正》：“饥困不能力战，虽愿为杀敌之忠臣，安可得也？”吴汝纶《古诗抄》：“言工役不息，行当饿死，求为战死之忠臣，不可得也。”前者从兵役言，后者从工役言，二解并读，更合诗意。[13]思：此为怀念意。子良臣：为复指词，皆指战死的战士。[14]诚：实在。可：值得。[15]暮不夜归：即暮夜不归。两句所表达的正是对良臣的怀念。意为：他们早晨出击敌人，到夜晚再也没有回来。

这是一首诅咒战争和劳役的诗。全诗通过奇特的想象，含蓄的表情和弃尸暴骨、荒凉凄惨的景物描写，揭露了战争的残酷性和穷兵黩武的罪恶。

十五从军征

十五从军征，八十始得归[1]。道逢乡里人[2]，“家中有阿谁[3]?”，“遥望是君家，松柏冢累累[4]。”兔从狗窦入，雉从梁上飞[5]。中庭生旅谷，井上生旅葵[6]。舂谷持作饭，采葵持作羹[7]。羹饭一时熟，不知贻阿谁[8]。出门东向望，泪落沾我衣[9]。

[1]八十句：汉制：民年二十三为正卒，五十六岁免兵役。这位老兵却十五从军，八十退伍，竟提前并超期服役达六十五年之久，可见其遭遇之不幸。[2]乡里人：同乡。[3]阿谁：即谁，阿字是语助词，无实意。[4]松柏：古人习于坟前植松柏树。冢：高坟：累累：一个接一个，堆积很多。[5]狗窦：狗洞。雉：野鸡，音 zhì。[6] 旅：此指野生。《后汉书·光武纪》：“寄也。不因播种而生，故曰旅。”葵：葵菜，又名冬葵，嫩叶可食。[7]舂：把东西放在石臼或乳钵里捣去皮壳或捣碎。羹：木指肉菜汤，此指葵菜汤。[8]贻：送给。[9]东向望：家破人亡，精神受到巨大打击而迷茫恍惚的绝望之望，并非有意向东望。沾：打湿。

《古今乐录》谓：“十五从军征以下是古诗。”古代选本，有列为古诗者。细玩此诗，乃一派纯正的民歌声口，故以作乐府为当。此诗通过一个老兵的自述，反映了东汉末年长期战乱带给百姓的深重灾难，揭露了不合理的兵役制度对人民的残酷奴役。诗中采用典型化的细节描写和白描化的语言吐诉，把老兵一生的不幸表现得淋漓尽致。陈祚明《采菽堂古诗选》谓此诗“悲痛之极辞。若此者又以尽言为佳。盖言情不欲尽，尽者思不长；言事欲尽，不尽则哀不深。”所评极是。

第三，是反映男女之间的真挚爱情和被压迫妇女的不幸遭遇的作品。如：

有所思

有所思[1]，乃在大海南[2]。何用问遗君[3]？双珠玳瑁簪[4]，用玉绍缭之[5]。闻君有他心，拉杂摧烧之[6]！摧烧之，当风扬其灰[7]。从今以往，勿复相思！相思与君绝[8]！鸡鸣狗吠[9]，兄嫂当知之。(妃呼豨)[10]秋风肃肃晨风飔[11]，东方须臾高知之[12]。

[11] 所思：特指男女情爱之事之人。[2]大海南：远远的南方，系泛指，非为确定地名。[3]遗：音 wèi，与上问字皆赠送意。[4]玳瑁：属龟类，其甲光滑可制装饰品。簪：古人用以连接发髻与冠的用品，簪身横穿髻上，两端露出冠外。[5]绍缭：缠绕。[6]拉杂：胡乱地堆积。摧：折断，砸碎。[7]此句意为将烧成的灰还要趁着风扬洒起来，把它吹走。陈祚明《采菽堂古诗选》谓“望之深，怨之切”，颇得诗意。[8]此句即“与君绝相思”之倒文。[9]古诗中常以此指男女幽会。[10]此句一说“本自无义，但礼乐中之音”（徐祯卿《读艺录》），一说为“悲觑欷”之同音假借，意为伤心泪下（闻一多《古典新义》），皆通。[11]肃：音 sōu，即飕，风声。晨风：雉鸡，常晨鸣求偶。飔：此处即思义。[12]高：同皓，即天亮。此句意为，日出东方亮，将会照见我纯洁无瑕之心，即陈木礼所谓“我不忍与君绝决之心”（《汉诗统笺》）。

此诗写一个热恋中的女子听到男方有了“他心”时那种先是决绝、继而犹疑、最后仍难以割舍的痛苦复杂的心情。全诗通过典型动作的描写和内心独白的表述，生动形象地体现了她那直爽刚正而又善良多情的性格。使人读之如闻其声，如见其人。

上邪

上邪[1]，我欲与君相知[2]，长命无绝衰[3]。山无陵[4]，江水为竭[5]，冬雷震震[6]，夏雨雪[7]，天地合，[8]乃敢与君绝。

[1]上：指天。邪：读作耶，语气词。这句意为，天哪！[2]君：指恋爱对象。相知：相亲相爱。[3]命：令，教。绝衰：断绝减弱。[4]陵：山头。[5]竭：干涸。[6] 震震：震天价响，声声不断。[7]雨：音 yù，降，作动词。[8]天地合：即天塌地解，宇宙毁灭之意。

此诗写一女子向她热恋中的情侣表白忠贞不渝的爱情的誓言。全诗用参差不齐的句式构成一种排比，举出天地间绝不可能出现的五种情况真的出现作为

“与君绝”的条件，以反证正，把对爱情的坚定不移强调到了最极限。正如王先谦《汉铙歌释文笺证》所云：“五者皆必无之事，则我之不能绝君明矣。”贯注于诗的表达中的那种不可动摇的信念，烈火一般的热情，急管繁弦式的倾诉，迸发出无限感人的力量。

上山采蘼芜

上山采蘼芜[1]，下山逢故夫[2]。长跪问故夫[3]：“新人复何如[4]？”“新人虽言好[5]，未若故人姝[6]。颜色类相似[7]，手爪不相如[8]。”“新人从门入，故人从阁去[9]。”“新人工织缣，故人工织素[10]。织缣日一匹，织素五丈余[11]。将缣来比素，新人不如故。”

[1]蘼芜：又名江蓠，风干后可作香料。古人相信蘼芜可使妇人多子。[2]故人：原来的丈夫，即前夫。[3]长跪：跪时将臀部离开脚跟的姿态，以示恭敬。[4]新人：前夫新娶的妻子。[5]好：指容貌美丽。[6]姝：与前“好”字同义。[7]颜色：指容貌。[8]手爪：此指纺织等女工技巧。[9]门：此指正门。阁：此指旁门。[10]缣：黄绢。素：白绢。素贵缣贱。[11]匹：汉制，四丈为一匹。

此诗写一个“弃妇”逢“故夫”的故事。全诗主要通过对话结构成篇。从二人对话中所流露出来的故夫的旧情和夸赞，弃妇的隐痛和不平，可以想见二人本来感情很好，这一悲剧的产生当是由于来自客观的压力如家长的迫害所致，与《孔雀东南飞》焦刘的离异应属同一类型。诗中寄深沉于平淡及巧妙而又得体的表达，更能引起读者的强烈共鸣和深切同情。

当然，这方面最著名的佳作应是《陌上桑》和《孔雀东南飞》。

陌上桑

日出东南隅[1]，照我秦氏楼[2]。秦氏有好女[3]，自名为罗敷[4]。罗敷喜蚕桑[5]，采桑城南隅。青丝为笼系[6]，桂枝为笼钩[7]。头上倭堕髻[8]，耳中明月珠[9]。缃绮为下裙[10]，紫绮为上襦[11]。行者见罗敷[12]，下担捋髭须[13]。少年见罗敷，脱帽著帩头[14]。耕者忘其犁，锄者忘其锄。来归相怨怒，但坐观罗敷[15]。

使君自南来[16]，五马立踟蹰[17]。使君遣吏往，问是谁家姝[18]？“秦氏有好女，自名为罗敷[19]。”“罗敷年几何？”“二十尚不足，十五颇有余[20]。”“使君谢罗敷[21]，宁可共载不[22]？”罗敷前置辞[23]：“使君一何愚[24]！使君自有妇，罗敷自有夫。”

“东方千余骑[25]，夫婿居上头[26]。何用识夫婿[27]？白马从骊驹[28]。青丝系马尾[29]，黄金络马头[30]；腰中鹿卢剑[31]，可直千万余[32]. 十五府小吏[33]，二十朝大夫[34]，三十侍中郎[35]，四十专城居[36]。为人洁白晰[37]，鬑鬑颇有须[38]。盈盈公府步[39]”，冉冉府中趋[40]。坐中数千人，皆言夫婿殊。[41]

[1]隅（yú）：角。[2]我：歌者的口吻。表示对秦罗敷亲切热爱的感情。[3]好女：美女。[4]自名：本名。罗敷：古代美女名，汉代常作美女的代称。如《孔雀东南飞》中也有一个美而贤的东家女，自名为“秦罗敷”。[5]喜：一作“善”。蚕桑：作动词用，养蚕和采桑。[6]青丝：青色丝绳。笼：篮子。系：指篮上的络绳。[7]笼钩：篮子上的提柄。[8]倭（wō）堕髻：又叫“堕马髻”，发髻偏歪在头部一侧，似堕非堕，是东汉流行的一种时髦发型。[9]明月珠：指明珠。《楚辞·九章·涉江》：“被明月兮佩宝璐。”王逸注：“言己背被明月之珠。”[10]缃（xiāng）：浅黄色的帛，此指浅黄色。绮（qǐ）：素地花纹的丝织品。[11]襦（rú）：短袄。[12]行者：过路的人。[13]下担：放下担子。捋（lǚ）：抚摸。髭（zī）须：唇上边的胡子称髭，面颊下的胡子称须。按“胡”为晚起字，今髭须皆称胡子。[14]著（zhuó）：穿，戴。帩（qiào）头：束头发的纱巾。古人先要用头巾把头发束好，然后再戴帽子。脱帽句写少年见到罗敷美丽，不禁脱帽重整发巾，借此炫耀自己，以期引起罗敷对自己的注意。[15]来归两句：是说耕者、锄者归来后互相抱怨耽误了劳作，只是因为贪看罗敷。一说，这些男人们因为看到美丽的罗敷，回到家就抱怨自己的妻子丑陋。坐：因为。[16]使君：东汉时对太守、刺史的称呼。[17] 五马：五匹马。据《宋书·礼志》引《逸礼·王度记》：“天子驾六，诸侯驾五。”太守为一方之长，其地位相当于古之诸侯，故驾用五马。又据闻人谈《古诗笺》云：“（汉制），太守驷马而已，其有加秩中二千石，乃右骖（驷马的右边加一骖马），故以‘五马’为太守美称。”立：停下。踟蹰（chíchú）：徘徊不前。[18]姝（shū）：美丽，此处指美女。[19]秦氏两句：为吏人询问后对太守的答词。[20]二十两句：为吏人再问后对太守的答词。[21]谢：问，告，征求意见。[22]宁可：可不可。共载：同乘一辆车。这里指嫁给太守。不（fǒu）：同“否”。使君两句是吏人代太守向罗敷的问话。[23]前：走上前。置词：同“致辞”，答话。[24]何：何其，多么。自“使君”句以下至篇末皆为罗敷的答辞。[25]东方：指丈夫居官的地方。千余骑（qì）：指众多的骑马的随从。此处为夸张地说丈夫的随从之盛，以示其官高位显。[26]夫婿：指丈夫。上头：前列。[27]何用：用什么。识：辨认，识别。[28]白马句：意思是说骑在那匹白马上后面跟随着骊驹的就是罗敷的丈夫。从：随从。骊驹（líjū）：深黑色的少壮之马。骊：黑色马。驹：二岁之马。[29]青丝句：意思是说那匹白马用青丝系马尾。系：结，捆。[30]黄金句：意思是说那匹白马是用黄金做的笼头兜住马头。络：用为动词，笼住。[31]鹿卢剑：指剑柄用玉制成辘轳形，故名。鹿卢：即“辘轳”，井上汲水用的圆木滑轮。[32]直：通“值”，价值。这里用为动词。千万余：指千万余钱，这是夸张的说法。[33]十五：指年龄，十五岁。以下“二十”、“三十”、“四十”仿此。府小吏：太守府中的低级官员。小吏：一作“小史”，意同。[34]朝大夫：朝廷上的大夫。大夫为汉代官职名。[35]侍中郎：官名。按汉代官制此为一种加官，即在原官上特加荣衔，享有这种荣衔的官员可以出入宫禁，侍从皇帝左右，显得十分贵幸。侍中：入侍天子。[36]专城居：即出任一地为太守。太守可以说是一城之主，故说“专城居”。专：擅，此处有“据有”意。[37]洁白晰（xī）：形容皮肤洁白。[38]鬑（lián）鬑：胡

须稀疏的样子。颇：少，略微。[39]盈盈：美好的样子，此指走路时轻盈舒泰的体态、姿势。公府：官府。步：这里指行走。一说，公府步即“官步”。[40]冉冉：缓慢的样子，此指行走时步子沉着舒泰。趋：小步快行。一说，“府中趋”与“公府步”义同，均指官步。[41]殊：特殊，此指出众。

《陌上桑》一题《艳歌罗敷行》，又题《日出东南隅行》，写采桑女秦罗敷严正拒绝太守对她调戏的一个民间故事。诗中以秦罗敷的美丽、坚贞而机智与太守的卑劣、无耻而愚蠢形成鲜明的对比，巧妙地构成一种喜剧性冲突，不仅高扬了人民的志气，鞭挞了统治者的邪恶，增强了作品的思想性，而且取得了更为理想的艺术效果。

孔雀东南飞

汉末建安中[1]，庐江府小吏焦仲卿妻刘氏[2]，为仲卿母所遣[3]，自誓不嫁。其家逼之，乃投水而死。仲卿闻之，亦自缢于庭树[4]。时人伤之[5]，为诗云尔[6]。

孔雀东南飞，五里一徘徊[7]。“十三能织素[8]，十四学裁衣。十五弹箜篌[9]，十六诵诗书。十七为君妇，心中常苦悲。君既为府吏，守节情不移[10]。鸡鸣入机织，夜夜不得息，三日断五匹[11]，大人故嫌迟[12]。非为织作迟，君家妇难为[13]。妾不堪驱使[14]，徒留无所施[15]。便可白公姥[16]，及时相遣归[17]。”

府吏得闻之，堂上启阿母[18]：“儿已薄禄相[19]，幸复得此妇。结发同枕席，黄泉共为友[20]。共事二三年[21]，始尔未为久[22]。女行无偏斜[23]，何意致不厚[24]？”阿母谓府吏：“何乃太区区[25]！此妇无礼节，举动自专由[26]。吾意久怀忿，汝岂得自由！东家有好女，自名秦罗敷[27]。可怜体无比[28]，阿母为汝求。便可速遣之，遣去慎莫留[29]！”府吏长跪告，伏惟启阿母[30]：“今若遣此妇，终老不复取[31]！”阿母得闻之，槌床便大怒[32]：“小子无所畏，何敢助妇语！吾已失恩义，会不相从许[33]！”

府吏默无声，再拜还入户[34]。举言谓新妇[35]，哽咽不能语：“我自不驱卿[36]，逼迫有阿母。卿但暂还家，吾今且报府[37]。不久当归还，还必相迎娶。以此下心意[38]，慎勿违吾语。”新妇谓府吏：“勿复重纷纭[39]！往昔初阳岁[40]，谢家来贵门[41]。奉事循公姥[42]，进止敢自专[43]？昼夜勤作息[44]，伶俜萦苦辛[45]。谓言无罪过[46]，供养卒大恩[47]。仍更被驱遣，何言复来还？妾有绣腰襦[48]，葳蕤自生光[49]；红罗复斗帐[50]，四角垂香囊[51]；箱帘六七十[52]，绿碧青丝绳；物物各自异，种种在其中。人贱物亦鄙，不足迎后人[53]。留待作遗施[54]，于今无会因[55]。时时为安慰，久久莫相忘[56]！”

鸡鸣外欲曙[57]，新妇起严妆[58]。著我绣袂裙，事事四五通[59]。足下蹑丝履[60]，头上玳瑁光[61]。腰若流纨素[62]，耳著明月珰[63]。指如削葱根[64]，口如含朱丹[65]。纤纤作细步[66]，精妙世无双。上堂谢阿母[67]，母听去不止[68]。“昔作女儿时，生小出野里[69]。本自无教训，兼愧贵家子[70]。受母钱帛多[71]，不堪母驱使[72]。今日还家去，念母劳家里。”却与小姑别[73]，泪落连珠子。“新妇初来时[74]，小姑如我长。勤心养公姥，好自相扶将[75]，初七及下九[76]，嬉戏莫相忘[77]！”出门登车去，涕落百余行。

府吏马在前，新妇车在后，隐隐何甸甸[78]，俱会大道口。下马入车中，低头共耳语：“誓不相隔卿[79]！且暂还家去，吾今且赴府。不久当还归，誓天不相负！”新妇谓府吏：“感君区区怀[80]。君既若见录[81]，不久望君来。君当作磐石[82]，妾当作蒲苇[83]；蒲苇纫如丝[84]，磐石无转移。我有亲父兄[85]，性行暴如雷。恐不任我意[86]，逆以煎我怀[87]。”举手常劳劳[88]，二情同依依[89]。

入门上家堂，进退无颜仪[90]。阿母大拊掌[91]：“不图子自归[92]！十三教汝织，十四能裁衣。十五弹箜篌，十六知礼仪。十七遣汝嫁，谓言无誓违[93]。汝今无罪过，不迎而自归？”兰芝惭阿母[94]：“儿实无罪过。”阿母大悲摧[95]。

还家十余日，县令遣媒来。云“有第三郎，窈窕世无双[96]。年始十八九，便言多令才[97]。”阿母谓阿女：“汝可去应之。”阿女衔泪答[98]：“兰芝初还时，府吏见丁宁[99]，结誓不别离。今日违情义，恐此事非奇[100]。自可断来信[101]，徐徐更谓之[102]。”阿母白媒人[103]：“贫贱有此女[104]，始适还家门[105]。不堪吏人妇，岂合令郎君[106]？幸可广问讯[107]，不得便相许。”

媒人去数日，寻遣丞请还[108]。说“有兰家女，承籍有宦官”，云

“有第五郎，娇逸未有婚。遣丞为媒人，主簿通语言[109]。”直说“太守家，有此令郎君，既欲结大义，故遣来贵门[110]。”阿母谢媒人：“女子先有誓，老姥岂敢言[111]！”阿兄得闻之，怅然心中烦[112]。举言谓阿妹：“作计何不量[113]！先嫁得府吏，后嫁得郎君。否泰如天地[114]，足以荣汝身。不嫁义郎体，其往欲何云[115]？”兰芝仰头答：“理实如兄言。谢家事夫婿[116]，中道还兄门[117]。处分适兄意[118]，那得自任专[119]？虽与府吏要[120]，渠会永无缘[121]。登即相许和[122]，便可作婚姻。”媒人下床去，诺诺复尔尔[123]。还部白府君[124]：“下官奉使命，言谈大有缘。”府君得闻之，心中大欢喜。视历复开书[125]：“便利此月内[126]，六合正相应[127]。良吉三十日[128]，今已二十七，卿可去成婚[129]。”交语速装束[130]，络绎如浮云[131]。青雀白鹄舫[132]，四角龙子幡，婀娜随风转[133]。金车玉作轮[134]，踯躅青骢马[135]，流苏金镂鞍[136]。赍钱三百万[137]，皆用青丝穿。杂彩三百匹[138]，交广市鲑珍[139]。从人四五百，郁郁登郡门[140]。

阿母谓阿女：“适得府君书[141]，明日来迎汝。何不作衣裳？莫令事不举[142]！”阿女默无声，手巾掩口啼，泪落便如泻。移我琉璃榻[143]，出置前窗下。左手持刀尺，右手执绫罗，朝成绣裌裙，晚成单罗衫。晻晻日欲暝[144]，愁思出门啼[145]。

府吏闻此变，因求假暂归[146]。未至二三里[147]，摧藏马悲哀[148]。新妇识马声，蹑履相逢迎[149]。怅然遥相望，知是故人来。举手拍马鞍，嗟叹使心伤：“自君别我后，人事不可量[150]。果不如先愿[151]，又非君所详[152]。我有亲父母，逼迫兼弟兄。以我应他人，君还何所望！”府吏谓新妇：“贺卿得高迁[153]！磐石方且厚，可以卒千年；蒲苇一时纫，便作旦夕间。卿当日胜贵，吾独向黄泉[154]。”新妇谓府吏：“何意出此言！同是被逼迫，君尔妾亦然[155]。黄泉下相见，勿违今日言！”执手分道去，各各还家门。生人作死别，恨恨那可论[156]！念与世间辞，千万不复全[157]！

府吏还家去，上堂拜阿母：“今日大风寒，寒风摧树木，严霜结庭兰。儿今日冥冥[158]，令母在后单。故作不良计[159]，勿复怨鬼神。命如南山石[160]，四体康且直[161]。”阿母得闻之，零泪应声落[162]：“汝是大家子，仕宦于台阁[163]。慎勿为妇死，贵贱情何薄[164]？东家有贤女，窈窕艳城廓[165]。阿母为汝求，便复在旦夕[166]。”府吏再拜还，长叹空房中，作计乃尔立[167]。转头向户里，渐见愁煎迫[168]。

其日牛马嘶[169]，新妇入青庐[170]。奄奄黄昏后[171]，寂寂人定初[172]。“我命绝今日，魂去尸长留。”揽裙脱丝履，举身赴清池[173]。府吏闻此事，心知长别离。徘徊庭树下，自挂东南枝。

两家求合葬，合葬华山傍[174]。东西植松柏，左右种梧桐。枝枝相覆盖，叶叶相交通[175]。中有双飞鸟，自名为鸳鸯，仰头相向鸣，夜夜达五更。行人驻足听，寡妇起彷徨。多谢后世人[176]，戒之慎勿忘！

[1]建安：汉献帝年号，共二十五年（196－220）。[2]庐江：郡名，故治在今安徽省潜山县附近。府小吏：太守府中小吏。[3]遣：古代女子出嫁后被夫家休回娘家叫遣。[4]缢（yì）：用绳索等物勒颈而死叫缢。自缢：即上吊。[5]伤：哀悼。[6]云尔：句末语气词，相当于“如此罢了”。为诗云尔：原作“而为此辞也”，今据《玉台新咏》改此。[7]孔雀两句：是借鸟起兴。意思是说，孔雀向东南飞去，但因眷恋它的配偶，每飞一会儿就徘徊一下。汉代乐府中描写夫妇离散常用这种手法。如《艳歌何尝行》：“飞来双白鹄，乃从西北来。……五里一反顾，六里一徘徊。”又如《襄阳乐》：“黄鹄参天飞，中道郁徘徊。”鸟儿迟疑徘徊的形象，预示着一种悲剧的气氛。[8]十三：指年龄，十三岁。以下“十四”等同此。素：白绢。自此句至“及时相遣归”是女主人公刘兰芝向丈夫焦仲卿的诉说。[9]箜篌（kōng hóu）：古代一种弦乐器。[10]守节：指忠于职守。节：指为吏之节。情不移：指不被夫妻感情所转移。[11]：断：截取，指从织机上截下织成的布。匹：汉制四丈为一匹。[12]大人：对焦仲卿母亲的敬称。故：故意。迟：慢。[13]难为：难当。[14]不堪：受不了。驱使：使唤。[15]徒留：白白地留下来。施：用。[16]白：禀告。公姥（mǔ）：公婆。此处为偏义复词，专指婆母。[17]相：此处相当于“我”。遣归：打发回家。遣：特指休弃妻子。[18]启：禀告。[19]薄禄相（xiàng）：没有高官厚禄的福相。古人迷信，以为从人的相貌可以看出贫富贵贱寿夭。从此句至“何意致不厚”，是焦仲卿对其母亲说的话。[20]结发两句：是说结发为夫妻，至死也在一起。结发：指成年。古时男子二十岁束发加冠，女子十五岁束发加笄（jī），表示成年，称为“结发”。[21]共事：共同生活。[22]始尔：开始。[23]行：行为。偏斜：偏邪，不正当。[24]何意：哪里料到。致：招致。不厚：不爱。厚：厚爱，厚待。[25]区区句：意思是为什么这样固执。从此句至“遣去慎莫留”，是焦母的回答。[26]自专由：自作主张。[27]自名：本名。秦罗敷：古代美女名，汉代常用作美女的代称。[28]可怜：可爱。体：体态。[29]慎：千万。[30]伏惟：伏地而思。此处用以表示对尊长的恭敬。[31]终老：终身。取：通“娶”。[32]槌（chuí）床：拍打床。床：此指坐榻，是比板凳稍宽一些的坐具。[33]会不句：意思是说决不依你。会不：必不，定不。相：此处指“你”。从许：依从，允许。[34]户：指焦仲卿及刘兰芝寝室的房门。[35]举言：开口说话。新妇：古代对媳妇的泛称，并不专指新娘。[36]自：本。驱：赶。卿：焦仲卿对刘兰芝的爱称。[37]且：暂且。报（fù）府：到府办公。报：同“赴”。[38]以此：因为这个。下心意：低心下意，忍受委屈。[39]勿复句：不要再多事了。重（chóng）：再。纷纭：多杂。此处指多事，麻烦。[40]初阳岁：指冬末春初、天气开始暖和

的时节。[41]谢家：别家，指离开娘家。谢：辞别。[42]奉事：行事。循：顺。[43]进止：进退举止。[44]作息：此处用为偏义复词，专指操劳。[45]伶俜（líng pīng）：孤单。萦（yíng）：围绕。[46]谓言：自以为的意思。[47]供养句：意思是说供养孝敬终能报答其大恩。卒：终。[48]绣腰襦：绣花的齐腰短袄。[49]葳蕤（wēi ruí）：本意草木枝叶茂盛下垂的样子，此处是形容绣腰襦上所绣花色的繁多。[50]复斗帐：一种小帐，以其状如覆斗，故称。古时斗的形状是方口方底，口大底小，覆之与斗帐恰似。[51]垂：挂垂。香囊：香袋。[52]帘：通"奁"，梳妆用的镜匣之类。[53]后人：指焦仲卿将来再娶的妻子。[54]遗（wèi）施：作名词，指赠送之物。此句意为这些东西留下来以后可以赠送给其他的人。[55]会因：见面的机会。因：机缘，机会。[56]时时两句：意思是说留下这些东西，使你时常作为安慰，永远不要忘记我。[57] 欲曙：天要亮。[58]起：开始。严妆：郑重地梳妆。[59]事事：指严妆的每件事，如著裙、蹑履、戴簪、穿衣等打扮。通：遍。[60]蹑（niè）：踩。这里作"穿"解。丝履（lǚ）：丝鞋。[61]玳瑁（dài mào）：海龟类动物，甲壳有光，可制装饰品。此处指用玳瑁做的头饰。光：闪光。[62]腰若句：意谓：兰芝穿着细绢制的衣裙，腰身细软仿佛一束流动的纨素。纨（wán）素：精致洁白的细绢，质地轻柔。[63]著：戴。明月珰（dāng）：叫月珠做成的耳饰。珰：耳坠。[64]削葱根：葱根洁白尖削，这里比喻兰芝手指的纤细洁白。削：瘦削、细长。[65]含珠丹：口含朱丹，形容兰芝唇色红艳。朱丹，一种红色的宝石。[66]纤纤：小巧。细步：小步。[67]谢：辞别。阿母：指焦仲卿的母亲。[68]母听句：意谓焦母听任她离去，不加挽留。[69]野里：乡野之地。此为刘兰芝自谦的说法。[70]本身两句：意谓我本来就家世贫寒缺乏教养，再加上嫁到您这高贵的人家，更感到惭愧。兼：加上。[71]钱帛：指聘礼。[72] 不堪：不能胜任。[73]却：退下来。[74]新妇两句：一本作"新妇初来时，小姑始扶床；今日被驱遣，小姑如我长"四句，文意似更完足。[75]扶将：照应，侍奉。[76]初七：古时每年阴历七月初七为乞巧节。旧俗这天晚上妇女要供祭传说中的织女，用针线做各种游戏，叫乞巧。下九：古人以每月二十九日为上九，初九为中九，十九为下九。妇女们到下九这天停止针线活，聚在一起置酒为藏钩等游戏，有时还通宵达旦，称为"阳会"。[77]嬉（xī）戏：玩耍。莫相忘：不要忘我。[78]隐隐、甸甸：隐隐同"辚辚"，甸甸同"轲轲"，都是形容车声的象声词。何：语气词，无实义。此句写一路上只听到车声，反映了刘兰芝、焦仲卿二人心情的沉重。[79]隔：断绝。卿：原作"乡"，据《玉台新泳》改此。[80]区区怀：此指挚爱专一的情意。区区：犹"拳拳"。[81]若：如此。见录：记住，被收留。见：被，蒙。录：记，留。[82]磐石：大石，比喻坚定不移。[83]蒲苇：二者皆为水草。此处比喻柔韧不折。[84]纫：通"韧"，《说文》："韧，柔而刚也。"此指对爱情有坚韧性。[85]父兄：兰芝有兄而父死，故此处为偏义复词，专指兄长。[86]任：听凭。[87]逆以句：意谓我一想到这，心中痛苦就如油煎一样。逆：逆想，事先揣度。[88]举手：二人分手时表示告别。劳劳：忧伤的样子。[89]依依：恋恋不舍的样子。[90]无颜仪：没有脸面，感到惭愧的意思。[91]拊（fǔ）掌：击掌，表示惊讶的动作。[92]不图：没想到。子：你，指刘兰芝。自归：此处指被休弃。因为按旧时礼仪，女子出嫁后一般由母家迎接才能回家，此处说自归即被休弃的表现，故其母大为惊异。[93]誓违：即"违誓"，违反约束。《说文》："誓，约束也。"无誓违：即不违反婆家的约束。一说誓应作"諐"，同"愆"。愆违：过失。[94]惭阿母：惭愧地回答母亲。[95]悲摧：哀伤。摧：疑当作"催"（chuī），忧伤。[96]窈窕（yǎo tiǎo）：体态美好。[97]便（pián）言：即"辩言"，善于言辞，有口才。令才：美好的才能。[98]衔泪：含泪。[99]见丁宁：意谓丁宁我。见：被。丁宁：同"叮咛"，再三嘱咐。[100]非奇（jī）：不祥，不佳。奇：美，佳。[101]断：回绝。信：使者，这里指媒人。[102]徐徐句：意谓慢慢再说改嫁的事。徐徐：慢慢。更：再。之：指改嫁的事。[103]白：告诉。[104]贫贱：自谦家门贫寒低贱。[105]始适：出嫁不久。适：女子嫁人。[106]不堪两句：意谓她连做小吏的妻子都不称，又哪里配得上县令公子呢？吏人妇：小吏的妻子。[107]幸：希望。广问讯：广为打听，另选高门的意思。[108]寻遣句：意谓随即太守又派县丞来求婚。寻：随即。遣：派。丞：县丞，县令下面的官吏。请：此指求婚。还：来。[109]说有六句：有不同解释。一说此六句皆为县丞向县令转述太守的话。“兰家女”应为“刘家女”，指刘兰芝。承籍：承继先辈户籍、家业。有宦官：世代有作官为宦之人。骄逸：特别骄美。逸：特出，超过一般。遣丞：主语是太守。主簿：府、县中掌管档案文书的官员。此六句意谓：县丞回来向县令报告，太守曾提到，听说刘家是官宦人家出身，有一个叫兰芝的姑娘；太守又说他的第五个儿子，娇美出众，尚未婚配，想让我作媒人。而这一切又都是通过主簿转达的。另一说认为，“说有”二句是县丞向县令建议不如另向兰家求婚，说兰家是官宦人家，和刘氏不同。兰家：犹某家。《列子·说符篇》张湛注：“凡人物不知生出者谓之兰也。”而“云有”四句为县丞告诉县令已受太守委托，要替他的儿子向刘家求婚，而这委托是通过府主簿转达的。[110]直说四句：意谓县丞于是来到刘家，直截了当地说道：“太守家有一位好公子，他希望和你们结成亲家，便派我到贵府来作媒。”直说：直截了当地说。结大义：结亲。[111]老姥（mǔ）：老妇。[112]怅然：愤恨烦恼的样子。[113]作计：打算，拿主意。不量：不衡量，不盘算。[114]否泰句：意谓好坏有天地之别。这是对比嫁给焦仲卿和嫁给太守的儿子两件婚事说的。否（pǐ）泰：本为《易经》中的两个卦名，“否”表示坏运，“泰”表示好运。此处指好坏。[115]不嫁两句：意谓不嫁给太守的儿子，长此下去到底想怎么办？义郎：指太守的儿子。“义”是美称。往：一作“住”。何云：怎么办。云：为，办。[116]谢家：辞家。事：侍奉。[117]中道：半路上。[118]处分：处置。适：随，顺。[119]自任专：任性，自作主张。[120]要（yāo）：约定。[121]渠会：与他相会，指再次和他见面。渠：他。缘：机会。[122] 登即：当即，立刻。许和：答应。和：应。[123]诺诺：答应声，犹如说“好，好！是，是！”复：又。尔尔：答应声，犹如说“就这样，就这样！”此句写媒人特高兴，一连声地答应。[124]还部：回衙门。部：衙。府君：太守。[125]视历复开书：为挑选吉日而查看历书。历、书：皆指历节。如古代有《六合婚嫁历》、《阴阳婚嫁书》等。[126]便：就。利：适宜于。[127]六合：古代迷信星历，婚嫁要选择良辰吉日，需月建与日辰相合，即子与丑合，寅与亥合，卯与戌合，辰与酉合，巳与申合，午与未合，称为“六合”。认为“合”为利，“冲”为不利，六合为大吉。相应：相合。[128]良吉：良辰吉日。[129]卿：此指县丞。去成婚：去操办结婚之事。此句当为太守对县丞的吩咐。[130]交语：层层传话给下人。装束：筹办婚礼。[131]络绎：连续小断，此指为娶亲人来人往忙个不停。浮云：比喻人多忙乱的样子。[132]舫（fǎng）：船。青雀舫是画有青雀图案的船。白鹄（hū）舫即画有白鹄图案的船。[133]四角两句：是说画船舱四角插着的绣旗随风摇曳。龙子幡（fán）：绣有龙的图案的旗帜。婀娜（ē nuó）：摇曳的样子。[134]金车句：夸张形容迎亲车辆的华美。[135]踯躅（zhízhú）：犹“踟蹰”，缓慢不进的样子。青骢（cōng）马：毛色青白夹杂的马。[136]流苏：以五彩羽毛或丝线制成的穗子，常用作车马的垂饰。金镂（lòu）鞍：用金属雕花作装饰的马鞍。[137]赍（jī）钱：赠送钱财。赍：赠送。[138]杂彩：各种颜色的绸缎。[139]交、广：交州（在今越南）、广州（指两广地区）。市：购买。鲑（xiē）珍：泛指山珍海味。鲑：吴人对鱼菜的总称。[140]郁郁：盛多的样子。登郡门：齐集都衙伺候。一说“登”为“发”的误字，指从郡门出发，似更近是。

[141]适：刚才。[142]不举：不成。举：成。[143]琉璃榻：镶嵌琉璃的榻。榻：一种比较狭长而低矮的坐卧用具。[144]晻（yǎn）晻：日光渐暗的样子。暝（mìng）：天黑，日暮。[145]愁思：内心充满哀怨。[146]求假：请假。[147]未至句：指离兰芝家还差二三里。[148]摧藏：或为“悽怆”之假借，指极度悲伤。[149]蹑履：穿上鞋子。[150]不可量：不可估量。[151]先愿：先前的愿望，指与焦仲卿先前互订的誓言。[152]详：知悉，清楚。[153]卿：指刘兰芝。高迁：此指高攀，乃愤激之语。[154]磐石六句：意谓仲卿我就像磐石那样方正而又厚实，千年之后也不会变；而兰芝你就像蒲苇那样只是一时柔韧，短时间就变了。你自然是可以一天比一天更富贵，我只好一个人去一死了之。便：只。旦夕间：早晚之间，形容时间短暂。日胜贵：一天比一天更富贵。[155]君尔句：意谓你是如此，我也是这样。尔：如此，这样。[156]生人两句：意谓活人却要作死别，无限愤恨一时不知从何说起。[157]千万：千思万虑，此为表决绝之辞，实际意为无论如何。不复全：无法保全，指死。[158]日冥冥：日暮，此处比喻生命就要结束。[159]不良计：不好的打算，暗示自杀。[160]南山石：比喻长寿。《诗经·小雅·天保》有“如南山之寿，不骞不崩”的话，或为此喻所本。[161]四体：四肢，借指身体。康且直：健康而舒展，随顺。直：舒展、随顺。[162]零泪：断断续续的眼泪。[163]台阁：汉代有尚书台，尚书是宫中掌机要文书的官员。此处指官府。[164]贵贱：贵，指焦仲卿，即大家子；贱，指刘兰芝。情何薄：指贵贱悬殊，遣妇不为薄情。一说：“贵”为动词；“贵贱”，指把本应贱视的人看得贵重；而“情何薄”，意谓这样的感情不是太廉价，太不值得了么！[165]艳城廓：美丽冠于全城。[166]便复句：意谓一两天内就会有回音了。便：就。复：回复，回音。[167]作计：决心，指自杀的主意。乃尔立：就这样定下来。[168]转头两句：意谓焦仲卿回顾母亲的房间，悲愁更增，备受煎熬。向户里：指回顾母亲的房间，表示惦念。[169]其日：指迎亲那天。牛马嘶：形容迎亲时车马盈门的盛况。[170]青庐：用青布幔搭成的帐棚，供举行婚礼时用。段成式《酉阳杂俎》载：“北朝婚礼，青布幔为屋，在门内外，谓之青庐，于此交拜迎妇。”[171]菴菴：同“晻晻”，昏暗的样子。[172]人定初：夜深人静的时候。一说：指晚上亥时初刻（即晚十时左右一段时间）。[173]举身：纵身。[174]华山：庐江郡小山名，今已无可考。一说，当为泛称含有殉情意味的典故，系借用南朝乐府《华山畿》中的地名，以象征至死不渝的爱情。而《华山畿》的传说为六朝时开始流布，因可推断此诗句当经后人加工改定。[175]变通：交接，交错。[176]多谢：多多致意，再三嘱告。谢：致意。

《孔雀东南飞》原题《焦仲卿妻》，写的是刘兰芝和焦仲卿两人殉情而死的家庭悲剧，深刻揭露了封建礼教的吃人本质，热情讴歌了忠于爱情、反抗压迫的斗争精神，寄托了青年男女对爱情和婚姻自由的热烈向往。由于它所提出的是封建社会里带有极为普遍性的问题，也就使得这一悲剧具有了高度的典型意义。鲜明生动的人物形象的成功塑造，曲折严谨的结构布局的巧妙安排，灵活通畅的文学语言的熟练运用，显示出这首长诗在艺术上也达到了很高的成就。《孔雀东南飞》的出现标志着我国古代叙事诗发展到了一个新的阶段。

第四，是揭露上层社会黑暗残暴和腐朽无能的作品。如：

京都歌谣

直如弦[1]，死道边。曲如钩[2]，反封侯。

[1]此句比喻性格刚直。[2]此句比喻品质败坏。

此诗揭露朝政黑暗造成的好人惨死、坏人得势、是非颠倒的社会怪象，可谓一针见血。

童谣

举秀才[1]，不知书[2]；举孝廉[3]，父别居[4]。寒素清白浊如泥[5]；高第良将怯如龟[6]。

[1]秀才：汉代察举科目之一。顾名思义，被举者自应为才学特优之人。[2]知书：此意为识字。[3]孝廉：汉代察举科目之一，顾名思义，被举者自应为至孝至廉之人。[4]此句是说举孝廉者的父母却得不到赡养，而只好过孤独无依的生活。[5]寒素清白：汉代封建官僚多以寒素清白自相标榜。浊如泥：形容其人格龌龊卑鄙。[6] 高第：汉代察举武官的一种科名。龟：流传诸本作黾或鸡，此据《全唐文》卷三百七十四张倚《长才广度策》引文改。龟遇事先要缩头，用来比喻人的懦弱特别恰切。

此诗更以“名”、“实”相悖的鲜明对照，把当时上层社会营私舞弊、沽名钓誉、贪赃枉法，以致选举制度进一步走向极端腐朽，所选人员名不副实的丑恶现象暴露得鞭辟入里，深中要害。

此外，两汉乐府民歌中还有少量描写劳动情景的篇章。如：

江南可采莲

江南可采莲，莲叶何田田[1]。鱼戏莲叶间：鱼戏莲叶东，鱼戏莲叶西，鱼戏莲叶南，鱼戏莲叶北[2]。

[1]田田：莲叶茂密的样子。[2]北：据黄节《汉魏乐府风笺》，古代西、北两韵相叶。

此诗写得清新可喜，生动别致。诗中以回旋反复的语句，铺张排比的手法，着力描绘鱼儿在莲叶四周环游嬉戏的情景，不仅传神地展现了江南水乡清新优美的自然风光，也充分地映衬出当时采莲人欢快的心情。

从总体艺术上看，以叙事为主是两汉乐府民歌的一大特色。与《诗经》中民歌的抒情见长不同，两汉乐府民歌善于通过戏剧性情节的铺叙，运用语言、行动的刻画，塑造出特定环境中富有个性的人物形象，为读者提供一幅幅生动具体的汉代社会生活图景。两汉乐府民歌是中国叙事诗已经成熟的里程碑。

形式自由多样是两汉乐府民歌的又一显著特色。它所经常采用的杂言体从一二字到八九字不等的句式，非常接近口语，很富有表现力，在诗体中别具一格。它所创制的五言体，后来更成为中国古典诗歌的主要形式之一。

三

今天所能见到的南朝乐府民歌约近500首，包括《吴声歌曲》、《西曲歌》和《神弦曲》三部分。它们分别产生在以首都建业（今江苏省南京市）为中心的江南地区和以荆州（今湖北省荆州市）为主要地区的江汉流域一带。南朝民歌几乎全是情歌，且体制短小，多用双关隐语，语言清新自然，情调婉转缠绵。一般说来，歌词中所表现的爱情都是健康的、直率的。其中最能体现这种特色的是那些天真和痴情的描写。如：

子夜歌

长夜不得眠[1]，明月何灼灼[2]。想闻欢唤声[3]，虚应空中诺[4]。

[1]眠：闭上眼睛。[2]灼灼：本意为热，此为明亮意。[3]欢：此特指恋爱对象。《通典》叙六朝词曲云："江南皆谓情人为欢。"[4]诺：此指答应声。

此诗写一个女子思念情人而长夜难眠，她望得发呆，想得入神，如醉如痴，举止失常，进而产生一种幻觉，好像听到情人呼唤她的声音，而她也意不自主地应出声来。

子夜歌

怜欢敢唤名[1]，念欢不呼字[2]。连唤欢复欢，两誓不相弃。

[1]怜：爱。[2]念：想。

此诗写一个女子深深地陶醉在热恋之中，连情人的名字都舍不得叫了，可见爱怜的感情已经热烈到何等程度。

读曲歌

打杀长鸣鸡[1]，弹去乌臼鸟[2]。愿得连冥不复曙[3]，一年都一晓[4]。

[1]打杀：打死。长鸣鸡：叫鸣的公鸡。[2]弹：此处意为用土、石块投打，作动词用。乌臼鸟：一种候鸟名，因其常在黎明时啼叫，又称黎雀。[3]愿得：希望能够。冥：黑夜。曙：天亮。[4]都：总共。

此诗写一对热恋中的青年男女的幽会，更为典型地表现了他们的痴情和天真。常言道："欢娱嫌夜短，寂寞恨更长。"他们为嫌夜短，竟要杀鸡弹鸟，显然出于错怪。希望连暝不曙，无疑更是妄想：看来都不免荒唐。但这却恰是通过无理，表现有情，正因无理，更显有情，道出了一对情人欢娱恨短的特定心理。字里行间，燃烧着一种相得相乐的激情。

南朝民歌中艺术成就最高的一篇，则是长篇抒情诗《西洲曲》：

忆梅下西洲，折梅寄江北[1]。单衫杏子红，双鬓鸦雏色[2]。西洲在何处？两桨桥头渡[3]。日暮伯劳飞，风吹乌臼树[4]。树下即门前，门中露翠钿[5]。开门郎不至，出门采红莲[6]。采莲南塘秋，莲花过人头。低头弄莲子，莲子清如水[7]。置莲怀袖中，莲心彻底红[8]。忆郎郎不至，仰首望飞鸿[9]。鸿飞满西洲，望郎上青楼[10]。楼高望不见，尽日栏杆头[11]。栏杆十二曲，垂手明如玉[12]。卷帘天自高，海水摇空绿[13]。海水梦悠悠，君愁我亦愁[14]。南风知我意，吹梦到西洲[15]。

[1]忆梅：回忆起梅花盛开的时节，指冬季。下：往。西洲：由下文可知，当在离女子住处不远的江中，为二人曾经幽会之地。江北：当指男子所在之地。[2]杏子红：有二解，一为杏子熟时，一为单衫颜色，皆通，唯玩诗意，此二句似集中写人衣着长相，并暗示时令为春季，故以后一解为优。雅雏色：像小鸦一样的颜色，言其发乌黑发亮。[3]两桨桥头渡："桥头两桨渡"的倒文，此句意为从桥头乘船，很快就可划到西洲去。可见西洲所在不远。[4]伯劳：又名䴗（读音 jué），仲夏始鸣，多单栖。故此一方面交代季节为夏季，一方面暗喻诗中女主人公自觉孤单的处境。乌臼树：落叶乔木，夏月开花。[5]翠钿：用翠玉镶嵌的首饰。露翠钿：指从门缝中伸出头来。[6]郎：此指情郎。[7]莲子：隐怜子（即爱你）意，为双关隐语。清如水：隐喻爱情的纯洁。[8]莲心：隐怜心（即爱你的心）之意，亦双关隐语。彻底红：隐喻爱怜之热烈深透。[9]望飞鸿：双关盼书信之意，因古代有鸿雁传书的故事。[10]青楼：以青色涂饰之楼，本为古代女子住处的通称，自唐代以后始用来代指妓院。[11]尽日：终日。栏杆头：栏杆边。[12]此二句进一步补说"尽日栏杆头"之意，是说她把楼栏杆所有的迂曲转折处全倚遍了。十二曲：极言栏杆的迂曲转折之多。[13]海水：实指江水，因江面宽广浩瀚，给人以如海之感，故如此说。此二句意为，卷帘远眺，惟见天空自高，海水自摇。[14]海

水梦悠悠：意指女主人公已神思恍惚，如醉如痴，眼前江水悠悠，引得她的梦幻亦悠悠不断。君愁：梦幻中的情郎亦在思愁悠悠。[15]此二句是因现实中难以相见，于是奇想请南风相助，意为南风当会理解我的心意，希望它把我的梦魂吹到西洲好与情人相会。

此诗写一个青年女子的相思。在流传的过程中，可能经过文人的加工。

全诗采用四季调的表现方法，穿插着从冬到秋不同季节的景物描写，并通过与之相照应的女主人公的肖像点染和一系列典型动作的刻画，把一个青年女子对她所钟情的男子的常年相思表达得淋漓尽致。诗中又运用顶真格和隐语双关的修辞手法，造成了时隐时现，似断似续，婉转缠绵的艺术效果。沈德潜《古诗源》评此诗："续续相生，连跗接萼，摇曳无穷，情味愈出。"精当地道出了这一基本特色。

四

今天所能见到的北朝乐府民歌共计约60多首，主要保存在《乐府诗集》的《梁鼓角横吹曲》里，《杂曲歌谣》和《杂歌谣辞》里也有一小部分。这些作品，虽大抵出于北方少数民族作者之手，但被收集起来之后已经经过南方汉人的翻译和润饰。北朝民歌题材较南方民歌广泛，诸如战争、尚武、羁旅、爱情、民族风俗、自然风光等都有所反映。北朝民歌语言质朴，风格粗犷豪放，也与南朝民歌形成鲜明的对比。

企喻歌

前行看后行，齐著铁裲裆[1]。前头看后头，齐著铁钰鉾[2]。

[1]著：穿。锌裆：俗称马甲、坎肩或背心。铁锌裆：指保护胸背的铠甲，用多块铁片连缀而成，分前后两幅，其一当胸，其一当背。秦始皇墓出土的武士陶俑，犹可见其遗制。[2]著：此意为戴。铁钰锌：古代称胄，即今之所谓钢盔。钰：音 dōu。鉾：音 móu。

此诗写军队的行列，可谓威武雄壮，十分气派。

琅琊王歌

新买五尺刀，悬著中梁柱[1]。一日三摩娑，剧于十五女[2]。

[1]著：此意为在。中梁柱：屋子正中的梁柱上。由此已见爱惜之意。[2]三：此意为多次，非确指。摩娑：用手抚摩。剧：甚，超过。十五女：妙龄少女。

此诗通过爱刀超过爱少女的鲜明对比，把北方民族的尚武精神表现得尤其强烈。

紫骝马歌

高高山头树，风吹叶落去。一去数千里，何当还故处[1]？

[1]何当：即当何，意为应当怎样。

此诗写北方男子从军转战，远离家乡，回归无期。以风吹叶落，飘飞无着作比，表达得相当形象生动。

敕勒歌

敕勒川，阴山下[1]，天似穹庐，笼盖四野[2]。天苍苍，野茫茫，风吹草低见牛羊[3]。

[1]敕勒：古部族名，大属鲜卑族。敕勒川：故址在今山西省朔县。川：此意为平原，不指水。阴山：山脉起于河套西北，绵亘于今内蒙古自治区南境一带，东与内兴安岭相接。[2]穹庐：古称游牧民族居住的毡帐，如今之所谓"蒙古包"即是。[3] 苍苍：深青色。茫茫：辽阔、深远。见：可有jiàn、xiàn两读，细玩诗意，似以后一读为优。只有如此，才好表示"牛羊"是紧承"风吹草低"而自然呈现的景观，而非人为地有意地去看然后得到的结果。

史载东魏高欢为西魏军所败，曾使敕勒族歌手斛律金唱此歌以激励士气。今所传歌词系从鲜卑语译出。歌词描写北方的游牧生活和自然风光，蓝蓝长天，茫茫草原，水草丰茂，牛羊肥壮，不到二十字，就鲜明生动地展现出一幅北方游牧区的磅礴壮丽的图景。

北朝民歌中也有一些情歌。如：

折杨柳歌辞

腹中愁不乐，愿作郎马鞭。出入擐郎臂，蹀座郎膝边[1]。

[1]擐（huàn），又音guān，此意为套在。蹀座：此意为悬足坐于马上，即郎骑在马上，自己坐在郎前，身子正好处于郎膝之侧。

此诗写一个女子甘愿变成一条马鞭，无论何时总是不离郎的身边。想象新奇巧妙，表现大胆直率。

折杨柳枝歌

门前一棵枣，岁岁不知老[1]。阿婆不嫁女，那得孙儿抱[2]。

[1]此二句意为枣树生长缓慢，年年看总不见变老。[2]阿婆：指自己母亲。

此诗写一个女子急于出嫁而不能，于是对迟迟不给自己提亲事的母亲表示强烈不满。“那得孙儿抱”的发问，既是一种投合老人心意的暗示与诱导，更是一种带有威胁成分的指控和抗议。全诗的表达尤其明快泼辣。

当然，在北朝乐府民歌中，最有代表性的篇章确非《木兰诗》莫属。

木兰诗

唧唧复唧唧[1]，木兰当户织[2]。不闻机杼声[3]，唯闻女叹息。问女何所思，问女何所忆[4]？女亦无所思，女亦无所忆。昨夜见军贴[5]，可汗大点兵[6]，军书十二卷，卷卷有爷名[7]。阿爷无大儿，木兰无长兄，愿为市鞍马[8]，从此替爷征[9]。

东市买骏马，西市买鞍鞯[10]，南市买辔头[11]，北市买长鞭。旦辞爷娘去[12]，暮宿黄河边。不闻爷娘唤女声，但闻黄河流水鸣溅溅[13]。旦辞黄河去，暮至黑山头[14]。不闻爷娘唤女声，但闻燕山胡骑鸣啾啾[15]。

万里赴戎机[16]，关山度若飞[17]，朔气传金柝[18]，寒光照铁衣[19]。将军百战死，壮士十年归。

归来见天子[20]，天子坐明堂[21]。策勋十二转[22]，赏赐百千强[23]。可汗问所欲[24]，“木兰不用尚书郎[25]，愿借明驼千里足[26]，送儿还故乡[27]。”

爷娘闻女来，出郭相扶将[28]。阿姊闻妹来，当户理红妆。小弟闻姊来，磨刀霍霍向猪羊[29]。开我东阁门，坐我西阁床。脱我战时袍，着我旧时裳[30]。当窗理云鬓[31]，对镜贴花黄[32]。出门看火伴[33]，火伴皆惊忙。“同行十二年，不知木兰是女郎。”

雄兔脚扑朔，雌兔眼迷离[34]。双兔傍地走，安能辨我是雄雌。

[1]：唧唧：叹息声。此句一作“唧唧何力力”，又作“促织何唧唧”。[2]当：对着。[3]机杼（zhù）：织布机上的梭子。[4]问女两句中之“思”、“忆”：本有广狭二义，广义者无所不包，狭义者专指男女间的互相思忆，这里即用狭义。[5]军贴：征兵的文书、名册。亦即下文的“军书”。[6]可

汗（kè hán）：古代西域和北方诸国对君主的称呼。大点兵：大规模征兵。[8]市：买。[9]征：出征。[10]鞯（jiàn）：马鞍下面的垫子。[11]辔（pèi）头：马笼头。[12]旦：一作“朝”。[13]溅溅：急水流动声。[14]黑山：即杀虎山，在今内蒙古呼和浩特市东南一百里。黑山，一作“黑水”，即大黑河，在黑山附近。[15]燕山：指燕然山，即今蒙古人民共和国境内的杭爱山。胡骑（jì）：胡人的骑兵。啾啾（jiūjiū）：马鸣声。[16]戎机：军机，指战争。[17]关山：指行军走过的关塞山岭。度：越过。[18]朔气句：意思是塞风中传来刁斗声。朔气：北方的寒气。朔：北方。金柝（tuò）：即刁斗，铜制，军中器物，白天做饭用，晚间打更用。[19]寒光：寒冷的月光。铁衣：铁甲战袍。[20]天子：即上文中的“可汗”。[21]明堂：即殿堂，古代天子祭祀、听政、教学、选士的地方。[22]策勋：记功。转：将勋位分作若干等，随军功的增加而每升一等叫一转。十二转：极言功大位高，并非确数。[23]百千：极言其多。强：多，余。[24]欲：要求。[25]尚书郎：尚书省的官员。尚书省是古代中央的政治机关。魏晋以后，尚书省下分若干曹，主持各曹事务的官员通称尚书郎。此处系泛指朝中官职。[26]明驼：一种日行千里的骆驼。唐段成式《酉阳杂俎》：“驼卧，腹不贴地，屈足漏明，日行千里。”[27]儿：木兰自称。[28]郭：外城。相扶将：互相扶持。[29]霍霍：磨刀的声音。[30]裳（cháng）：古人穿的下衣，男女皆服。《诗经·邶风·绿衣》“绿衣黄裳。”毛传：“上曰衣，下曰裳。”后泛指衣服。如今与“衣”字合称时读作轻音（shang）。[31]云鬓：指女子头发乌黑柔美如云。[32]贴花黄：当时流行的一种妇女的面饰。即把金黄色的纸剪成星、月、花、鸟等图案，贴在额上，或以黄色点在额间。据传后魏时禁止民间妇女擦粉点黛，故民间流行贴花黄。帖：同“贴”。[33]火伴：即伙伴，指同行的士兵。古时军中十人为一火，同火者为火伴。[34]扑朔：扑腾，两脚乱爬搔。一说，扑朔是形容兔脚上的毛蓬松的样子。迷离：模糊、眼神不定。双兔：一作“两兔”。傍地走：在地上跑。清张玉谷《古诗赏析》云：“言雄兔雌兔，脚眼虽殊，然当其走，实是难辨也。”一说，扑朔、迷离，为雄兔雌兔共有特征，此处各举一端，实为互文，以见其不易辨认。

这是北朝民歌中篇幅最长的一首叙事诗，无疑，它最能代表北朝民歌最高的思想艺术成就。全诗通过叙写女英雄木兰假扮男装、代父从军的故事，深刻地反映了北朝社会无休止的战乱带给人民的沉重灾难，表达了广大人民要求过上和平劳动生活的愿望和向往男女平等的理想，具有强烈的反封建的意义。这首诗情节曲折，结构严谨，人物性格鲜明突出，又大量运用复叠、排比、对偶等表现手法，使全诗节奏明快，音乐性强，形成了雄迈、高昂、乐观的表达基调。

统观南北朝乐府民歌，在形式上虽然间或也有一些四言、七言和杂言体，但总以五言四句的短章为最多。而这，对后世绝句体的形成有直接的影响，因此，也是不能不给予应有的重视的。

原载《郑州大学素质教育系列讲座》1997－1998年刊

关于读刘勰《文心雕龙》

一

《文心雕龙》的作者刘勰（466？-539？），字彦和，是南朝齐、梁时代著名文学理论批评家。他祖籍山东莒县，而从东晋以后，世居江苏镇江（当时叫京口），故又称京口人。

刘勰一生历经南朝宋、齐、梁三代。根据《梁书》本传的记载，他早年丧父，家境清贫，但非常好学，年轻时即投奔南京附近的定林寺，跟随著名佛教大师兼学者僧祐，一边整理佛经，一边攻读经、史、子、集等著作。十几年后，学问大长，便决心著书立说，成就一番事业。于是，从刚过而立之年，到齐和帝中兴元年、二年（501-502）间，经过五六年的刻苦努力，终于写出了《文心雕龙》这一传世名著。

不过，如今这部书的流行版本均署作“梁通事舍人刘勰撰”。这是因为，到了梁朝，刘勰才入仕，而兼东宫通事舍人的时间既长，又是他的最后任职，遂致后世常称他为刘舍人，且连带而及，原本成书于齐代的《文心雕龙》，其流传的版本竟也被径署为“梁通事舍人刘勰撰”了。

刘勰为什么要写《文心雕龙》呢？他在这部书的最后一篇自序——《序志》里做了具体的交代。应当指出，在唐朝以前，凡是著作的自序，大抵都要放在全书的最后，如司马迁《史记》的《太史公自序》、王充《论衡》的《自纪》，就都是这样的，《文心雕龙》也不例外。这篇序题为《序志》，表明作者是要通过这篇书序来阐明自己的写作意图的。因此，要理解这部书，就不能不首先读一读置于书末的这篇《序志》。

《序志》从解释这部书的命名说起：

夫“文心”者，言为文之用心也。……古来文章以雕缛成体，岂取驺奭之群言“雕龙”也。

他是说这部书之所以取名“文心雕龙”，意在表明自古以来好的文章都是经过用心雕饰而成，要如同龙文一样华丽；但这种雕饰又必须顺乎自然而成，不能像战国时代的驺奭那样写文章矫揉造作，如同雕镂龙文一样费力，以致被后人讥讽性地称他为“雕龙奭”。一言蔽之曰：写文章必须肯用心思锻造出自然天成之美。这就是书名《文心雕龙》的基本含义，也体现了写作这部书的主要意图，即在于要告诉读者为文的这种基本道理和原则。

二

《文心雕龙》共10卷，计50篇。原分上、下部，各25篇。

上部从《原道》到《辨骚》5篇，是总论，所谓“文之枢纽”，而核心是《原道》、《征圣》和《宗经》3篇，要求凡写文章皆须本之于道，验之于圣，宗之于经。从《明诗》到《书论》20篇，是文体论，以“论文序笔”为纲领，对各种文体源流及代表作家作品依次进行研究和评价。“论文”部分，以《明诗》、《乐府》、《诠赋》等篇最为重要。“序笔”部分，则以《史传》、《诸子》、《论说》等篇更有价值。整个文体论部分，实际涵盖了全部分体文学史，讨论了各体文章的创作要求，为后面提出创作论奠定了基础。

下部从《神思》到《物色》20篇（《时序》除外），是创作论，以“剖析情采”为纲领，重点研究有关创作过程中各个方面的问题，对诸如作家的人品和才学、艺术想象、形象思维、自然景物与写作的关系、文与质的关系、炼意与炼辞、命意和谋篇、作家与作品的风格等一系列重要的问题，均做了深入细致、卓有识见的论述。剩下的《时序》、《才略》、《知音》、《程器》等4篇，为批评论，从文学的演变、作家的研究、作品的鉴赏以及作家品德的修养等不同角度和层面，进行了深入中肯、颇具价值的阐发。以上创作论和批评论两部分，是全书最主要的精华所在。最后《序志》一篇，则是全书的总序，不仅交代了写作这部书的目的和意义，而且概括地介绍了全书的主要内容。

三

《文心雕龙》的主要成就，在于它从大量的典籍中，发现了文学的特点，从丰富的创作实践中，总结出写作的规律，尤其是从文学作品中，概括出系统的文学创作的理论。具体一点说，主要有以下四个方面：

第一，书中十分强调地论述了文学发展与社会政治变迁的关系，提出“文变染乎世情，兴废系乎时序”的观点。这是符合唯物主义见解的。同时，也非常重视文学自身的发展规律，提出全面考察文学的“通”与“变”的主张。事实上，这已经涉及到文学的继承和革新的问题，也是很有价值的。

第二，书中相当全面地阐发了文学的内容与形式的关系，认为“情者文之经，辞者理之纬”，提出“文附质”、“质待文”的主张。一方面提倡“为情而造文”，反对“为文而造情”，把内容放在首要的地位；另一方面，又同时重视文学的形式，如在书中花去大量的篇幅，专门讨论修辞方面的问题，诸如《声律》、《丽辞》、《比兴》、《夸饰》，等等。书中提出写文章的总要求是“必以情志为神明，事义为骨髓，辞采为肌肤，宫商为声气”。这样的见解相当精辟。

第三，书中总结了许多宝贵的文学创作的经验。如对文学构思、形象思维、艺术风格、作品语言等文学创作中一系列重要问题，都做了颇为精要的论述。

第四，书中还阐述了进行文学批评的原则、态度、方法和作家品德修养等问题。提出“因内符外”、“沿波讨源”的主张；强调批评要有全面的观点，反对“各执一隅之解，欲拟万端之变”；并且要求批评家的修养应力争深厚，所谓“操千曲而后晓声，观千剑而后识器”，认为任何批评中的真知灼见，都是建立在广博的学识和丰富的阅历的基础之上的。这不仅对当时作家们“各以所长，相轻所短”的不良风气有积极的针砭意义，而且直到今天仍然有一定的借鉴价值。

四

近世以来，研究《文心雕龙》成了一门显学，号称“龙学”。随着“龙学”研究的不断深入和优秀传统文化的逐渐普及，有关此书的注释、翻译、专门论著，乃至一般介绍性的通俗读物大量涌现。较早如黄侃的《文心雕龙札记》、范文澜的《文心雕龙注》、刘永济的《文心雕龙校释》，随后如杨明照的《文心雕龙校注拾遗》、陆侃如、牟世金的《文心雕龙译注》、王元化的《文心雕龙讲疏》、王运熙的《文心雕龙探索》、郭晋稀的《文心雕龙注释》、张少康的《文心雕龙新探》、詹锳的《文心雕龙义疏》等，皆为颇具学术价值之作。而周振甫的《文心雕龙注释》，则是其中既富有学术价值又合乎普及需要的一种。这部书博采众家之长，又颇多独到之见，具有版本优善、注解详赡、释义精要、规模适中的特色，最适宜于中等以上文化程度的读者如大学生们阅读。该书初版于1981年，由人民文学出版社出版。

原载《大学生素质教育名著名作导介》
大象出版社1998年9月出版

关于读萧统《文选》

一

我国文学发展的历史源远流长，从春秋战国到汉魏六朝千余年间出现的作家异常众多，产生的作品也异常繁富；就作品数量说已经浩瀚如海了。在此情形下，对它们芟繁剪芜、别裁品鉴，从中选收优秀之作的文学总集，也就应运而生。根据《隋书·经籍志》的记载，从晋代到隋代出现的文学总集就有249部，共5224卷之多，不过后来大都已经散佚。现今我们所能见到的最早的也是影响最大的一部文学总集，就是《文选》。

《文选》的主编者萧统（501－531），字德施，是南朝梁武帝萧衍的长子，天监元年（502）被立为皇太子，但没等到即位就去世了，死后谥号昭明，所以后世常称他为昭明太子，于是，他所主编的《文选》也就常被人们习惯地称作《昭明文选》。

萧统虽贵为太子，但自幼爱好文学。他不仅自己能诗善文，而且重视有文学才能的士人。根据史书记载，先后到他门下的知名文学之士，计有刘孝绰、王筠、陆倕等十数人之多。《文心雕龙》的作者刘勰，也曾任过东宫通事舍人，受到他的礼遇。《文选》这部书，就是在萧统的亲自主持下，由这批文士中更贴近他的一些人如刘孝绰等参加编定的。

《文选》编定的确切年代，因为史无明文记载，所以至今尚无定论。不过，根据已经为学术界认同的该书选文不收生人作品的原则和主编萧统辞世的具体年月，将此书的编定时间粗断在梁普通七年（526）以后至梁中大通三年（531）以前数年间，应该说是大致不差的。

二

我国六朝以前的文学作品主要有诗、文两大类。因此，《文选》作为当时的文学总集，实际上也自然是一部诗文总集。书中所收作品的范围，大抵以“词人才子”的名篇为限。后世习惯上称作经、史、子几个部类的著作一概未选（史传中合乎“能文”的标准的赞论序述除外），所选基本上都是所谓“集”这一部类中的一些著名的单篇诗文。这在当时实际上是为文学划定了范畴，是文学发展到一定阶段的产物，反过来又对文学的独立发展起到积极促进的作用。

现在统计全书，共收作家130多家，上起子夏（书中所署《毛诗序》的作者）、屈原，下至萧统当世，前后历时近千年。共选作品514题，计760多篇。它的编排体例，根据作者自序所说，是选文“各以汇聚。诗赋体既不一，又以类分。类分之中，各以时代相次”。我们打开今传的这部书，可以看到，书中所选作品，是先按照赋、诗、杂文三大门，划分出赋、诗、骚、七、诏、册、令、教、文、表、上书、启、弹事、笺、奏记、书、檄、对问、设论、辞、序、颂、赞、符命、史论、史述赞、论、连珠、箴、铭、诔、哀、碑文、墓志、行状、吊文、祭文等37体；然后再按照内容题材的不同，在赋体下细别为京都、郊祀、耕籍、畋猎、纪行、游览、宫殿、江海、物色、鸟兽、志、哀伤、论文、音乐、情等15小类；在诗体下细别为补亡、述德、劝励、献诗、公宴、祖饯、咏史、百一、游仙、招隐、反招隐、游览、咏怀、哀伤、赠答、行旅、军戎、郊庙、乐府、挽歌、杂歌、杂诗、杂拟等23小类。这样的分类，固然显得碎杂，因而受到后世一些学者如章学诚、俞樾等人的尖锐批评；但不容否认，它毕竟体现了当时我国诗、文发展繁富的大体状貌，同时证明文体辨析在当时已经进入非常细致的阶段。因而，它的历史价值是应当加以充分肯定的。

三

关于这部书的编纂宗旨，萧统在他的《文选序》中做了具体申明：

自姬汉以来，眇焉悠邈，时更七代，数逾千祀。词人才子，则名溢乎缥囊；

飞文染翰，则卷盈乎缃帙。自非略其芜秽，集其清英，盖欲兼功，太半难矣。

这段话的意思是说，自从周代、汉代以来，历史已经很久远了，朝代更换了七次，时间跨越了千年，其间出现的诗人作家不计其数，产生的作品如汗牛充栋。如果不删除粗劣，取其精华，即使加倍努力，也难以全都读完。一句话，对过去上千年的作品"略其芜秽，集其清英"，以便于阅读，就是这部书的编纂宗旨。

那么，萧统为自己所规定的编选宗旨实际上贯彻得怎样呢？如今我们具体检验一下书中所选作品，确实可以说自《诗经》以后到萧统当世，我国古代文学的精华，基本上都结集于其中了。从赋体看，汉、晋时代的著名大赋，从司马相如的《子虚赋》、《上林赋》，枚乘的《七发》，班固的《两都赋》到左思的《三都赋》等，可以说已网罗无遗。对于这些大赋，人们自可有不同评价，但它们毕竟代表了赋体（特别是汉赋）创作的一个重要方面，是"一代文学"的主要标志，在我国古代文学发展史上占有无可替代的地位。同时，书中还选收了很多抒情咏物的小赋，从宋玉的《风赋》到贾谊的《鹏鸟赋》，从司马相如的《长门赋》到王粲的《登楼赋》，再到曹子建的《洛神赋》，直到南朝鲍照的《芜城赋》、江淹的《恨赋》、《别赋》等，名篇佳作，比比皆是。从诗体方面看，由于该书所覆盖的时代是五言诗形成和发展的时代，所以书中所选从汉代无名氏的《古诗》到以后各时期的名家如曹植、王粲、刘桢、阮籍、陆机、潘岳、左思、郭璞、陶渊明、谢灵运、鲍照、江淹、沈约、谢朓等人的五言体主要作品大都具备。此外还选了一些有代表性的四言诗如曹操的《短歌行》，以及少量的七言诗如曹丕的《燕歌行》等，这些也都是后世传诵不衰的名篇。而且，书中还列有骚诗一体，收进了屈原的《离骚》、《九歌》等《楚辞》中的精品。再从所选各体文章看，是骈散兼顾而以骈文为主，入选作品如贾谊的《过秦论》、司马迁的《报任安书》、诸葛亮的《出师表》、嵇康的《与山巨源绝交书》、陶渊明的《归去来辞》等，也均为各个时期的重要文学成果。当然，限于萧统的识见，也有一部分先秦汉魏六朝时期的优秀的诗文作品未能入选，这主要是一些汉乐府中的民间诗歌如《陌上桑》、《焦仲卿妻》，南北朝民歌"吴声"、"西曲"中的一些作品等。在萧统看来，这些作品俚俗不雅，缺少骈体文学的语言美，故而摒弃不用。这当然是该书的一个缺失，但毕竟瑕不掩瑜。要之，这部总集不仅具有很高的文学史料价值，而且相当清晰地体现了从先秦到梁代文学发展的轨迹，因而成为后世凡要学习先秦汉魏六朝文学的人所必须研读的一部文学要籍。

四

《文选》问世以后，很快就引起了人们的重视。经隋到唐，研读《文选》已经成为一门学问，被称为“文选学”或“选学”。于是，多种《文选》版本也就陆续出现。其中，要以李善注本、五臣注本以及后来合二者为一的六臣注本为最著名，而在这三种注本中，尤以李善注本最具学术价值。

李善（630？-689），扬州江都（今属江苏）人，他是唐代一位学识渊博的学者，号称“书簏”。他为《文选》作注，用力非常勤苦，可谓积毕生心血，前后数易其稿，才终成定本。《文选》原书约30万字，共30卷，经李善作注，竟使全书增至100万字以上，几乎成为原书的四倍。由于分量大大增加，于是把原来每卷各分为二，这就成了今天我们所看到的李善注《文选》60卷。李善注《文选》，集当时“选学”的大成，全书主要采取征引式注法，释事详赡，训义简赅，注音确切，校勘精审；而且注文体例严谨，凡所出注，皆有依循，排比规整，毫不淆乱。因为有这样的突出优点，理所当然地受到后世读者的特别推崇。如清代学者胡绍煐在他的《文选笺证自序》中评论说：

> 李善注援引赅博，经史传注，靡不兼综，又旁通仓雅训故，及梵释诸书，史家称其淹贯古今。……李时古书尚多，自经残缺，藉存十一，不特文人资为渊薮，抑亦后儒考证得失之林也。

这评论是中肯的。当然，特别偏重释事和辞藻的溯源，而相对忽略对文章的析解，无疑也是李善注的一个缺欠。因此，在研读李善注《文选》的同时，如能对五臣注也加以兼参并酌，无疑会收到更为理想的效果。

如今，李善注《文选》比较通行的版本有1974年中华书局影印的清人胡克家刻本和1976年上海古籍出版社铅排标点的清人胡克家本。

原载《大学生素质教育名著名作导介》
大象出版社1998年9月出版

关于读《乐府诗选》

一

这是一个乐府诗的选注本，由人民文学出版社于1953年出版。选注者余冠英，著名中国古典文学专家，中国社会科学院文学研究所研究员。这本书主要从宋代人郭茂倩所编的《乐府诗集》中精选了两汉和南北朝两个时期的乐府诗的上乘之作，主体部分是民歌，其中汉魏乐府古辞56题59首，南朝乐府民歌31题76首，北朝乐府民歌16题38首，汉至隋歌谣33题33首；也有少量的有代表性的文人的仿制品，包括汉魏晋宋文人乐府共32题34首。每首诗都加了今注乃至内容提示，而且在全书的开头还配有前言，对乐府诗的有关知识作了全面的介绍，对该书的选注事项作了具体的交代。这对一般读者无疑是很有帮助的。

选注者在该书《前言》中表示："笔者不敢妄想这本书成为完善的本子，但总希望它是一个可读的本子。在注释方面，不敢妄想解决乐府诗字句上所有的疑难问题，但希望比以往的注释多解决几个问题。"而从此书出版后多次重印的情况可以断言，它是深受广大读者欢迎的，从而也证明选注者的两个"希望"是圆满地实现了。

二

乐府诗，在我国古代诗歌史上是继《诗经》、《楚辞》之后出现的第三种重要的诗歌类别。

乐府，原本是一种官府的名称，顾名思义，它是官方掌管音乐的机关。根据考古发现和史书记载，这种机关早在秦和汉初就已经有了。不过，那时它所掌管的只是郊庙朝会（“郊”指郊祀，就是祭飨天地；“庙”指太庙，就是祭祀祖先；“朝会”指朝廷上的典礼）的乐章，与诗歌还没有太大联系。

到了汉武帝时代，开始制礼作乐，建立一系列文化设施，其中之一就是扩大了乐府的规模和职能。《汉书·艺文志》记载：

自孝武（即汉武帝）立乐府而采歌谣，于是有代、赵之讴，秦、楚之风，皆感于哀乐，缘事而发，亦可观风俗，知厚薄云。

可见，此时的乐府已经把采集民间歌谣定为一项重要任务。当然，这里所说的“观风俗（考察民情）、知厚薄（了解施政得失）”未必是乐府采诗的主要目的，主要目的恐怕还是为了丰富乐府的乐章，供宫廷各种典礼以至娱乐的时候使用，但它毕竟起到了搜集和保存民歌的作用。文学史上所说的两汉乐府，正是指这类作品而言的。这类作品，代表了汉代诗歌的最高成就，并且对后代诗歌的发展产生了深远的影响。汉代人把这类诗叫做“歌诗”，魏晋六朝人开始把这类诗叫做“乐府诗”或简称“乐府”。于是，乐府便由官府名变成带有音乐性的诗体的名称了。

再到南北朝时期，乐府的采诗职能相沿而下，于是，又有一批民间歌谣得以搜集和保存，成为该时代诗坛上可以与文人诗相抗衡的诗歌大宗。由于当时中国南朝和北朝政治局面的对立，也由于南方和北方人民生活的地域性差别，形成了南朝民歌与北朝民歌内容与风格方面的不同特色。

三

根据《汉书·艺文志》的记载，西汉乐府民歌就有138篇之多，这已经大致相当于《诗经·国风》的篇数。如再加上东汉的作品，其规模当是更为可观的。可惜，现存的两汉乐府民歌作品，只剩大约40多首了。但就从这数量不多的作品中，也可看出它们直接继承了《诗经》民歌的现实主义传统，所谓“感于哀乐，缘事而发”，相当全面而深刻地反映了当时的社会生活和人民的思想感情。

首先，是描写劳动人民极端贫困乃至被迫反抗的作品。如《妇病行》，写一个妻死儿幼、贫病交加的普通家庭的生活悲剧，诗中主人公那种声泪俱下的倾诉，令人不忍卒读。又如《东门行》，写一个市民家庭生活濒临绝境，男主人不得不铤而走险的情形，诗虽只写一个家庭，实则可以看做当时广大人民被压迫得不得已而走上反抗道路的一个缩影，因而是有典型意义的。

其次，是表现战争和徭役带给人民深重灾难和无边痛苦的作品。如《战城南》，通过凄惨荒凉的战场的描写，揭露了战争的残酷性和穷兵黩武的罪恶。又如《十五从军征》，通过一个老兵的自述，反映了战争给人民生活造成的严重破坏和不合理的兵役制度对人民的残害。

第三，是反映男女之间的真挚爱情和被压迫妇女的不幸遭遇的作品。如《有所思》，写一个热恋中的女子，在听到男方有了“他心”时那种痛苦复杂的心情。诗中通过女主人公的独白，使她那性格爽直而又善良多情的形象活灵活现地展现在读者的面前。再如《上邪》，写一个女子向她所爱的人表白自己坚贞的爱情，诗中女主人公坚贞不移的信念，火一样的热情，急管繁弦式的倾诉，使这首小诗迸发出无限感人的力量。当然，在这类作品中，最为著名的是《陌上桑》和《孔雀东南飞》两篇。《陌上桑》一名《艳歌罗敷行》，又名《日出东南隅行》，写一个太守调戏采桑女而遭到严词拒绝的故事。诗以采桑女秦罗敷的美丽、坚贞和机智与太守的卑劣、无耻和愚蠢形成鲜明的对比，巧妙地构成一种喜剧冲突，不仅高扬了人民的志气，增加了作品的思想性，而且取得了更为强烈的艺术效果。《孔雀东南飞》原名《焦仲卿妻》，写的是一对青年夫妻双双殉情而死的爱情悲剧，深刻暴露了封建礼教的吃人本质，热情讴歌了忠于爱情、反抗压迫的斗争精神，巧妙寄托了青年男女对爱情、婚姻自由的热烈向往。由于它所提出的是封建社会一个带有普遍性的问题，也就使得这一悲剧具有高度典型的意义。鲜明生动的人物形象，曲折严谨的结构布局，体现出这首长诗在艺术上也标志着我国叙事诗已达到了一个新的阶段。

第四，是揭露上层社会黑暗残暴和腐朽无能的作品。如《京都歌谣》，揭露朝政黑暗、好人惨死、坏人得势、是非颠倒的社会怪象，可谓一针见血。又如桓灵时期的一首《童谣》，更把当时上层社会的营私舞弊、沽名钓誉、腐朽无能，暴露得淋漓尽致。

此外，两汉乐府民歌中还有少量描写劳动情景的篇章。如《江南可采莲》，写得清新可喜，生动别致。诗中以回旋反复的语句，着力描绘鱼儿在莲叶四周环游嬉戏的情景，不仅展示出江南水乡美丽的自然风光，也表现了采莲人的愉快心情。

以叙事为主，是两汉乐府民歌的一大特色。与《诗经》民歌以抒情见长不同，两汉乐府民歌善于通过戏剧化情节的铺叙，人物语言、行动的刻画，塑造出特定环境中富有个性的典型形象，为读者提供了一幅幅生动具体的汉代社会生活图景。两汉乐府民歌是中国叙事诗已臻成熟的里程碑。

形式自由多样是两汉乐府民歌的又一显著特色。它所经常采用的杂言体从一二字到八九字多少不等的句式，非常接近口语，很富于表现力，在诗体中别具一格。它所创制的五言诗体，后来更成为中国古典诗歌的主要形式之一。

四

南朝乐府民歌今天所能见到的包括《乐府诗集》中的《吴声歌曲》、《西曲歌》和《神弦曲》三个部分，共计约500首。它们分别产自以首都建业（今江苏省南京市）为中心的江南地区和以荆州（今湖北省荆州市）为中心的江汉流域一带。南朝民歌几乎全是情歌，体制短小，多用双关隐语，语言清新自然，情调婉转缠绵。一般说来，歌辞中所表现的爱情是健康而坦率的。其中最能体现这种特色的是那些天真和痴情的描写。如《子夜歌·夜长不得眠》一首，写一个女子思念情人已经入迷了，她长夜难眠，以至产生一种幻觉，好像听到情人在呼唤她，而她竟然不由自主地应出声来。又如《子夜歌·怜欢敢唤名》一首，写一个女子已经深深陶醉在热恋之中，只顾一遍遍地表示永不变心的誓言，连情人的名字都亲密得不忍心叫了，可见那种怜爱的感情已经热烈到何等程度。

南朝民歌中艺术成就最高的一首，是长篇抒情诗《西洲曲》。这首民歌可能经过了文人的加工，内容是写一个青年女子的长年相思。全诗采用四季调的表现方法，穿插着从冬到秋不同季节的景物描写，多层次多角度地揭示出女主人公的内心感情世界。并运用顶真和隐语双关等修辞手法，造成了似断似续、婉转缠绵的艺术效果。

五

现今能够见到的北朝乐府民歌，主要保存在《乐府诗集》的《梁鼓角横吹曲》中，《杂曲歌辞》、《杂歌谣辞》中也收有一小部分，共计约60多首。这些作品，虽大抵原本出于北方少数民族之手，但被收集起来之后，却已经过南方汉人的翻译和润饰。北朝乐府民歌题材较南朝乐府民歌广泛，诸如战争、尚武、羁旅、民族风情等都有所反映。语言质朴，风格直率豪放。如《企喻歌·前行看后行》一首，写军队的行列，可谓威武严整，十分气派。又如《瑯琊王歌》，写北方民族的尚武精神，通过爱刀甚于爱少女的鲜明对比，造成了生动而强烈的表达效果。再如《敕勒歌》，写北方的游牧生活。蓝蓝长天，茫茫草原，水草丰茂，牛羊肥壮，不到 20 字，就展现出一幅北方牧民生活的壮丽图景。

北朝乐府民歌也有不少情歌。如《折杨柳歌辞·腹中愁不乐》一首，写一个女子甘愿变成一条马鞭，无论何时总是跟随在情郎的身边。想象新鲜巧妙，表达大胆直率。再如《折杨柳枝歌·门前一棵枣》一首，写一个女子急于出嫁而埋怨她的母亲。“那得孙儿抱”的反问，既是含有投合母亲心意成分的一种启发诱导，更是出以恫吓威胁口吻的强硬抗议，表达得尤其泼辣大胆。

最能代表北朝乐府民歌的思想和艺术成就的，当然是《木兰诗》。这是北朝民歌中篇幅最长的一首叙事诗，通过叙写女英雄木兰女扮男装代父从军的故事，深刻地反映了北朝社会无休止的战乱带给人民的沉重灾难，表达了广大人民要求过上和平劳动生活的愿望和向往男女平等的思想。木兰的形象集中体现了千百万劳动人民淳朴而又高尚的品质。诗的情节曲折，结构谨严，人物性格鲜明突出，又大量运用复叠、排比、对偶等修辞手法，使全诗节奏明快，音乐性强，形成了贯通全诗的昂奋、雄迈、乐观的表达基调，给读者以强烈的感染和鼓舞。

最后，统观整个南北朝乐府诗，在形式上虽然也间或有一些四言、七言和杂言体式，但总以五言四句的短章为最多。而这，对后世“绝句”诗的形成有直接的影响。因此，是不可不给予重视的。

原载《大学生素质教育名著名作导介》
大象出版社 1998 年 9 月出版

关于读《唐诗选》

一

一般读者要读唐诗，首先应选一个适合的读本。这里就向大家推荐目前较好的一部唐诗选本——《唐诗选》。

这是一个全唐诗的选注本，由人民文学出版社作为《中国古典文学读本丛书》之一种，分上、下两册，初版于1978年。选编者署名中国社会科学院文学研究所，可见这是一项集体成果，并且具有相当的权威性。

书中共选诗人130余家，可以说，唐代各时期各流派有成就有代表性的诗人基本上都入选了。共选诗630余首，大抵都是思想性和艺术性结合得好的篇章，而且在艺术性方面，还注意优先选收能体现整个唐诗特色的作品。对于思想性一般，但艺术性较高，有一定借鉴价值的作品，也酌量加以收录。从总体上看，这样的选篇是恰当的。同时，书中还配有作家小传和作品注释。小传除概括叙述作家生平外，还扼要说明其创作特点；注释则着重在解决理解上的疑难之处和鉴赏时的关键问题。这些，对读者无疑是大有方便的。

当然，金无足赤，书也无完书。若求全责备，无疑不能说此书已达无可挑剔的地步。譬如按此书规模通盘衡量，今天看来本不该漏选的个别分量很重的名篇还是漏选了，就不能不说是一个遗憾，但毕竟瑕不掩瑜。过去，人们读唐诗，常常标举清人孙洙选编的《唐诗三百首》为首选入门书。自从《唐诗选》出版后，由于它具备如上所说的显著特点和突出优点，自然就远远超过《唐诗三百首》，而成为目前相当理想的唐诗选本了。

二

我国古代诗歌发展到唐代，达到了辉煌灿烂的全盛阶段。唐诗，不仅是整个唐代最有代表性的文学样式，而且体现了我国古代诗歌的最高成就。

首先，唐诗在数量上是空前的。仅据清代所编《全唐诗》、《全唐逸诗》的收录，就有诗人2873家，作品49403首（引自《关于唐代诗文的几个统计数字》，见《文学遗产》1982年1期）。另据《唐音癸签》作者胡震亨的统计，唐诗别集就有691家。这个数量，超过了西周到南北朝历代的总和。在不到三百年的时间里，竟然得到这样巨大的收获，无疑标志了我国古代诗歌的发展已经进入一个新纪元。

其次，更重要的是在质量上，唐诗的总体水平超过了中国历史上的任何一个朝代。这主要表现在：

第一，诗体大备。到唐代，所有古典诗歌的体制诸如四言、五言、六言、七言，齐言、杂言，古体、近体，乐府、歌行，律诗、绝句，叙事、写景，抒情、议论等等，全都具备了，而且产生了许多足以显示各体诗歌最高水准的优秀篇章，呈现出一种众体荟萃、万紫千红、空前繁荣的景象。

第二，名家辈出。唐代众多诗人中，在文学史上有贡献、有地位的至少不下百余人，堪称一流的诗人也有数十人。而李白、杜甫、白居易等则更是其中佼佼者，他们不仅在中国文学史上占有特别突出的地位，而且其成就早就享誉于国外了，应当说他们是“世界级”的。

第三，流派众多。文学流派，是指一定历史时期内所形成的在内容题材、风格情调、创作方法等多方面彼此一致、互相接近的作家群。流派的形成反映着一个时代文学发展的繁荣和成熟。而唐代诗坛上，就先后出现过诸如山水田园诗派、边塞诗派、浪漫主义诗派、现实主义诗派、元白诗派、韩孟诗派等等众多的流派。它们争奇斗妍，精彩纷呈，形成了可与我国思想史上战国时代百家争鸣相媲美的十分壮观的局面。

第四，佳篇如海。唐诗中的佳篇名作实在太多了，简直可以比作无法测其总量的汪洋大海。过去出的选本，如清人所编《唐诗三百首》，共收诗300多首，固然其中不少是名作。而建国后出版的一些选本，如《唐诗选》收诗600余首，比《唐诗三百首》增加了一倍，大抵也都是佳篇。即使如稍后出的《唐诗鉴赏辞典》，收诗达1105首，篇数比《唐诗选》又几乎超出一倍，仍然多为脍炙人口的精品。由此看来，唐诗中的佳篇名作是选不胜选的，一般能做到选出佳篇中之尤佳者，名作中之尤名者，就算不错了。这说明唐诗的整体水平已经达到何等高超的地步。

明代学者胡应麟《诗薮》外编卷三评价唐诗说：

甚矣，诗之盛于唐也。其体（体裁、样式）则三、四、五、六、七、杂言、乐府、歌行、近体、绝句，靡弗备矣；其格（内容、意境）则高卑、远近、浓淡、浅深、巨细、精粗、巧拙、强弱，靡弗具矣；其调（风格、情调）则飘逸、浑雄、深沉、博大、绮丽、幽闲、新奇、猥琐，靡弗诣矣；其人，则帝王、将相、朝士、布衣、童子、妇人、缁流（僧众）、羽客（道士），靡弗预矣。

这段话，相当全面地概括了唐诗高度发达的盛况和空前普及的程度。

总之，唐代是我国古代诗歌发展史上的一个黄金时代。唐诗则是我国古代文学园地里一簇光彩夺目的异卉奇葩，也是世界文学宝库中一宗十分名贵的精金粹玉，因而，也就理所当然地成为我们炎黄子孙完全可以引为骄傲和自豪，同时也是非常值得我们认真继承和发扬的一份优秀而丰富的文学遗产。

三

唐诗的发展一般分四个时期，每一时期都有自己的代表作家、流派、特色和成就。把握这样一条基本线索，对一般的唐诗阅读者是大有方便之处的。

唐诗发展的四个时期是：初唐、盛唐、中唐、晚唐。

初唐（大约100年时间），是整个唐诗发展的起步时期。初唐前50年，大抵仍是南朝形式主义诗风的延续，宫体诗充斥诗坛，以“绮错婉媚为本”的“上官体”是这个时期的代表。初唐后50年，则先有“四杰”（王勃、杨炯、卢照邻、骆宾王）开始突破了“宫体”的内容，接着有沈、宋（沈佺期、宋之问）确立了律诗这种新的形式，最后是陈子昂痛斥齐梁诗风，高倡建安风骨，为唐诗的健康发展开辟了道路。

盛唐（大约50年时间），是整个唐诗发展的鼎盛时期。这一时期，首先是产生了李白和杜甫两位诗坛巨擘，成为我国古代诗歌浪漫主义和现实主义两座屹立并峙的高峰。同时，与之相辉映的，还涌现出如王维、孟浩然、高适、岑参、王昌龄、王之涣、贺知章等十数位成就卓著、颇负盛名的一流诗人。他们以各不相同的风格投入诗歌创作的高潮，形成了盛唐诗坛日月光耀、群星灿烂的奇观。体现着这一时期诗歌创作主流的，是奋发向上、乐观自信的积极浪漫主义，李白则是其中最伟大的代表。而到了“安史之乱”前后，被卷进斗争中心并以诗歌深刻地反映了这一时代动荡的则是杜甫，杜甫是盛唐最后一位大诗人，他不仅以自己辉煌的创作反映了他那个不平凡的时代，而且开辟了中唐诗歌现实主义发展的广阔道路，占有划时代的地位。

中唐（大约70年时间），是整个唐诗发展继盛唐之后的又一高潮。经过中唐前期到贞元、元和年间，现实主义诗歌创作逐渐进入全面发展的新阶段，诗坛上再次呈现出全面繁荣的景象。中唐大约出现570多位诗人，留下诗篇约19000多首，这在唐代各时期中，是遥居首位的。其中为白居易所倡导，以元稹、张籍、王建等作中坚的新乐府诗派，极力反映民生疾苦，一心追求通俗浅易、旗帜鲜明、成就卓著，代表了中唐诗歌的主流；以韩愈、孟郊为代表的“韩孟”诗派，则通过个人不幸遭遇的抒写揭露黑暗现实，艺术上追求奇崛险怪，影响颇为深远。此外，如韦应物、刘长卿、柳宗元、刘禹锡、李贺等，也都各有突出创造，自成家数。

晚唐（大约70年时间），是整个唐诗发展的衍变时期。这一时期的诗歌创作，也烙有浓重的时代色彩，沿着曲折的道路在向前发展。随着历史的推移，对艺术上华艳纤巧的表现形式的刻意追求，应和着内容上忧时悯乱的感伤情调的浅吟低唱，越来越成为晚唐诗歌的主流。其中成就最高的诗人当推李商隐和杜牧，他们在文学史上享有“小李杜”的称誉。而唐末黄巢起义前后出现的聂夷中、杜荀鹤等，则以锋芒锐利的诗歌直刺当时的社会问题，成为唐诗现实主义创作的尾声。

四

怎样读好一首唐诗呢？下面简略地介绍三大基本步骤：

第一步，知人论世。这即是说，要了解作家并研究他所处的时代，以便弄清作品的具体背景和创作缘起，进而更好地理解作品本身。这一步，往往是读好一首唐诗应当具备的前提。

第二步，披文入情。因为诗人是先有了对现实生活的感受，产生了内心的情思，然后再用一定的语言形式把它表现出来；而读者则是首先接触文学作品的语言形式，通过语言的媒介了解和把握它的内容，逐步获得对作品形象的整体感受，最后达到对诗人情思的深刻领会。单从读者方面看，能动地完成这一过程，就叫做披文入情。说得稍微具体一点，它应包含以下四个环节：第一，准确了解诗句的含义，这是披文入情的初步切入；第二，仔细辨析全诗的构成，这是披文入情的主体过程；第三，充分发挥再造想象，这是披文入情的进一步升华；第四，适当进行多种联想，这是披文入情的有益补充。总之，走好披文入情这一步，无疑是读好一首唐诗必不可少的基本功夫和主要内涵。

第三步，纵横考察。纵的考察是指把一首唐诗放到诗歌发展的历史链条中进行“上挂下连”的比较，以便从继承和创新两方面做出恰当的评价。横的考察是指把一唐首诗放到与它同时代的其他具有可比性的作品中进行“左顾右盼”的比较，以便从思想和艺术两方面做出高低异同的鉴别。这一步，如从更高层次要求，也同样是读好一首唐诗不可或缺的拓展和延伸。

原载《大学生素质教育名著名作导介》
大象出版社 1998 年 9 月出版

关于读《唐宋词选》

一

自隋唐以后，我国文学中出现了与诗并列的所谓“词”这样一种新的文学体裁。

词，原为曲子词的简称，其实也就相当于如今所说的歌词的意思。曲子词是唐五代时的通称，入宋后才逐渐简称为词。说到底，词还是诗，是诗中比较特殊的一种。清代学者宋翔凤《乐府馀论》指出：“以文写之则为词，以声度之则为曲。”这表明，词是一种配合音乐用以歌唱的诗体。

汉魏六朝乐府诗原本也是配合着音乐歌唱的，所以有人也称词为乐府。宋代词人贺铸的词集就题为“东山寓声乐府”。但严格说来，词与汉魏六朝乐府是有很大不同的。首先，就合乐的种类说，汉魏六朝乐府诗所合的音乐是传统的雅乐（汉魏以前的古乐）或清乐（汉魏以后的“街陌歌谣”），而词所合的音乐则是后起的“胡夷、里巷之曲”（《旧唐书·音乐志》），即燕乐，燕通讌，或宴，是由于常用于宴会上的演出而得名，其主要成分是北周和陈以后自西域传入的西北各民族的音乐与一些中原民间音乐融合的产物，故又常称“隋唐杂曲”，乐器以琵琶为主。其次，就合乐的方式说，乐府是选词以配乐，也就是先有诗再制曲的；而词则是由乐以定词，也就是先选定现成的曲调再写词的。所以，作词不说作词，而说填词。第三，再就体式的特点说，乐府诗属于古体诗范围，每一个乐府题目并不需遵守一定的格律；而词属于格律诗范围，每一个词调都有严格的格律上的规定。由此看来，词就是词，不应混同于乐府诗。

也有人把词称作“诗馀”或“长短句”的，等等。这样的称呼当然都能举出一些理由，但归根结蒂，或者失之不实（如称“诗馀”便是），或者流于表相（如称“长短句”便是），因而都缺乏科学性。所以，词就应该叫词，而不应代以别的什么称呼。

总之，精严地说，词原本是一种配合燕乐用以歌唱，但后来由于乐谱失传而逐渐与音乐脱离，却仍要严格遵守一定声律的特殊诗体。一言以蔽之，正如王力先生《汉语诗律学》所说：词是“一种律化的、长短句的、固定字数的诗”。

词究竟产生于何时？至今学术界尚未取得完全一致的看法。宋代学者王灼《碧鸡漫志》卷一说：“盖隋以来，今之所谓曲子者渐兴，至唐称盛。”又张炎《词源》卷上也说：“粤自隋唐以来，声诗间为长短句。”都认为隋代就开始有词了，又据《碧鸡漫志》卷四引《脞论》说：“水调《河传》，炀帝幸江都时所制。”后蜀何光远《鉴戒录》卷七说：“《柳枝》者，亡隋之曲，炀帝将幸江都，开汴河，种柳，至今号隋堤，有是曲也。”《河传》、《柳枝》，都是后来常见的词牌，由此看来，说词产生于隋代，应当是大致不差的。

词究竟起源于何处？据清光绪二十六年（1900）从敦煌石窟中所发现的曲子词共160多首（据王重民《敦煌曲子词集》），其中绝大多数是民间作品，而且不少是产生于盛唐乃至盛唐以前，证明词是首先从民间兴起来的。敦煌曲子词的内容相当广泛，有反对唐对外扩张的，有抨击繁重的徭役的，非常可贵的还有一首是直接记述黄巢起义的珍贵史实的。当然，数量最多、艺术性也较高的是关于爱情和婚姻问题的描写，作者能勇敢地冲破许多封建文人轻视妇女、玩侮女性的偏见，而为各阶层妇女的种种痛苦和不幸鸣不平，一首首饱含同情、激昂慷慨的歌词，或托物寄意，或触景生情，或直抒胸臆，倾诉了征妇的情思、怨妇的悲愤，表达了被侮辱被损害的女性反抗的心声，以及她们对忠贞爱情的追求和向往。其创作精神、思想内容、风格情调乃至表现方式与汉魏六朝乐府民歌都是一脉相承的。

二

大约在初、盛唐时期，文人们因为囿于传统偏见的关系，还不屑于学习运用来自民间的这一文学形式写作，即便偶有所为；也都随手交付乐工、歌伎们去演唱，仅在民间流传而已，并不乐意收进自己的集子，亮出自己的尊姓大名。于是，那类作品也就很少能以文人词的面目流传下来。由此可以推测，本为李白所作而曾被誉为“百代词曲之祖”的《菩萨蛮·平林漠漠烟如织》、《忆秦娥·箫声咽》二词之所以至今作者、作时问题聚讼纷纭，难定一是，或即与此情况有关，也未可知。

到了中唐，情况有了变化，文人们学习民间词进行创作逐渐形成风气，一些诗人运用这一新的文学形式，创作出了一些优秀作品，使词这一体制趋于定型化。较早的如张志和、刘长卿、韦应物等，稍后的如刘禹锡、白居易等都有名篇传世。其中，张志和的《渔歌子》（又名《渔父》），白居易的《忆江南·江南好》等，可为突出代表。再到晚唐时期，文人词有了明显的发展。经过众多词人的努力，词这一文学形式已经达到完全成熟的阶段，而俨然成为独树一帜的新体文学了。这一时期，众多的词家中如杜牧、温庭筠、段成式、皇甫松、司空图等，都有名作传世，而其中成就最高的当推温庭筠，他是词史上致大力于填词的第一人，留下的作品比唐代其他词人都多。他还是推动词这一文学形式走向成熟的最重要的一位词人。他的词风如宋代学者孙光宪《北梦琐言》所概括的是“香而软”（转引自清人沈辰垣等所编《历代诗馀》，孙书今本未见此语），不仅影响了他那个时代的词人的创作，而且还开启了以后流贯整个词史的所谓“婉约”一派。

到了五代时期，词又有了进一步的发展。五代词的重心是地处东西两端的西蜀（包括前蜀和后蜀）和南唐。西蜀词人以“花间派”为主体。花间词人因《花间集》而得名。《花间集》是我国文学史上最早的一部文人词的总集，为五代后蜀人赵崇祚选编，分10卷，共收录晚唐至五代词18家500首。花间词人继承了温庭筠的词风，并奉他为鼻祖。他们的词题材狭窄，多写男女恋情和歌舞宴乐，风格浮艳绮靡。其中除个别词人如韦庄之作不同群响而独标率真天然、清隽疏朗新风外，总体上看都不出“香而软”一路。南唐是继西蜀之后又一个词的盛区。南唐词风与花间词风本无根本差别，但由于自中主李璟的后期起就面临北周的威胁，后主李煜时更亡于赵宋，这就使南唐的君臣们在作品中不免流露出绝望的情绪，贯注着感伤的基调。南唐词人主要有冯延巳、李璟、李煜三家。冯延巳在南唐词人中时代较早，他的贡献在于继韦庄之后，进一步使词由注重描写转为注重抒情，而着力于表现人物的内心世界。李璟的词不假雕饰，自见真情，是他胜过温庭筠而与韦庄相似之处，其寄意深沉，层次转折则为韦庄所不及。李煜无疑应是南唐乃至整个唐五代词人中成就最高的一位。他打破了长期来被认作“正统”的花间词风，扩大了词的表现领域，沿着韦庄、冯延巳开创的以词抒情的道路继续往前走，使词终于发展成为一种个人抒情言志的新诗体，取得了类似抒情诗的地位。王国维在《人间词话》中说："词至李后主而眼界始大，感慨遂深，遂变伶工之词而为士大夫之词。"这个评价是中肯的。

三

如果给词的发展勾画一个简单的轮廓，那便是：词萌于隋，兴于唐，繁衍于五代，而大盛于两宋。两宋时代是词这一新的文体大显身手、取得辉煌成就的时代。所以历来有"唐之诗，宋之词"的美誉。

北宋词的发展大致经历了三个阶段。

第一阶段，为词由五代入宋的过渡期。代表词人是范仲淹、晏殊、欧阳修、张先、晏几道。范仲淹词虽仅存五首，但即此可知，他远绍中唐前期的戴叔伦、韦应物，能以边塞题材入词，意境开阔悲壮，而下启宋代豪放一派，对王安石、苏轼有一定影响，故其成就不可忽视。晏殊、欧阳修的创作主要在于继承，总体上仍属"花间馀绪"，但晏词的雍容闲雅，温润秀洁，欧词的豪宕放逸，深情婉转，也各自能成一道风景，在词坛占有不可忽视的一席之地。而到了张先、晏几道，则在承袭"馀绪"的同时，已显露出革新的端倪。如张先创制了若干慢词，为词体的衍变做了准备；晏几道虽仍作"花间"式的令词小曲，但因常"寓以诗人句法，清壮顿挫，能动摇人心"（黄庭坚《小山集序》），而在抒情达意方面为宋词的发展着了先鞭。这显示出词由五代过渡到两宋，正是由他们完成的。

第二阶段，为词的多种风格竞奇斗妍的繁荣期。主要代表词人是柳永、苏轼、秦观、贺铸等。柳永继张先之后创制了大量的慢词，增加了词的容量，又善于采摘民间曲调自创新曲，且不避俚俗，注意吸取民间口语入词，这就不仅有效地丰富了词的体制，而且大大拓宽了词的流传范围。苏轼则大胆倡导并推动了宋词从内容到风格大转折性的革新的浪潮，成为词史上最杰出的词家之一。他以自己的创作实践，提高了词的地位，扩大了词的题材，丰富了词的意境，除写出了大量优秀的所谓正宗的"婉约"之作以外，更开创了可与"婉约派"相抗衡的豪放词派，最终使词摆脱了仅只作为乐曲歌词而存在的状态，真正成了可以独立发展的一种"无意不可入，无事不可言"（刘熙载《艺概》）的新诗体。苏轼堪称真正的一代词坛魁首。此外，秦观出自苏门，却能以"俊逸精妙"（王灼《碧鸡漫志》卷二）之作"自辟蹊径，卓然成家"（近人况周颐《蕙风词话》），而无愧于当时婉约词派的代表；贺铸则兼有婉约、豪放之风，"高绝一世”（张耒《贺方回乐府序》），也都为发展中的北宋词增添了光彩。

第三阶段，为词在艺术上的深化期。主要代表词人是周邦彦。他兼采众家（主要为婉约派）词艺之长，进行一系列集大成的工作。完成了词体的格律化的进程，把北宋文人词推向了艺术的高峰，对后世影响深远。

南宋词的发展也大致经历了三个阶段。

第一阶段，为词风由北而南的转变期。主要代表词人是李清照、向子諲。他们的创作都显然以南渡为界限，可以分为前后两个时期。李清照前期多写闺房生活和离情别怨，后期则一变而为故土之思和身世之感。她作为一位女词人，不仅以她独放异彩的“易安体”无愧于宋词大家，而且成为中国古代文学史上旷世绝伦的杰出的女作家。向子諲则干脆把自己的词分成了“江北旧词”和“江南新词”两部分，以示前后有别。

第二阶段，为词的爱国主题的高扬期。主要代表词人有张元幹、张孝祥、岳飞、辛弃疾、陆游、陈亮、刘过等。张元幹、张孝祥较早以饱含战斗精神并具有较高艺术成就的创作首开南宋爱国词的先声，而岳飞的《满江红·怒发冲冠》表现了悲愤无比的爱国热情和抗击金兵侵扰的英雄气概，成为彪炳词史的千古绝唱。他们在词史上的地位是上承苏轼之风，下开辛弃疾一派。辛弃疾早年词作不多，他的作品的大量产生是在他归宋而抱负不得施展和遭受打击之后。以豪壮的情怀抒发他的一腔忠愤是他词中爱国思想的集中体现。他对词的形式的解放比苏轼更向前迈进了一步，前人说苏轼以诗为词，辛弃疾则以文为词；苏词是词诗，辛词则是词论。这说明他突破某些音律的限制更为大胆。宋代学者范开《稼轩词序》说：“其词之为体，如张乐洞庭之野，无首无尾，不主故常；又如秦云浮空，卷舒起灭，随所变态，无非可观。无他，意不在于作词，而其气之所充，蓄之所发，词自不能不尔也。”就这样，他与苏轼在词史上成为豪放词派的两大家，而被称为“苏辛”。与辛弃疾同时代的陆游、陈亮、刘过，则或者与他“人才相若，词亦相似”（刘熙载《艺概》），或者有意学他，“词多壮语”（黄昇《花庵词选》），或者情过于他，慷慨激昂（刘克庄《后村大全集》），正所谓同声相应，同气相求。他们以辛弃疾为主帅，而共充羽翼，汇成了阵容强大、影响深远的豪放词派，成为当时宰制整个词坛的主流。

第三阶段，是词的体制的极变期。主要代表作家有姜夔、史达祖、吴文英、张炎等。他们在词的内容风格上彼此大致相近，形成一个颇具影响力的流派，后人常称之为格律派，而与辛派分道扬镳。不消说，在词的思想性上，是远不及辛派的；但在艺术性上却各有造诣，成就颇高，如姜夔的清空骚雅，史达祖的细腻工巧，吴文英的秾挚密丽，张炎的清远蕴藉，都堪称极致。另外，也有一些词人如刘克庄、刘辰翁、文天祥等，仍继承苏轼、辛弃疾的传统，写出了思想性强、艺术性也上乘的优秀之作，曾赢得过被文学史家赞为辛词“后劲”的美誉；但从总体上看，一则再没有出现像辛弃疾那样杰出的大家，再则在声势上也远不能与“格律词派”相抗衡，因而就不能在当时词坛上形成主导力量了。以上两方面情况说明，宋词至此已经发展到极变的地步。变而至极，自然不免要显示出强弩之末的态势。再往后，就只好由另一新兴的诗体——曲来取代它“一代之文学”（王国维《宋元戏曲史序》）的地位了。

四

为便于一般读者更全面、具体地了解和读赏唐宋词，这里特意向大家推荐当前最具权威性的一个选注本——《唐宋词选》。该书由人民文学出版社作为“中国古典文学读本丛书”之一种，初版于 1981 年。选编者为中国社会科学院文学研究所。

书中共收词人 110 余家，收词 312 首。其中唐五代 56 首，以李煜、冯延巳为侧重点；北宋 89 首，以苏轼为侧重点；南宋 167 首，以辛弃疾及其词派为侧重点。对于像唐五代的温庭筠、韦庄，北宋的晏几道，南宋的吴文英、王沂孙、张炎等一些名家，虽选录较少，但入选的篇什都堪称他们各自的精品，足以显示其成就。而对于过去常被忽视但又确有特色的词人如吴潜、陈人杰等，则给予了特别的关注，相对较多地选收了他们有代表性的词作。这就首先突出了思想内容较好、艺术成就较高、情调基本健康的作品，并兼顾到各个流派、各种风格的代表作家和代表作品。总之，从选篇数量和取舍标准看，这部书实际上也就是一种富于现代特色的《唐宋词三百首》。读者读完此书，当可对整个唐宋时期的词作有一个重点突出而又系统全面的了解。

五

怎样才能读赏好一首唐宋词？从广义说，词还是诗。所以，我们曾在《关于读〈唐诗选〉》一文（详见本书前篇）中所提出的知人论世、披文入情、纵横考察三大步骤，也同样适用于读唐宋词。这里，仅就词的体制特点，补充以下三点：

第一，要留心词调。如前所述，词是一种合乐的文学体裁，因此，每首词都有它所依据的词调。而每一个词调又总拥有自己所最适宜于表达的感情类型，这在词学上被称作“声情”。如《忆秦娥》等适宜于表达悲凉哀怨的感情，《水调歌头》等适宜于表达雄壮慷慨的感情，《蝶恋花》等适宜于表达细腻婉约的感情，《满江红》、《念奴娇》、《沁园春》等适宜于表达豪迈激越的感情，……这样，读一首词的时候，就不妨首先留心它的词调，以便一开始就较准确地把握住该词所要表达的感情基调。

第二，要考究过片。过片是词所特有的章法。除小令、单调外，词都是要分片的。既要分片，如何处理上下片的关系就是一个不能不考虑的问题，而具体显示两片之间的关系的，就叫过片。词对过片的要求很严，概括说就是：上片的结句总要似合似起，下片的首句总要似承似转，以保证全词意脉的前后贯通。宋代词论家张炎在《词源》卷下提出：“过片不要断了曲意，需要承上接下。”而一般称下片的开始为“过片”或“换头”，在分片词的结构安排中，此处最关紧要。总之，两片之间，既要接榫清晰，能分前后，又要意脉不断，浑然一体，方为上乘。可见，处理好过片，是写好一首词所不可忽视的；因而，考究如何过片，也是读好一首唐宋词的重要环节。

第三，要推敲句度。一首词总要调有定句，句有定字，词句应与乐句相配合、相一致，这是一般原则。但有时为了表达内容的需要，又允许在词句的分合上有一定的灵活，即在一韵的范围内句子的长短（即句度）可以参差变化。如苏轼的同调的两首词《念奴娇》（中秋）和《念奴娇》（赤壁怀古）就出现过这种情况。前词中有一韵为“我醉拍手狂歌，举杯邀月，对影成三客”，是“六、四、五”字格式；后词中相对应的一韵则为“遥想公瑾当年，小乔初嫁了，雄姿英发”，成“六、五、四”字格式，句度有所不同。但应当承认这是正常的、允许的。如果认为只有前者才算合谱，而硬要后者迁就前者，成为“遥想公瑾当年，小乔初嫁，了雄姿英发”，就难免变得令人费解。可见，推敲句度，对读好一首唐宋词也是很有必要的一着。

原载《大学生素质教育名著名作导介》
大象出版社 1998 年 9 月出版

对杨明《“事出于沉思义归乎翰藻”解》的附议与异议

关于如何理解萧统《文选序》中“事出于沉思，义归乎翰藻”两句的含意，作为一个与《文选》选文标准攸关的问题，学术界长期来意见纷纭，莫衷一是。我在研读众说之际，虽也早生管见，但因尚乏过细考究，自觉持论未稳，故未遑发表。延及拜读杨明先生《“事出于沉思，义归乎翰藻”解》一文（载中国文选学研究会及郑州大学古籍整理研究所编《文选学新论》一书，中州古籍出版社 1997 年 10 月第一版，以下简称杨文）之后，深感在对两句含意的总体把握上，彼此所见略同，且扬文所举例证翔实，颇具说服力，而多获教益，很受鼓舞。唯觉杨文对某些局部问题的疏解，似尚有可商榷之处。今谨在对杨文持论表示总体附议的前提下，复发点滴异议，当否敬祈杨先生及方家教正。

杨文对《文选序》中“事出于沉思，义归乎翰藻”两句含意的总体把握，大致有以下一些表述：

殷孟伦先生认为“‘事’指写作的活动和写成的文章而言”，“‘义’指文章所表达的思想内容而言”。（见殷孟伦《如何理解〈文选〉编选的标准》；又见其所撰《萧统评传》，在《中国历代著名文学家评传》第一卷内）。

我十分赞同殷孟伦先生对“事”的解释，又认为“义”在这儿也是指写作活动、写作行为而言。“归”乃归属之意。“翰藻”当然是指藻采，即经过加工的美丽的语言；而联系上下文，也可说是特指“篇翰”、“篇什”，即运用藻采的单篇文章。“归乎翰藻”不是说“通过藻采予以表现”，而是说“归属于讲究藻采的单篇文章一类”。因此，“若其赞论之综缉辞采，……故与夫篇什，杂而集之”这几句话，可以译为：“至于赞论序述，乃是组织、运用辞采文华的作品，其写作出之于精心结撰，与写作篇翰属于同类，因此与那些单篇文章编集在一起（指编入《文选》）。”

说“事出于沉思”之“事”指写作活动，指写作这件事，大约还比较容易被接受。问题在于“义”字的解释。一般总容易将它与思想内容、意义等相联系。但我们可以举出不少例子，证明“事”、“义”对举时，“义”的含意其实与“事”差不多，只是指某些“事情”而言，并不涉及思想内容、意义等。

对此，我谨表示完全附议。请略述理由：

自汉到唐，随着文章骈偶化风气的日益炽盛，“事”、“义”二词对举使用颇为习见，而其所含义项实可大致别为三组：一组特指典故成语，二组分指事实义理，三组统指一般事件。三者中，前二组早有诸多论者作过相当充分的阐发（其中当以朱自清先生发论最早，见其所撰《“事出于沉思义归乎翰藻”说》一文；而以王运熙先生持论最明，见其所撰《（文选）选录的范围和标准》一文），后一组则在杨文中得到较为详尽的证实（文中共举出属于此一义项的例证达二十二则之多），因此，三组义项已皆可视为不争的语言通例，无需辞费了。这里只想指出，上述三组义项相较，其所指范围是呈依次越来越宽泛化，而其所含意义则呈依次越来越虚拟化的态势。《文选序》中“事出于沉思，义归乎翰藻”两句中的“事”、“义”，恰正是以第三组义项使用的。因为从具体语言环境分析，它们在《文选序》中是总承“若其赞论之综缉辞采，序述之错比文华”两句拈连而出，仅为进一步表述“综缉辞采”和“错比文华”，亦即文章写作这件事本身，起一种指代作用罢了。就是说，它们原非二句含意的重心所在，本不必着力于此，刻意求深。杨文正是这样摆对了“事”、“义”二词在句中的位置，只把它作为一般的指代性词语加以处置，故对二句含意的解释就显得更为明晰圆通，似乎更准确地触到了《文选序》作者的原本用心。

其实，在对“事出于沉思，义归乎翰藻”两句的理解上，清人阮元最早就是对“沉思”、“翰藻”两个关键词加以阐发，而对“事”、“义”二词则置而不论的。如他在《与友人论文书》中说：

昭明《选序》，体例甚明。后人读之，苦不加意。《选序》之法，于经、史、子三家不加甄录，为其以“立意”“纪事”为本，非“沉思”“翰藻”之比也。

在《书昭明太子文选序后》中说：

昭明所选，名之曰“文”。盖必文而后选也。经也，子也，史也，皆不可专名之为文也。故昭明《文选序》后三段特明其不选之故。必“沉思”“翰藻”，始名为“文”，始以入选也。

可见，阮元是把“沉思”、“翰藻”看成了两句含意的核心所在，应当承认，这已深得要领。至于对“事”、“义”二词之所以置而不论，其原因怕就在他正是把它们以前述第三组义项来理解的。正如杨文已指出的：“大概在他（指阮元）心目中，‘事’、‘义’二字并没有什么特别的意思，并不需要特别留意予以拈出”。问题是，“事”、“义”对举时义项较多，且使用中容易引起歧义。阮元的疏漏，就在于对两句中虽非切要却易生歧义的“事”、“义”二词压根儿未能给予应有的重视和必要的说明。

后来，朱自清先生正是瞅准阮元的疏漏发难，而专对“事”、“义”二词作了旁征博引，深显功力的索解。这对全面把握两句含意无疑是有帮助的。只可惜朱先生却走到了另一极端：因刻意求深而对二词所用义项最后圈定为上述第一组，即特指典故成语了。这就未免失之褊狭，结果倒使事情变得复杂化起来。

此后学术界继出诸说，尽管所见各有异同，但归根结底，大都是沿着朱先生的思路而倾力于“事”、“义”二词做文章，最终所作疏解当然仍难于切合两句原意。

在此情况下，杨文的发表则给人以耳目一新之感。杨文有意淡化（当然并不否定）“事”、“义”二词在两句中的作用，而重新恢复了“沉思”、“翰藻”的核心地位。这实际上是对两句的理解作了某种意义上的“返璞归真”的疏导（这里自然也不应忘记殷孟伦先生的先觉之功）；但又绝非简单地再回到阮元去，而是一次对其“否定之否定”的升华，即经过汲取诸家研讨成果的淬化，从而使对两句的解释更臻完善和圆满了。

我之所以在总体上完全附议杨文的持论，已如上述。但又同时感到，杨文对“事”、“义”二词的具体疏解，似也有可商榷之处。即杨文虽也注意到两句中“事”与“义”有可“加以区别”的一面，但随即转而强调这样做“其实意思不大”，“一件事情和事情中所包含的意义、道理，虽然细分起来可说有具体、抽象之别，但其实是一而二，二而一的，在实际场合中并不显示出截然的区别，骈文句式上下对称，尤其如此”。对此，我则有所异议。

我个人认为，即以杨文所举22则例证而论，“事”与“义”的含义和用法也不都是简单的“具体、抽象之别”，“在实际场合中”，有时还会“显示出截然的区别”，而呈现出并非能够“二而一”的状态，因此，“细分起来”还是有些“意思”的。今依杨文所举例证逐一加以分析，“事”与“义”的含义和用法实可划分出四种情况：一是二者统指同一件事的同一个方面，二是二者分指同一件事的两个不同的方面（或层面），三是二者分指两件事的两个不同的方面，四是二者分指两件事的两个相同（或相似）的方面。

首先，二者统指同一件事的同一方面的，有以下 11 则例证：

原第 3 例证：沈约《宋书·谢晦传》：“史臣曰：‘夫拏戮所施，事行重衅；左黜或用，义止轻愆。’”文中“事”代“拏戮所施”即所谓刑事处罚，“义”代“左黜或用”即所谓行政处罚，二者具体所指虽有程度上的轻重之别，但性质上却是统指施行奖惩这同一件事的惩罚这同一个方面的。

原第 5 例证：沈约《内典序》：“尚矣哉，群生之始也。义隐三藏之外，事非二乘所窥。”文中“事”、“义”统指“群生之始”过于久远这件事以致“隐三藏之外”，“非二乘所窥”，即在佛家经籍和大小乘教义上均未能有所记载和说明这同一个方面。

原第 6 例证：沈约《武帝集序》：“事同观海，义等窥天。观之而不测，游之而不知者矣。”文中“事”、“义”统指沈约有意夸称奉读武帝文章这件事会产生如“观海”、“窥天”那样高深而不可测知的具体感受这同一个方面。

原第 7 例证：萧衍《净业赋序》：“竟陵太守曹景宗马军主殷昌等各领骑步夹岸迎候。波浪逆流，亦四十里，至朕所乘舫乃止。有双白鱼跳入艡前。义等孟津，事符冥应。”文中“事”、“义”统指萧衍举兵沿江而下，曹景宗等夹岸迎候，又逢双白鱼跳上船来这件事全与武王伐纣会盟孟津时所遇情况相似这同一个方面。

原第 8 例证：僧祐《释迦谱序》：“爰白降胎，至于分塔，伟化千条，灵瑞万变。并义炳经典，事盈记传。”文中“事”、“义”统指释迦牟尼“伟化千条，灵瑞万变”（即化度众生，瑞应灵验）这件事的被记载（于“经典”或“记传”）这同一个方面。

原第 10 例证：刘勰《文心雕龙·铭箴》：“夏铸九牧之金鼎，周勒肃慎之楛矢，令德之事也；吕望铭功于昆吾，仲山镂绩于庸器，计功之义也。”文中“事”、“义”统指“铭箴”这件事的性质和意义（“令德”、“计功”，即对天子称其美德，对诸侯计其大功，亦即为了表赞）这同一个方面。

原第 14 例证：王僧孺《初夜文》：“夫远自无始，至于有身，生死轮鹜，尘轹莫之比；明暗递来，薪火不能譬。……大睡剧于据梧，长昏甚于枕曲。义非他召，事实己招。”文中“事”、“义”统指世人“大睡剧于据梧，长昏甚于枕曲”即耽于俗情，无法解脱这件事招致的原由（“非他召”，“实己招”）这同一个方面。

原第17例证：卢思道《从驾经大慈照寺诗序》：“课虚叩寂，乃发歌咏。虽事比击辕，义同叩角，亦以雍容盛烈，述赞休美。”文中“事”、“义”统指从驾诸臣作诗这件事犹如樵夫牧竖击辕而歌或宁戚叩牛角而歌那样俚俗这同一个方面。

原第18例证：欧阳询《艺文类聚序》：“卒欲摘其菁华，采其指要，事同游海，义等窥天。”文中“事”、“义”统指“欲摘其菁华，采其指要”这件事犹如“游海”、“窥天”一样难度极大这同一个方面。

原第19例证：魏征《议明堂制度》：“凡圣人有作，义重随时；万物斯睹，事资通变。”文中“事”、“义”统指“圣人有作”这件事应能“随时”、“通变”这同一个方面。

原第20例证：娄师德《契芯府君碑铭》：“原夫仙窟延祉，吞雹昭庆。因白鹿而上腾，事光图牒；遇奇峰而南逝，义隆缣简。”文中“事”、“义”统指契苾氏先祖“因白鹿而上腾，遇奇峰而南逝”这件事被记载于“图牒”、“缣简”这同一个方面。

其次，二者分指同一件事的两个不同方面（或层面）的，有以下4则例证：

原第1例证：王充《论衡·超奇》：“汉氏治定久矣，土广民众，义兴事起。华叶之言，安得不繁?”文中“事”、“义”分指“汉氏治定久矣”（即汉朝政权已经稳固很长时间）这件事的“义兴”（即礼义盛行。礼义指礼法道义，是一定的社会规范和道德规范，属政治或意识形态范畴，故以“义”称之）和“事起”（即百业兴旺。百业指工农商学等各种实业或事业，是社会构成的实体事物，属经济或物质存在范畴，故以“事”称之）这两个不同方面。

原第4例证：沈约《宋书·隐逸传序》：“贤人之隐，义深于自晦；荷蓧之隐，事止于违人。”文中“事”、“义”分指隐逸这件事的两种不同类型（“深于自晦”言“圣人之隐”是真心实意的深藏之举，故以“义”表之：“止于违人”言“荷蓧之隐”是故意做作的浅表之举，故以“事”表之）。

原第9例证：刘勰《文心雕龙·正纬》：“原夫图箓之见，乃昊天休命。事以瑞圣，义非配经。”文中“事”、“义”分指“图箓之见”这同一件事的两个不同层面（“事”指作为圣人祥瑞而出现的本身，是明显的可见的，故以“事”称之；“义”指其出现不是为了配合经典的意义，是深藏的不可见的，故以

“义”称之)。

原第11例证：萧统《答湘东王求文集及〈诗苑英华〉书》：“得疏，知须《诗苑英华》及诸文制。发函伸纸，阅览无辍。虽事涉乌有，义异拟伦，而清新卓尔，殊为佳作。”文中“事”、“义”分指萧绎书中称颂萧统这件事的本身怎样（即“事涉乌有”，否定事实本身的存在，故以“事”称之）及其性质如何（即“义异拟伦”，判断其违反了《礼记·曲礼下》“拟人必于其伦”的古训，故以“义”称之）这样两个不同的层面。

再次，二者分指两件事的两个不同的方面的，有以下2则例证：

原第2例证：杜预《春秋左氏传序》：“故传或先经以始事，或后经以终义。”文中“事”、“义”分指经文所载事件的前因（即“始事”）和后果（即“终义”）这两件事的两个不同的方面（前因即“始事”对经文说是既成的，系追叙性质，故以“事”称之：后果即“终义”对经文说是未发的，系预言性质，故以“义”称之)。

原第12例证：任昉《梁武帝初封诸功臣诏》：“草昧权舆，事深缔构；康俗成务，义在庇民。”文中“事”、“义”分指“草昧权舆”（即国家草创）与“康俗成务”（即安邦定国）这两件事的两个不同的方面（“事深缔构”言“草昧权舆”之事本身须花费许多缔造之力，故以“事”称之：“义在庇民”言“康俗成务”的目的和意义正在于保护黎民百姓，故以“义”称之)。

最后，二者分指两件事的两个相同（或相似）的方面的，有以下5则例证：

原第13例证：王筠《上太极殿千夫表》：“四海为家，义存威重；万国来朝，事惟壮观。”文中“事”、“义”分指“四海为家”（指帝王君临天下）和“万国来朝”（指八方诸侯均来朝拜）这两件事的两个相同方面（“义存威重”和“事惟壮观”皆言威严雄壮)。

原第15例证：萧纲《昭明太子集序》：“借书治本，远纪齐攸，一见自书，闻之阚泽。事唯列国，义止通人。”文中“事”、“义”分指“借书治本”（指西晋齐王司马攸借人之书必刊其谬）和“一见自书”（指三国吴阚泽好学常自抄书）这两件事的两个相同方面（指均应由“列国”即诸侯国君或“通人”即学识渊博通达之人去做)。

原第16例证：萧子范《求撰昭明太子集表》：“魏击之悟篋衣，事关战国；孙登之爱田苗，义属偏霸。”文中“事”、“义”分指“魏击之悟篋衣”（指魏文侯太子击打开其父所赐小箱见有颠倒放置之衣而领悟其父欲召见自己）和“孙登之爱田苗”（指孙权长子登射猎时远避田地，不伤庄稼）这两件事的两个相同的方面（即“事关战国”言系战国太子所为和“义属偏霸”言系偏霸之国太子所为，二者皆为小善）。

原第21例证：杨炯《为刘少傅等谢敕书慰劳表》：“洛京朝市，义协于省方；秦地山河，事资于监守。”文中“事”、“义”分指“洛京朝市”（指高宗东幸洛阳）和“秦地山河”（指唐朝京畿之地）这两件事的两个相似方面（“义协于省方”言“洛京朝市”与古代明君省方、观民、设教之事相合；“事资于监守”言“秦地山河”也应如《国语·晋语一》所说“君行，太子居，以监国也”那样，由皇太子负责留守，二者皆为国君与太子分内之事）。

原第22例证：褚无量《陈意见上表》：“周以蕃屏为约，事在继代；汉以山川为誓，义存长久。”文中“事”、“义”分指“周以蕃屏为约”（指周朝封建诸侯以为屏障）和“汉以山川为誓”（指汉朝分封功臣，指山河以为信誓）这两件事的两个相同方面（“事在继代”言“周以蕃屏为约”是为了使天子君临天下代代相传；“义存长久”言“汉以山川为誓”是为了使天子君临天下天长地久，二者皆表希望政权永固之意）。

由以上分析不难看出，在上述四种情况中，一、四两种“事”、“义”二者的含义和用法完全相同，位置可以无条件地互换，可说是“二而一”的关系，自然无需再行区别；而二、三两种“事”、“义”二者的含义并不相同，位置不能随意互换，因而不属“二而一”的关系，那就有必要加以区别了。

那么，再具体到《文选序》“事出于沉思，义归乎翰藻”两句中“事”和“义”的含义和用法应该属于哪种情况呢？答曰：正属于上述第二种情况。即：粗略看去，固然二者均指“文章写作”这同一件事，但细分起来，二者所指代的层面并不相同：“事”是总指文章写作这件事的过程，“义”则特指文章写作这件事的性质。唯其如此区别，意思方更显豁。于是，“事出于沉思，义归乎翰藻”两句译成现代汉语，则应为：那些赞论序述的写成，是经过了精心结撰的，按其性质，自可划归诉诸繁富华美辞采的篇什一类。

总之，在我看来，《文选序》中“事出于沉思，义归乎翰藻”两句所揭示的，与“以能文为本”，“综缉辞采”、“错比文华”一样，乃是《文选》选文的一般艺术标准，既非狭义的“善于用事，善于用比”所可范围，更与选文的思想内容了无关涉。

原载《〈昭明文选〉与中国传统文化》
吉林文史出版社2001年6月出版

也谈“沉郁顿挫”

众所周知，“沉郁顿挫”这一提法，出自于杜甫的《进雕赋表》，是他对自己“述作”的自我评价：

臣幸赖先臣绪业，自七岁所缀诗笔，向四十载矣，约千有余首。今贾、马之徒，得排金门上玉堂者甚众矣。惟臣衣不盖体，尝寄食于人，奔走不暇，只恐转死沟壑，安敢望仕进乎？伏惟明主哀怜之。倘使执先祖之故事，拔泥涂之久辱，则臣之述作，虽不能鼓吹六经，先鸣数子，至于沉郁顿挫，随时敏捷，扬雄、枚皋之徒，庶可企及也。

但到如今，“沉郁顿挫”却成了为学术界所普遍认可的关于杜诗总体风格的一种理想表述了。这是为什么呢？对此问题，已有学者发表过讨论意见，不过截至目前看来，似尚有进一步展开的余地。这里，谨想就此谈两点粗浅的看法。

第一点：“沉郁顿挫”之所以能够成为杜诗总体风格的理想表述，是因为它本身具有可能性。

有资料表明，在杜甫之前，“沉郁”与“顿挫”原本是各自独立的两个词，分别表达着互无瓜葛的两种含义：

先看“沉郁”，它作为一个独立运用的词语，最早见于西汉刘歆的《与扬雄书》：

属闻子云独采集先代绝言，异国殊语，以为十五卷。其所解略多矣，而不知其目。非子云淡雅之才，沉郁之思，不能经年锐积，以成此书。

引文中的“此书”指扬雄所作《方言》，而“沉郁之思”，正是赞扬扬雄著作《方言》一书所下功夫之深的。这里以“沉郁”状“思”，“沉”即意为深邃，“郁”则意为缜密，合成“沉郁”以后，所表达的，无疑当是深邃而又缜密那样一种构思的情状。这样理解，当属不差。王充《论衡·超奇》评扬雄著文“造于眇思，极窈冥之深”，刘勰《文心雕龙·才略》评扬雄著文“子云属意，辞人最深”，就是证明。

再看“顿挫”，它作为一个独立运用的词语，似最早见于西晋陆机的《文赋》：

铭博约而温润，箴顿挫而清壮。

一看便知，引文中的“顿挫”，正是用以说明“箴”这种文体的艺术特征的，其中“顿”即意为跌宕起伏，“挫”则意为转折迂曲，合成“顿挫”以后，所表达的，无疑当是跌宕起伏而又转折迂曲的艺术表达方式。这样理解，也该是不错的。《后汉书·郑孔荀传赞》评孔融文章“北海天逸，音情顿挫”；《太平御览·明皇杂录》：“开元中，有公孙大娘善舞剑气（器），僧怀素见之，草书遂长，盖壮其顿挫势也。”均系就表达方面加以拈用，就是明证。

应当承认，杜甫将本来各自独立的“沉郁”与“顿挫”并提，实在是他的一个创用。但其所以如此，无非是为了表白自己的“述作”从构思到表达皆不逊于扬雄之辈而已，也就是，当时尚与杜诗的风格无涉。

有学者认为，杜甫以“沉郁”与“顿挫”并提称其“述作”，不过仅指其赋而已，因为他有意与之比配的贾、马、扬、枚辈皆赋家而非诗人①。我则以为似不必如此拘泥，因为在古人看来，“赋者，古诗之流也”（班固《两都赋序》），“赋也者，受命于诗人，拓字于楚辞也”（刘勰《文心雕龙·诠赋》），就是说，赋原本就是诗，故言赋亦即言诗，即使到如今，也还有将赋划归于诗的；何况杜甫当时自称“自七岁所缀诗笔，向四十载矣”，其“述作”已“千有余首”，这是向朝廷献的表文中说的，谅非虚夸之语，则如此巨大的篇数，当不仅指赋而言，无疑也应包含赋以外的诗作在内的，所以问题的关键并不在此。而问题的关键在于：“沉郁”与“顿挫”并提，究竟怎样从最初杜甫对自己“述作”的评价，转变为后来被大家普遍认同的杜诗总体风格的理想表述的呢？愿试说如下：

有学者认为，早在南朝梁钟嵘的《诗品》已将“沉郁”作为风格看待了②。

---

① 如莫砺锋《杜甫评传》一书（南京大学出版社 1993 年 10 月出版）论杜诗风格时即有此论，见该书 262 页。

② 如王明居《诗风格谈》一文论“沉郁”时即持此说，见收有此文的中华书局 1986 年 5 月出版的《诗文鉴赏方法二十讲》一书 106 页。

实则并非如此，今细玩钟嵘《诗品》所称梁武帝萧衍“资生知之上才，体沉郁之幽思，文丽日月，赏究天人”数语，其“沉郁”一词，实乃一如西汉刘歆赞扬雄“沉郁之思”之“沉郁”之意，不过强调萧衍生性耽于文章构思的深邃缜密而已，与所谓“风格”尚非一事。倘单从以“沉郁”论杜诗风格而言，则当肇始于宋人严羽的《沧浪诗话》：

子美不能为太白之飘逸，太白不能为子美之沉郁。

但因其尚未与“顿挫”并提，毕竟还不是对杜诗总体风格的完整表述，故其先启之功虽不可没，首倡之名仍不可当。

就个人管见所及，最早将“沉郁顿挫”与杜诗风格联系起来论述的，似应为清人邵子湘《二家诗抄》：

子美自许沉郁顿挫，碧海鲸鱼，后人赞其铺陈排比，浑涵汪茫，正是此种。

而一经邵氏首倡，遂逐渐为学术界所普遍认可，乐于接受，自当有其深层原因在。

所谓“风格”，质言之，就是特定作家的一系列作品从内容风貌到表达方式的一种综合体现。以此观点对照“沉郁”与“顿挫”的含义可知，“顿挫”作为一种表达方式，本就属于风格的构成要素，无疑不必辞费了；问题在于“沉郁”，原先是表达一种构思情状的，怎么能纳入作品的风格范畴呢？回答是：这是由“沉郁”状“思”本身的独特性质提供了可能性。

以“沉郁”状“思”，可以从两方面考察，从而得出两种不同的结果。一方面，从动态的角度考察，“沉郁”状“思”所表达的，当然是一个并不直接关涉其所思即作品内容的那种构思的深邃缜密的演进过程，它让读者所感知的，正是创作态度方面的情况；而另一方面，从静态的角度考察，“沉郁”状“思”所表达的，则是能够折射其所思即作品内容风貌的那种构思的深邃缜密的总体形象，它让读者感知的，无疑就是可以纳入“作品风格”范畴的东西了。正是“沉郁”状“思”所形成的静态形象，与本就体现表达方式的“顿挫”联合起来，从内容风貌和艺术特色两个方面，共同构成关于杜诗风格的理想表述。清人吴瞻泰悟出了个中奥秘，他在《杜诗提要》中表达看法说：“沉郁者，意也；顿挫者，法也。”应当承认，这是对“沉郁顿挫”作为杜诗总体风格的一种相当精要的分析和概括。

当然，我们认为仅只这样理解还并不十分到位。因为，既然“沉郁”与“顿挫”共同构成杜诗的总体风格，那么二者之间的关系如何就有必要进一步探讨。在我看来，“沉郁”与“顿挫”在共同体现杜诗的总体风格时，实际上是存在于相辅相成、难分难解的状态里。犹如哲学上常说的没有离开运动的物质，也没有离开物质的运动那样，“沉郁”作为内容风貌如果离开“顿挫”将无以表达，“顿挫”作为表达方法如果离开“沉郁”也将无从体现。就是说，作为杜诗的总体风格，“沉郁”只能是由“顿挫”表达出来的“沉郁”，“顿挫”则也不能不是表达着“沉郁”的“顿挫”，唯其如此，才成其为杜诗的总体风格。从这个意义上来说，在理解作为杜诗的总体风格“沉郁顿挫”时，任何机械地将二者割裂开来硬分谁是内容谁是形式的做法都难免坠入“形而上”的误区，因而是应该注意避免的。

同时还应指出，即在具体理解杜诗“沉郁顿挫”的总体风格时，很容易将“沉郁”与沉闷忧郁直接等同起来，而这是不确切的①。须知，一般地说，“沉郁”作为多义词虽也具有沉闷忧郁的义项，且总观杜诗所表达的也大抵为忧国忧民之思；但特殊地说，作为表述杜诗总体风格的“沉郁”毕竟已非直接指此而言。正如本文前面已经论述到的，作为杜诗总体风格的“沉郁”，根本上是指从杜甫一系列作品中体现的由已经静态化了的那种构思的深邃缜密的总体形象所折射出来的作品的内容风貌。这种内容风貌，尽管十分容易亲和沉闷忧郁的一类感情的表达，但说到底，它却只能包括而并不直接等于沉闷忧郁，因而决不宜混为一谈。

第二点，“沉郁顿挫”之所以能够成为杜诗风格的理想表述，又因为它本身具有与杜甫其诗乃至其人恰相对应的切合性。也就是，以“沉郁顿挫”表述杜诗的总体风格，完全切合杜诗乃至杜甫其人的实际。

我们读杜诗，常会产生一种十分庄重、非常深沉的感觉，感觉到他的诗在

---

① 如安旗《沉郁顿挫试解》（见《四川文学》1962 年 6 月号）一文即认为“沉郁”一词出于《楚辞·九章·思美人》：“申以舒中情兮，志沉菀而莫达。”“沉菀”即“沉郁”，应作郁结不舒解。今按，从词源学的角度看，“沉菀”中的“菀”与“沉郁”中的“郁”固属同源（参见王力《同源字典》）；但二者既经与“沉”分别构成复合词之后，已非等义。经检文献资料，“沉菀”一词当出现较早，如安氏所谓已见用于《楚辞》，且其义单一，仅作郁结不舒解；而“沉郁”一词则出现较晚，如拙文所述始见用于入汉之后，其义除仍保留“沉菀”原有的郁结不舒义项外，复有深邃缜密义项。即是说，从“沉菀”到“沉郁”，已不仅是词形的衍变，而且有词义的异化了。故切不可将二者轻易等同。

字里行间总是饱含着深入细致的思考，体现着严肃认真的态度，贯串着铿锵有致的表达，显示着创作上的一步一个脚印的郑重的足迹。这些，就正是杜诗的总体风格给我们读者造成的感觉效果。而这种实际上给读者造成如此效果的杜诗风格，正适合于用“沉郁顿挫”来加以表述。试想，舍此还能找来更切合的表述字眼吗？至少应当承认，迄今为止，还没有谁提出过比这更好的能为学术界所服膺的表述方法。

再如读到杜甫的具体诗篇，鸿篇巨制者如《自京赴奉先县咏怀五百字》，这首诗内容博大深广，感情悲壮愤激，诗人又是为国担忧，又是为民犯愁，既表达了追求理想的执著，也抒发了壮志难酬的悲愤，真可说是思深而情苦，言近而意远。这样的内容风貌，就构成了诗的风格上的“沉郁”；同时，与这样的内容风貌紧相适应的，是诗的篇幅的宏伟，章法的多变：在诗中，时而直说，时而反衬，时而铺陈，时而设问，时而对比，时而排荡，且全用仄韵，读来有千回百折、一唱三叹的美感。这样的表达方式，就构成了诗的风格上的“顿挫”。

短小精悍者如《闻官军收河南河北》，这首诗所表达的，是诗人乍听到全国胜利喜讯时刹那间所涌起的一迭感情浪潮。唐代大作家韩愈在《荆潭唱和诗序》一文中指出：“欢愉之辞难工，而穷苦之言易好。”确实是深得创作三昧的经验之谈。而《闻官军收河南河北》，正是写“欢愉之辞”的，它的“难工”，本不待言；加以诗中所写，又集中在诗人“初闻”喜讯刹那间的感情变化，情节虽能动人，终因非常单纯，就更不易写好。但杜甫无愧为诗国大手笔，全诗短短八句五十六个字，经过他高超的艺术处理，居然举重若轻地写出了如此丰富多彩、绚烂夺目的生活场景，既气氛紧张，使人读时生应接不暇之感；又条理井然，让人读后兴从容圆满之叹。总之，在诗中，热烈的艺术表达与冷静的心理解剖达到了高度完美的统一。而这，也正好体现出诗的“沉郁顿挫”的总体风格。

完整的诗篇如此，乃至诗中的只言片语有时也体现着杜诗的总体风格。这里可以将杜甫与李白加以比较，比如同是鄙视权贵，但在表现风格上，竟也显示出二人明显的不同。李白是开诚布公地高喊：“安能摧眉折腰事权贵，使我不得开心颜！”（《梦游天姥吟留别》）表现了毫不遮掩、公开抗衡的豪放气派；而杜甫则是用语周延、字字背面有斤两的郑重声明：“野人旷荡无靦颜，岂可久留王侯间！”（《去矣行》）表现了他那不亢不卑、稳扎稳打亦即沉郁顿挫的风格特点。

当然，如再进一步追究，还可以从杜甫的为人方面看出，人们之所以乐于以“沉郁顿挫”表述杜诗的总体风格，也决非偶然。

黑格尔在《美学》一书中论述风格时说：

> 法国人有一句名言：风格就是人本身。风格在这里一般指的是个别艺术家在表现方式和笔调曲折等方面完全见出他的人格的一些特点。

马克思在《评普鲁士最近的书报检查令》一文中也指出：

> 我只有构成我的精神个体性的形式，风格就是人。

那么，以此观点考察杜甫，当不难发现，“沉郁顿挫”之所以能成为对杜诗总体风格的理想表述，正因为是有杜甫他那由时代氛围、家庭环境和个人遭际所铸就的爱国思想的强烈，关怀人民的切至，追求理想的执著，观察问题的细密深刻，待人接物的体贴周到，乃至举止风度的敦厚沉稳——这一切融汇交织而成的独特品质，作为其人格根底和深层含蕴的。也就是说，透过“沉郁顿挫”最终显现于读者面前的，正是杜甫的整个人格的“这一个”。

不过，近来倒也听到有学者提出了异议，认为“沉郁顿挫”作为一种风格，古代很多诗人都能达到，非独杜甫为然，因而也就不好再将此作为对杜诗总体风格的最好表述了（可惜什么是最好表述却未能提出）①。对此我则不敢苟同。因为遍检中国古代诗（包括词、曲在内）史，在杜甫之前或之后，倘就某一特定诗人的某些具体诗篇而论，或可以“沉郁顿挫”许之；倘就某一特定诗人全部作品的总体风格而论，则迄今尚不好确指有谁能当此之许。人们熟知，清人陈廷焯《白雨斋词话》论诗词风格，曾将“沉郁顿挫”树为最高准的，且被他以“沉郁顿挫”许之的，即有周邦彦、秦观、辛弃疾、王沂孙诸家；但细审其意，大抵仍不过就某家之某一或某些具体篇章而发，而非就作家的总体风格立论。尤其值得留意的，是陈氏经过全面论列比较之后，到了全书的结末，却仍毫不含糊地认定杜甫为古往今来此一风格“不可无一，不能有二”的一座高标：

---

① 这是笔者在二〇〇〇年十月济南世纪之交杜甫国际学术研讨会分组讨论中听到的一种意见，尚未见成文发表；但因其持论颇新，且事关对杜诗总体风格的基本认识问题，故不得不引来一辩。

如杜陵之诗，包括万有，空诸依傍，纵横博大，千变万化之中，却极沉郁顿挫，忠厚和平，此子所以横绝古今，无与为敌也，求之于词，亦未见有造此境者。

看来，陈廷焯的这一判断至今还无法动摇。这就是我们的结论。

二〇〇〇年十月二十二日初稿

二〇〇〇年十一月五日修订

原载《黄河科技大学学报》2002 年 1 期

从古代的讽谕诗到今天的讽刺诗

一

讽谕诗是我国古代诗歌传统分类中的一种。这种传统分类，是专从内容题材上着眼的。

出现于我国南北朝之梁朝时期的一部我国现存最早的诗文总集——《昭明文选》，将所选诗歌分成了23类，如述德、劝励、献诗、公讌、祖饯、咏史、游仙、招隐、咏怀、哀伤、行旅、军戎、郊庙等，就是按照内容题材划分的。不过，在《文选》出现的时代，还没有“讽谕诗”一说，明确地划定讽谕诗一类，是到了唐代诗人白居易的时候。白居易编辑自己诗作成集曾经把他的诗分成了讽谕诗、闲适诗、感伤诗和杂律诗四类，讽谕诗的名称，就是从这里来的。

但是，有必要指出，讽谕诗的创作却在白居易之前早就有了，最早可以追溯到先秦时代的《诗经》。经粗略统计，《诗经》中可以算作讽谕诗的至少在20首以上。如《诗经·周南·螽斯》：

螽斯羽，诜诜兮；
宜尔子孙，振振兮。
螽斯羽，薨薨兮；
宜尔子孙，绳绳兮。
螽斯羽，揖揖兮；
宜尔子孙，蛰蛰兮。

这首诗的主旨，按照传统的说法是祝愿人子孙众多的；但若认真体会，实与诗意不合。诗中所写的“螽”，就是今天所说的蝗虫，蝗虫是害虫。所以，这首诗实际上是一首我国古代劳动人民讽刺剥削者的短歌。诗以蝗虫纷飞，吃尽庄稼为喻，揭露了剥削者子孙众多，夺尽劳动人民的粮谷，表达了对他们的强烈的憎恶之情。试将诗文今译，意思就很明白：

蝗虫蝗虫飞过来，拍打翅膀乱纷纷；
你的子孙可真多，好比蝗虫结成群。
蝗虫蝗虫飞过来，拍打翅膀嗡嗡转；
你的子孙可真多，好比蝗虫连成片。
蝗虫蝗虫飞过来，拍打翅膀层层围；
你的子孙可真多，好比蝗虫聚成堆。

那么，究竟什么是讽谕诗呢？这就需要先从讽谕二字的含义说起：

“讽”，意为用含蓄的话暗示、劝告或指责。如《后汉书·李云传论》云：“礼有五谏，讽为上。”字亦作“风”，如《史记·魏其武安侯列传》云：“武安侯乃微言太后，风上。”引文中的“微言”，即委婉地说，“风”，即暗示。

“谕”，意为告诉、使知道。如《说文》云：“谕，告也。”《说文》有“谕”无“喻”，实则二者本同一词，古代通用，后来逐渐有了分工，在比喻的意义上用“喻”，在告诉的意义上用“谕”。所以，“讽谕”也可说成“讽喻”。

“讽谕”，亦即“讽谏”。《文选·班固〈两都赋序〉》云：“或以抒下情而通讽谕。”张铣即注作“通讽谏之道”。而“谏”，意为用言语纠正君主或尊长的过失。

经以上逐层寻解可知，说到底，讽谕的意思是指不直陈其事，而用委婉含蓄的语言批评纠正君主或尊长的过失。而讽谕诗，就其性质和特点而言，自然应该属于社会诗政治诗的范围。

准确地说，它是一种特定的社会诗或政治诗。说它是“社会诗”或“政治诗”，因为它的内容必须是具有社会意义或政治意义的；说它是“特定的”社会诗政治诗，因为它必须是采用讽谕的亦即以委婉含蓄的语言暗示、劝告或指责的方法写成的。

二

白居易的讽谕诗，是我国古代最自觉最典型因而也是最具代表性的讽谕诗，因为他的这类诗是在他的诗歌创作理论的指导下写出来的。

白居易的诗歌理论是我国古代成熟的现实主义的诗歌理论，其核心是要求歌诗创作要与国家政治、社会问题、人民生活紧密结合起来。用他自己的话说就是："文章合为时而著，歌诗合为事而作。"（《与元九书》）就是："为君、为臣、为民、为物、为事而作，不为文而作。"（《新乐府序》）就是："唯歌生民病，愿得天子知。"（《寄唐生》）这在当时，显然是有进步意义的。

白居易的讽谕诗，现存170多首，其中以《秦中吟》10首和《新乐府》50首思想艺术成就最高。限于篇幅，下面仅举几首例诗，以见一般。

轻肥

意气骄满路，鞍马光照尘。借问何为者，人称是内臣。朱绂皆大夫，紫绶悉将军。夸赴军中宴，走马去如云。樽罍溢九酝，水陆罗八珍。果擘洞庭橘，脍切天池鳞。食饱心自若，酒酣气益振。是岁江南旱，衢州人食人！

这首诗是《秦中吟》的第七首。中唐以后，宦官擅权，骄奢无度，横行无忌，成为上层统治集团中特别凶恶的一部分。这首诗就是专意揭露宦官（即文中的"内臣"）的豪奢生活和骄横气焰的。诗中不惜辟出最大篇幅以似褒实贬的反语写他们赴宴的气势和宴席的丰盛，然后笔锋一转，只用"是岁江南旱，衢州人食人"两句结束全篇，形成一种强烈的对比，使读者认识到当时社会尖锐的阶级矛盾和阶级对立，有力地鞭挞了以宦官为代表的上层统治者。

卖炭翁

卖炭翁，伐薪烧炭南山中。满面尘灰烟火色，两鬓苍苍十指黑。卖炭得钱何所营？身上衣裳口中食。可怜身上衣正单，心忧炭贱愿天寒。夜来城外一尺雪，晓驾炭车辗冰辙。牛困人饥日已高，市南门外泥中歇。翩翩两骑来是谁？黄衣使者白衫儿。手把文书口称敕，回车叱牛牵向北。一车炭，千余斤，宫使驱将惜不得。半匹红纱一丈绫，系向牛头充炭直。

这首诗是《新乐府》的第三十二首。原诗有序云："苦宫市也。"宫市，是唐朝宫廷直接掠夺人民财物的一种最无赖最残酷的方式。这首诗，通过一个卖炭老翁的遭遇，表现了宫市给人民造成的痛苦，揭露了宫使借宫市掠夺和勒索人民的可恶。

新丰折臂翁

新丰老翁八十八，头鬓须眉皆似雪。玄孙扶向店前行，左臂凭肩右臂折。问翁折臂来几年？兼问致折何因缘？翁云"贯属新丰县，生逢圣代无征战；惯听梨园歌管声，不识旗枪与弓箭。无何天宝大征兵，户有三丁点一丁。点得驱将何处去？五月万里云南行。闻道云南有泸水，椒花落时瘴烟起。大军徒涉水如汤，未过十人二三死。村南村北哭声哀，儿别爷娘夫别妻。皆云前后征蛮者，千万人行无一回。是时翁年二十四，兵部牒中有名字。夜深不敢使人知，偷将大石槌折臂。张弓簸旗俱不堪，从此始免征云南。骨折筋伤非不苦，且图拣退归乡土。此臂折来六十年，一肢虽废一身全。至今风雨阴寒夜，直到天明痛不眠。痛不眠，终不悔，且喜老身今独在。不然当时泸水头，身死魂孤骨不收。应做云南望乡鬼，万人冢上哭呦呦。"老人言，君听取。君不闻开元宰相宋开府，不赏边功防黩武。又不闻天宝宰相杨国忠，欲求恩幸立边功。边功未立生民怨，请问新丰折臂翁。

这首诗是《新乐府》的第九首。原诗序云："戒边功也。"唐玄宗后期，靠裙带关系当上了宰相的杨国忠，为了树立个人威信，巩固自己的地位，为了在玄宗面前邀功争宠，竟两次发动对南诏的战争，先后征发二十多万人，死伤惨重，这一穷兵黩武的行动，弄得国内怨声载道，民不聊生。这首诗，集中抨击了封建统治阶级的穷兵黩武政策，对深受其害的劳动人民寄予了深切的同情。

上阳白发人

上阳人，上阳人，红颜暗老白发新。绿衣监使守空门，一闭上阳多少春。玄宗末岁初选入。入时十六今六十。同时采择百余人，零落年深残此身。忆昔吞悲别亲族，扶入车中不教哭。皆云入内便承恩，脸似芙蓉胸似玉。未容君王得见面，已被杨妃遥侧目。妒令潜配上阳宫，一生遂向空房宿。宿空房，秋夜长，夜长无寐天不明。耿耿残灯背壁影，萧萧暗雨打窗声。春日迟，日迟独坐天难暮。宫莺百啭愁厌闻，梁燕双栖老休妒。莺归燕去长悄然，春往秋来不记年。唯向深宫望明月，东西四五百回圆。今日宫中年最老，大家遥赐尚书号。小头鞋履窄衣裳，青黛点眉眉细长。外人不见见应笑，天宝末年时世妆。上阳人，苦最多。少亦苦，老亦苦，少苦老苦两如何？君不见昔日吕向《美人赋》，又不见今日上阳宫人《白发歌》！

这首诗是《新乐府》中的第七首。原诗序云："悯怨旷也。"在中国古代历史上，荒淫的封建统治者总是强选大量民女入宫，供他们蹂躏和驱使。被选入宫中的妇女，很多人一生没有见过皇帝一面。在唐朝，统治者更设有许多别宫，让这些女子住在里面。这些别宫事实上也就成了典型的活棺材，上阳宫就是其中之一。白居易的这首诗，就反映了宫女的痛苦和她们的悲惨命运，揭露了宫廷中的黑暗。

总之，白居易的讽谕诗，不仅在当时实际上成了对封建统治者的深刻揭露和辛辣讽刺，成了被压迫、被侮辱、被损害的人民的愤怒控诉和强烈抗议，而且到今天，仍然是我们认识封建社会的黑暗和罪恶的非常珍贵的资料，成为我们进行诗歌创作时十分有用的借鉴。这些，是值得我们给予高度评价的。

三

随着社会的发展和时代的变化，我国古代那种白居易式的讽谕诗已经失去了它产生和存在的现实生活依据。但是，即使到了今天，正像我们仍然需要作为特殊的批评和斗争方式的讽刺那样，我们同样需要作为"教育人民，鼓舞人民，打击敌人，消灭敌人"（毛泽东《在延安文艺座谈会上的讲话》）的特种文学样式的讽刺诗。

毛泽东同志《在延安文艺座谈会上的讲话》明确指出："我们是否废除讽刺？不是的，讽刺是永远需要的。"毛主席是从广义的文艺的全局说这番话的，当然，作为文艺的一个重要分支的诗歌也不能例外。而从文学发展的内在联系看，由古代的讽谕诗到今天的讽刺诗，其实也正是顺应着社会时代的发展变化，经过文学本身的继承、改造和嬗变，而自然出现的一种新型诗歌样式。

那么，我们今天的讽刺诗又应该是怎样的呢？鲁迅在《且介亭杂文二集·什么是讽刺?》一文中说：“一个作者，用了精炼的或者简直有些夸张的笔墨——但自然也必须是艺术的——写出或一群人的或一面的真实来，这被写的一群人就称这作品为‘讽刺’。”质言之，用嘲讽或讥刺的表现手法，描写社会生活中的某种现象的诗，就是我们今天所说的讽刺诗。下面，结合一些作品的实例，谈一谈不成熟的看法。

第一，今天写讽刺诗，首先要根据表现内容的不同性质，分别采取不同的态度。

当然，讽刺诗的要义在于“准”——击中要害和“狠”——深刻辛辣；但都必须以“稳”——分清性质为前提。即：如果是对敌人的，那种“准”和“狠”就应如战士的匕首和投枪，是无情揭露，为的是致其灭亡而“示众”；如果是对自己人的，那种“准”和“狠”就应如医生的手术和猛药，是治病救人，为的是助其康复以“示警”。毛泽东同志《在延安文艺座谈会上的讲话》在肯定“讽刺是永远需要的”之后，紧接着又强调：“但是有几种讽刺：有对付敌人的，有对付同盟者的，有对付自己队伍的，态度各有不同。我们并不一般地反对讽刺，但是必须废除讽刺的乱用。”这是今天写讽刺诗首先要注意的。请看对付敌人的例诗：

过河卒

茅盾

江清自称过河卒子，盖谓有进无退。打油一律，揭其阴谋。

卒子过河来对方，一横一纵亦猖狂。
非缘勇敢不回步，本性难移是老娘。
潜伏内廷窥帅座，里通外国借恩光。
春雷惊破春婆梦，叛逆曾无好下场。

这首诗是揭露江青的。可谓意到笔随，满纸嬉笑怒骂，将江青的阴险反动的嘴脸彻底曝光，使她无可遁其形，从而收到将其“示众”的效果。

再看对付自己人的诗例：

调笑令　会场素描

叶剑英

头重，头重，四个小时听众。腰斜眼倦肠饥，左手频看计时。时计，时计，有点猿心马意。

这首词大约填于五十年代。作者出席某次会议，听冗长的报告，有感而发，顺手写下。全词做到了“夸而有节，饰而不诬”。使人读来不免发笑，又在笑中夹带苦涩的眼泪，从而受到启迪和教育，亦即收到“示警”的效果。

第二，今天写讽刺诗，从基本方法说，大约有以下几种：

1. 出尽其洋相。如：

教授杂咏（其三）

鲁迅

世界有文学，少女多丰臀。
鸡汤代猪肉，北新遂掩门。

这首诗是讽刺反动学者章衣萍的。章当年鼓吹“世界文学名著”，而“中国一切东西多不如人。”他尽写一些低级趣味的东西，说什么“懒人的春天啊，我连女人的屁股都懒得去摸了”。他以此类作品向北新书局支取大量稿费，还得意地说“钱多了可以不吃猪肉，大喝鸡汤”。后来，北新书局因出版对回族有侮辱性内容的书而被迫关门。此诗正是抓住章的典型表现，出尽了他的洋相。

2. 展露其本质。如：

满江红

杨景普

怒斥李洪志唆使法轮功痴迷者于天安门广场自焚

怒发冲冠，怎按抑沸腾热血。李洪志，天良丧尽，人性灭绝。极力兜售法轮功，瞒天过海传妖邪。多少人上当受蛊惑，成愚劣。　　天安门，过佳节。痴迷者，自焚灭。信什么“圆满”升天阙。惨象怵目不忍睹，心如刀割肝胆裂。共讨伐滔天翻巨浪，情激越！

这首词通过对法轮功痴迷者在北京天安门广场自焚事件的怒斥，无情地揭露了邪教头目李洪志“天良丧尽”的险恶用心和“人性灭绝”的血淋淋罪行，写得义正词严，不容狡辩。

3. 拆穿其矛盾。如：

教授杂咏（其一）

鲁迅

作法不自毙，悠然过四十。
何妨赌肥头，抵挡辩证法。

此诗是讽刺学者钱玄同的。“五四”时期，钱是《新青年》编委之一，写过不少反封建礼教的文章。但后来逐渐脱离现实斗争。钱早期曾说过“人过四十岁，就该枪毙”的过激的话，古代成语有“作法自毙”，但他本人已年过四十，却仍安然活着。钱后期又说过“头可断，辩证法不可开课”的话，反正他“作法不自毙”了，即不妨用“肥头”（钱很胖）作赌注，也不会当真去死的。诗中所写正好拆穿了他的自相矛盾。

4. 推演其悖谬。如：

教授杂咏（其二）

鲁迅

可怜织女星，化为马郎妇。
乌鹊疑不来，迢迢牛奶路。

此诗是讽刺学者赵景深的。一九二九年，梁实秋攻击马克思主义和马克思主义文学理论，在《论鲁迅先生的“硬译”》一文中说“无产阶级的文学理论方面的书译成中文的……其文法之艰涩，句法之繁复，简直读起来比读天书还难。”赵也附和说“译得错不错是第二个问题，最要紧的是译得顺不顺”，发出“宁达而不信”的论调。而他自己在《小说月报》上竟把半人半马怪物误译为“半人半牛怪”，还把银河误译为“牛奶路”。诗中正是把他的这种错译加以推演，使读者更清楚地看到其绝伦的荒谬。

5. 警示其后果。如：

闻胡长清伏法有感

夏胜千

时有官员殉孔方，又闻省长葬刑场。

悬鱼羊续终生乐，不重修身必自戕。

胡长清原为江西省副省长，因贪赃枉法被处极刑。《后汉书·羊续传》载：“府丞尝献其生鱼，续受而悬于庭。丞后又进之，续乃出前所悬者，以杜其意。”后人以“悬鱼”称颂官吏清廉。诗中以廉吏“终生乐”，贪官“必自戕”两种绝不相同的结果形成鲜明的对照，警示贪赃枉法者绝没有好下场。

第三，今天写讽刺诗，从文体形式说，可以有多种选择。

1. 可以用诗的形式。除古体、近体、当代新诗体等一般形式外，还可别开生面，比如，可以用：

①剥法。即基本套用前人或别人诗的格局和语句写出自己的新意。如：

吊大学生

鲁迅

阔人已骑文化去，此地空余文化城。

文化一去不复返，古城千载冷清清。

专车队队前门站，晦气重重大学生。

日薄榆关何处抗，烟花场上没人惊。

此诗写于一九三三年一月。当时日本帝国主义正加紧对中国的侵略，侵华日军已进逼山海关（即文中“榆关”），而那些驻守在古城北平的国民党高级官员们，在蒋介石不抵抗主义的指使下，纷纷携带文物弃城南逃，他们趁机发国难财，过着荒淫无耻的糜烂生活，却不准手无寸铁的大学生们撤离。这首诗原是附在《伪自由书·崇实》一文之后的，文中说：“这回北平的迁移古物和不准大学生逃难，发令的有道理，批评的也有道理，不过这都是些字面，并不是精髓。……剥崔颢《黄鹤楼》诗以吊之，……”经这一“剥”，更增强了讽刺的意味。

②和法。如：

戏步“千家诗”为某官员画像

马建川

步晁说之《打球图》

为官须将财路开，申文久压不批回。
龙虾青蟹自寻死，礼品红包滚滚来。

步杨巨源《城东早春》

麻将声喧每报春，东家巧手暗牌匀。
连番接碰钞如锦，方阵何愁进贡人。

这两首诗都是步韵之作。晁说之的原诗为：“阊阖千门万户开，三郎沉醉打球回。九龄已老韩休死，无复明朝谏疏来。”杨巨源的原诗为：“诗家清景在新春，绿柳才黄半未匀。若待上林花似锦，出门俱是看花人。”马诗通过步其原韵，却写出了新意，从而加强了讽刺效果。

2. 可以用词的形式。如前引杨景普的《满江红》即是。又如：

虞美人　赠陈毅同志

叶剑英

串连炮打何时了，罢官知多少。赫赫沙场旧威风，顶住青年小将几回冲！
严关过尽艰难在，思想幡然改。全心全意一为公，共产宏图大道正朝东。

这首词填于一九六六年秋。它不仅赞颂了陈毅同志的高风亮节和宏伟志向，而且可以看做是一篇对“文化大革命”的檄文，是对共产主义理想的一曲赞歌，陈毅同志读后说它是“剑公绝妙好词”。同时，这首词也是剥李煜的《虞美人》词非常成功的妙品。

3. 还可以用曲的形式。如：

中吕·山坡羊　读报“抓了一批贪官”有赋

周理仁

趋腥逐臭，蝇营狗苟，敛财猎物称能手。眼中求，心里谋，忘身公仆乖张透。怎料得法网恢恢疏未漏。名，一笔勾；利，一笔勾。

这支曲紧紧抓住一个“贪”字，活画出贪官们“眼中求，心里谋”的共同本性和他们不择手段地“敛财猎物”的丑恶嘴脸，并以“法网恢恢疏不漏”上扣题目中的“抓”字，警示了他们终究逃不脱身败名裂的可耻下场。

第四，今天写讽刺诗，从具体手法说，最常用的有夸张、比喻、反语、对比等。这从前引的例诗都不难体会得到。此处再举一首运用对比手法的典型的例诗：

吃喝见闻录

许宗师

公资设宴乐难支，正副十人陪坐齐。
敞腹狂吞八宝菜，开怀痛饮整箱啤。
贪婪丑态有钱买，腐败黑心无药医。
农户一家年收入，可能抵上一桌席？

这首诗显然是借鉴了前引白居易的《轻肥》的写法。诗用四分之三的篇幅痛揭腐败者的丑态和黑心，只在最后点出农民一年的收入也未必能置办这一桌酒席，却起到了强烈对比的作用。这最后两句十分精警，用句俗话说就叫做“秤砣虽小压千斤”啊。

原载《黄河科技大学学报》2002 年 4 期

赠答诗的勃兴

——读《文选》随札一则

一

我国古代赠答诗源远流长。赠诗的产生似可上溯到西周初叶。请看《诗经·豳风·鸱鸮》：

鸱鸮鸱鸮，既取我子，无毁我室！恩斯勤斯，鬻子之闵斯。迨天之未阴雨，彻彼桑土，绸缪牖户。今女下民，或敢侮予？予手拮据，予所捋荼。予所蓄租，予口卒瘏，曰予未有室家。予羽谯谯，予尾翛翛。予室翘翘，风雨所漂摇，予维音哓哓。

按体类说，这无疑是我国最早出现的一首寓言诗里的鸟言诗，写的是一只老鸟先是抗议鸱鸮夺去了她的雏儿，继而表示为防再有外来侵害，它决心不避艰难，不辞辛劳修筑窝巢。而按作意说，传统的解释则应是我国现存最早的一首赠诗。如《毛诗序》云："周公救乱世，王未知周公之志，公乃为诗以遗王，名之曰鸱鸮焉。"《毛诗序》的解释当是根据于《尚书·金縢》："武王既丧，管叔及其群弟乃流言于国曰：'公（指周公）将不利于孺子（指成王）'。公乃告二公（召公奭，太公望）曰：'我之弗辟，无以告我先王'。周公居东二年，则罪人斯得。于后，公乃为诗以贻王，名之曰鸱鸮。"照此解释，并验之以周公摄政的那段史实，诗中的老鸟当为周公自比，鸱鸮比殷武庚，"既取我子"的"子"比管叔、蔡叔，"鬻子"的"子"比成王，而"室家"则比周天子国。周公作此诗，既抒发了他痛定思痛，居安思危的感慨，又暗喻现实，向成王亮明了自己殚精竭虑、尽忠王室的心迹。如果真是这样，则证明我国古代的赠诗早在约3000年前就已经出现了。不过，近世以来，学界多有怀疑《尚书·金縢》的真实性的，于是确否真有周公“为诗以遗王”的事也就尚难铁定。但无论如何，这样的记载，至少透露了早在先秦时代人们就已经有了赠诗的概念了。

我国古代确凿的答诗的出现是在秦汉之际。那就是虞姬的《和项王歌》。据《汉书·项羽传》：“高祖围项羽垓下。是夜，闻汉军皆楚歌，惊曰：‘汉已得楚乎！’起饮帐中，有美人名虞常从之，骏马名骓常骑之，乃悲歌慷慨，自为歌曰：‘力拔山兮气盖世，时不利兮骓不逝。骓不逝兮可奈何？虞兮虞兮奈若何？’”此诗虽未标明赠诗，但细玩诗中声声呼唤着“虞兮虞兮奈若何”的句意，当知他是在穷途末路、万般无奈之际，本能地求援似地唱给陪伴于自己身边的爱姬听的，如此则其赠意不言自明。又据《史记·项羽本纪》：“项王夜起，饮帐中，有美人名虞常幸从，骏马名骓常骑之，于是项王乃悲歌慷慨，自为诗，歌数阕，美人和之。”其和诗为：

汉兵已略地，四方楚歌声。
大王意气尽，贱妾何乐生！

诗的意思很明白，是呼应着项羽的求援作出了“大王意气尽，贱妾何乐生”的决绝的回答，表示事既无可挽回，誓与项羽一同赴死。这样看来，这首诗就不仅如明王应麟《困学纪闻》卷十二《考史》所高度评价的是我国最早的一首成熟的五言诗，而且应当看作我国古代答诗的滥觞之篇。

当然，真正算得上配套齐全的赠答诗，那是到了东汉后期才正式出现的。一个典型的例子就是出现在顺桓时代的《客示桓麟诗》和桓麟《答客诗》。今按，桓麟，字元凤，沛郡龙亢（今安徽省怀远县西）人，桓帝初（147－149）为议郎，侍讲禁中。以性直忤左右，出为许令，以病免。后因母丧，哀毁过度而卒。据《艺文类聚》引《文士传》：“桓麟伯父焉，官至太尉。麟年十二，在座，焉告客曰：‘吾此弟子，知有异才，殊能作诗赋。’客乃为诗曰（诗见下）。麟应声答曰（诗见下）。”

客示桓麟诗

甘罗十二，杨乌九龄。
昔有二子，今则桓生。

答客诗

邈矣甘罗，超等绝伦。
伊彼杨乌，命世称贤。
嗟予蠢弱，殊才伴年。
仰惭二子，俯愧过言。

上引客诗所提到的甘罗，战国时秦下蔡人，著名神童，十二岁时为文信侯吕不韦少庶子，曾出使赵国，赵王郊迎，割五城事秦（《战国策·秦策》）。杨乌，生平事迹不详。但既与甘罗并提，自亦当为著名神童。这首客诗显然是将桓麟与古代神童甘罗、杨乌等列，以称誉其少年聪慧、才学不凡的。而桓麟答诗则表现得很谦虚，在谦虚中又显露着机敏过人的诗才。两首诗中赠者表赞答者示谦的内容，到了后世也就成为赠答诗创作一种传承不息的题中常有之义。

就现有资料看，最早自觉地以“赠”“答”字样显示于题目者，似应是稍后于此的秦嘉的《赠妇诗》和徐淑的《答秦嘉诗》。秦嘉与其妻徐淑均为陇西（今甘肃东南部）人，且均能诗善文。秦嘉原为陇西郡郡吏，后为郡上计（汉郡国每岁终须遣吏送簿记到京城称上计，所遣之吏称上计吏）入洛阳，当时徐淑正卧病母家，夫妇未得面别，秦嘉作《赠妇诗》三首与妻，徐淑则作《答秦嘉诗》以应之。

统观先秦至两汉的赠答诗，一则作品数量特少，先秦仅见上引一首尚难定论的周公赠成王诗，两汉总计也不过赠诗 7 首和答诗 6 首而已；二则又多题识不明。这都表示，在自周至汉将近 1300 年的漫长的岁月里，赠答诗尚处于萌发的状态中。

二

我国古代赠答诗的强势勃兴和真正成熟是在六朝以后，可以说它是随着我国古代第一次文人诗创作高潮的形成而涌现出来的。

说它强势勃兴，可以从以下简单的统计数字得到清楚的证明：自魏至南朝梁《昭明文选》编定之前约 300 年间，总共产生赠答诗约 490 题 610 首左右，其中赠诗约 260 题 300 首左右，答诗约 220 题 310 首左右。这对前此近 1300 年漫长的时代赠答诗绝少出现的情形来说，简直有突然冒出的天文数字的意味。

而且这一时期的诗人，还展示出几乎个个争预其事的势头，尤其那些名家，大抵都充当着此类诗创作的主力。如魏曹植赠诗6题6首，王粲赠诗5题5首，刘桢赠诗4题9首，徐干赠答诗各1题1首，应玚答诗1题1首，嵇康赠诗3题3首，答诗1题3首，西晋张华赠诗1题1首，答诗3题3首，张载赠诗3题3首，陆机赠诗17题18首，答诗3题3首，陆云赠诗8题10首，答诗9题13首，潘岳赠诗1题1首，潘尼赠诗11题11首，答诗3题3首，左思赠诗1题2首，东晋陶渊明赠诗6题6首，答诗9题9首，南朝宋谢灵运赠诗7题7首，答诗4题4首，鲍照赠诗5题10首，答诗7题7首，南朝齐谢朓赠诗6题7首，答诗32题49首，江淹赠诗2题2首，答诗12题13首，任昉赠诗4题4首，答诗6题6首，南朝梁沈约赠诗5题5首，答诗18题20首，何逊赠诗18题18首，答诗16题16首，吴均赠诗21题30首，答诗13题25首，等。上述情况表明，这一时期赠答诗的创作，已经汇集为一股势不可挡的洪涛巨流，成为六朝诗坛上最为显眼、最具规模的诗歌体类之一。

说它真正成熟，主要体现在：第一，它已经带有明显的赠答题识，即在诗题中给出或是“赠”或是“答”之类的字样；第二，它必定限制具体的赠答对象，即在诗题中给出或赠“谁”或答“谁”的人名或称呼；第三，它总要表达针对性的赠答内容，即诗中所写内容是专对或赠或答的具体对象而设的。试分述如下：

作为赠答的题识，最早也是最基本的当然是“赠”“答”二字。文献资料表明，整个六朝早期无论赠答对象的具体情况如何，大抵照此沿用不变，如西晋石崇与欧阳建为舅甥关系，辈分本不同，但诗歌往还仍以“赠”“答”二字为题识（石崇有《赠欧阳建诗》，欧阳建有《答石崇诗》）。破例者尚属个别现象（今见者仅有魏嵇康《与阮德如诗》，西晋薛莹《献诗》，傅咸《与尚书同僚诗》，东晋司马曜《示殷仲堪诗》数首而已）。也大抵因此，以“赠答”名乎此类诗，遂逐渐通行并最后固定下来。但到晋宋以后，随着此类诗创作的蓬勃发展和经验的逐渐积累，诗人们为了更清楚地显示自己与“赠”“答”对象的特定关系（如示尊卑长幼）或适应特殊需要（如表谦虚礼貌），遂陆续演化出一系列的替代字，且呈现出使用此类替代率愈演愈高的趋势。粗略统计，此类替代字就其出现时间的早晚依次有赠诗类：“与”——似首见于魏嵇康《与阮德如诗》，“献”——似首见于西晋薛莹《献诗》，“示”——似首见于东晋司马曜《示殷仲堪诗》，“见”——似首见于南朝宋谢灵运《还旧园作见颜范二中书诗》，“寄”——似首见于南朝宋鲍令晖《寄行人诗》，“呈”——似首见于南朝宋颜延之《夏夜呈从兄散骑车长沙诗》，“奉”——似首见于南朝齐王寂《第五兄揖到太傅竟陵王属奉诗》，“赐”——似首见于南朝梁萧衍《赐谢览王暕诗》，“贻”——似首见于梁萧衍《贻柳恽诗》等；答诗类：“报”——似首见于魏应玚《报赵淑丽诗》，“酬”——似首见于东晋陶渊明《酬丁柴桑诗》，“和”——似首见于陶渊明《五月旦作和戴主簿诗》，“同”——似首见于南朝齐谢朓《同王主簿有所思诗》，“应”——似首见于南朝梁沈约《应王中丞思远咏月诗》。此外，还出现了在原题识字上再附加字的情况，如赠诗类有“敬赠”——似首见于南朝梁虞羲《敬赠萧谘议诗》，“仰赠”——似首见于南朝梁何逊《秋夕仰赠从兄寘南诗》等；答诗类有“奉和”——似首见东晋刘程之《奉和慧远游庐山诗》，“奉答”——似首见于南朝齐陆厥《奉答内兄希叔诗》，“敬酬”——似首见于南朝梁丘迟《敬酬柳仆射征怨诗》等。这些，从一个侧面反映了赠答诗的创作已经进入真正成熟的时期。当然，不带题识的赠答诗也是有的，如西晋左棻《感离诗》其实是一首答诗，是回应其兄左思《悼离赠妹诗二首》的，却不带题识。但这只是一种在特定情况下加以省略的例外，不得以常例看待。

作为赠答的对象，起初都是对单人的，后来逐渐复杂化起来。比如赠的对象有时可以不是单人的，这方面，似由魏曹植《赠丁仪王粲诗》开其先，后如西晋应亨《赠四王冠诗》，傅咸《赠崔伏二郎诗》，《赠何劭王济诗》，东晋陶渊明《示周续之祖企谢景夷三郎诗》，《怨诗楚调示庞主簿邓治中诗》，南朝齐谢朓《冬绪羁怀示萧谘议虞田曹刘江二常侍诗》，南朝梁沈约《赠沈录事江水曹二大使诗》，何逊《夕望江桥示萧谘议杨建康江主簿诗》等皆属此类；甚至还有所赠对象是不定数的泛指的，这方面，似由西晋傅咸《与尚书同僚诗》创其例，后如南朝宋鲍令晖《寄行人诗》，《古意赠今人诗》，南齐谢朓《暂使下都夜发新林至京邑赠西府同僚诗》，《移病还园示亲属诗》，南朝梁何逊《入西塞示南府同僚诗》，吴均《发湘州赠亲故别诗三首》，王僧孺《夜愁示诸宾诗》，《春日寄乡友诗》等皆属此类。答诗的对象也有不止一人的，这方面，似由魏嵇康《答二郭诗三首》肇其端，后如南朝梁萧衍《答任殿中宗记室王中书别诗》，何逊《和萧谘议岑离闺怨诗》，吴均《酬萧新浦王洗马诗二首》皆属此类；同时，也间或有所答对象是不定数的泛指的，这方面，似由西晋孙楚《答弘农故吏诗》展其绪。还有一个有趣的现象值得一提，就是有的诗赠答集于一体，而赠答对象又不同，如陶渊明《和胡西曹示顾贼曹诗》，就既答且赠，对象各异。

有必要附带指出，这一时期还出现了代言体的赠答诗，可大别为单代与双代两类。单代又可分实指和虚指两种，实指性单代如西晋潘岳《为贾谧作诗赠陆机》，东晋康僧渊《代答张君祖诗》等即是；虚指性单代如魏仙道诗《成公智琼赠弦超》（据《搜神记》，有天上玉女姓成公，字智琼，年十七，嫁弦超，赠此诗。仙人赠诗，显系虚代），后如东晋杨羲《九月六日夕紫微夫人喻作示许长史并与同学诗》（据《诗纪》：紫微夫人，名青娥，字愈音，王母第二十女，降杨羲家，喻羲作诗。仙人喻作，显系虚代）等皆属此类。双代亦有实指与虚指之分，实指性双代如西晋陆云《为顾彦先赠妇往返诗四首》，四首诗二首代赠者，二首代答者，双方皆有其人，故曰实指性双代；虚指性双代如南朝齐许瑶之《闺妇答邻人诗》，南朝梁沈约《织女赠牵牛诗》，吴均《去妾赠前夫诗》等，赠答双方皆属虚拟性人物，故曰虚指性双代。

此外，再从“赠”与“答”的呼应关系看，大致可分三种情况，一是有赠无答（指答诗），二是有赠有答，三是无赠（指赠诗）有答。应当说，这三种情况都是正常的。因为：第一，有赠无答并不违背赠者的初衷：以诗相赠，从根本上看完全符合“赠人以言重于金石珠玉”（《荀子·非相》）的精义，它只重赠而并不以求得对方回报为前提；第二，有赠有答和无赠（指赠诗）有答则最能表达答者的盛意：以诗作答，完全符合“无言不酬”（《毛诗序》）的古训，体现了礼尚往来的待人接物的基准。

作为赠答的内容，从赠的方面说十分广泛，无论是情是景是事，原本没有不可入诗的；所谓针对性，不过仅指入诗的情景事必为由于受到某种特定因素的触发而与赠答双方发生了关联，从而具有了一定的针对性的意义和实用性的价值而已。概略言之，主要有以下五种情形：

致美意，表庆贺——如西晋应亨《赠四王冠诗》。其序云：“永平年四月，外弟王景系兄弟四人并冠，贻四王子诗。”可知此诗即为贺王景系兄弟四人加冠而作。

抒相思，念友情——如魏王粲《赠蔡子笃诗》。汉献帝初平三年（192），王粲从长安避难到荆州，与同时来此避难的蔡睦（字子都，后曾为魏尚书）为友，不久，蔡还故里，王粲遂作此诗以赠。诗在惜别中表达了深厚的朋友间的情意。又如刘桢《赠徐干诗》，刘徐二人皆为建安七子中人，关系甚洽，诗中有句云：“思子深心曲，长叹不能言。起坐失次第，一日三四迁。”尽吐其对友人的眷念不已之情。

咏怀抱，寄勉慰——如魏刘桢《赠从弟三首》。诗中以比兴之法分咏蘋藻、松柏、凤凰三物，以其高洁的品格，远大的抱负激励堂弟，并以自勉。

宣悲愤，诉哀怨——如魏曹植《赠白马王彪诗》。白马王曹彪是曹植的异母弟。黄初四年（223）五月，曹植与曹彪，任城王曹彰（曹植胞兄）同到京师洛阳朝会。“是时待遇诸国法峻。任城王暴薨，诸王既怀友于之痛。植及白马王彪还国，欲同路东归，以叙隔阔之思，而监国使者不听。植发愤告离而作此诗。”（《三国志·魏志·陈思王传》裴松之注引《魏氏春秋》）诗中大部分章节抒写了兄弟之间的离合之悲和生死之感，同时透过对谗巧之徒的怒斥，表达了对作为人主的其兄曹丕残酷迫害骨肉兄弟的怨愤。确如宋刘克庄《后村诗话》所评，此诗写得“忧伤慷慨，有不可胜言之悲”。可谓六朝赠答诗中第一佳作。

明所欲，求助援——如魏杜挚《赠毌丘俭诗》。据《文章叙录》，杜与毌乡里相亲，杜赠诗，明言欲得仙药一丸，实则欲求俭援引荐举而已。

从答的方面说，其内容当然要受赠的内容的制约，答的内容的针对性即指此而言，常见者有以下四种情形：

表谢意，续友情——如西晋张华《答何劭诗》。其诗有句云：“良朋贻新诗，示我以游娱。穆如洒清风，焕若春华敷。”既致以深婉谢忱，又颂以美好友情。

示认同，作引发——如西晋左棻《感离思诗》。作者为西晋著名诗人左思之妹，泰始八年（272），左棻因文才出众被晋武帝召充后宫，左思也同时移居洛阳。兄妹二人虽同居洛都，但宫禁森严，难以相见，只好通过诗章赠答以寄咫尺天涯相思之情。左棻入宫二年，左思曾作《悼离赠妹诗》相寄，左棻遂作此诗以答。全诗循着赠诗原意以相应和，将骨肉分离的亲情作了淋漓尽致的发挥。

申异意，行匡正——如东晋陶渊明《和刘柴桑诗》，刘柴桑指刘程之，曾任柴桑令，后辞归隐居庐山，多次招渊明同隐山林，渊明答诗婉拒，表示与刘不同的归隐躬耕之志。

明告诫，施劝励——如西晋潘尼《答傅咸诗》。其序云：“司徒左长史傅长虞，会定九品，左长史宜得其才，屈为此职，执天下清议，宰割百国，而长虞性直而行，或有不堪，余与之亲，作诗以规焉。”是知此诗显系告诫劝励之作。

三

六朝时期赠答诗强势勃兴与真正成熟这一状况，在《文选》中得到了充分的反映。今检《文选》选诗共分 23 类，共收 251 题，455 首诗，分类统计为：补亡 1 题 6 首，述德 1 题 2 首，劝励 2 题 2 首，献诗 3 题 3 首，公讌 14 题 14 首，祖饯 7 题 8 首，咏史 10 题 21 首，百一 1 题 1 首，游仙 2 题 8 首，招隐 2 题 3 首，反招隐 1 题 1 首，游览 23 题 23 首，咏怀 3 题 21 首，哀伤 9 题 13 首，赠答 59 题 72 首，行旅 31 题 35 首，军戎 1 题 5 首，郊庙 1 题 2 首，乐府 10 题 40 首，挽歌

3 题 5 首，杂歌 4 题 4 首，杂诗 50 题 93 首，杂拟 13 题 63 首。

由以上统计可以看出，赠答诗在《选》诗各类中总首数仅次于杂诗而位居第二。而细审其他各类诗，从一定意义看，尚有一些作品，如游览类徐敬业《古意酬到长史溉登琅邪城诗》，哀伤类谢朓《同谢谘议铜雀台诗》，行旅类沈约《新安江水至清浅深见底贻京邑游好诗》，杂诗类李陵《与苏武诗三首》，谢朓《和伏武昌登孙权故城诗》、《和王主簿怨情诗》，沈约《和谢宣城诗》、《应王中丞思远咏月诗》等合计 10 题 12 首，亦宜归入赠答类中。若据此加以调整，则赠答诗当增为 69 题 84 首，而杂诗类当减为 43 题 84 首，如此，则二者在“类量”上已经持平。加之，所谓杂诗，本非划一类别，正因情况驳杂，姑以“杂”字括之而已，故就其“类质”而言，更不得与赠答类平起平坐。这样看来，赠答诗在《文选》选诗各类中无疑当之无愧地应是第一“显类”了。

再就所选赠答诗的具体作品看，自魏以降，截至《文选》编定之前赠答诗有代表性的优秀之作，也几乎已包容无余，如王粲《赠蔡子都诗》，刘桢《赠从弟诗三首》，曹植《赠徐干诗》，《赠丁仪诗》，《赠丁翼诗》，《赠王粲诗》，《赠白马王彪诗》，嵇康《赠秀才入军诗五首》，张华《答何劭诗二首》，何劭《赠张华诗》，陆机《赠弟士龙诗》，郭泰机《答傅咸诗》，陆云《为顾彦先赠妇诗二首》，刘琨《重赠卢谌诗》，卢谌《赠刘琨诗》，谢瞻《答灵运诗》，谢惠连《西陵遇风献康乐诗》，谢灵运《登临海峤初发疆作与从弟惠连见羊何共和之诗》，谢朓《同谢谘议咏铜雀台诗》，《暂使下都夜发新林至京邑赠西府同僚诗》，《酬王晋安诗》，《郡内高斋闲坐答吕法曹诗》，《和徐都曹诗》，沈约《新安江水至清浅深见底贻京邑游好诗》，范云《赠张徐州稷诗》，徐悱《古意酬到长史溉登琅邪城诗》等历代传诵的名家名篇，可以说皆收其内了。

总之，以上情况说明，《文选》在全面考察先秦至六朝（当然截至《文选》编定之前）各类诗歌发展状况的基础上，的确是特别突出地对赠答诗做了量大质高的选收处置。这样处置，当然不是因为对此类诗情有独钟的偏爱，而完全是出于实事求是的考虑，是贯彻了《文选序》所标悬的“略其芜秽，集其清英”的编选原则的必然结果。所以今天研读《文选》赠答诗，正可以便捷地全面而又重点地了解我国古代赠答诗的勃兴概貌和主要成就。即从这一方面也可看出，《文选》作为我国古代第一部诗文总集，具有怎样高的文献价值和学术价值了。

原载《文选与文选学》学苑出版社 2003 年 5 月出版

研李二题

摘要：李白的人生理想是“功成身退”，但已大不同于道家的“功遂身退”，而更多的带上了儒家“安社稷”、“济苍生”的积极入世和任侠“不爱其躯”、“羞伐其德”的重义轻取的思想色彩。在他心目中，“功成”是必具的前提，“身退”是后续的归宿。事实上，他一生未能实现“功成”，因而也一生从未真正“身退”。

李白诗歌的浪漫主义独具特色，主要表现在豪迈而奔放的气势，热烈而自信的抒情，丰富而奇妙的想象，大胆而合理的夸张和形象而生动的比喻等五个方面。

关键词：人生理想；功成身退；浪漫主义；独具特色

关于李白的人生理想

李白一生差不多与盛唐时代相始终，而盛唐是一个充满活力的开放的时代；李白出生在一个由西域内迁的富商家庭，而这样的家庭又较少封建传统思想的束缚：在时代风气的熏陶下，在家庭环境的濡染中，李白成长为一位思想开放型的人物。

李白天资聪慧，又自幼勤奋好学。他一开始就不仅局限于接受当时一般地主阶级子弟所受的传统的儒家教育。从他的自述，所谓“五岁诵六甲，十岁观百家”（《上安州裴长史书》）、“十五观奇书”（《赠张相镐》）、“十五好剑术”（《与韩荆州书》）、“十五好神仙”（《感兴八首》）等文献资料可知，他自幼就学文习武，全面发展，涉猎广泛，兼收并取，广受儒、道、侠等多方面的教育。这对他思想性格以及文学创作特色的形成，无疑有着深刻的影响。

李白的思想是复杂的。从他一生的立身行事观察，首先，他衷心笃奉儒家

“兼济天下”的信条，有对建功立业的热烈追求，志在“申管、晏之谈，谋帝王之术，奋其智能，愿为辅弼，使寰区大定，海县清一”（《代寿山答孟少府移文书》），甚至认为“苟无济代心，独善亦何益”（《赠韦秘书子春》），而希望做姜尚、诸葛亮、谢安那样大有作为于人世的政治家，压根儿瞧不起“白发死章句”，不懂“经济策”（《嘲鲁儒》）的拘挛腐儒；其次，他又深受道家及道教思想的影响，有访道求仙的特殊爱好，非常向往绝对自由，蔑视世间一切，甚至认为“吾将囊括大块，浩然与溟涬同科”（《日出入行》），好像连宇宙也要包含在他胸中，而人世更只能被踩在他脚下，又正式入过道，“身在方士格”（《草创大还赠柳官迪》），充满了对神界仙境的幻想；再次，他在言谈举止间，还时时流露出一种重义轻取的任侠之气，他不仅本人就有过轻财好施，解人急难的侠义行为，而且尤其看重在政治上扶危济困、排难解纷的侠义精神，热情讴歌战国时解救赵国急难的魏国侠士朱亥（《侠客行》）和义不帝秦、功成不受赏的齐人鲁仲连（《古风》其十），将他们引为同调。

但，看到李白思想的复杂性只是问题的一个方面；另一方面，更应当看到，以上诸种思想在李白身上彼此制约、交互作用的结果，最终清楚地呈现出两大特点：

第一，儒家思想、道家思想、任侠思想三者本来是互不相容的，初唐诗人陈子昂就曾发出过“畴昔疑缘业，儒道两相妨”（《同宋参军之问梦赵六赠卢陈二子之作》）的慨叹，而李白却能从诸家思想中汲取对自己有用的因素，经过融汇整合，而使之十分和谐地统一于一身，从而形成了他在自己诗中一再宣称的既始终积极入世又时时企望超脱的“功成身退”的人生理想。他在早年干谒求仕时就不讳言这一点：“功成拂衣去，摇曳沧洲旁”（《玉真公主别馆苦雨》）；他在仕途遂顺时，也未忘怀这一点：“功成谢人间，从此一投钓”（《翰林读书言怀》），“待吾尽节报明主，然后相携卧白云”（《驾去温泉宫后赠杨山人》）；他在遭遇困厄时，从不放弃这一点：“愿一佐明主，功成还旧林”（《留别王司马嵩》）；即使到了晚年，他仍矢志不移于这一点：“终与安社稷，功成去五湖”（《赠韦秘书子春》）。这些，都清楚地表明他的这种人生理想是终其一生，一以贯之的。清代著名思想家和文学家龚自珍评李白思想说：“庄、屈实二，不可以并，并之以为心，自白始；儒、仙、侠实三，不可以合，合之以为气，又自白始也。”（《最录李白集》）讲得实在精彩。

第二，在李白把儒、道、侠诸种思想融合而成的“功成身退”的人生理想中，“功成”——也就是追求“奋其智能，愿为辅弼，使寰区大定，海县清一”

（《代寿山答孟少府移文书》）的建功立业的抱负的实现始终是矛盾的主导方面，即“功成”制约着“身退”。不错，从思想渊源看，李白的这种“功成身退”的人生理想是有对道家思想的继承的成分。如《老子》就说过：“持而盈之，不如其已。揣而锐之，不如常保。金玉满堂，莫之能守。富贵而骄，自遗其咎。功遂身退，天之道。”但须知，老子提出的“功遂身退”，究其实质是从盈虚倚伏、祸福消长的观点出发，着意于警告人们应当及早全身远害；归根结底，所强调的重点是在“身退”，因而具有较明显的消极“出世”的性质。而李白的“功成身退”，强调的重点却在“功成”。在他心目中，“功成”是必具的前提，“身退”是后续的归宿，也就是，须先“功成”，方可“身退”。而这，实际上已对道家思想作了很大的改造；从实质上看，李白的“功成身退”则更多地带上了儒家“安社稷”、“济苍生”的积极“入世”和任侠家“不爱其躯”、“羞伐其德”（《史记·游侠列传》）的重义轻取的思想色彩。应当说，这是具有李白特色的“功成身退”。李白在安陆时所写《代寿山答孟少府移文书》再清楚不过地表明了这一特色：

达则兼济天下，穷则独善其身。安能餐君紫霞，映君青松，乘君鸾鹤，驾君虬龙，一朝飞腾，为方丈蓬莱之人耳！此则不可也。乃相与卷其丹书，匣其瑶瑟，申管晏之谈，谋帝王之术，奋其智能，愿为辅弼，使寰区大定，海县清一。事君之道成，荣亲之义毕，然后与陶朱、留侯，浮五湖，戏沧洲，不足为难矣。

这里，李白是铁定不移地把“事君之道成”（即“功成”）摆在了前提的位置，尔后才轮得上“浮五湖，戏沧洲”，“为方丈蓬莱之人”，这是决然含糊不得的。李白不仅是这样说的，也是这样做的。考察李白的一生，可以清楚地看到，正因为他始终未能实现“功成”，所以也从未真正有过“身退”，即使在他政治上遭受严重挫折，愤激之下放言有意遗世高蹈的时候，也仍然没有忘怀建功立业的追求。谓予不信，请举他的《梁园吟》为证：

我浮黄河去京阙，桂席欲进波连山。天长水阔厌远涉，访古始及平台间。平台为客忧思多，对酒遂作梁园歌。却忆蓬池阮公咏，因吟渌水扬洪波。洪波浩荡迷旧国，路远西归安可得！人生达命岂暇愁，且饮美酒登高楼。平头奴子摇大扇，五月不热疑清秋。玉盘杨梅为君设，吴盐如花皎白雪。持盐把酒但饮之，莫学齐夷事高洁。昔人豪贵信陵君，今人耕种信陵坟。荒城虚照碧山月，古木尽入苍梧云。梁王宫阙今安在？枚马先归不相待。舞影歌声散渌池，空余汴水东流海。沈吟此事泪满衣，黄金买醉未能归。连呼五白行六博，分曹赌酒酣池晖。歌且谣，意方远，东山高卧时起来，欲济苍生未应晚！

这诗写在他被朝廷“赐金放还”，变相地赶出京城，可以说是人生前途遭受毁灭性打击的势态之下。当然，诗中是费去极大篇幅写他遭受失败后无边的痛苦，极度的愤懑，乃至眼看绝望的呼酒买醉，否定功名；但到最后，却仍陡转为响亮有力的声明：“歌且谣，意方远，东山高卧时起来，欲济苍生未应晚。”他仍要等待时机实现“济苍生”的夙愿！可见，这该是多么坚定的信念，何等执著的态度。正是这种信念和态度，支持着李白走完他历尽了坎坷而又闪耀着光彩的一生，并能在他的诗中始终表现出一种积极乐观的进取精神，给人以巨大的鼓舞的力量。

关于李白诗的浪漫主义特色

李白诗歌继承了我国古代诗歌的优秀传统，他极重视和善于向屈原等诗人与乐府民歌学习，从中吸收丰富的营养，并大力进行富于创造精神的艺术实践，从而取得了很高的成就。而他的成就，则突出地体现在他的浪漫主义上。

李白的浪漫主义，自然属于古典的积极的浪漫主义。但与我国古代文学史上在他之前或之后的其他浪漫主义诗人比较，又表现出一种鲜明的个性和独具的特色。在笔者看来，李白浪漫主义的个性和特色，主要有如下五个方面：

第一，豪迈而奔放的气势。

早在建安时代的曹丕，就提出了“文以气为主”（《典论·论文》）的美学理想，但直到盛唐诗歌专注于主体意识的抒发，这一美学理想才算真正得以充分的实践，而李白正无愧为这一方面的典型代表。他的诗，就常常是以豪迈奔放的气势取胜的。他自称“兴酣落笔摇五岳，诗成啸傲凌沧洲”（《江上吟》），正形象地道出了的诗的这种气势。清人叶燮《原诗·外篇下》说：“太白天才自然，出类拔萃，……非以才得之，乃以气得之也。……历观千古诗人，大有名者，舍白而外，孰能有是气者乎？”沈德潜《唐诗别裁》说：“读李诗者，于雄快之中，得其深远宕逸之神。”近人王国维《人间词话》说：“太白纯以气象胜。”也都指的是这种气势。

的确，展读李白许多优秀的诗篇，无论是描写客观景物还是抒发个人情怀，都会强烈地感受到狂飙横扫似的风神，惊天动地般的声威，就正是他诗的这种气势所造成的感觉效应。

在描写客观景物方面，他写山，如蜀道，是“噫吁戏，危乎高哉，蜀道之难难于上青天”（《蜀道难》）；如天姥，则是“天姥连天向天横，势拔五岳掩赤城”（《梦游天姥吟留别》）。——全是高大无比，压倒一切，绝难超越的形象，真有“诗成啸嗷凌沧洲”的气势。他写水，如瀑布，是“飞流直下三千尺，疑是银河落九天”（《望庐山瀑布水》）；如长江，是“登高壮观天地间，大江茫茫去不还。黄云万里动风色，白波九道流雪山”（《庐山谣寄卢侍御虚舟》），是“海神来过恶风迴，浪打天门石壁开。浙江八月何如此，涛似连山喷雪来”（《横江词》）；如黄河，是“黄河之水天上来，奔流到海不复回”（《将进酒》），是“黄河西来决昆崙，咆哮万里触龙门”（《公无渡河》），是“黄河万里触山动，盘涡毂转秦地雷。……巨灵咆哮擘两山，洪波喷流射东海”（《云台歌送丹丘子》）。——又都是冲决一切，不可羁勒，无法征服的形象，确有“兴酣落笔摇五岳”的声威。

在抒发个人情怀方面，如他写抱负，是“何时腾飞云，搏击申所能”（《赠新丰少年》），是“大鹏一日同风起，抟摇直上九万里”（《上李邕》），是“俱怀逸兴壮思飞，欲上青天览明月”（《陪侍御叔华登楼歌》）。——表现出一种气贯牛斗、志满天地的豪情；他写愁苦，是“安能摧眉折腰事权贵，使我不得开心颜”（《梦游天姥吟留别》），是“抽刀断水水更流，举杯消愁愁更愁”（《陪侍御叔华登楼歌》），是“停杯投筯不能食，拔剑击柱心茫然”（《行路难》其一）。——仍然流露着一种与命运抗争不已，傲岸不屈的末路英雄的气概；即使写干谒，也是“宣父犹能畏后生，丈夫未可轻年少”（《上李邕》）。——竟然带着训诫口吻，以盛气凌人冒犯对方的方式出之。

第二，热烈而自信的抒情。

我国唐代诗人白居易曾将诗的特征概括为：“根情，苗言，华声，实义”（《与元九书》）八个字，而把情归结为诗之根。俄国文艺评论家别林斯基也指出：“情感是诗的天性中一个主要的活动因素；没有情感就没有诗人，也没有诗。”（《别林斯基论文学》）我国现代作家、诗人和学者郭沫若更强调：“诗的本职专在抒情。”（《论诗三札》）由此可见，诗要抒情是毫无疑义的。而问题的关键在于怎样抒情和抒怎样的情。

李白是一个感情外向而又十分自信的人。所以他在诗里的抒情，从不屑于委曲掩抑式的“短歌微吟”，浅叹低唱，而总是火山爆发式的喷薄而出，一泻千里；并且还把高度的自信与炽烈的感情交融在一起，一股脑儿地倾注到他的诗篇里，从而形成他的热烈而自信的抒情特色，使人读了他的诗不能不强烈地感受到一种精神上无法抗拒的震撼和煽动。

当着风云际会，幸好摊上顺境的时候，他简直得意忘形，目空一切。如他受召入京，自认为实现“奋其智能，愿为辅弼，使寰区大定，海县清一”的理想的机会到了，就旁若无人地宣称：“仰天大笑出门去，我辈岂是蓬蒿人!”（《南陵别儿童入京》）再如他受邀参加永王李璘幕府，自认为杀敌立功的条件已备，就立军令状似的夸下海口：“但用东山谢安石，为君谈笑静胡沙。”（《永王东巡歌》其二）总之，在他看来，一切天下事让他去做，全都易如反掌，手到擒来。

当着坎坷困顿、不幸遭遇逆境的时候，他也从不气馁，豪气仍在。或者，“我且为君捶碎黄鹤楼，君亦为我倒却鹦鹉洲。”（《江夏赠韦南陵冰》）面对着极端困难和无边痛苦，他仍要以闹他个天翻地覆的大无畏的勇气进行顽强的奋斗；或者，“天生我材必有用，千金散尽还复来。”（《将进酒》）“乘风破浪会有时，直挂云帆济沧海。”（《行路难》其一）仍然坚信终究会有朝一日，时来运转，可以东山再起，大显身手。

由于他抒情的热烈，影响到他诗的结构也常是跳脱而多变的。他的诗，很少对生活场景做细致的如实的描绘，而常是捕捉那些表面看来并无关联的意象，似乎是在任意挥洒，从而构织成一幅幅光怪陆离的图画，借以表现跌宕起伏的感情，如《陪侍御叔华登楼歌》就是一个典型的例证：诗劈头就是“弃我去者，昨日之日不可留；乱我心者，今日之日多烦忧”，痛喊其愁不可耐；接下来“长风万里送秋雁，对此可以酣高楼”，则声言刚好相携登楼，开怀畅饮；继而竟冒出“蓬莱文章建安骨，中间小谢又清发”，谈论诗文创作；随即又冷不丁地是“俱怀逸兴壮思飞，欲上青天览明月”，抒发理想和怀抱；然后复转到“抽刀断水水更流，举杯消愁愁复愁”，一吐极度的悲愤；而临到末了，却突结为“人生在世不称意，明朝散发弄扁舟”，宣称干脆泛舟江湖，遗世高蹈。其间，很难理出内在的逻辑联系，所谓“峰断云连，似离似合”（王琦评李白诗语），用现代的文学评论述语表示，真有点儿像“意识流”的写法。而这，正是由诗人思想感情的急剧变化和所用笔墨的高度凝练所造成的：诗人在按照自己思想感情的起伏跌宕写成诗句时，大胆地舍弃了思维活动中的许多转折和飞跃的具体过程，表现出来的，只不过是几个高度凝聚起来的感情的浪头罢了。

第三，丰富而奇妙的想象。

我国南朝时期刘勰的《文心雕龙》把《神思》篇冠于创作论之首，其用意即在强调艺术创作中想象的重要。十八世纪德国哲学家、美学家黑格尔也说：艺术家“最杰出的本领就是想象”（《美学》）。别林斯基更具体指出：“在诗中想象是主要的活动力量，创作过程只有通过想象才能得到完成。”（《别林斯基论文学》）实践证明，浪漫主义的诗歌创作就更离不开想象。而李白，则是我国古代诗人中运用想象进行创作最为纯熟并取得最为突出成就的一位。现实事物，神话传说，历史典故，自然景色，梦中幻影，……一切可以用来作为诗材的东西，到了他的笔下，无不成为想象的触媒；凭借这些触媒，诗人的笔锋就立刻能够突破时空的限制，尽情地驰骋，从而巧织成形象雄奇、异彩纷呈的诗篇。

首先，李白诗中的想象是丰富的。比如李白诗中单是关于月的想象就有多种多样：《峨眉山月歌》有云：“峨眉山月半轮秋，影入平羌江水流。夜发清溪向三峡，思君不见下渝州。”他把月想象成了故乡的亲人；《月下独酌》有云：“花间一壶酒，独酌无相亲。举杯邀明月，对影成三人。”他把月想象成了知己的酒伴；《下终南山过斛斯山人宿置酒》有云：“暮从碧山下，山月随人归。”他把月想象成了富于人情的好友；《闻王昌龄左迁龙标遥有此寄》有云：“杨花落尽子规啼，闻道龙标过五溪。我寄愁心与明月，随君直到夜郎西。”他把月想象成了能向故交传递怀念之情的信使；《把酒问月》有云：“青天明月来几时？我今停杯一问之。”他又把月想象成了可以与之探讨宇宙奥秘的顾问。

再就具体诗篇看，如他的名作《蜀道难》是写由秦入蜀道路之难的，而考察李白一生的行踪，可以断定他从未走过这条路。因此，从总体看，诗中对蜀道山川绘声绘色地描写，全是他根据传闻，通过自己的想象完成的；又如他的另一名作《梦游天姥吟留别》，写他游历天姥山的经过，更全是想象中的梦境。

同时，李白的想象又是奇妙的。比如《金乡送韦八之京》诗说：“狂风吹我心，西挂咸阳树。”把思念长安的心情写得神奇别致；《劳劳亭》诗说：“春风知别苦，不遣柳条青。”把无知无情的春风想象得有知有情，善解人意，可谓奇警无比；《哭宣城善酿纪叟》诗说：“纪叟黄泉里，还应酿老春。”这想象已经够新奇了，但他仍不以此为满足，还要执著地继续想象下去：“夜台无晓日，沽酒与何人？”纪叟生前酿得老春好酒，当然不愁卖给我这常临的主顾，如今他已去到长夜漫漫的黄泉之下，与我生死暌隔，即使再酿出好酒，又能卖给谁喝呢？这样想象，就更妙绝了。但也正是通过这样奇妙的想象，把纪叟生前善酿的形象，诗人与之深厚的情谊，乃至纪叟死后诗人仍对他怀有的无微不至的关怀，刻骨铭心的纪念，都巧妙地淋漓尽致地表达了出来。晚唐诗人皮日休评李白诗说："言出天地之外，思出鬼神之表，读之则神驰八极，测之则心怀四溟，磊磊落落，真非世间语者。"（《刘枣强碑》）就正是指李白的这种想象而言的。

第四，大胆而合理的夸张。

刘勰《文心雕龙·夸饰》说："文辞所被，夸饰恒存。"意谓只要是文学创作，就一定有夸张方法的存在。现代学者陈望道说："我们主观的情意，每当感动深切时，往往以一当十，不能适合客观的事实。"（《修辞学发凡》）这就是夸张。而李白在进行诗歌创作时，就最懂得、最经常并最善于运用夸张。当着平实语言不足以吐露自己的激情时，他就总是借助于这种夸张的手法加以表达。尤其在李白那些气势雄壮、豪放不羁的诗篇里，夸张手法的运用随处可见，夸张的词句更是俯拾即是。

首先，李白诗歌的夸张是大胆的。如《蜀道难》有云："蚕丛及鱼凫，开国何茫然。尔来四万八千岁，不与秦塞通人烟。"蜀国开国竟然有四万八千年，当然是足够大胆的夸张了；又如《梦游天姥吟留别》有云："天姥连天向天横，势拔五岳掩赤城。天台四万八千丈，对此欲倒东南倾。"仔细算来，四万八千丈是十六万公尺，比当今世界屋脊喜马拉雅山珠穆朗玛峰八千八百四十八公尺还要高出至少十八倍以上，当然更是极度的夸张。

同时，李白的夸张又是合理的。鲁迅在论李白《北风行》的时候说："燕山雪花大如席'是夸张，但燕山究竟有雪花，就含着一点诚实在里面，使我们立刻知道燕山原来有这么冷。如果说'广州雪花大如席'，那可就变成笑话了。"（《且介亭杂文二集·漫谈"漫画"》）可见夸张与浮夸绝对不是一回事：浮夸纯粹是自欺欺人的假话，因而是要不得的；而夸张里面有"诚实"，因而它是合理的，是文学创作所允许的，甚而有时是所必需的。如李白的《秋浦歌》其十五："白发三千丈，缘愁似个长。不知明镜里，何处得秋霜？"在现实生活里，谁能有三千丈长的头发？不要说三千丈，三丈也不可能。这自然是一种夸张，而且是一种极度大胆的夸张。但另一方面，我们却并不感到这夸张是虚假的；相反，倒觉得不如此就无法真正表达他愁思的浓烈和深重。这是因为，李白性格热情豪放而又率直天真，他这样说绝非故意虚张声势或存心哗众取宠，而恰是他真情实感的自然流露，正所谓情至而文生，有他的"诚实"在里面，所以，他的夸张又是合理的。说到底，这种夸张既大胆又合理，正是艺术的辩证法在李白诗中的一种生动体现。试想，若把"白发三千丈"改为"白发三尺长"，可能比较符合当时的生活实际（因为古代男性也要留长发）了，但结果，这诗的意味也就随即失之净尽，于是也就不再成其为艺术作品了。

第五，形象而生动的比喻。

比喻作为一种修辞手法，在文学创作中也是经常用到的。早在秦、汉时代，就有人将我国最早的一部诗歌总集《诗经》的表现方法归结为赋、比、兴三种。其中“比”即指比喻。刘勰《文心雕龙·比兴》说：“‘比’者，附也。……附理，故‘比’例以生。”对比喻的性质和功能作了具体的解说。而李白，则又是我国古代诗人中最爱用并最善用比喻进行创作的一位。他诗中的比喻简直是挥洒自如，信手拈来。

李白诗的比喻，一是做到了鲜明的形象化。他爱用日常生活中人们熟悉的具体事物作比喻，从而使思想感情等抽象的东西成为具体可感的形象。如《赠汪伦》有云：“桃花潭水深千尺，不及汪伦送我情。”这里用潭水比深情，喻体“桃花潭水”本身就是一个纯净美好的意象，再加“深千尺”的形容，更具有了深挚笃厚的品格，然后点出本体“汪伦送我情”，并冠以“不及”二字加以强化，则非同一般的“汪伦送我情”就得到了极为形象化的表现。

李白诗的比喻，再是达到了特别的生动性。形象本身原就具有生动的特质，而李白则尤其善于选用那些容易引起人们丰富联想的事物做比喻，因而就显得特别生动。如《陪侍御叔华登楼歌》有云：“抽刀断水水更流，举杯消愁愁更愁。”这里不仅以“抽刀断水水更流”的比喻突出了诗人的愁情之深之重之难以化解，而且从“抽刀断水”的动作还可以使人联想到诗人那种急盼摆脱愁苦的愤激的情态，奋力拼搏的不屈的精神和豪迈的气概，而深受感染和鼓动。

以上五个方面，第一、二两个方面是从浪漫主义的精神风格说的，第三、四、五三个方面则是从浪漫主义的艺术手法说的。但在创作实践中，这五个方面总是相互渗透，相互为用，相辅相成，相得益彰的；而在具体作品中，它们又是有机统一的，和谐一致的。本来不应该也不可能硬性地加以分离。这里仅为行文的方便，而只好人为地加以“拆零”，逐项地进行说明了。

原载《黄河科技大学学报》2004 年 4 期

别诗说略

——读《文选》随札

一

从文体分类学的角度看，别诗其实仍可划归赠答诗的范畴之内。说得更确切一些，它仍应属于赠诗，是赠诗的一个特类。说它属于赠诗，因为它归根结底是为赠而写，且具备赠诗的基本要件，如应带有明显的赠的题识，须限定具体的赠的对象，还要表达针对性的赠的内容；说它是赠诗的一个特类，因为它又必须是因别而赠，正是在这一点上，它不同于一般的赠诗。考虑到一则这类诗历来写作的数量很大，再者也好显示它与一般赠诗的不同之处，遂把它从赠诗中分出，另立门户，称之为“别诗”。

“别诗”的定名并非凭空杜撰，也无意标新立异，而是有根据、有道理的：根据就是这个名称，是比照南朝作家江淹的名作《别赋》的命题方法提出的，江淹既能将为论“别”而写的赋题作《别赋》，那么我们自然也可把因“别”而写的诗呼为“别诗”；道理则是这个名称较之人们习惯上所称“送别诗”涵盖的范围更为周全，无名不副实之虞。正如江淹《别赋》所说“别方不定，别理千名”，写诗人作为离别的当事者一方并不都处于“送”的地位，自然所写的诗也不都可称为“送”别诗，也就是，充其量送别诗只能是整类“别诗”中的一个最大分支而已。但凡因别而写的诗却一无例外地可以称作“别诗”，因此，不再随俗称此类诗为送别诗而称“别诗”，就理所当然了。

人们习惯于将因别而写的诗统称为送别诗，一个重要原因或许是受了南朝梁太子萧统《昭明文选》的影响。《昭明文选》在所选诗的分类中专门设有“祖饯”一目，所收作品就大抵都属送别诗。因为古时送人出行前先要祭祀路神以祈求保佑出行者一路平安，这就叫“祖”，或“祖道”，《汉书·刘屈氂传》：“丞相为祖道，送至渭桥。”颜师古注：“祖道，送行之祭，因设宴饮焉。”又同书《疏广传》：“公卿大夫故人邑子设祖道，供张东都门外。”颜师古注：“祖道，饯行也。”可见，“祖饯”就是设宴送别，“祖饯诗”当然就是“送别诗”。应当承认，萧统专设“祖饯”一目自有他的理由，因为他在编撰《文选》时，送别诗在当时所能见到的因别而写的诗中量大而质高，这引起了他的特别关注，于是，就索性以此立目，作为整类别诗的典型代表。但如上述，送别诗充其量毕竟只是整类别诗中的一个最大分支，如果说当年萧统凭着选家的眼光以“祖饯”立目而专选最著名的送别诗还有他的理由的话，那么后人据此即将所有因别而写的诗都称为送别诗就不仅是对萧统的误解，而且难免是犯了以偏概全的错误了。

二

我国传统别诗源远流长，最早当可上溯到《诗经·邶风·燕燕》篇：

燕燕于飞，差池其羽。之子于归，远送于野。瞻望弗及。泣涕如雨。
燕燕于飞，颉之颃之。之子于归，远于将之。瞻望弗及，伫立以泣。
燕燕于飞，下上其音。之子于归，远送于南。瞻望弗及，实劳我心。
仲氏任只，其心塞渊。终温且惠，淑慎其身。先君之思，以勖寡人。

试将此诗今译，则为：

燕子燕子展翅飞，翅膀张开不整齐。这个人儿回娘家，远远送她到郊区。眼看渐渐望不见，泪珠滚滚如下雨。

燕子燕子展翅飞，翩翩时高又时低。这个人儿回娘家，远远送她不忍离。眼看渐渐望不见，呆呆站着掩面泣。

燕子燕子展翅飞，呢喃上下发细语。这个人儿回娘家，送她郊外树林里。眼看渐渐望不见，千悲万痛埋心里。

仲氏听我把话提，忠诚是你善心地。性情柔和又温顺，为人谨慎好脾气。临别嘱我念先君，又是叮咛又勉励。

据文献资料记载，《燕燕》篇是春秋时代卫国王后庄姜为送别庄公小妻戴妫而写。清人王世祯《分甘余话》“燕燕之诗”条断此诗“宜为万古送别之祖”，可见早在春秋时代，作为别诗重要一支的送别之作就已经出现了。

统观我国传统别诗的发展演变历程，就其基本感情模式而言，可说是经历了三个重要阶段。

第一，为视“生离”甚于“死别”的“伤别”模式阶段。这是由我国古代社会所固有的多种因素所决定的。这多种因素，首先是长时期内在小农经济制约下所造就的人们对土地的依赖和生活方式的封闭；其次是因人伦观念的浓重而形成的人们对亲情和友情的特别看重；再次是由国家长期战乱、割据和交通不便所招致的人们心理上对离别的恐惧。作为上述因素综合作用的结果，就是人们特别看重团聚，最不愿意离别，甚至把离别看成人世间最为悲伤之事的思想观念。先秦时期大诗人屈原《九歌·少司命》就认定“悲莫悲兮生别离”；南朝作家江淹《别赋》也强调“黯然销魂者，唯别而已矣”。在这种情况下写出的别诗当然是“有别必怨，有怨必盈”，越悲伤越好，越悲伤越够味。而汉代相传为苏武、李陵所写的赠答之作就是这类诗的典型代表。请看旧题《李陵与苏武》三首其三：

携手上河梁，游子暮何之？徘徊蹊路侧，悢悢不能辞。行人难久留，各言长相思。安知非日月，弦望自有时。努力崇明德，皓首以为期。

诗中宣称“安知非日月，弦望自有时”，即自此一别，后会难期，所以“徘徊蹊路侧，悢悢不能辞”，实在是临别依依，悲伤不已啊。

自此以后，这类诗越来越多，以致南朝梁萧统编撰《文选》时得以专辟“祖饯”一目，选收了截至他以前的一些这类诗的代表作。如汉末建安时期曹植的《送应氏》二首其一：

步登北邙坂，遥望洛阳山。洛阳何寂寞，宫室尽烧焚。垣墙皆顿擗，荆棘上参天。不见旧耆老，但睹新少年。侧足无行径，荒畴不复田。游子久不归，不识陌与阡。中野何萧条，千里无人烟。念我平常居，气结不能言。

南朝齐梁时期沈约的《别范安成》：

生平少年日，分手易前期。及尔同衰暮，非复别离时。勿言一樽酒，明日难再持。梦中不识路，何以慰相思。

都是这样的：一则哀叹“念我平常居，气结不能言”，一则悲呼“梦中不识路，何以慰相思”，也都够得上“怨”而且“盈”了。比较说来，曹植的组诗《赠白马王彪》第六首似乎有所不同：

心悲动我神，弃置莫复陈。丈夫志四海，万里犹比邻。恩爱苟不亏，在远分日亲。何必同衾帱，然后展殷勤。忧思成疾疢，无乃儿女仁！仓卒骨肉情，能不怀苦辛？

组诗的前五首，写得都很悲痛。只这第六首，从“丈夫志四海”以下八句，似乎在抒豪情了。但通读下来，不难发现，这也无非是强自宽解，故作旷达而已。仔细品味，字里行间，正强压着愈益强烈的悲痛。结果，愈宽解而愈不能，蓄之既久，其发必烈，竟把满腔悲痛凝聚为末二句：“仓卒骨肉情，能不怀苦辛？”火山爆喷式地倾吐了出来。所以，从全诗的感情基调看，仍没有越出“有别必怨，有怨必盈”的“伤别”的樊篱。

第二，为“惜”而不“伤”的“达别”模式阶段。由“伤别”到“达别”这种感情模式的变化，当然也是由时代的进步、社会的发展、物质生活条件的改善，以及由此而引起的人们眼界的广阔、思想的开放所促成的。这种变化，正好是进入我国封建社会鼎盛期的唐代以后才出现的。而鲜明地体现出这一变化的成果的，当然要首推被赞为初唐“四杰”之一的诗人王勃的《送杜少府之任蜀州》：

城阙辅三秦，风烟望五津。与君离别意，同是宦游人。海内存知己，天涯若比邻。无为在歧路，儿女共沾巾。

较之于以前的离别之作，这首诗的确是别开生面了。诗的主旨在于劝勉友人不要为离别而悲伤。全诗除首联点明送别之事外，其余三联都是劝勉友人的话。固然，诗中所表达的仍不外乎封建文人私人之间的情谊，但感情真挚动人，意绪乐观健康，其中有友情的温暖，有仕途的体验，有耐心的开导，有热诚的鼓励。真是将心比心，以心换心，感化说服，情理俱到。而所有这些，又集中体现了诗人的广阔胸怀和豪迈气概。尤其"海内存知己，天涯若比邻"两句，写得高屋建瓴，豁达大度，具有雄视百代、震铄古今的非凡的思想境界和魄力。清人陈婉俊补注《唐诗三百首》赞此诗"赠别不作悲酸语，魄力自异"，可谓中肯之论。

继王勃之后，体现这种"达别"感情模式的名篇大量涌现。如盛唐诗人张九龄的《送韦城李少府》：

送客南昌尉，离亭西候春。野花看欲尽，林鸟听犹新。别酒青门路，归轩白马津。相知无远近，万里尚为邻。

高适的《别董大》：

千里黄云白日曛，北风吹雁雪纷纷。莫愁前路无知己，天下谁人不识君。

王昌龄的《送柴侍御》：

流水通波接武冈，送君不觉有离伤。青山一道同云雨，明月何曾是两乡。

这些"达别"诗的一个共同特点，就是注意用理智控制感情，有意把离别看得轻看得淡看得通达起来，强调人虽别而心实连，情长在，友谊或亲情绝不会因为形迹的阻隔而淡漠。这在别诗的思想境界方面，自然是提升到了一个新的高度。

第三，为充满豪情与乐观的"壮别"模式阶段。从"达别"到"壮别"，就思想境界看，是又一次新的提升和跨越，它不仅一般地以理智控制感情，而且更放远了眼光，采取"向前看"的姿态，着重表达虽离别却丝毫不受其"干扰"的雄心和信念。当然，这种"壮别"之作，也是随着时代的发展、社会理念的进步而出现的。"大丈夫四海为家"，"好男儿志在四方"，这样的理念和认识，可说是"壮别"诗之所以能够产生的思想前提。不错，说起"壮别"诗，人们很容易想起早在先秦战国时代为燕太子丹刺杀秦始皇的荆轲临行时唱的那首著名的《渡易水歌》：

风萧萧兮易水寒，壮士一去兮不复还！

此歌确实不可不说是够“壮”了；但也正如清人张玉谷《古诗赏析》·所指出的“竟说一去不反，壮在此，悲亦在此。”也就是，它给人最后的感受却是：壮则壮矣，其如悲何！这样的“悲壮”式的别诗，与我们所说的“壮别”之作还有很大区别。其区别之点在于：我们所说的“壮别”是“豪壮”之别。“悲壮”与“豪壮”虽仅一字之差，其内涵却不好混为一谈。而就笔者个人所见文献资料看，最早唱出这样“豪壮”之别的心声的要数盛唐诗人岑参的几首咏别之作。如他的《送李副使赴碛西官军》：

火山六月应更热，赤亭道口行人绝。知君惯度祁连城，岂能愁见轮台月。脱鞍暂入酒家垆，送君万里西击胡。功名只向马上取，真是英雄一丈夫。

诗既不写饯宴上的歌舞酒馔，也不提分手时的难舍离情，而只以知友的身份祝酒激励，尤其末两句“功名只向马上取，真是英雄一丈夫”的直抒胸臆，更是气贯长虹，鼓荡着催人奋进的壮志豪情。又如他的《走马川行奉送出师西征》：

君不见走马川，雪海边，平沙莽莽黄入天。轮台九月风夜吼，一川碎石大如斗，随风满地石乱走。匈奴草黄马正肥，金山西见烟尘飞。汉家大将西出师。将军金甲夜不脱，半夜行军戈相拨，风头如刀面如割。马毛带雪汗气蒸，五花连钱旋作冰，幕中草檄砚水凝。虏骑闻之应胆慑。料知短兵不敢接，车师西门伫献捷！

诗中写足了唐军出师西征的环境十分恶劣，条件非常艰苦。但更突出了“沧海横流，方显英雄本色”，将士们斗风傲雪，英勇无畏，一往无前；这样的军队旗开得胜，终必奏凯，本在意料之中。全诗感情显得风发泉涌，激越豪壮，直如音乐中的胜利进军曲一般。

岑参之后中晚唐时期诗人陆龟蒙的《别离》也是一首难得的佳作：

丈夫非无泪，不洒离别间。杖剑对尊酒，耻为游子颜。蝮蛇一螫手，壮士即解腕。所志在功名，离别何足叹！

全诗叙离别而一扫依依不舍的离愁别怨，却写得慷慨激昂，义无反顾，张扬着一种为了事业的胜利与理想的实现不畏艰险、不怕牺牲的大无畏精神和强烈的建功立业的意气。诗虽通篇以议论出之，但因“带情韵以行”，故仍能给人以强烈的鼓舞和壮美的感受。

再往后，历经宋、元、明、清各代，这样的“壮别”之作不能说没有，但是比较少见了，这无疑也是受时代和社会条件限制的结果。宋、元、明、清各代，从总趋势看，是处于封建社会的没落衰败阶段，虽也有个别几个时期出现过繁荣兴盛的景象，但封建社会没落的总趋势毕竟会给人的内心造成再也难以充满自信的消极影响。这里值得特别提到的倒是清末政治家林则徐的那首《赴戍登程口占示家人》七律：

力微任重久神疲，再竭衰庸定不支。苟利国家生死以，岂因祸福避趋之？谪居正是君恩厚，养拙刚于戍卒宜。戏与山妻谈故事，试吟断送老头皮。

此诗是作者因坚决禁烟和抗击英军反被腐败无能的清廷远贬新疆伊犁临行时留别家人之作。可谓国事家愁，百感交集。其中固然主要是表达了对家人的温存和劝慰；但于字里行间，仍不难鲜明地看到他那虽遭贬谪、无怨无悔、苟利国家、不计生死的高尚人格，强烈地感受着一种豪放健朗的英雄之气。其结果，还是“豪壮”多于“悲壮”的成分。

三

正如前引江淹《别赋》所说“别方不定，别理千名”，因而在“别诗”这个大类下，还可分出不同的小类。

首先，是“送别”——居者赠给行者的诗。此类诗在整个别诗大类中出现最早，创作数量也最大，是其中的一个主要分支。例篇可以说举不胜举，即仅从本文前面所引作品看，也多半都是这种“送别”之作。如最早的《诗经·邶风·燕燕》，后来曹植的《送应氏》，王勃的《送杜少府之任蜀川》，张九龄的《送韦城李少府》，王昌龄的《送柴侍御》，岑参的《走马川行奉送出师西征》等皆为此类诗的名篇。正因如此，以致梁《昭明文选》得以专立“祖饯”即送别一目，并招致后人竟误以“送别”概称所有“别诗”了。

其次，是“留别”——行者赠给居者的诗。此类诗在整个别诗中出现较

“送别”之作稍晚，数量也居其次。从本文前面所举作品看，如战国时代荆轲的《渡易水歌》，清末林则徐的《赴戍登程口占示家人》，当属此类。另如唐李白名篇《梦游天姥吟留别》：

海客谈瀛洲，烟涛微茫信难求。越人语天姥，云霓明灭或可睹。天姥连天向天横，势拔五岳掩赤城。天台四万八千丈，对此欲倒东南倾。我欲因之梦吴越，一夜飞渡镜湖月。湖月照我影，送我至剡溪。谢公宿处今尚在，渌水荡漾清猿啼。脚著谢公屐，身登青云梯。半壁见海日，空中闻天鸡。千岩万转路不定，迷花倚石忽已暝。熊咆龙吟殷岩泉，栗深林兮惊层巅。云青青兮欲雨，水澹澹兮生烟。列缺霹雳，山峦崩摧。洞天石扉，訇然中开。青冥浩荡不见底，日月照耀金银台。霓为衣兮风为马，云之君兮纷纷而来下。虎鼓瑟兮鸾驾车，仙之人兮列如麻。忽魂悸以魄动，恍惊起而长嗟。惟觉时之枕席，失向来之烟霞。世间行乐亦如此，古来万事东流水。别君去兮何时还？且放白鹿青崖间，须行即骑访名山。安能摧眉折腰事权贵，使我不得开心颜！

此诗一题为《别东鲁诸公》。“东鲁”，相当于现今山东省西南地区，可知诗人当时是在北方。而此题标出“留别”，则分明提示这是诗人离开东鲁南游吴越临行前，向朋友们表白心迹以为留念的赠别之作。又如他的《峨眉山月歌》：

峨眉山月半轮秋，影入平羌江水流。夜发清溪向三峡，思君不见下渝州。

这首绝句写于唐玄宗开元十二年（724）秋诗人出蜀之时。从诗中所写内容看，诗人当时已经离开峨眉山一段路程，进入乐山县境的途中了。诗正是通过描述由乐山县的清溪乘舟夜行，沿着平羌江向三峡、渝州的一路所见，深情地歌咏了作为故乡、亲人象征的峨眉山月，表达了对故乡的依依不舍之意，是独具特色的留别名篇。另如宋代词人柳永的《雨霖铃》：

寒蝉凄切。对长亭晚，骤雨初歇。都门饮无绪，留恋处、兰舟催发。执手相看泪眼，竟无语凝噎。念去去、千里烟波，暮霭沉沉楚天阔。

多情自古伤离别。更那堪、冷落清秋节。今宵酒醒何处？杨柳岸、晓风残月。此去经年，应是良辰好景虚设。便纵有、千种风情，更与何人说！

柳永一生失意潦倒，生活漂泊不定。这首词，即写于他离开当时京城汴京与恋人惜别之际。词中尽情倾吐蕴藏内心不堪分离的真情实感，并把人的心绪与时地景物融合一体，构成一幅情景交融、物我谐合的人生写意图，亦堪称留别精品。

再次，是“赠别”——双方互别时的赠诗。此类诗在整个别诗中数量极少，但也非绝无仅有，如曹植的《赠白马王彪》：

谒帝承明庐，逝将还旧疆。清晨发皇邑，日夕过首阳。伊洛广且深，欲济川无梁。泛舟越洪涛，怨彼东路长。顾瞻恋城阙，引领情内伤。

太谷何寥廓，山树郁苍苍。霖雨泥我途，流潦浩纵横。中逵绝无轨，改辙登高冈。修坂造云日，我马玄以黄。

玄黄犹能进，我思郁以纡。郁纡将何念？亲爱在离居。本图相与偕，中更不克俱。鸱枭鸣衡轭，豺狼当路衢。苍蝇间白黑，谗巧令亲疏。欲还绝无蹊，揽辔止踟蹰。

踟蹰亦何留？相思无终极。秋风发微凉，寒蝉鸣我侧。原野何萧条，白日忽西匿。归鸟赴乔林，翩翩厉羽翼。孤兽走索群，衔草不遑食。感物伤我怀，抚心长太息。

太息将何为？天命与我违。奈何念同生，一往形不归。孤魂怀故域，灵柩寄京师。存者忽复过，亡殁身自衰。人生处一世，去若朝露晞。年在桑榆间，影响不能追。自顾非金石，咄唶令心悲。

心悲动我神，弃置莫复陈。丈夫志四海，万里犹比邻。恩爱苟不亏，在远分日亲。何必同衾帱，然后展殷勤。忧思成疾疢，无乃儿女仁？仓卒骨肉情，能不怀苦辛？

苦辛何虑思？天命信可疑。虚无求列仙，松子久吾欺。变故在斯须，百年谁能持？离别永无会，执手将何时？王其爱玉体，俱享黄发期。收泪即长路，援笔从此辞。

据《文选》李善注，此诗原题为《于圈城作》，萧统因其序文，改为此题。白马王曹彪是曹植的异母弟。黄初四年（223）五月，曹植与曹彪、任城王曹彰（曹植的同母兄）同到洛阳朝会。其间曹彰暴死于京都。七月，曹植与曹彪返回封地，本想同路东归，以叙亲情，但监国使者不许，二人被迫半道分手，曹植当即写下此诗，以泄悲愤，赠予曹彪，堪称千百年来“赠别”诗的扛鼎之作。另如岑参的《逢入京使》：

故园东望路漫漫，双袖龙钟泪不干。马上相逢无纸笔，凭君传语报平安。

此诗写在唐玄宗八载（749）岑参第一次出塞，前往安西（今新疆维吾尔自治区库车县）赴任安西节度使高仙芝幕府掌书记途中，恰与“入京使”“马上相逢”，逢而即别之时，诗借赠别之名，表达了怀土思亲的至性深情，可谓在“赠别”诗中别开生面。

又如郑谷的《淮上与友人别》：

扬子江头杨柳春，杨花愁杀渡江人。数声风笛离亭晚，君向潇湘我向秦。

此诗抒作者与友人离别之际依依不舍的忧伤之情，以滔滔不绝的江水和漫天飞舞的杨花烘染别情的浓郁迷漫，情景交融，意境凄美，令人回味无穷。而末句同时出以“君向”与“我向”，则正好点明此诗是二人在扬子江头一向南一向北互别分手时所作。

总之，这类诗的共同特点是都无法分出谁居谁行，故只好以“赠别”称之。但须知，这与作为整类别诗一般都可称作“赠别”已非等义。

最后，是“忆别”——分别之后相忆的诗。为避免因把一般相忆之作都划归“忆别”而导致此类诗的不适当扩大化，要特别强调此类诗必须严格限制在所写内容一定是与“离别”有直接关系的范围之内。如唐王昌龄的《闺怨》：

闺中少妇不知愁，春日凝妆上翠楼。忽见陌头杨柳色，悔教夫婿觅封侯。

诗写一位新婚少妇送别丈夫从军边关、求取功名后，于春日浓妆登楼赏景之际，忽见杨柳吐绿，生机盎然，好一派良辰美景，遂从心底陡然生起不得与亲人共享的遗憾，牵出早知今日、何必当初的深深的悔怨。全诗由“不知愁”而触动“愁”，再由“愁”而转生“悔”，写少妇的心理活动步步加深的微妙变化的过程，极为细腻真切。而“悔教夫婿觅封侯”一句，正好指示出诗显系“忆别”的主题。又如李商隐的《无题》：

相见时难别亦难，东风无力百花残。春蚕到死丝方尽，蜡炬成灰泪始干。晓镜但愁云鬓改，夜吟应觉月光寒。蓬山此去无多路，青鸟殷勤为探看。

这是一首熔铸着刻骨铭心的相思之苦和缠绵灼热的执著追求的爱情诗；但从首句“相见时难别亦难”着意将一般所谓“别易会难”翻进一层可知，这又是一首可以划归别后相忆的成功之作。这种相忆，正是通过“春蚕到死丝方尽，蜡炬成灰泪始干”的别后相誓，“晓镜但愁云鬓改，夜吟应觉月光寒”的别后相慰，和“蓬山此去无多路，青鸟殷勤为探看”的别后相盼的具体吟咏体现出来的，因而显得十分生动感人。再如欧阳修的《踏莎行》：

候馆梅残，溪桥柳细，草薰风暖摇征辔。离愁渐远渐无穷，迢迢不断如春水。

寸寸柔肠，盈盈粉泪，楼高莫近危栏倚。平芜尽处是春山，行人更在春山外。

景祐初年，范仲淹以言事被贬，欧阳修因援助范仲淹，也被贬于夷陵。本词或写于此时。词中借写闺中别情，实抒己之离恨。而“离愁渐远渐无穷，迢迢不断如春水”两句，则将离别相忆之愁抒发到了极致，成为千古传诵的咏离愁的名句。又如苏轼的《水调歌头》：

明月几时有，把酒问青天。不知天上宫阙，今夕是何年。我欲乘风归去，又恐琼楼玉宇，高处不胜寒。起舞弄清影，何似在人间。

转朱阁，低绮户，照无眠。不应有恨，何事长向别时圆。人有悲欢离合，月有阴晴圆缺，此事古难全。但愿人长久，千里共婵娟。

从词前作者小序：“丙辰中秋，欢饮达旦。作此篇，兼怀子由”，及词中“不应有恨，何事长向别时圆。人有悲欢离合，月有阴晴圆缺，此事古难全”之句，可以断定，此词无疑当属中秋忆别之作，表达了对胞弟苏辙的无限怀念，而写得落想奇拔，构思新颖，意境清远，情理俱佳。无怪乎胡仔《苕溪渔隐丛话》评曰：“中秋词，自东坡《水调歌头》一出，余词尽废。”

总之，以上诸篇，无疑都应归入“忆别”范围，因为它们都符合直接“因别而写”的标准。否则，均不得视为此类之作。

原载《中国文选学》学苑出版社 2007 年

律体诗调平仄“拗救”说略

——读王力《汉语诗律学》随札

一

律体诗是讲究格律的诗，而调平仄是格律的核心和灵魂。即使其他条件都具备，只要不合平仄要求，就断不能成其为律体诗。

律体诗调平仄的基本要求是：一句之中，平仄相间；一联之中，平仄相反；两联之间，平仄相黏。正是从这样的基本要求，演化出律体诗调平仄的普通句式：

五言		七言	
A_1	⦶ ｜ — — ｜	A_2	⊖ — ⦶ ｜ — — ｜
B_1	— — ｜ ｜ —	B_2	⦶ ｜ — — ｜ ｜ —
C_1	⊖ — — ｜ ｜	C_2	⦶ ｜ ⊖ — — ｜ ｜
D_1	⦶ ｜ ｜ — —	D_2	⊖ — ⦶ ｜ ｜ — —

（注：所用符号“—”代表平声，“｜”代表仄声，“⦶”或“⊖”代表平仄不拘。）

在律体诗调平仄中，当然首先要贯彻其基本要求，尽可能不违背其普通句式；但同时，“拗救”也是一个不可忽视的重要方面。如果说，调平仄的基本要求和由它演化出来的普通句式反映了调平仄的原则性一面的话，那么“拗救”则体现着在贯彻基本要求和遵循普通句式亦即坚持原则性的前提下的灵活性的一面。事实上，调平仄必须兼顾拗救，拗救是调平仄的题中应有之义，而不是什么可有可无的外加的东西。

二

什么是“拗救”？可简单地定义为：在律体诗中，凡不合平仄格式的字，叫“拗”；针对“拗”，采取相应的措施加以补偿，叫“救”。按照这个定义，广义地看，前列律体诗平仄普通句式中带“⦶”或“⊖”符号的，本也该包括在“拗”的范围，因为它原来是该平或该仄，如该平而仄或该仄而平，说明已经不合原来平仄格式，当然应该算“拗”。正是在这个意义上，唐宋诗人写诗，常在这些地方有意识地要“救”一下。王力先生的《汉语诗律学》，也是把这列为“拗”的一种，只不过同时指出完全可以不“救”罢了。但是，这些地方既然允许无条件平仄自由，完全可以不“救”，那就应按非“拗”对待。顺便指出，正是这些地方，才是所谓“一三五不论”的口诀真正适用的范围。也正是出于这样的考虑，我们现在把这类情况归入普通句式，而排除在狭义的“拗救”之外。

狭义的“拗救”是指三种情况：一是前列所有普通句式五言第三字七言第五字不合平仄的；二是前列 B_1B_2 普通句式五言第一字七言第三字不合平仄的；三是所有普通句式“二四六”字处不合平仄的。下面就对这三种情况分别加以举例说明。

第一，对前列所有普通句式五言第三字七言第五字不合平仄的“拗”，或救，或不救，或应尽量避免。又分为四小类：

1. 前列 A_1A_2 普通句式拗为：

⦶ | | — | 或⊖ — ⦶ | | — |

（注：带“·”者为拗，下同；下文中带“。”者为救。）

此称“小拗”，比较少见，一般要对句相救，也可不救。对句相救是将前列 B_1B_2 普通句式五言第三字七言第五字应仄改平。如李白的《送友人》：

青山横北郭，白水绕东城。
此地一为别，孤蓬万里征。（不救）
浮云游子意，落日故人情。
挥手自兹去，萧萧班马鸣。（对句相救）

又如王维的《辋川别业》：

不到东山向一年，归来才及种春田。
雨中草色绿堪染，水上桃花红欲然。（对句相救）
优娄比邱经论学，伛偻丈人乡里贤。
披衣倒屣且相见，相欢笑语衡门前。

2. 前列 B_1B_2 普通句式拗为：
— — —|—或⦶| — — —| —

此种拗最为常见，既可用于首句入韵的出句，而更多用于各联的对句，一般均无须救。如杜甫的《登楼》：

花近高楼伤客心，万方多难此登临。（出句拗）
锦江春色来天地，玉垒浮云变古今。
北极朝廷终不改，西山寇盗莫相侵。
可怜后主还祠庙，日暮聊为梁父吟。（对句拗）

又如当代诗人咏郑州律体诗朱翔武的《颂郑州商贸城》：

千载沧桑商贾兴，绿城战火最驰名。（出句拗）
五湖财富风云集，逐鹿中原举旆旌。

何新炎的《夜过郑州紫荆山立交桥》：

火树银花夜未央，玉龙天半跨康庄。
彩灯闪烁星辰暗，复道高低车阵长。（对句拗）
商海大潮常滚滚，绿城春意正洋洋。
嫦娥应悔飞升去，寂寞蟾宫逊故乡。

值得注意的是，此种拗用于对句且与出句的拗合用时，通常是因“救”出现的，如前项所举 A_1A_2 普通句式的拗救即是。但如换位思考，也未尝不能看作这是一种后拗前救。正因为对句须拗，所以才将出句即 A_1A_2 普通句式五言第三字七言第五字应平改仄，成拗，这样以拗对拗，达到相救的目的。如前引李白的《送友人》“挥手自兹去，萧萧班马鸣”一联，出句“自”字本可用平声“从”字以避拗，但因对句“班”字无法替换，必须保留，只好应仄用平，于是才有意选用仄声“自”字，形成出句相救。又如前引王维的《辋川别业》“雨中草色绿堪染，水上桃花红欲然”一联，出句“绿”字本可用平声“青”字以避拗，但因对句“红”字无法替换，必须保留，只好应仄用平，于是才有意选用仄声“绿”字，形成出句相救。这样后拗前救的处置思路，实际上为律体调平仄提供了更多的选择角度，前人诗中极为常见，今天仍很值得我们借鉴运用。

3. 前列 C_1C_2 普通句式拗为：

— —||| 或⦶| — —|||

此称“三仄拗”，如出现此拗，即要求本句五言第一字七言第三字不得同仄。而因其本身已成古体标准句式，且如对句相救，又很容易犯“三平调”，而“三平调”为律体大忌，故此种形式唐人诗中虽也相当常见，但总的说来不足为训，应尽量避免。下面举唐诗两个名篇的例子：一是王湾的《次北固山下》：

客路青山外，行舟绿水前。
潮平两岸阔，风正一帆悬。（只拗不救）
海日生残夜，江春入旧年。
乡书何处达，归雁洛阳边。

一是王维的《酌酒与裴迪》：

酌酒与君君自宽，人情翻复似波澜。
白首相知犹按剑，朱门先达笑弹冠。
草色全经细雨湿，花枝欲动春风寒。（对句相救）
世事浮云何足问，不如高卧且加餐。

4. 前列 D_1D_2 普通句式拗为：

⦶| — — — 或 ⊖—⦶| — — —

此种形式为“三平调”，本为律体大忌，虽在唐人诗中，与上项 C_1C_2 普通句式形成拗救搭配，相当常见，但总的说来，不足为训，应尽量避免。例诗见前王维《酌酒与裴迪》。

第二，对前列 B_1B_2 普通句式五言第一字七言第三字不合平仄的“拗”，一定要救，否则就是犯“孤平”，因为这样一拗，除韵脚外，就只剩一个平声。应当指出，“孤平”是个传统术语，专指这 B_1B_2 普通句式五言第一字七言第三字不合平仄的“拗”。这个术语，容易引起误解，让人认为别的句式（如 D_1 普通句式）也有“孤平”。现在沿用这个术语，不过为了特指这样一种拗而已。有了这种拗，就要用本句自救，叫“孤平拗救”，即将本句五言第三字七言第五字由应仄改平，成为：

丨 — — 丨 — 或 ⦶ 丨 丨 — — 丨 —

如李白的《宿五松山荀媪家》：

我宿五松下，寂寥无所欢。（本句自救）
田家秋作苦，邻女夜舂寒。
跪进雕胡饭，月光明素盘。（本句自救）
令人惭漂母，三谢不能餐。

又如贺知章的《回乡偶书二首》其一：

少小离家老大回，乡音无改鬓毛衰。
儿童相见不相识，笑问客从何处来。（本句自救）

值得注意的是，唐宋诗人写诗，甚至宁愿“二四六”不“分明”也不肯犯“孤平”，这可以说成了一条铁则。在科举时代，试帖诗犯“孤平”就算不及格。王力先生的《汉语诗律学》专门对《全唐诗》做过统计，结果在近六万首诗中只发现两个犯“孤平”的例子，即高适的《淇上送韦司仓》“醉多适不愁”和李欣的《野老曝背》“百岁老翁不种田”。新近吴丈蜀先生又找到两例，即戴叔伦的《送友人东归》“出关送故人”和钱起的《送襄阳卢判官奏开河事》“一言简圣聪”。但即使如此，毕竟还只能算极个别的例外。我们从当代诗人咏郑州律体诗中，也只发现郭沫若的《访郑州花园口》“国贼一夫迈虺蛇”这样唯一的犯“孤平”的例子。当然，“平仄从严”是一个总原则，为了不因律害意，不得已对某一具体定则偶尔打破一下也未尝不可，如前举犯“孤平”的名家的诗例，或者就是出于这样的需要而出现的。而且，现在有学者从诗体革新的角度出发，认为“孤平”的提法本身就不科学，因而主张对此不必过于拘泥，而“可以大胆地从中解放出来”。但我们认为，对于千百年来作为调平仄重要内容之一的这条定则，一般情况下还是尽量遵守，不轻易打破为妥。在当代诗人咏郑州律体诗中，也可以见到很多“孤平拗救”做得很好的例子。如郭老的另首《颂郑州》：

郑州又见一殷墟，疑本仲丁之所都。
地下古城深且厚，墓中遗物富而殊。
佳肴仍有黄河鲤，贞骨今看商代书。
最爱市西新建地，工场林立接天衢。

又如柯哲为的《郑州吟》：

敢以五千年自标，楼高不见古王朝。
中原武烈光新郑，旷代文明见仰韶。
始祖宫前延逆旅，母亲河畔涌商潮。
驱车异日知何去？万国通衢大陆桥。

还应指出，对这种“孤平”的拗除单纯在本句相救之外，还往往与其他拗救配合使用，形成既孤平拗救又对句相救的格式。如杜甫的《促织》：

促织甚微细，哀音何动人。
草根吟不稳，床下意相亲。
久客得无泪，故妻难及晨。（孤平拗救且对句相救）
悲丝与急管，感激异天真。

第三，对所有普通句式“二四六”字处不合平仄的“拗”，又分三种不同情况，或救，或不救。

1. 对前列 C_1C_2 普通句式五言第四字七言第六字应仄却平的“拗”，可本句自救，即将五言第三与第四字七言第五与第六字平仄对调。但要注意，如已有此拗救，则五言第一字七言第三字应保平不变，而成为：

— — | — |　或 ⦶ | — — | — |

值得注意的是，这种拗救经常用在尾联出句。如王勃的《送杜少府之任蜀州》：

城阙辅三秦，风烟望五津。
与君离别意，同是宦游人。
海内存知己，天涯若比邻。
无为在歧路，儿女共沾巾。（三四字对调）

又如杜甫的《咏怀古迹五首》其三：

群山万壑赴荆门，生长明妃尚有村。
一去紫台连朔漠，独留青塚向黄昏。
画图省识春风面，环珮空归月夜魂，
千载琵琶作胡语，分明怨恨曲中论。（五六字对调）

应当特别强调，在唐宋诗人创作中，这种形式用得非常普遍，连应试的排律都允许用，以致可以把它看成 C_1C_2 普通句式的又一式。因此，很难再说这是一种“拗救”了。所以，如果一定要说这是“拗”的话，那么王力先生建议称它为“特拗”。

2. 对前列 A_1A_2 普通句式五言第四字七言第六字应平却仄的“拗”，王力先生称此为“大拗”，必以对句相救，即将前列 B_1B_2 普通句式五言第三字七言第五字应仄改平，且常与孤平拗救合用，形成联句，即：

⦶ | — | |，| — — | —（五言）

⊖ — ⦶ | — | |，⦶ | | — — | —（七言）

如白居易的《古原草送别》：

离离原上草，一岁一枯荣。
野火烧不尽，春风吹又生。（对句相救）
远芳侵古道，晴翠接荒城。
又送王孙去，萋萋满别情。

又如高适的《别韦五》：

徒然酌杯酒，不觉散人愁。
相识仍远别，欲归翻旅游。（对句相救且孤平拗救）
夏云满郊甸，明月照河洲。
莫恨征途远，东看漳水流。

值得注意的是，由于这 A_1A_2 普通句式五言第三字七言第五字还可应平却仄，于是，就可能五言最多出现五个仄声，七言最多出现六个仄声。如此，则应对句 B_1B_2 普通句式五言第三字七言第五字保平，以为救。清代学者李少鹤《拗法谱》称此为“一平救五仄法”。如杜牧的《江南春》：

千里莺啼绿映红，水村山郭酒旗风。
南朝四百八十寺，多少楼台烟雨中。

至此，我们不妨顺便指出，由于上述“二四六”字处两种常见“拗”的强势存在，已经足以证明所谓“二四六分明”的口诀也并不那么确切，因而对它决不可过分依赖。

3. 除了上述“二四六”字处两种常见的“拗”之外，唐宋诗人或为了内容表达的需要，或为了使诗句显得高古，有时在这“二四六”字处也不惜用“拗”或故意用“拗”。当然，这已不属律体正则，且具体情况不一而足，王力先生称之为“拗体”。如孟浩然的《临洞庭湖赠张丞相》：

八月湖水平，涵虚混太清。
气蒸云梦泽，波撼岳阳城。
欲渡无舟楫，端居耻圣明。
坐观垂钓者，徒有羡鱼情。

又如杜甫的《至后》：

冬至至后日初长，远在剑南思洛阳。
青袍白马有何意，金谷铜驼非故乡。

梅花欲开不自觉，棣萼一别永相望。
愁极本凭诗遣兴，诗成吟咏转凄凉。

再如李贺的《南园十三首》其四：

三十未有二十馀，白日长饥小甲蔬。
桥头长老相哀念，因遗戎韬一卷书。

这种情况，从一定角度看，可以说是反映了古代诗家遵律而不泥律的襟怀和气度，没有什么好指责的。但归根结底，却毕竟是出于特殊需要偶尔为之的个别例外。实际上，这已超出了正常的律体“拗救”的范围，因而，决不能成为任意不守格律的口实。

三

总之，既写律体诗，就一定要尽量遵守格律。尤其是调平仄，作为格律的核心一条，它的精髓，在于谋求充分体现诗句声调抑扬顿挫、和谐婉畅的音乐美，所以作为一条大原则，时至今日，仍不过时，这正是我们为什么主张“平仄从严”的根本原因；因而，进行创作，无论用旧韵还是新韵，都应当坚持贯彻。而“拗救”，正如王力先生在他的《诗词格律概要》附录《诗律余论》中引赵执信《声调谱》的话，则是“变而仍律者”，即为了通过一定的灵活变化使调平仄趋于严密和完善，从而更好地体现诗句的音乐美，说到底，它是调平仄的一个当然的有机组成部分；所以，同样应当给予慎重的对待和加以认真的运用。一句话：平仄打不倒，拗救少不了。这就是我们的结论。不过，有必要强调申明，请千万不要因此误会我们的意思为对其中的某些细则不准偶尔突破、进行探讨甚至约定俗成地加以改进。

原载《黄河科技大学学报》2008 年 1 期

杜甫生平创作略论及其五古七律例说

一

杜甫（712－770），字子美，祖籍京兆杜陵（今陕西西安市东南），原籍襄阳（今湖北襄樊市），而从其曾祖杜依艺任巩县令起，家已迁居巩县，杜甫就出生在当时巩县城东二里的南瑶湾村，因此，他本人自应隶籍巩县（今河南郑州巩义市）。

杜甫出生在一个“奉儒守官，未坠素业”（《进雕赋表》）的世宦家庭。十三世祖杜预为西晋名将，精通战略，号“杜武库”；又博学多才，嗜好史书，著有《春秋左氏经传集解》，至今流传。祖父杜审言，在唐中宗时曾任国子监主簿，是当时著名学者和诗人，为初唐“文章四友”之一。父亲杜闲曾任朝议大夫、兖州司马和奉天县令。这样的家庭出身，规定了他要成为一位伟大的热爱人民的现实主义诗人，不能不经历一个漫长的艰难曲折的过程。

杜甫的一生经历和创作，大致可分四个时期，即：第一，是三十五岁以前读书、壮游时期，从创作上说，二十岁以前的刻苦学习，为他一生的创作奠定了坚实的文化基础，二十岁以后的壮游，则使他广泛地接触了祖国无比壮丽的大好河山，这不仅充实了他的生活，而且开阔了他的眼界和胸襟，使他早期的诗歌创作带上浓厚的浪漫主义色彩，如这一时期所写的《望岳》、《画鹰》等诗篇，就生动地表现了年轻诗人对人生前景的乐观和自信，这是他创作上的准备期；第二，是三十五岁到四十四岁的十年困守长安时期，从创作上说，长安十年困守的积极结果，是使他由原来一个无忧无虑的仕宦子弟终于转变成了一位忧国忧民的志士和敢于直面现实的诗人，确立了此后他生活道路和创作道路的走向，这十年间，他尝尽了当权者的冷遇，受够了生活困苦的磨难，但也由此而对当时的社会现实有了越来越清醒的认识，逐渐打消了对所谓“盛世”的幻想，感受到了国家的危机和人民的苦难，于是把笔触指向对现实问题的揭露和批判，写出了如《兵车行》、《前出塞九首》、《丽人行》、《自京赴奉先县咏怀五百字》等一系列反映天宝后期大动乱即将来临时的社会风貌的现实主义杰作，这是他创作上的成熟期；第三，是四十四岁到四十八岁的陷贼与为官时期，从创作上说，这一时期诗人所经历的战乱之苦和遭受的贬谪打击，固然彻底毁灭了他仕进的愿望，但也由此使他得到深入社会下层和投入实际斗争的机会，从而在现实主义创作道路上取得长足的进展，写出如《春望》、《哀江头》、《羌村》（三首）、《北征》、《三吏》、《三别》等一大批具有高度人民性和爱国精神的诗篇，达到我国古典诗歌现实主义的高峰，这是他创作上的深化期；第四，是四十九岁到五十九岁漂泊西南和流落荆湘时期，从创作上说，在这十一年间，他虽历尽了漂泊不定和流落无依的生活之苦，但却始终关怀着国家的安危和人民的灾难，并在诗艺上得到更为充分的磨炼和提高，居然写出了一千多首内容深刻艺术精湛的篇章，如《茅屋为秋风所破歌》、《蜀相》、《闻官军收河南河北》、《秋兴八首》、《又呈吴郎》、《登高》等都是传诵千古而不衰的名作，这是他创作上的总结期。

二

“李杜文章在，光焰万丈长”是中唐诗文大家韩愈在《调张籍》一诗中对李白和杜甫所作的崇高评价。的确，李白和杜甫在我国古代文学史上的地位，犹如文学大师郭沫若所形容的，就像天上的双子星座，他们永远并列着发出不灭的光辉。他们的作品彪炳千古，流传万世，不仅是我们炎黄子孙的骄傲，而且属于世界人民宝贵的文学财富。

杜甫小李白十一岁，总的说，二人都生活在盛唐社会，都出色地完成了伟大的时代歌手的任务，但从他们诗歌所反映的内容精神看，却又各有侧重，用打比喻的方法，如果说李白是挺立在中国封建社会的峰巅、主要创作豪情满怀的放歌、反映了时代的自信的话，那么杜甫则是踯躅于中国封建社会由鼎盛而迅速衰落的下坡路上，着力进行忧国忧民的愤呼，表现时代的灾难了。统观杜甫的诗歌创作，可以说触及了他所生活的那个时代的社会现实的各种矛盾和本质问题，举凡社会政治的黑暗，统治阶级的腐朽，国家命运的危机，人民生活的苦难，都在他诗中得到全面而又深刻的表现；同时，祖国的山水自然，他个人的理想抱负，人际间的亲情友情以及生活中一切美好的善良的东西，也在他诗中得到及时的生动的反映。一部杜诗，毋宁说就是杜甫所生活的那个时代社会风貌的忠实的自然的又是艺术的记录。在唐代，人们已公认杜甫的诗是“诗史”，近世以来，人们又常赞他的诗是“史诗”，应该承认，无论“诗史”或“史诗”，这样的称誉在杜甫都是当之无愧的。

杜甫诗歌之能够深深打动人心的力量，并不单单来源于思想内容的广阔和深刻，同时也产生于艺术表达的精湛和高超。在我国古代诗歌史上，杜诗的思想性和艺术性达到了高度完美的统一，因此，被人们称作“诗圣”，也就理所当然了。

杜甫诗歌的艺术成就，主要表现在：第一，是他高度成熟的现实主义创作方法；第二，是他沉郁顿挫的艺术风格；第三，是他灵活妥贴的诗歌体式；第四，是他凝练神妙的诗歌语言。

单就诗歌体式来说，杜甫作为一位将毕生巨大的创作劳动贡献给艺术事业的伟大诗人，正是本着他自己所申明的“不薄今人爱古人”，“转益多师是汝师”（《戏为六绝句》）的态度，既能虚心地向汉魏古诗学习，又能认真地从齐梁新体借鉴，从而炼就了众体兼备、众体兼善的高超诗艺，无愧于我国古典诗歌艺术的集大成者，无愧于我国古典诗歌创作的“全能冠军”，为后世诗人树立了学习的光辉典范。

这里所说的“众体兼备”，是指截至杜甫当代所有的古典诗歌的各种体式，举凡五言、七言，古体、近体，律诗、绝句，巨制、短篇，联章、单行等，他都反复地使用过，做到这一步，已经很不容易；这里所说的“众体兼善”，是指他非常善于根据表现对象的具体特点和不同需要，灵活地选择妥贴的体式，写出内容与形式和谐统一的佳作，不论哪一种体式在他那里都能得心应手，运用自如，不曾受到过任何束缚和限制，达到这一步，就更难能可贵：比如，要反映人民生活和一般社会题材，由于内容繁富，他就主要采用伸缩性较大、便于铺陈的古体或联章体式，如《自京赴奉先县咏怀五百字》是五古，《三吏》、《三别》是五古兼联章体式；而要进行个人的抒情的时候，他就常用篇幅固定、格律严谨的五、七言律诗体式，如《春望》是五律，《闻官军收河南河北》是七律；而在题材不适合写成长篇古体或五、七言律体的时候，他又宁可采用字句最少的绝句体，如《戏为六绝句》即是。还有一个重要方面，就是杜甫不再采用乐府古题写作，正如中唐诗人元稹《乐府古题序》所指出的：“近代唯杜甫《悲陈陶》、《哀江头》、《兵车》、《丽人》等，凡所歌行，率皆即事名篇，无复依傍。”当然，元稹这里提到的杜诗，只是随手举例而已，其实杜甫的所有歌行体诗，可以说都是“即事名篇”之作。由于摆脱了古题的限制，诗的主题就显得更为鲜明突出，更加富于现实针对性。而正是杜甫这种“即事名篇”之作，直接开导了中唐时期的新乐府运动，在文学发展史上的影响十分深远。

元稹在他所撰《唐故检校工部员外郎杜君墓系铭并序》云：

唐兴，官学大振，历世之文，能者互出。而又沈、宋之流，研练精切，稳顺声势，谓之为律诗。由是而后，文体之变极焉。然而莫不好古者遗近，务华者去实，效齐梁则不逮于魏晋，工乐府则力屈于五言，律切则骨格不存，闲暇则纤秾莫备。至于子美，盖所谓上薄风骚，下该沈宋，气吞曹刘，掩颜谢之孤高，杂徐庾之流丽，尽得古今之体势，而兼人人之所独专矣。

诚哉是评！

三

五古是继先秦时期《诗经》四言体之后而于汉代出现的我国古典诗歌中一种最重要最基本的体式。杜甫正是运用这种体式创作出了大量传颂千古的优秀篇章。清代学者施补华《岘佣说诗》评杜甫五古说：

少陵五言古，千变万化，尽有汉魏以来之长，而改其面目。叙述身世，眷念友朋，讨论古今，刻画山水，深心寄托，真气坌涌，颂之典则，雅之正大，小雅之哀伤，国风之情深文明，长于讽谕，息息相通，未尝不简直浑厚，而此例不足以尽之。故于唐以前为变体，于唐以后为大宗，于三百篇为嫡支正派。

这段话，从传承、创新、风格、影响等角度，相当全面地概括了杜甫五古的成就。杜甫的五古，可以说是他前期创作中的一大亮点。如他诗集中的第一首《望岳》（杜诗中同题共三首），是他现存诗作中创作时间最早的名篇：

岱宗夫如何？齐鲁青未了。造化钟神秀，阴阳割昏晓。荡胸生曾云，决眦入归鸟。会当凌绝顶，一览众山小。

这是一首登山纪实之作，写于唐玄宗开元二十五年（735）诗人二十四岁时。全诗围绕一个“望”字展开，逐联在视点移动中分远望、近望、细望和极望四层，前三层实写，后一层虚写，从而既描述了东岳泰山雄伟壮丽的景象，又显露出青年诗人不凡的气魄和才华。这首诗正好八句，有起有结，而且中间两联对仗，很像五律，但平仄不合，所以它仍是一首五言古诗。清人刘熙载《艺概》说：“少陵深于古体，运古于律，所以开阖变化，施无不宜。”这首诗就写得纵横开阖，跌宕变化，无不相宜；且音调铿锵，气格雄浑，直逼汉魏。难怪它能流传千古，长诵不衰。

《自京赴奉先县咏怀五百字》是杜诗中与《北征》并驾齐驱的两首鸿篇巨制之一：

杜陵有布衣，老大意转拙。许身一何愚，窃比稷与契。居然成濩落，白首甘契阔。盖棺事则已，此志常觊豁。穷年忧黎元，叹息肠内热。取笑同学翁，浩歌弥激烈。非无江海志，潇洒送日月。生逢尧舜君，不忍便永诀。当今廊庙具，构厦岂云缺？葵藿倾太阳，物性固莫夺。顾惟蝼蚁辈，但自求其穴。胡为慕大鲸，辄拟偃溟渤？以兹悟生理，独耻事干谒。兀兀遂至今，忍为尘埃没？终愧巢与由，未能易其节。沉饮聊自遣，放歌破愁绝。岁暮百草零，疾风高冈裂。天衢阴峥嵘，客子中夜发。霜严衣带断，指直不能结。凌晨过骊山，御榻在嵽嵲。蚩尤塞寒空，蹴踏崖谷滑。瑶池气郁律，羽林相摩戛。君臣留欢娱，乐动殷胶葛。赐浴皆长缨，与宴非短褐。彤庭所分帛，本自寒女出。鞭挞其夫家，聚敛贡城阙。圣人筐篚恩，实欲邦国活。臣如忽至理，君岂弃此物？多士盈朝廷，仁者宜战栗。况闻内金盘，尽在卫霍室。中堂舞神仙，烟雾蒙玉质。煖客貂鼠裘，悲管逐清瑟。劝客驼蹄羹，霜橙压香橘。朱门酒肉臭，路有冻死骨。荣枯咫尺异，惆怅难再述。北辕就泾渭，官渡又改辙。群冰从西下，极目高崒兀。疑是崆峒来，恐触天柱折。河梁幸未坼，枝撑声窸窣。行李相攀援，川广不可越。老妻寄异县，十口隔风雪。谁能久不顾？庶往共饥渴。入门闻号咷，幼子饿已卒。吾宁舍一哀，里巷亦呜咽。所愧为人父，无食致夭折。岂知秋禾登，贫窭有仓卒。生常免租税，名不隶征伐。抚迹犹酸辛，平人固骚屑。默思失业徒，因念远戍卒。忧端齐终南，澒洞不可掇。

这首诗写于唐玄宗天宝十四载（755）冬十一月，当时杜甫四十四岁。就在写这首诗前不久，他被任命为右卫率府胄曹参军（太子宫负责掌管兵器簿书门禁锁钥的从八品小官），这是他从天宝五载（746）到长安，经过十年困守之后所得到的一个职务。杜甫接受任命后，就先离开长安，去探望住在距京城二百四十里外的奉先县（今陕西蒲城县）的家属。当时，正是安史之乱爆发之际，社会大动荡的迹象已经十分明显，但唐玄宗却毫无觉察，仍带着杨贵妃和朝臣们在骊山华清宫避寒。君臣们寻欢作乐，流连忘返，完全沉湎于醉生梦死的淫靡生活之中。杜甫途经山下，耳闻目睹此情此景，本已感慨不已；到家时，又遭逢幼子饿死全家号啕的不幸，就更加悲愤万分。于是，一路上的见闻和感慨，幼子夭折的悲痛，连同过去十年长安困守的生活体验，融汇交结，化作一股忧国忧民的激情，喷迸而出，凝聚成了这一光辉诗篇，标志了他的现实主义创作已经达到高度成熟的境界。

这首诗主要是述志抒情的，全诗共五百字，因此以“咏怀五百字”命题。诗分三个层次，从开头到“放歌破愁绝”，是直接抒写怀抱，为第一层；从“岁暮百草零”到“川广不可越”，是以途中所见所闻为引子，抒发强烈的忧国忧民的感慨，为第二层；从“老妻寄异县”到篇末，写到家以后的所见所想，进一步推己及人地抒发深沉的忧国忧民的感慨，为第三层。

作为杜甫创作道路上具有里程碑意义的这首诗，无论思想和艺术都取得了很高的成就。从思想内容说，第一，这是一首倾向性十分鲜明的咏怀诗，它抒发了诗人以稷、契自许的人生追求，忧国忧民的平生怀抱和耻事干谒的高尚情操；第二，这首诗又是一部包含宏富的“史诗”，它像一帧巨幅的历史画卷，真实地反映了唐代安史之乱爆发之际那种触目惊心的社会现实，给读者提供了“正史”所少有的形象化教材，我们可以从中清楚地看到当时社会贫富悬殊、阶级对立异常尖锐的状况，感到整个大唐帝国危机四伏，社会大动乱即将来临的政治征兆。从艺术表现说，第一，这首诗开启了在长篇中以议论为诗的成功的先例，它启示人们，不是不能在诗中发议论，发议论也可写成千古传诵的好诗，关键在于如何按照诗的特点发议论，对此清代诗学大家沈德潜在他的《说诗晬语》中发表过很好的意见：“人谓诗主性情，不主议论，似也；而亦不尽然。试思二雅中何处无议论？杜老古诗中《奉先咏怀》、《北征》、《八哀》诸作，近体中《蜀相》、《咏怀》、《诸将》诸作，纯乎议论。但议论须带情韵以行，勿近伧父面目耳。”原来，“带情韵以行”，正是诗中议论取得成功的秘密所在；第二，这首诗具有别致而紧凑的结构，诗一开头先抒个人怀抱，然后按照时间的推移，路程的延展，顺次写出自己沿途所见所闻所感，最后记叙到家后的情景，并以深沉的感慨作结，这样的结构形式，既充分地利用了纪行的线索，又很好地突出了咏怀的中心。清代学者浦起龙《读杜心解》强调："是为集中开头大文章，老杜平生大本领，须用一片大魄力去读。"所评极是；第三，这首诗具有沉郁顿挫的风格，"沉郁顿挫"的提法，首见于杜甫的《进雕赋表》，是他对自己诗歌特色的说明，现在用来概括杜甫诗歌的风格特色，确是非常恰当的。"沉郁"主要与作品的主题内容有关，"顿挫"则主要与作品的谋篇布局、遣词造句等的表达技巧有关，由上述的分析可以看出，《自京赴奉先县咏怀五百字》就是充分体现了杜甫"沉郁顿挫"风格的典型代表作。

《石壕吏》是杜甫《三吏》、《三别》大型联章五古组诗中最为著名的一首：

暮投石壕村，有吏夜捉人。老翁逾墙走，老妇出门看。吏呼一何怒！妇啼一何苦！听妇前致词："三男邺城戍。一男附书至，二男新战死。存者且偷生，死者长已矣！室中更无人，惟有乳下孙。有孙母未去，出入无完裙。老妇力虽衰，请从吏夜归，急应河阳役，犹和备晨炊。"夜久语声绝，如闻泣幽咽。天明登前途，独与老翁别。

这首诗写于唐肃宗乾元二年（759）三月，当时杜甫四十八岁。他在此前一年（758）六月被贬华州（今陕西华阴县）任司功参军（掌管文教、祭祀的地方官吏），当年冬天到洛阳探亲，次年三月从洛阳返回任所，这正是安史之乱发生后的第四个年头。当时朝廷曾调集六十万大军围攻叛军于相州（今河南安阳市），但很快遭到惨败；为退守河阳（今河南孟州市）保洛阳，就大肆抓丁，以充实防务，结果搞得人心惶惶，鸡犬不宁。《石壕吏》这首诗写的就是诗人由洛阳返回任所途经石壕（在今河南陕县东南七十里）投宿时亲历的一幕夜间抓兵的惨象。诗中抒发了对人民苦难的深切同情，表达了对胥吏专横暴戾、鱼肉乡民的深恶痛绝，具有极强的人民性。这首诗在表达上也很有特色，一是结构严谨，脉络清楚；二是详略得当，寓问于答；三是客观记述，赋中见情。这些，也突出地体现了杜甫现实主义的特色和成就。

四

杜甫古体诗的成就无疑是巨大的，而他的律体诗在诗歌艺术上的成就则更为辉煌。尤其他的七律（据浦起龙《读杜心解》的统计现存151首，占现存杜诗总数1458首的十分之一强），可以说不仅是他晚期创作中的一个最大亮点区，而且代表着整个唐代律诗的最高成就。

杜甫七律的成就，首先在于扩大了律诗的表现范围。他不仅用七律表现通常的赠答、唱和、羁旅、宴游、山水等传统的题材，更用七律写时事；而且为扩大表现力，也像联章古体组诗那样，他还以联章七律组诗的形式进行创作，以表现较为繁富的内容。当然，杜甫七律最为突出的成就，在于他能把这种体式写得浑融流转，无迹可寻，合律却使人读来竟会忘其为律；甚至有时出于表达某种感情的考虑，还干脆采用拗体，当然这与早期七律出现的某些不合律现象决然不同，而是他运用七律体式熟能生巧的一种有意为之的变通，其结果是虽有变化而仍不失律体的完整。

如写于唐代宗广德元年（763）春天的七律《闻官军收河南河北》：

剑外忽传收蓟北，初闻涕泪满衣裳。却看妻子愁何在？漫卷诗书喜欲狂。白日放歌须纵酒，青春作伴好还乡。即从巴峡穿巫峡，便下襄阳向洛阳。

这首诗是以七律写时事的名篇。诗中所表达的，是诗人乍听到全国平叛胜利喜讯的刹那间而激起的一迭感情浪潮。依照表达侧重点的不同，可将全诗分成前后两个层次。诗的前四句为一层，是通过典型细节的描绘，表现诗人乍听到胜利喜讯时的狂欢之状；诗的后四句为一层，是借助浪漫主义手法，特写诗人欢庆胜利的狂想之情。值得注意的是，这首七律写诗人“初闻”喜讯刹那间的感情变化，情节虽能动人，却因非常单纯，就很不易写好。但杜甫毕竟是诗国大手笔，全诗短短八句五十六个字，一经他高超的艺术处理，居然举重若轻地写出了如此丰富多彩、绚烂夺目的生活场景，既气氛紧张，使人读时生应接不暇之感，又条理井然，让人读后兴从容圆满之叹。总之，热烈的艺术表达与冷静的心理解剖达到了高度完美的统一。其所以能如此，主要得力于第一，通篇采用了“赋”法，诗的第一句是直接叙事，其余七句是直接抒情，这就形成全诗八句冲口而出、一气贯注、流利自然的特色，正好表现出火山爆发般的炽热激情。看来，“赋”法如果运用得当，一样能使诗篇灿然生辉；第二，曲折顿挫的章法，清代学者施补华《岘佣说诗》曾对此作过精到的阐述，他说：“‘剑外忽传收蓟北’，令人动笔，便接‘喜欲狂’矣。忽拗一笔云：‘初闻涕泪满衣裳’，以曲取势。活动在‘初闻’二字，从‘初闻’转出‘却看’，从‘却看’转出‘漫卷’，才到喜得还乡正面，又不遽接还乡，用‘白日’一句垫之，然后转到还乡。收笔‘巴峡穿巫峡’，‘襄阳下（向）洛阳’，正说还乡矣，又恐通首太流利，作对句锁之。即走即守，再三读之思之，可悟俯仰用笔之妙。”正因为如此，所以这首诗除具有一气贯注的基调外，还体现出摇曳多姿之美。

被清代人杨伦誉为“杜集七言律第一”的《登高》，更体现出杜甫运用七律已达到了炉火纯青的地步：

风急天高猿啸哀，渚清沙白鸟飞回。无边落木萧萧下，不尽长江滚滚来。万里悲秋常作客，百年多病独登台。艰难苦恨繁霜鬓，潦倒新停浊酒杯。

这首七律，是诗人流寓夔州期间，于大历二年（767）重阳节登高后写的。当时，诗人的结核、疟疾、风痹和糖尿病时时发作，最后连耳朵也聋了，牙齿也掉光了，身体已经整个垮下来。他那天拖着病体独自登高，触景生情，国忧民瘼，家难已悲，一时百感交集，沸腾于心，不能自已，于是写下了这首借景抒怀的名篇。已故著名学者萧涤非指出：“杜甫这首悲秋诗，不同于文人骚客的无病呻吟，它凝聚着诗人毕生艰难追求而不遇的感喟，虽然仍是一首悲歌，但给人的感觉，并不是一味感伤，而蕴含着悲壮的感情，我们依然能够感受到诗人那种阔大的胸怀。”所论十分中肯。而这首诗在表达上的一个最大特色，则是属对精工，平仄悉称。精略看去，首尾两联似乎“未尝有对”，胸腹两联似乎“无意于对”，但仔细玩味，则“一篇之中，句句皆律，一句之中，字字皆律”（引文见明胡应麟《诗薮》）。如首尾两联，不仅属句间对，而且有句中对。施补华《岘佣说诗》云：“通首作对而不嫌其笨者：三、四‘无边落木’二句，有疏宕之气；五、六‘万里悲秋’二句，有顿挫之神耳。”道出了此诗对仗成功的奥秘。全诗还完善地体现出声调上的抑扬顿挫。如尾联“艰难苦恨”四字，即依阴阳上去“四声”，顺次排列，读时自然形成一字一顿；“潦倒新停”四字，则按平仄，两两相间，读时又不得不两字一挫。著名学者袁行霈先生主编的《中国文学史》还指出：“首联上句第一字仄声换成平声，下句第一字平声换成仄声，一开始便用轻重的变化增加了两个节奏。‘猿啸’处本应是二仄声，他为了使‘天高’与猿声连着表现一种高扬凌厉的情调，用了一个平声‘猿’，三个平声连续上扬，‘啸’仄下沉，两头均有一个急速的起伏，最后一个‘哀’字，扬而不返。这首句在通过平仄的精心安排来表现声象上，真是精彩极了。”都证明这首诗在抑扬顿挫的调配上达到了出神入化的境地。

《秋兴八首》七律组诗，更可说是杜甫律诗中的登峰造极之作，但要讲清楚其中奥妙，则非写成长篇专论不可，这里只好暂作缺如。

杜甫自己曾说："晚节渐于诗律细。"（《遣闷戏呈路十九曹长》）我们从他的创作实践看，他晚年的创作的确是向着"诗律细"的高目标不懈地追求，并取得了辉煌的成就的。

河南老年诗词研究会讲座

2008 年 5 月 27 日讲

原载《中国杜甫研究会第六届年会论文集》

诗豪刘禹锡与刘禹锡豪诗

刘禹锡（772－842），字梦得，自称汉中山（地当今河北定州）靖王刘胜之后，实则系匈奴族苗裔。其七世祖刘亮，原为北魏名将，随高祖孝文帝元宏迁至洛阳（今属河南），遂隶籍于此。但据《子刘子自传》推测，最迟在其曾祖刘凯葬于荥阳（今属河南）檀山原之时起，家已长住荥阳。故其《汝州上后谢宰相状》有“家本荥上，籍占洛阳”之语。而降及其父刘绪时，因避“安史之乱”，又举族南迁，禹锡本人则出生于苏州嘉兴（今属浙江）。

一

刘禹锡一生，大致可分三个时期：

自唐代宗大历七年（772）出生至顺宗永贞元年（805）被贬，为第一时期。此一时期主要经历是，德宗贞元九年（793）他二十二岁时，与柳宗元为同榜进士，同年又登博学宏词科，两年后（795）再登吏部取士科。贞元十六年（800）被淮南节度使杜佑辟为掌书记。十八年（802）调补京兆府渭南县主簿，旋擢监察御史。顺宗永贞元年（805）参与王叔文领导的“永贞革新”，很快失败，被贬朗州（今湖南常德）司马；

自宪宗元和元年（806）至敬宗宝历二年（826）被召，为第二时期。此一时期主要经历是，宪宗元和九年（814）曾奉召还京，未几再贬连州（今广东连县）刺史，至穆宗长庆元年（821）改调夔州（今重庆奉节）刺史。四年（824）转和州（今安徽和县）刺史。敬宗宝历二年（826）再次奉召回洛阳；

自文宗大和元年（827）至武宗会昌二年（842）病卒，为第三时期。此一时期主要经历是，文宗大和元年（827）在洛阳，任主客郎中分司东都。大和二年（828）至长安（今陕西西安）充集贤殿学士，旋除礼部侍郎。大和五年

(831)后，复到地方历任苏州（今属江苏）、汝州（今属河南）、同州（今陕西大荔）刺史。最终以加检校礼部尚书兼太子宾客分司东都。武宗会昌二年(842)七月病卒，追赠兵部尚书，葬于荥阳檀山刘家墓地，享年七十一岁。

统观刘禹锡一生经历可以看出，他虽也曾领受过顺达和得意，而更多的却是遭遇坎坷和不幸。但另一方面，如他在《子刘子自传》铭词中所说“天与所长，不使施兮；人或加讪，心无疵兮”，正是这样不寻常的人生历程，培养了他杰出的人格，锤炼了他坚强的意志，淬砺了他进步的思想，成就了他文学上辉煌的业绩。无怪乎他的当年好友唐代大诗人白居易称扬他：“彭城（这里不过是假托郡望，实非籍贯——笔者注）刘禹锡，诗豪者也。其锋森然，少敢当者。”(《刘白唱和集解》)

二

白居易所谓“诗豪”，意为诗人中之出类拔萃者。按照我们今天的理解，这应该包含两方面的内容，即：作为“诗豪”刘禹锡，其人品是杰出的；刘禹锡作为“诗豪”，其诗品是雄隽的。

刘禹锡人品杰出，主要表现在：

第一，他是唐代一位具有朴素的辩证唯物思想的哲学家。他曾撰写过多篇哲学论文，最重要的自然是与柳宗元《天说》相呼应的《天论》三篇。他的哲学观点主要是反对“天命论”，而站在“天人合一”的对立面，继承发扬战国时期荀子“明天人之分”的思想，进一步提出天人“交相胜，还相用”的著名命题，就是说，在他看来，一方面人能胜天，事在人为，而另一方面，天能胜人，理悖天罚。这是具有进步意义的。近来更有学者认为，从这样的命题出发，正可以引出时下最流行的开发与保护并重的可持续发展观。已故著名哲学家、河南大学前校长赵纪彬教授过去曾撰文认为，刘禹锡在中国无神论史上的贡献和地位，不仅超过了荀子，而且超过了王充和范缜。这一评价的正确和恰当，在今天应该是看得很清楚了。

第二，他是唐代一位身兼诗人的最坚定的政治革新家。他参加过中唐时期王叔文所领导的目的在铲除朝廷积弊，反对宦官专权和藩镇割据的“永贞革新”，并且成为核心和骨干，当时有所谓“二王（王叔文、王伾）刘柳（刘禹锡、柳宗元）”之称。虽然仅仅经过一百四十六天就失败了，但他始终坚信自己的政治主张是正确的，因而屡遭贬谪，不屈不挠，身处逆境，仍在追求，直到垂老，豪情不减，充分展示出他是一名锐意进取的斗士，有力地证明了他是一位铁骨铮铮的硬汉。

三

刘禹锡诗品雄隽主要表现在：

第一，他的怀古咏史诗往往能够抓住与前朝有关的某一景点或遗迹为切入点，借助于艺术的概括和精辟的议论，而抒发或国家兴亡或人事沧桑之感，常常体现出一种睿智和卓识，读之令人叹赏钦服，玩味不尽。如他的《金陵五题》之一《石头城》：

山围故国周遭在，潮打空城寂寞回。
淮水东边旧时月，夜深还过女墙来。

“石头城”，即金陵（今江苏南京），历史上的军事重镇，自三国孙吴到东晋再到南朝宋、齐、梁、陈所谓“六朝”，均先后建都于此，而这些朝代又都国祚极短。因此，从中可以引出极为深刻的悲恨相续的历史教训，尤其每到国运衰微之际，就成了关心政治的诗人常用的题材。《石头城》这首诗，即伴随着诗人对想象中（他写这组诗时尚未到过金陵）的这座古城荒废景象的典型描绘，而在低迴感叹中抒发了他对历史兴亡的无限沉思，乃至博得白居易“我知后之诗人无复措词矣”的衷心赞誉。

又如他的《金陵五题》之二《乌衣巷》：

朱雀桥边野草花，乌衣巷口夕阳斜。
旧时王谢堂前燕，飞入寻常百姓家。

“乌衣巷”，是当时金陵城内的一条街，位于秦淮河之南而与朱雀桥相近。三国时孙吴曾在此设军营，军士皆穿黑衣，故名。后到东晋时高门士族多居于此。“朱雀桥”，六朝时金陵正南朱雀门外横跨秦淮河的一座大桥。“王谢”，指东晋最大的两家豪门士族，当年，他们就都住在乌衣巷。这首《乌衣巷》诗，即借煊赫达二百年之久的王谢士族终究难免没落衰败的结局的描述，在吊古叹今的吟唱中寄寓了人事沧桑的深沉感慨，而收到了令白居易“掉头苦吟，叹赏良久”的非凡效果。

当然，要说借怀古以表达自己的政治见解，把对现实的批判寄寓在对历史陈迹的咏叹之中的经典性的篇什，则就非他的《西塞山怀古》莫属了：

王浚楼船下益州，金陵王气黯然收。
千寻铁索沉江底，一片降幡出石头。
人世几回伤往事，山形依旧枕寒流。
今逢四海为家日，故垒萧萧芦荻秋。

这首诗，写于唐穆宗长庆四年（824）秋天。当时，作者在贬谪中正由夔州（今重庆奉节）刺史改调和州（今安徽和县）刺史，沿江东下，途经位于今湖北大冶东约九十里处、过去曾为孙吴西部江防要害的西塞山，遂有登临之举。他站在山巅，俯视着面前滚滚滔滔的万里大江，回溯起此间割据纷扰的漫长历史，联想到眼下藩镇猖獗、国运维艰的严峻现实，不禁心潮翻卷，感慨万千，于是发为吟咏，奋笔写下了这首名篇。

诗的前四句直切题面“西塞山古”四字，追叙了西晋灭吴的一段史事。历史上的西晋灭吴，本是在晋武帝司马炎亲自主持下，由大将军（当时全国最高军事将领）贾充统领六路大军，在东起滁州（今安徽滁州）西至益州（今四川成都）长达数千里的广阔战线上向孙吴进攻，而孙吴则竭尽全力，多方设防，进行拼死抵抗，前后历时近五个月的一次全局性战役。追叙此段错综复杂的史事，可该如何下笔？作者的高明处在于，他巧妙地避开对战役的全方位描述，而只紧紧捉住与西塞山直接有关的情节，或突现其总体形势，或摹状其关键场景，从而塑造出生动的富于启示性的艺术形象，不仅成为诗中述古十分光彩的笔墨，而且为后面的抒怀奠定了坚实的基础。

“王浚楼船下益州，金陵王气黯然收。”诗一开篇就鲜明地展现出攻守双方力量对比悬殊、胜败大局已定的总体形势。首句写西晋进攻，次句写孙吴败象。通观此联，先由“益州”、“金陵”相距遥遥的两处地名拉出攻守战线之长，再以“下”、“收”紧密呼应的两个动词交代战事进展之速，这就形成一种愈见其长、愈显其速的对称互补的格局，收到先声夺人、振聋发聩的艺术效果。确如前人所评："起手如黄鹤高举，见天地方圆"（沈德潜《唐诗别裁集》），"一二（句）苍秀，下字有描写得势之神"（胡以梅《唐诗贯珠》）。

"千寻铁索沉江底，一片降幡出石头。"紧承首联"黯然收"三字，形象地描绘了孙吴败降的最后场景。"千寻"句写孙吴江防全线土崩瓦解。"一片"句写孙吴最后认输，彻底失败。通观此联，则是以"千寻"与"一片"，"铁索"与"降幡"，"沉江底"与"出石头"形成大与小、守与降、沉与出的多重强烈的反差对比，突出地显示了孙吴凭险割据，尽管其江防（包括险要的地形和人为的设施'）如何坚固，也终究无济于事，到头来只落得覆灭的可耻下场，具有极强的艺术启迪力。无怪乎前人赞道："具有山川形势，制胜谋略，因前验后，兴废皆然"（方世举《兰丛诗话》）。

诗的后四句专就题面"怀"字生发扬厉，层层深入地表达了借吊古以鉴今的全诗主旨。

"人世几回伤往事，山形依旧枕寒流。"此联且承且转，水到渠成地引入对历史陈迹的深沉感怀。"人事"句写人事翻转，"山形"句写山形依旧。通观此联，是以山形依旧、人事翻转的鲜明对照，雄辩地证明了：国家的统一，是大势所趋、人心所向的不可阻挡的历史潮流，逆此潮流而动者，无一例外地要受到历史的惩罚。至此，诗人通过对近四百年重大事件的回顾，赋予了这一历史经验以深刻的普遍的意义，向人们昭示出一条不可抗拒的历史铁则。

"今逢四海为家日，故垒萧萧芦荻秋"。此联作为全诗结穴，顺理成章地抽绎出以古鉴今的诗旨。"今逢"句强调国家统一的大势，"故垒"句则提出记取教训的告诫。这首诗是有鲜明的针对性的。唐王朝自安史之乱以后，各地藩镇拥兵自重，对抗朝廷，构成了国家难以消解的祸害。唐宪宗李纯执政期间，曾主持平藩，因而藩镇势力受到削弱，朝廷权威相应得以加强。但到穆宗长庆四年（824），也就是诗人写此诗前不久，宪宗病死，河朔三镇又相继反叛，一度收敛的割据势力重新抬头，刚刚显露转机的全国统一局面再次出现被破坏的极大危险。诗人正是有虑于此，遂借凭吊西塞山之机，以古讽今，首先对野心勃勃的藩镇发出严正警告：应以史为鉴，凭险割据，破坏统一，必然灭亡！同时，也向新朝当局作了委婉提醒：一定要百倍珍惜和坚决维护国家统一，千万不可让分裂割据的历史再度重演。这，就是全诗的主旨；这，就是诗人写作此诗的真正用意。

总之，这首诗在内容上以怀古始，以鉴今结，很好地贯彻着古为今用的原则，体现了作者集历史家的严峻、政治家的锐敏、哲学家的深刻和文学家的才情于一身的思想品格与精神风貌。而在表达上，将记叙、议论、抒情熔为一炉，记叙则洗练紧凑，议论则精辟独到，抒情则强烈深沉，三者相映成趣，相得益彰；并采取铺垫、衬托、对比等多种艺术手法，通过由远及近、从实到虚，自浅入深的巧妙结构，使全诗成为一个博大丰赡而又玲珑剔透的艺术整体，表现出一种雄迈健朗的风格。因而，这首诗具有很强的思想意义和很高的审美价值。前人赞此诗云："似议非议，有论无论，笔著纸上，神来天际，气魄法律，无不精到，洵是此老一生杰作，自然压倒元、白。"（薛雪《一瓢诗话》）并非溢美。

宋代人计敏夫《唐诗纪事》载，长庆年间，刘禹锡、元稹、韦楚客相聚于白居易家，论南朝兴废，各赋金陵怀古诗。刘禹锡"王浚楼船"一首先成。白居易看后说："四人探骊龙，子先获珠，所馀鳞爪何用耶?"于是其馀三人咸搁笔不复为继。这个故事于事实虽未必真，但于评价刘禹锡这首诗却未必没有意义：它至少可以证明，此诗以其思想和艺术的突出成就，早就赢得人们的特别垂青了。

第二，他的感时咏怀诗往往能以自身的遭际或现实生活的事件为素材，通过对自己不同时期特定的思想和心理活动的宣泄，反映中唐政治的某一侧面，而始终张扬着一种达观豪迈的凛然正气，读之常能令人顿生敬慕，深受激励。如他的《元和十年自朗州承召至京戏赠看花诸君子》：

紫陌红尘拂面来，无人不道看花回。
玄都观里桃千树，尽是刘郎去后栽。

这是诗人经历十年贬谪生活被召回京城长安之后所写的一首著名的政治讽刺诗。首先，题目的"戏赠"一词就很值得玩味，表面看，是说诗中所写不过是无需认真看待的玩笑话，深层看，则暗示诗中所写却是寓庄于谐的借题发挥。"紫陌红尘拂面来"的"紫陌"，为古人对京城大道之称。"红尘"，为车马扬起的飞尘。由此句所写，可见车马喧阗，川流不息的盛况；"无人不道看花回，"是紧承首句，解释何以会飞尘扑面的原因，句中的"人"，实指趋炎附势、攀高结贵的一帮小人。"玄都观里桃千树"的"玄都观"，唐代长安城中的一座道士庙，道庙称"观"。这是明指看花处所而暗比朝廷。"桃千树"的"桃"，点出上句的"花"是桃花，"桃千树"，可见此树之众多。而在诗人看来，桃花虽可艳极一时，但却极易凋谢。正所谓"三月桃花一时红，风吹雨打一场空"。这里实则以花喻人，借指那帮一时飞黄腾达的朝中新贵。"尽是刘郎去后栽"的"刘郎”，作者自指。此句为全诗警策，是顺承上句比喻，趁势而出，巧妙而又明确地揭露了那些红极一时的朝中新贵们是在打击排斥革新派以后才得势的。

这首诗很快在长安流传开来，正因为“语涉讥刺，执政不悦”（《旧唐书·刘禹锡传》），具有强烈的现实性和针对性，深深戳痛了当权者的神经，不久，诗人遭到报复，又被贬谪到更为荒远的连州（今广东连县）。

这一贬则是更长的十三年。等到十四年之后即文宗大和二年（828），诗人奉召再回到京城长安时，谁知他仍初衷不改，竟用同一主题写下了态度更为强硬、语言尤其泼辣的《再游玄都观绝句》：

百亩庭中半是苔，桃花净尽菜花开。
种桃道士归何处？前度刘郎今又来。

从二次被贬到写这首诗的十四年间，皇帝一连换了四代：宪宗、穆宗、敬宗、文宗。培植新贵的老皇帝早已死去，如“三月桃花一时红”的新贵们也是一个个倒的倒，垮的垮。面对如此情境，刘禹锡则有意再游玄都观，偏要旧事重提，续接前篇，写出了这首杰出的政治讽刺诗。在具体写法上是照应前篇，通过玄都观盛衰巨变的对比，辛辣地讽刺了原先红极一时的保守派新贵们终究无法逃脱“桃花净尽”的可耻可悲的下场，自信而又自豪地宣告了“前度刘郎今又来”的胜利和喜悦。看来，他此时的心情，犹如他在《浪淘沙九首》其八所写“莫道谗言如浪深，莫言迁客似沙沉，千淘万漉虽辛苦，吹尽黄沙始到金。”那样，是深感自己这块真金如今毕竟赢得了出头之日。当然，诗人也清醒地看到，斗争仍在继续，形势依然严峻。所以他在诗前小序中先作“以俟后游”的明确表示，意思是说，自己已经预先做好迎接保守派新的挑战而再遭打击，继续斗争，直到取得新一次胜利的思想准备。

总之，以上二诗前后呼应，全用比体，可谓珠联璧合，不仅清楚地显示了诗人高超的诗歌技艺，更充分地体现了诗人始终一贯的斗争精神。

又如他的《酬乐天扬州初逢席上见赠》：

巴山楚水凄凉地，二十三年弃置身。
怀旧空吟闻笛赋，到乡翻似烂柯人。
沉舟侧畔千帆过，病树前头万木春。
今日听君歌一曲，暂凭杯酒长精神。

此诗写于唐敬宗宝历二年（826）冬天。其时，作者经过长期贬谪之后，终于以和州（今安徽和县）刺史应召回京。在回京途中，他特地绕道自己的生长地扬州看望，正巧与他久仰的诗人白居易（字乐天）相遇。白也是刚卸苏州刺史任而北返，路经此间。二人一见如故，遂成知己。双方交谊或当更早，但过从之密则应始于此时（详参卞孝萱《刘禹锡丛考》）。在淮南节度使王播为他们二人特设的迎送宴席上，白居易先以后进的身份——白与刘二人虽为同庚，但刘于贞元九年（793）而白于贞元十六年（800）登进士第，因白登第时间靠后，故其身份为后进——写了一首题为《醉赠刘二十八使君》的诗赠他，对他杰出的才能给予了热情的赞扬，对他坎坷的遭遇表示了深切的同情。其诗曰：

为我引杯添酒饮，与君把箸击盘歌。
诗称国手徒为尔，命压人头不奈何。
举眼风光长寂寞，满朝官职独蹉跎。
亦知合被才名折，二十三年折太多。

不过，细味白诗，其感情基调未免过于哀伤，其思想见地似有宿命论倾向。刘禹锡听后，一方面为知友的殷殷之情所深深感动，另一方面，则对个人的不幸遭遇却相当达观，于是写下了这首答诗，委婉地但又明确地表达了他的谢意和看法，体现了他同时作为进步政治家和唯物辩证思想家的宽广襟怀和恢宏气度。

“巴山楚水凄凉地，二十三年弃置身。”诗的首联从白诗末句“二十三年折太多”接过话由，以直陈笔法回顾了长期被贬的不幸遭遇。“巴山”句明点贬地凄凉。巴多山，楚多水，这里的“巴山楚水”，用以概指自己曾经贬谪过的地方。“凄凉”二字，不仅见出被贬诸地的荒凉落后，而且流露了诗人内心的凄苦辛酸。“二十”句则具述贬期漫长。诗人自顺宗永贞元年（805）被贬至敬宗宝历二年（826）冬应召回京共二十二年，但预计回到京城接受新的任命当在来春，刚好二十三年。况且，这里称“二十三年”，是照应着白诗的提法连带而出的。“弃置身”，系诗人自谓。“弃置”，既透露出被贬谪的“迁客”身份，又渲染了失落心态的感情色彩。

“怀旧空吟闻笛赋，到乡翻似烂柯人。”诗的颔联借用典故抒发了怀念故友之情和恍若隔世之慨。“怀旧”句直抒怀念故友之情，是二典叠用。“怀旧”，即怀念旧时亲友，是暗用晋朝潘岳《怀旧赋》之典。“闻笛赋”，则是明用晋朝向秀《思旧赋》之典。刘禹锡应召回朝时，过去曾并肩战斗过的同道知友王叔文、韦执谊早已被杀，而柳宗元、凌准、韩泰等以及“八司马”以外的吕温也已先后辞世。此句即表达了他对亡友们的深切悼念。“空吟”二字，正把他那种无法弥补的惋惜和空虚之情宣露无遗。“到乡”句复发恍若隔世之慨。“到乡”的“乡”，当指扬州。刘禹锡早年曾宦游于此，此次到来，自是旧地重游，加之他虽隶籍洛阳，但在他出生之前，家已早迁江南，而江南古时统属扬州。禹锡生于斯，长于斯，又仕于斯，固对此间感情特深，称作故乡，不难理解。“烂柯人”，也是用典。据《述异记》载，晋人王质入山打柴，见三童子下棋，他观至终局，忽发现自己手中的柯（斧头的木把）已经朽烂，等回到村里，才知道已经过去一百年了，和他同时代的人都已老死。这句是说：如今回到生我长我的故乡扬州来，得知早年的亲朋故旧全不在了，看见周围的一切都很生疏，面对这岁月流逝、人事全非的景象，倒真有一种恍若隔世之感啊！“翻似”二字，恰切地传达出诗人原想到乡一定感到亲切但实际得到的却是人地两生的苦涩心情。

“沉舟侧畔千帆过，病树前头万木春。”诗的颈联则掉转笔锋，从对过去个人不幸的回顾中实现了自我超越，而采取“向前看”的姿态，通过生动比喻和鲜明对比，表达了他旷达的气度和卓荦的识见。“沉舟”、“病树”，皆诗人自喻。“千帆过”、“万木春”，则比喻社会人事的新秀辈出（在诗人看来，白居易自然就包括在内）和国家朝政的前景有望（在诗人看来，自己的被召还京即为一显著标志）。两句诗分别以“沉舟”与“千帆过”，“病树”与“万木春”构成的鲜明对比，从而强调：自己经历二十三年的凄凉孤寂的贬谪生活，固然已被折磨得像“沉舟”一样很不中用，像“病树”一样缺乏活力，这无疑是不幸的；但如今发觉周围新秀辈出各展雄才，大有千帆竞发的势头，看到国家朝纲重整再现生机，宛然万木逢春的景象，则又着实感到可慰可欣。这联诗是照应着白诗的颈联“举眼风光长寂寞，满朝官职独蹉跎”而发的。白诗显然有为刘禹锡不平之意；刘禹锡则能跳出个人际遇的局限，而从社会大势和国家前途的宏观角度着想，站得高，看得远。又因这联诗的具体内涵是通过生动的比喻形象地表达出来的，于是，这一表达本身也就具有更高的艺术概括力：它揭示出新与旧，充满生机和渐趋衰亡两类事物的对立和消长，客观上道出了新陈代谢的普遍规律，闪耀着朴素的辩证思想的火花，富于启人智慧的理趣，因而成了传诵千古不衰的名句。

“今日听君歌一曲，暂凭杯酒长精神。”诗的尾联回扣诗题，归结到对白氏赠诗的答谢之意。句中“君”，指白居易。“歌一曲”，指白居易席间的赠诗。“暂”，今多看作情态副词，意为暂时、姑且。但揆之诗情，尤其结合诗人生平性格全面考量，此解并不恰当。按此“暂”字，这里实应看作时间副词，意为忽然、马上。张相《诗词曲语词汇释》卷二：“暂，犹忽也；顿也；便也。”有此义项，可作证明。“凭”，凭借、依靠。“长”，振作。两句诗意谓：现在听了您给我的赠诗，凭借着酒力的帮助，我的精神也就马上振作起来。一个“暂”字，既特别强调了对方赠诗给予自己的强烈鼓舞与巨大激励，表达了对知友的衷心谢意；同时，更巧妙地昭示出自己始终不衰的政治热情和坚忍不拔的斗争意志。刘禹锡写此诗时，已年过半百（五十五岁），但从诗句可以看出，他“烈士暮年，壮心不已”，仍要振作精神干出一番事业。这与他晚年另首诗中所明确表示的“莫道桑榆晚，为霞尚满天”（《酬乐天咏老见示》）的自信和自励是完全一致的。明乎此，也就不难理解他稍后回到京城长安时何以能写出《再游玄都观》“前度刘郎今来”那样的豪句了。

总之，刘禹锡在自己的人生征途上，所表现的思想坚定、意志坚强、性格坚毅，是一以贯之，历难弥笃的；所留下的，是一位政治斗争和思想斗争中始终不屈的“强者”坚实而光辉的足迹。而他的这首《酬乐天扬州初逢席上见赠》诗，则是他的思想、意志、性格的一次十分漂亮的“曝光”，也是他留下的人生足迹中相当显眼的一记。

由上述可知，这是一首很有特色的酬答诗，它立意上的卓落不凡和表达上的精巧圆转达到了相当完美的统一。相形之下，白居易的赠诗如今已鲜为人知，而刘禹锡的酬诗却腾播人口，历久不衰，宜乎然哉！

四

今年十月二十四日，曾有幸随省老年诗词研究会部分吟友拜谒了坐落于荥阳檀山之刘禹锡墓，因对千年前唐代诗豪之人品与文品更怀敬慕之情，遂于返郑途中吟得题为《刘禹锡赞》的七律（新声）一首。今不揣浅陋，赘引于此，庶几充作本文的结束语：

禹锡无愧号诗豪，细绎本源人品高。
陋室一铭寄情志，刘郎二度展节操。
恒持辩证观寰宇，坚认革新作目标。
傲岸终生真好汉，自当承誉到今朝。

河南老年诗词研究会讲座

2008 年 11 月 25 日讲

原载《黄河科技大学学报》2010 年第 1 期

唐五代词说略

一

自隋唐以后，我国文学中出现了与诗并列的所谓“词”这样一种新的文学体裁。词，原为曲子词的简称，其实也就相当于如今所说的歌词的意思。曲子词是唐五代时的通称，入宋后才逐渐简称为词。说到底，词还是诗，是诗中比较特殊的一种。清代学者宋翔凤《乐府馀论》指出：“以文写之则为词，以声度之则为曲。”这表明，词是一种配合音乐用以歌唱的诗体。

汉魏六朝乐府诗是配合着音乐歌唱的，所以有人也称词为乐府。宋代词人贺铸的词集就题为“东山寓声乐府”。但严格说来，词与汉魏六朝乐府是有很大不同的。首先，就合乐的种类说，汉魏六朝乐府所合的音乐是传统的雅乐（汉魏以前的古乐）或清乐（汉魏以后的“街陌歌谣”）；而词所合的音乐则是后起的“胡夷、里巷之曲”（《旧唐书·音乐志》），即燕乐，燕通讌，或宴，是由于常用于宴会上的演出而得名，其主要成分是北周和陈以后自西域传入的西北各民族的音乐与一些中原民间音乐融合的产物，故又常称“隋唐杂曲”，乐器以琵琶为主。其次，就合乐的方式说，乐府是选词以配乐，也就是先有诗再制曲的；而词则是由乐以定词，也就是先选定词调再写词的。所以，作词不说作词，而说填词。第三，再就体制的特点说，乐府属于古体诗的范围，每一个乐府题目并不需要遵守一定的格律；而词属于格律诗范围，每一个词调都有严格的格律上的规定。由此看来，词就是词，不应混同于乐府诗。

也有人把词称作“诗馀”或“长短句”的，等等。这样的称呼当然都能举出一些理由，但归根到底，或者失之不实（如称“诗馀”之类），或者流于表相（如称“长短句”之类），因而都缺乏科学性。所以，词就应该叫词，而不应代以别的什么称呼。

总之，精严地说，词原本是一种配合燕乐用以歌唱、后来虽因曲谱失传而逐渐与音乐脱离，却仍要严格遵守一定声律的特殊诗体。一言以蔽之，正如王力先生《汉语诗律学》所说：词是“一种律化的、长短句的、固定字数的诗。”

了解这一点非常重要。有的词爱好者，不愿受格律的拘束，总想随心所欲地纵笔直书，那有可能写成好诗，但绝不会是一首优秀的词。因此，既然要写词，就必须承认和遵守具体体现其音乐性的特有的格律，唯其如此，才能达到既合乎格律又流走自如的理想的境地。

二

词究竟产生于何时？至今学术界尚未取得完全一致的看法。宋代学者王灼《碧鸡漫志》卷一说：“盖隋以来，今之所谓曲子者渐兴。至唐称盛。”又张炎《词源》卷上也说：“粤自隋唐以来，声诗间为长短句。”都认为隋代就开始有词了。又据《碧鸡漫志》卷四引《脞论》说：“水调《河传》，炀帝幸江都时所制。”后蜀何光远《鉴戒录》卷七也说：“《柳枝》者，亡隋之曲，炀帝将幸江都，开汴河，种柳，至今号隋堤，有是曲也。”《河传》、《柳枝》，都是后来常见的词牌。再考之于宋人郭茂倩《乐府诗集》，即载有隋炀帝及其大臣王胄所作《纪辽东》同调词各二首，其形制已与唐五代“令曲”极为接近，实可看作后来“倚声填词”之滥觞。由此看来，说词产生于隋代，应当是大致不差的。

词究竟产生于何处？清光绪二十六年（1900）从敦煌石窟中所发现的曲子词共160多首（据王重民《敦煌曲子词集》），其中绝大多数是民间作品，而且有不少产生于盛唐乃至盛唐以前，证明词是从民间兴起来的。敦煌曲子词的内容相当广泛，有讴歌大唐繁荣景象的，有赞美民族团结和睦的，有反对对外扩张的，有抨击繁重徭役的，等等。当然，数量最多、艺术性也较高的是关于爱情和婚姻问题的描写，作者能勇敢地冲破许多封建文人轻视妇女、玩侮女性的偏见，而为各阶层妇女的种种痛苦和不幸鸣不平，一首首饱含同情的歌词，或托物寄意，或触景生感，或直抒胸臆，倾诉了征妇的情思，怨妇的悲愤，被侮辱被损害的女性反抗的心声，以及她们对忠贞爱情的追求和向往。其创作精神、思想内容、风格情调乃至表现方式，与汉魏六朝乐府民歌都是一脉相承的。其中《菩萨蛮·发愿》一首，就是颇具代表性的优秀篇章之一：

枕前发尽千般愿，要休且待青山烂。水面上称锤浮，直待黄河彻底枯。白日参展现，北斗回南面。休即未能休，且待三更见日头。

《菩萨蛮》这一词调，当今学者多据唐人苏鹗《杜阳杂编》而认定其至中唐宣宗时始有，但此说很难成立。事实是，不仅早在生活于盛唐玄宗、肃宗时代的崔令钦《教坊记》中即载有此调，近人杨宪益《零墨新笺》已考证出“《菩萨蛮》三字，乃‘骠且蛮’或‘符诏蛮’之异译，其调乃古缅甸乐，开天间传入中国”，而且现在选来的由敦煌石窟所存资料载明至迟也应出现于盛唐时期的这首曲子词，尤可实证此调中唐以前即已广泛流传。此调又名《子夜歌》、《菩萨鬘》、《一箩金》、《花间意》、《梅花句》、《花溪碧》、《飞仙曲》、《婆罗门引》、《巫山一段云》等。有多体，俱为双调，四十四字。通行体上片四句，二十四字，为七七五五句式，两仄韵，两平韵；下片二十字，为五五五五句式，两仄韵，两平韵。今选此词共四十九字，上下片分别为七七六七、五五五七句式，应是早期词体尚未最后定型的反映。

这首词写的是一篇坚贞不渝的爱情的誓言。关于词中主人公的认定，目前学界虽有或为男性或为女性的歧义，但在肯定单方独语这一点上，则是共同的。而照我们理解，这篇坚贞不渝的爱情的誓言，应是由男女主人公双方，即一对新婚夫妻互动地共同完成的。已故著名学者刘永济《唐五代两宋词简析》谓：“此男女情誓也。”如此定位完全正确，只可惜未能再进一步作具体分解。

词的起拍“枕前发尽千般愿”一句，是总提，是作者的一个叙述性前言，交代了事情发生的场合和中心内容。场合为“枕前”，中心内容是“发尽千般愿”。“发”以至于“尽”，“愿”而竟达“千般”，充分昭示出双方的感情如何激动，态度怎样坚决。

接下来从“要休”句直到篇末则是词的主体部分——词中男女主人公所发千般愿的具体内容，又可分两层：从“要休”句到“北斗”句为一层，由开头“要休”这一字眼所体现的口吻判断，应为丈夫先对妻子发心愿，作承诺。因为“休”字在此处是丈夫离弃妻子的专门术语。但在丈夫的誓言里，他竟滔滔不绝地从反面一连假设了自然界和生活中五种根本不可能出现的物象，如果出现为“要休”的先决条件，而实际上正面的意思则是根本不可能“休”，从而极端强调地表达了他对爱情的坚贞。有必要指出，词中男主人公如此信誓旦旦地表示永不休妻，不仅体现了他对爱情的坚贞不渝，而且在当时具有鲜明的反封建的意义。

词的煞拍"休即未能休，且待三更见日头"两句，为另一层，据上下文意判断，则应是妻子在丈夫已发誓言的基础上的再"夯实"，更强调。句中"即"字，转折连词，意同却。这两句是妻子说：即使前面你所举的五项可以"休"我的先决条件都具备了，却仍然不能休我，要休我，还得再加上一项，就是等到正半夜能看见太阳的时候。照我们理解，这既是妻子对爱情绝对坚贞的恳切表白，更透露了她企盼丈夫永远坚守决不休妻的承诺的强烈诉愿。须知在夫权社会里，丈夫休妻的事太司空见惯了，故而听过丈夫信誓旦旦的保证之后，妻子仍下意识地存有某种不踏实的心理，于是还要趁热打铁式地添加条件，以彻底堵死将来被休弃之事会发生于万一的任何可能性，也就完全合情合理。总之，全词由男女主人公互动地完成如此一篇"牢不可破，坚不可摧"的爱情的誓言，于是，一对恩爱夫妻的动人形象也就跃然于纸上了。

熟悉文学史的人读这首词，很容易联想到早先汉乐府民歌中的《上邪》篇：

上邪！我欲与君相知，长命无绝衰。山无陵，江水为竭，冬雷震震，夏雨雪，天地合，乃敢与君绝。

的确，这首词与《上邪》诗对照，有继承，又有发展，二者一前一后，相得益彰，皆可谓很难得见的神品范篇，对后世影响深远而巨大。台湾著名学者潘重规教授《敦煌词话》合评此二作说："乐府上邪，后世久无嗣响，赖敦煌菩萨蛮一词，炳烁联华，后先辉映，成为我国歌曲中的并蒂奇葩，为世界文艺添一段异彩。"洵为不刊之论。

三

如果给词的发展构画一个简单的轮廓，那便是：它萌于隋，兴于唐，繁衍于五代，而大盛于两宋。

大约在初盛唐时期，文人们大都囿于传统偏见，还不屑于学习运用来自民间的词这一文学样式写作，即便偶有所为，也常随手交付乐工、歌伎们去演唱，仅在民间流传而已，并不重视收进文集，或亮出自己的尊姓大名。于是，那类作品也就很少能以文人词的面目流传下来。由此可以推测，本为李白所作而被誉为"百代词曲之祖"的《菩萨蛮·平林漠漠烟如织》和《忆秦娥·箫声咽》

二词，后来之所以会引起作者、作时问题的异议且至今聚讼纷纭，难定一是，或即与此种情况有关，也未可知。

不过，在我们看来，无论由现存文献资料检验，或从作家因素考量，还是就作品风格鉴别，均有利于证明这两首词应系李白所作。在未能举出充足的反证和充分的否定理由之前，异议尽管异议，李白的著作权是难以动摇的。就是说，应当承认李白在文学史上不仅是最大的诗人，而且是最早的词家。我们完全拥护词学大师唐圭璋先生在《唐宋词鉴赏词典序言》中所作的论断：

现存最早的文人词，当属盛唐大诗人李白的《忆秦娥》和《菩萨蛮》。宋黄昇《唐宋诸贤妙绝词选》尊之为“百代词曲之祖”。如果我们在“词曲”之前加上“文人”二字，这一评价还是符合实际的。

现在先看《忆秦娥》：

箫声咽，秦娥梦断秦楼月。秦楼月。年年柳色，灞桥伤别。
乐游原上清秋节，咸阳古道音尘绝。音尘绝。西风残照，汉家陵阙。

《忆秦娥》一调，始见于本篇，当系李白首创。因词中有“秦娥梦断秦楼月”之句，遂定名为此。又名《秦楼月》、《碧云深》、《玉交枝》、《双荷叶》、《蓬莱阁》、《子夜歌》、《乐游原》等。此调分仄韵与平韵两体，俱为双调，四十六字。前后片各五句，上片二十一字，下片二十五字。每片第一、二、三、五句押韵，且第三句须叠第二句末三字，在结构上起过渡作用，在格律上起连锁作用。

照一般理解，这是一首思妇念远词，是表达离情别恨的；但如作深一层次体会，它的思想意义却远远超出了闺怨的范围。它的具体创作时间向无定指，从知人论世的角度考量，我同意有学者所作当在天宝年后期的推断。这首词其实属于“比”体，全词的重心，是借助思妇念远的描写抒发了词人怀古伤时的深沉感慨。

词的上片看字面是写思妇的春愁。“箫声咽，秦娥梦断秦楼月。秦楼月”三句是说，秦娥从月夜的梦境中被悲切的箫声惊醒。“咽”，状声音悲切。“秦娥”，指秦地美貌的女子。扬雄《方言》：“秦晋之间，美貌谓之娥。”“梦断”，梦中被惊醒。“年年柳色，灞桥伤别”两句是说，她从梦中醒来，回忆起当初在灞桥边折下柳枝送别丈夫以后，年复一年，空房独守，不尽悲伤。“灞桥”（一作“霸陵”，此从《邵氏闻见后录》），在长安东灞水上，汉唐人自长安东行必经此桥，且有送客到此要折柳条赠别的风俗。但细味起来，这里所写并不如此简单。深层里，却应是词人假托秦娥念远的形象，曲折地表达了自己对逝去的某种美好事物的苦思与追想，可以看出，这种苦思和追想是执著的，但又分明是不会有结果的。

词的下片看字面是写思妇的秋怨。“乐游原上清秋节，咸阳古道音尘绝。音尘绝”三句是写往昔每逢重阳佳节，秦娥总与丈夫相依相携，登高游乐，而后却惜别经年，杳无音信，无任失落。“乐游原”，又名乐游苑，秦时称宜春苑，汉宣帝在此建乐游庙，始称乐游原，唐时，乐游原的西北部被划入长安城内，以其地势高阜，登原远眺，可以收尽长安全景，遂成仕女们游乐胜地。“清秋节”，即九月九日重阳节。“咸阳古道”，咸阳为秦代都城，自汉以后，凡由长安往西北方面去的人，必经这条古老道路。“音尘”，本指车马行进时发出的声响和荡扬的尘土，这里代指音信。但深层里，据我们体会，这里所写，实则反映了词人由于曾亲历过的盛唐景象一去不返而在内心激起的巨大的感情落差。这，也正是上片所分析到的那种已逝去的让词人执著的苦思与追想却又不会有结果的美好事物的社会现实内涵。于是，这才顺理成章地最后结穴为“西风残照，汉家陵阙”全词的警策，是说：可叹那庄严巍峨的汉代陵墓和金碧辉煌的宫殿建筑，如今都沦落到秋风萧瑟、夕阳残照之中了。“残照”，落日余晖。“汉家陵阙”，咸阳北原上基本成一条直线排列的，西汉十一代皇帝的陵墓，绵延约百里之远。“阙”，古代皇宫、陵墓建筑的对称形门楼。这两句，字面是写思妇放眼所见，深层里则是词人面对历史沧桑而不禁从心底迸发出的深沉感慨。无怪乎词学大师王国维在《人间词话》中盛赞说：“太白纯以气象胜，‘西风残照，汉家陵阙’，寥寥八字，关尽千古登临之口。后世唯范文正之《渔家傲》，夏英公之《喜迁莺》，差足继武，然气象远不逮矣。”的确，能发出如此悲壮而又雄放的浩叹的，舍生活于盛唐并深受其时代精神滋养而以天下为己任的诗词大家李白，其谁可当耶！

再看《菩萨蛮》：

平林漠漠烟如织，寒山一带伤心碧。暝色入高楼，有人楼上愁。

玉阶空伫立，宿鸟归飞急。何处是归程？长亭更短亭。

照一般理解，这是一首游子思归词，全词着力抒发了游子羁旅异乡的怅惘之情，虽依体制分成上下两片，但两片之间词意一气贯通，无法截然划开。起拍“平林”两句写游子眼前所见之景：那是原野上无边的树林笼罩着朦胧迷茫的暮霭，那是远望如带的寒山呈现出一派凄冷肃杀的秋色。“平林”，原野上的树林。“漠漠”，广远迷蒙的样子。“烟如织”，状暮霭浓密。“烟”，此指暮霭。“寒山一带”，秋山远望像一条带子。“伤心碧”，极言晚山的青苍，有如碧玉一般。“伤心”，此处用作副词，表程度，为蜀地方言，意如“极”、“要死”、“要命”。一说“伤心”，是形容词，形容山色愁惨，绿得让人看了伤心。歇拍“暝色”两句写游子因眼前特定景色而引起的联想和想象：此时幽暝之色怕已漫上了家中妻子的绣楼，而她一定会为思念自己而愁苦不已吧。“暝色”，暮色。“人”，指家中妻子。换头“玉阶”两句紧承上片继续联想和想象：她现在怕又移步下楼，站在如玉的石阶上巴望着自己的归来；但左盼右等总不见踪影，却只见暮色时时加重，飞鸟急急归巢而已。“玉阶”，白色阶石的美称。“伫立”，长久站立。“宿鸟”，正要回巢夜宿的鸟。以上四句全是设想家中妻子对游子如何思念，却正好加重表现了游子对妻子的思念，是透过一层的写法，煞拍“何处”两句写游子思归不得而茫然无依的心理活动。两句一问一答。“何处”句是自问，是由暮色苍茫而触发的，既问归去之路，又问归去之期。“长亭”句是自答，是说展望前景，只见亭亭相续，迭现无穷，不知归路几许，也不知归期何时。“亭”，古时官道上修建的供行人临时歇脚的处所。“长亭”，大亭，约十里一所。“短亭”，小亭，约五里一所。“更”，此处有迭现无穷意。这两句写得极为含蓄和深沉，词人的无限怅惘感伤之情尽从亭亭相续的景物描绘中显现出来。

李白一生多在漂泊漫游中度过，因而写行旅之感是他诗歌创作的重要内容。而他的行旅又往往是没有具体明确的指向的，所以“何处是归程”就成了他反复咏叹的主题。但如再向深处开掘，不难发现，其实正如他曾在《蜀道难》、《行路难》、《梦游天姥吟留别》等诗歌名篇中借助于行路、梦游的景物描写以表达人生维艰、前途难卜的内心体验那样，此词又何尝没有通过游子思归的题材，而婉曲地吐露了自己在人生的征途上茫然前行、不知所之的难以消解的困惑和忧伤呢！从这个角度看，此词也是一首非同寻常的借题发挥之作。明乎此，也就更容易理解词人在此词的结穴处为什么会发出“何处是归程，长亭更短亭”那样极度迷茫而又尤为深沉的浩叹的原因了。

四

到了中唐，情况有了变化，文人们学习民间词进行创作逐渐形成风气，一些诗人有意运用这一新的文学样式，创作出了一些优秀作品，使词这一体制趋于定型化。较早的如张志和、刘长卿、韦应物等，稍后的如刘禹锡、白居易、王建等，都有名篇传世。其中，张志和的《渔歌子》，白居易的《忆江南》等，可为突出代表。请看张志和的《渔歌子》：

西塞山前白鹭飞，桃花流水鳜鱼肥。青箬笠，绿蓑衣。斜风细雨不须归。

《渔歌子》，本为唐玄宗时教坊曲。后用作词调，最早见于敦煌曲子词。原卷曲牌作《鱼歌子》，《教坊记》亦作《鱼歌子》。约经张志和首倡，而至五代时正式演变为《渔歌子》。又名《渔父》、《渔父词》等。属单调，二十七字，五句，四平韵，为七七三三七句式。中间三言两句，例用对偶。

张志和《渔歌子》系组词，这里选来的是第一首。词的起句“西塞山前白鹭飞”，写山。山是“西塞山”，历史上所称西塞山有两处，此指在今浙江湖州市那一处。“白鹭”，水鸟，常在春夏时活动于湖沼或水田地区，以捕食小鱼为生。“白鹭飞”，既彰显春天的到来，又暗示山前一定有水。果然，次句“桃花流水鳜鱼肥”，写水。水是苕溪、霅溪，都在湖州市南，二者汇合后注入太湖。“桃花流水”，即“桃花水”，加一“流”字，既为凑足音节，又可增强景物动感。“鳜鱼”，俗称桂鱼，肉质鲜美，为淡水鱼中名贵品种。“桃花流水”与“鳜鱼肥”是相关景物的巧妙配合，它们和首句已写山、鸟景物相呼应，更进一步烘染了一派盎然的春意。

然而，这还不是画面的全部，甚至只能说这仅够充当整幅构图的一个背景。词的后三句“青箬笠，绿蓑衣。斜风细雨不须归”，才突现了整幅画面的主景：一位渔翁，正稳坐船头，戴着斗笠，披着蓑衣，在斜风细雨中，悠然自得地垂钓呢！“箬笠”，用薄竹皮和嫩蒲叶编成的斗笠。“蓑衣”，用龙须草织成的雨衣。是的，风和日丽的江南春景当然美，而斜风细雨中的江南春景就更别具一番韵味，由于它给江南春色染上了一层清濛淡远的氛围，因而也就使之更富于迷人的魅力。于是让人不能不感到那位垂钓的渔翁，与其说是在专心一意地劳作，不如说是在尽情领略眼前所展现的诱人的大自然的美；看来，他准定是被这斜风细雨中的湖州山川的诗情画意所深深陶醉，竟然乐不思返了。

张志和的《渔歌子》，是为答谢湖州刺史颜真卿资助他更造新舟而创作的。词中通过精心选择的自然美景，更通过悠然垂钓的渔翁形象，表达了词人对湖州山水的热烈赞美，对充满诗情画意的江南春色的无限喜悦，对美好的大自然的爱恋和对潇洒自在的烟波钓徒生活的讴歌，从而，也就集中体现出词人遁迹江湖、怡情山水的志趣，并巧妙地寄寓了对颜氏资助的答谢之意。

这首词，从形式上看很像一首七言绝句，不同处似乎只在七绝的第三句被破为两个三字句罢了。因此，曾引发过它究竟是词或非词的疑义。其实是，不仅如清人先著《词洁发凡》所提出的，张志和的《渔歌子》“流传已盛，遂成一体，即不得不谓之词”，而且它的平仄、韵脚都与七绝有别。由于这首词的平仄配合协调而有规律，又用四平韵，虽说“其曲度不传”，今天读来却仍很上口；中间出以三言两句，并用了对偶，更显得活泼而富于变化。于是，入宋后就都以它的谱式填写，而成为这一词调的定格了。

再到晚唐，文人词更有了明显的发展。经过众多词人的努力，词这一文学样式已经达到完全成熟的阶段，而俨然成为独树一帜的新体文学了。这一时期，众多的词家中如杜牧、温庭筠、段成式、皇甫松、司空图、孙光宪等，都有名作传世，而其中成就最高的当推温庭筠，他是词史上致大力于填词的第一人，留下的作品比唐代其他词人都多。他还是推动词这一文学样式走向成熟的最重要的一位词人。他的词风如宋代学者孙光宪《北梦琐言》所概括的是“香而软”（转引自清人沈长垣等所编《历代诗馀》，孙书今本未见此语），这不仅影响了他那个时代的词人的创作，而且还开启了以后流贯整个词史的“婉约”一派。

温庭筠的词，绝大多数都是描写女性的容颜、体貌、服饰、神态、举止，以映衬其内心寂寞无聊、伶孤怨别的柔情蜜意，充满了浓烈的脂粉气。间或融入个人的心绪，也大抵是一些有关身世遭际的轻喟浅叹，而绝少感慨时事、忧愤现实的吟唱。可以说，题材的艳情性、描写的细腻性、手法的暗示性和语言的密丽性四者的统一，构成了温词的主体特色。当然，温词尽管写悲欢不过系之离合，论追求无非止于团聚，缺乏具体的社会内容和一定的思想深度，却绝无一篇失之色情的作品。清人陈廷焯《白雨斋词话》评他的词“丽而有则”，十分恰当。从词的发展角度说，温庭筠正是在这方面为婉约词的传统题材的确立做出了重要的贡献。

温庭筠词的主要代表作是《菩萨蛮》十四首。这组词大约作于唐宣宗大中四年（850）十月至大中十三年（859）十二月令狐绹为相期间，是应令狐绹之邀而专为宣宗写的娱乐演唱词。其中第一首最为著名：

小山重叠金明灭，鬓云欲度香腮雪。懒起画蛾眉，弄妆梳洗迟。
照花前后镜，花面交相映。新贴绣罗襦，双双金鹧鸪。

这首词通篇是写闺怨的，表现了女主人公从清晨初醒到起床梳妆再到妆成试镜以至最后着衣的全过程，借以映现她寂寞无聊、怜孤怨别的心境。词的上片写女主人公清晨初醒到起床梳妆的过程，也暗示出她寂寞无聊的心态。起拍“小山”两句，写女主人公清晨初醒时的情状：她清晨刚从睡梦中醒来，眉晕漶漫，额黄隐显；她的鬓发缭乱，似乎要遮住她那散发着清香的雪白的面颊。“小山”，眉式的一种，即小山眉，因眉色如望远山，故名。“金”，当指额黄，为女主人公额头的一种黄色妆式，或涂或贴而成，此风最胜于六朝，至唐时尚存。“重叠”、“明灭”，描摹了这种眉晕和额黄因女主人公夜睡中辗转反侧而被揉来擦去，已呈漶漫模糊隐显明灭之状。“鬓云”，即云鬓。“欲度”，想要遮住。“香腮雪”，即香雪腮。“香”言气味，“雪”状颜色，都是对“腮”的形容。歇拍“懒起”两句分承起拍两句，接写女主人公起床梳妆的情状，并暗示她寂寞无聊的心境。“懒起”句上承首句，是说因为眉妆已残，所以要“起画蛾眉”，“懒”，既形容她起床时的磨磨蹭蹭，也暗示她描眉时的有心无心。“蛾眉”，也可写作娥眉，形容女子眉毛的姣美。“弄妆”句上承二句，是说鬓发已散，所以要“弄妆梳洗”。“弄妆”，即上妆。“梳洗”，是弄妆的具体过程。“迟”，与句首“弄”字呼应，描状了她不慌不忙、仔仔细细、反复察验的情态。整个上片所写，突出了女主人公生活的闲散、孤独、空虚和无聊。

词的下片写女主人公对镜验妆到最后着衣的过程，进一步揭示她怜孤怨别的心境。“照花”两句写她簪花照镜的情况。“照花”句中的“花”，是一种头饰。“照花”，不仅暗示把花插在发髻上，已经完成了上妆的最后程序，而且点明正用镜子对照，进入了验妆的收尾阶段。“前后镜”，梳妆用具，前镜为妆台奁内之座镜，后镜指手持之柄镜。“花面”句则交代验妆的结果，是说对镜自照，发现人面与花光彼此互衬，相应生辉。从字里行间不难察觉出，女主人公其实显然正为人因花更美、花借人愈艳而感到十分惬意，从而正好兜露出女主人公顾影自怜的内心情愫。煞拍“新贴”两句写最后着衣。值得注意的是，这里并未再对着衣过程进行具体描述，而只就所着之衣的制作情况加以简要的分项说明，却妙在收到了最后彰显女主人公身份和内心隐秘的理想效果。“新贴”句交代所着之衣的款式、面料和新旧度。款式是“襦”，即短上衣，犹今之所谓贴心袄。面料是“贴绣罗”，即以“贴”法加工过的华美的丝罗。“双双”句是对贴绣图案的补叙。图案是一双双一对对金色的鹧鸪鸟。“鹧鸪”，是我国南方的一种留鸟。古时常与鸳鸯用法一样，以表成双成对、爱情相谐之意。不难体会，这样写，是词人以暗示法巧设的一个将鸟比人的反衬，藏在字面背后的“潜台词”，其实是：女主人公正当试着新衣之际，“忽睹衣上有鹧鸪双双，遂兴孤独之哀与膏沐谁容之感”（唐圭璋《唐宋词简释》）。由此可以推想，她的身份当是一位如初唐诗人沈佺期《古意》所写“卢家少妇”，或盛唐诗人王昌龄《闺怨》所写“闺中少妇”式的女性，论物质生活条件不能说不充裕，只可惜夫婿不在身边，尔今正在空房独守、百无聊赖，这使她深感精神生活的空虚，乃至最后不得不沦入怜孤怨别的幽幽苦境之中。

关于此词的思想评价，历来聚讼纷纭。经过对词人和词作的知人论世、披文入情的研究分析和对有关诸说的仔细比酌考量，我们认为词学大师夏承焘《唐宋词欣赏》所提出的“全词描写女性，这里面也可能暗寓这位没落文人自己的身世之感”的意见，特别是当代著名学者袁行霈先生《温词艺术研究》所提出的“张惠言说‘此感世不遇也，……照花四句，《离骚》初服之意’，牵强附会，不能服人。但词中那种孤独寂寞的情调，那种自怜自惜的心理，那种期待向往的情怀，不能说和词人自己的身世之感毫无关系。有意的寄托未必有，无意的流露未必无”的意见，尤其精到，因而我们最为钦服。

五

到了五代时期，词又有进一步的发展。五代词的重心是在地处东西两端的西蜀（包括前蜀和后蜀）和南唐。

西蜀词以“花间派”为主体。花间派因《花间集》而得名。《花间集》是我国文学史上最早的一部文人词总集，为五代后蜀人赵崇祚选编。花间词人继承了温庭筠的词风，并奉他为鼻祖。他们的词题材狭窄，多写男女恋情和歌舞宴乐，风格浮艳绮靡，总体上都不出“香而软”一路。值得特别重视的是与温庭筠合称“温韦”的韦庄。韦庄词除与花间派保持着基本共性（即不离婉约一路）以外，更表现了他独特的个性。在内容上，与温庭筠那些倾力反映歌姬妓女的生活不同，而是多写男女离别相思之情或者个人遭际之感；在表达上，与温庭筠专作客观的描写有别，而是重在主观的抒发；在风格上，也与温庭筠的秾艳细腻、隐约绵密互异，而是经常诉诸白描手法，以平浅直白的语言出之，因而显得格外率真天然，清疏晓畅；但又决非一味平铺直叙，浅露无余，却是时时表现为笔直而情曲，词达而意婉。清人陈廷焯《白雨斋词话》评云："韦端己词，似直而纡，似达而郁，最为词中胜境。"所见极为精辟。而最能体现他的"词中胜境"的，莫过于他的《菩萨蛮·人人尽说江南好》：

人人尽说江南好，游人只合江南老。春水碧于天，画船听雨眠。
垆边人似月，皓腕凝霜雪。未老莫还乡，还乡须断肠。

这首词是抒发思乡深情的，但却借"透过"之法，以通篇一气贯注地引述别人盛赞江南好而极力劝留的口吻，婉曲地表达出来。全词可分三层：

起拍"人人"二句为第一层，总叙别人劝留江南。首句"人人尽说"四字下得很有分量，既明言众口一词，人所共识，又暗示却是别人意见，而非本人认定。"江南"，本意长江以南，亦可泛指与"北方"对举的"南方"，此处特指西蜀。"好"，是对江南的一个总评价，也是劝留江南的一个总理由。次句"游人"，指词人自己，是别人对词人的称呼。"只合"，只应该。"只"字强调唯独，舍此无他。"江南老"，在江南终老。看字面，"江南好，游人只合江南老"不过是别人的恳切劝说，但细品味，就中却流露出词人留在江南实出无奈的苦衷。正如词学大师唐圭璋先生所分析的："'只合'二字，无限悽怆，意为天下大乱，游人漂泊，虽有乡不得还，虽有家不得归，唯有羁滞江南，以待终老。"

那么，"江南"到底如何"好"，竟值得"游人只合江南老"呢？接下来则打破词的分片界限，以上片歇拍"春水"两句与下片换头"垆边"两句全词的主要篇幅，为第二层，就具体理由作了分项的申述。"春水"句首先介绍自然风光之"好"：江南多水，历来有水乡之称，尤其入春以后，碧水蓝天，相映生辉，蔚成一大胜景，让人陶醉其间，心旷神怡。"画船"句重在强调生活安乐之"好"。"画船"，饰有彩绘的船。试想，躺在华美的游船上，或者观赏绿水蓝天的明媚春光，或者聆听淅沥飘洒的入春好雨，那生活该是怎样的富于诗意，那心情该是何等的悠闲自得啊！"垆边"两句则集中表现人物佳丽之"好"。"垆边”句先总写全人。“垆边”，指酒家。“人似月”，状女子貌美如皎洁的明月。“皓腕”句再特写局部。“皓腕”，洁白的手腕。“凝霜雪”，进一步形容手腕洁白得如同敷上一层霜雪似的。须知这里写人是用典，是借汉代卓文君之事以形容江南女子的佳丽姣好。卓文君不就是古代曾为司马相如所追爱后来二人结为夫妻的著名的“当垆”美女吗？而且，大范围说，她籍属江南；具体地讲，她家住蜀中。据此，似乎更有利于证明此词为韦庄晚年寓居蜀中之作，他是“就地取材”，自然要举文君为喻，而轮不着越中美女西施了。

照常理，前面既然已经讲足了“江南好，游人只合江南老”的种种理由，词人听后可该接受劝告，同意留住江南了，但看来并非如此。因为词的煞拍“未老”二句，这接下来的第三层，字面虽是遥应篇首，实际却竟反跌出思乡深情来。因为，在“未老莫还乡”的别人的劝留声里，不正巧可以听出词人此时此刻仍未打消“还乡”念头的重要信息么！不然，别人何劳多此一举地还要强调“未老莫还乡”呢？不消说肯定是听了别人劝留的种种理由之后，词人还在继续坚持想（甚至要）还乡，别人才不得已以退为进地作出至少在“未老”之前千万“莫还乡”的劝留的。

韦庄是北方（唐京兆杜陵，今陕西西安市东南）人，他生活在唐末至五代的易代之际，当时中原战乱频仍，兵连祸结，民不聊生。他是在壮年时为避战乱而流寓相对安定的江南多年，唐亡后更羁留蜀中，在那里度完了他的一生的。他虽也亲见江南之好，且还曾在西蜀做官做到宰相的高位，但毕竟不是择木而栖，乐不思归之辈，而怀乡之念，时时萦系心头，但又实在欲归不能，于是陷入无奈的深深的乡愁之中。这首词正是借别人一再劝留的口吻，将自己的郁郁乡愁委曲婉转地表达出来。

南唐是继西蜀之后又一个词的盛区。南唐词风与西蜀词风原无根本差别，但由于自中主李璟后期起就面临北周的威胁，到后主李煜时更亡于赵宗，这就使南唐的君臣们在作品中不免流露出失落的甚至绝望的情绪，贯注着感伤的基调。南唐词人主要有冯延巳、李璟和李煜三家。冯延巳在南唐词人中时代较早，他的贡献在于继韦庄之后，进一步使词由注重描写转为注重抒情，而着力于表现人物的内心世界。李璟词不假雕饰，自见真情，是他胜过温庭筠而与韦庄相似之处，而其寄意深远，层次迭转则为韦庄所不及。李煜无疑应是南唐乃至整个唐五代词人中成就最高的一位。他打破了长期以来被认作“正统”的花间词风，扩大了词的表现领域，远绍李白、张志和、白居易等，近承韦庄和冯延巳开创的以词抒情的道路继续往前走，使词终于发展成为个人抒情言志的新诗体，取得了类似抒情诗的地位。词学大师王国维《人间词话》评价说："词至李后主而眼界始大，感慨遂深，遂变伶工之词而为士大夫之词。"这是十分中肯的。

李煜多才多艺，尤通音律。他的词的创作，可以南唐亡国为界，分为前后两期。前期，他过着封建帝王穷奢极侈、纵情声色的腐朽生活，故其词作大抵不外乎声色享乐的内容，而从诗词的嬗变承继关系看，也大致为"花间"香软词风与南朝"宫体"情调的融合而已。但到后期，随着他政治地位和思想感情的巨变，其词作则一扫宫廷生活的气息，而不啻为一个亡国之囚的悲愤、忧伤乃至绝望的血泪的呼喊了。他的《虞美人·春花秋月何时了》，就是这类词的最典型的篇例之一：

春花秋月何时了？往事知多少！小楼昨夜又东风，故国不堪回首月明中。

雕栏玉砌应犹在，只是朱颜改，问君能有几多愁？恰似一江春水向东流。

《虞美人》，本为唐教坊曲，最初得名于项羽宠姬虞美人，一说得名于虞美人草。后演化为词牌。因李煜填写这首词中的名句，又常称"一江春水"。此外，还有称"玉壶冰"、"巫山十二峰"、"宣州竹"、"忆柳曲"的。此调在敦煌曲中为单调，共二十九字。后叠为双调，正体共五十六字，上片四句，二十八字，两仄韵，两平韵，下片与上片同。又一体五十八字，上片二十九字，两仄韵，三平韵，下片与上片同。本词属正体。

这首词，据已故著名学者詹安泰先生考证，当作于李煜被俘入宋后的第二年（977）正月（说见詹著《李璟李煜词》）。而据有关文献资料记载，李煜是在此前一年（976）正月被押赴汴京待罪的，到写这首词的时候，正好整整一年。因此，我们有理由进一步推断：这首词很可能是作者为纪念他的故国——南唐亡国一周年而作。

随着南唐的覆亡，李煜陡然间由南唐的国君一变而为宋朝的囚犯，他不但失去了小皇帝的宝座，失去了豪华奢靡的生活，而且失去了人身的自由。这一严酷的现实，使他"日夕只以眼泪洗面"（王铚《默记》），而沉浸于故国之思、亡国之恨的深哀巨痛之中，产生了他特有的悲和愁。这首《虞美人》，就集中而典型地反映了他的这种悲和愁。

词的上片伤今忆昔。起拍"春花"两句是泛指，是总提。"春花"句是伤今，表达对眼前处境的愤怨。意为：春暖花开，中秋月圆，岁月就这样无休止地循环往复，我这囚徒的生活，到哪天才是尽头？看来，他对自己眼下亡国之囚的处境再也不愿忍受下去了。“往事”句是忆昔，对往昔生活的怀想。“往事”，是指他当国君时所有值得追忆的事。“知多少”，语意双关，既含有对当年豪奢的帝王生活的留恋之情，又含有对过去治国得失的历史教训的反省之意。从表达留恋之情看，“知多少”实是一声缠绵的叹惋，是说值得留恋的往事实在太多的意思；从表达反省之意看，“知多少”则是一个果决的判断，是知多又知少，即对自己过去的所作所为已经明白其中的是非长短的意思，比如，他一准想到他因荒淫昏庸，不理朝政，错杀潘佑、李平等忠谏之臣，以致弄得国是日非，不堪收拾，最后亡于赵宋，自己沦为囚徒的结局，并为此而悔恨不已。歇拍“小楼”两句是实说，是具陈。“小楼”句是说他被囚居监所，长夜难眠，阵阵东风吹进小楼，在提醒他做亡国囚犯已经整整一年了。“小楼”，当指他被囚居之处，条件简陋，自不待言。这与他往昔做帝王时所享用的“连霄汉”的“凤阁龙楼”（作者另首《破阵子·四十年来家国》中语）相去何啻天渊！“昨夜”，即这一夜，因夜已尽，故说昨夜。“东风”，春风，指已到春天。而“又”字，不仅点出今年的春天——也就是他亡国入宋、囚居“小楼”已届周年的特定时刻确定无疑地到来，而且更强化了他原就厌世已极、痛不欲生的人生体验。“不堪”句是说昨夜月明依旧，可故国早已破亡，令人不忍回顾。这不仅活画了他思念故国那种愁苦万分、悲痛欲绝的情状，而且突现了全词抒发亡国之痛的主旨。

词的下片直抒由伤今忆昔而激发的无限愁苦。过片“雕栏”两句承上片进一步补足“故国”的“不堪回首”，表达因物是人非而生的无限悲伤和哀怨。是说，金陵故都那些豪华的宫殿建筑想必还在吧，可是曾几何时，自己却早已形容憔悴、一副老态了！“朱颜”，青春健康的容颜。“朱颜改”三字尤其值得玩味：南唐亡国时李煜刚四十来岁，尚为“朱颜”，应属当然。但到写这首词时不过才满一年，竟就朱颜“改”了，何以变得如此之速呢？这无疑是他“一旦归为臣虏”（作者另首《破阵子·四十年来家国》）之后，经受了“日夕只以眼泪洗面”的“沈腰潘鬓销磨”（同上词）的结果。煞拍“问君”两句则直接倾诉他感受到的故国之思、亡国之痛的巨大哀伤。两句是设问设答格式。“问君”句是自问。“君”，是自指。“几多”，就是多少，南方口语。“恰似”句是自答。整句都用比喻：“一江”，满江，喻愁之多。“春水”，春汛水位上涨，喻愁之深，“向东流”，江河东流入海，不舍昼夜，喻愁之长。全句以满江春水滔滔东流永不停歇形容自己悲愁的绵绵不断，永无绝期。

总之，这首词淋漓尽致地抒发了词人故国之思、亡国之痛、前愆之悔的悠悠真情。一个已被置于别人刀俎之上的亡国之君，竟还敢如此大胆地吐露这样的真情，实为史所罕见，因而这首词也就具有相当鲜明的政治内涵和社会意义。陆游《避暑漫钞》记载：

李煜归朝后，郁郁不乐，见于词语。在赐第七夕，命故妓作乐，声闻于外。太宗怒。又传“小楼昨夜又东风”及“一江春水向东流”之句，并坐之，遂被祸。

李煜之死，竟与此词攸关，可见其决非一味感伤的等闲之作，宋太宗赵光义不消说是从中闻出李煜作为亡国之君的“人还在，心不死”的政治味来了，为根除后患，才下决心杀死他。

这首词采用直抒胸臆的方法抒发作者内心的思想感情，通篇以问句提挈，由问天起到问已结，达到了如王国维《人间词话》所谓“以血书者”的化境。法国作家缪塞《五月之歌》提出：“最美的诗歌是最绝望的诗歌，有些不朽的篇章是纯粹的眼泪。”应当说，李煜的这首《虞美人》，正属此种。

河南老年诗词研究会讲座

2009 年 3 月 31 日讲

和诗说略

——读萧统《文选》随札

一

和诗也是我国传统诗体中一个相当常见的类别。仅检南朝萧统《文选》所选诗，直接标明为“和”诗者即达7首（若将以“同”字代“和”字者1首也计在内则为8首）之多。

和诗的“和”字当读“hè”音，它本属音乐中的术语，意为“跟着唱”。《易·中孚》：“鸣鹤在阴，其子和之。”《管子·白心》：“人不倡（同唱）不和。”宋玉《对楚王问》：“客有歌于郢中者，其始曰《下里》、《巴人》，国中属而和之者数千人；其为《阳阿》、《薤露》，国中属而和之者数百人；其为《阳春》、《白雪》，国中属而和之者数十人；引商刻羽，杂以流徵，国中属而和者，不过数人而已。是其曲弥高，其和弥寡。”以上引文中的“和”字即皆为跟着唱之意。这一“和”字，后来被借用到诗歌创作中，则专指回应别人先前写出的诗词的题材或体裁进行创作。由此，别人那先前写出的诗词也就相应地被称作“唱”了。

大范围说，和诗原本是可以归属于答诗中的。因为，说到底，它仍不外乎是对有所赠（或唱）者的回应之作。所以，和诗的题目标明“和”字固属当然；而在实际创作中，就是不用“和”而径用一般答诗所惯用的如“答”、“酬”之类的标志性字眼儿也完全允许且相当常见。

试看《文选》所选西晋诗人张华的名作《答何劭》二首：

其一

吏道何其迫，窘然坐自拘。缨绥为徽纆，文宪焉可逾。恬旷苦不足，烦促每有馀。良朋贻新诗，示我以游娱。穆如洒清风，奂若春华敷。自昔同寮寀，于今比园庐。衰夕近辱殆，庶几并悬舆。散发重阴下，抱杖临清渠。属耳听莺鸣，流目玩儵鱼。从容养馀日，取乐于桑榆。

其二

洪钧陶万类，大块禀群生。明暗信异姿，静躁亦殊形。自予及有识，志不在功名。虚恬窃所好，文学少所经。忝荷既过任，白日已西倾。道长苦智短，责重困才轻。周任有遗规，其言明且清。负乘为我戒，夕惕坐自惊。是用感嘉贶，写心出中诚。发篇虽温丽，无奈违其情。

这是为了回应何劭的《赠张华》诗而作的，何诗是：

四时更代谢，悬象迭卷舒。暮春忽复来，和风与节俱。俯临清泉涌，仰观嘉木敷。周旋我陋圃，西瞻广武庐。既贵不忘俭，处有能存无。镇俗在简约，树塞焉足摹？在昔同班司，今者并园墟。私愿偕黄发，逍遥综琴书。举爵茂阴下，携手共踌躇。奚用遗形骸？忘筌在得鱼。

今将二人之作对读，知赠者既明邀老友及春出游，又隐表一同退休，安享晚年的心愿；答者则先顺从赠诗之旨抽绎生发，以向老友深致谢忱，再就对方的邀约和心愿加以婉拒，表示实出无奈和十分遗憾。由此可以判断，张华的《答何劭》二首其实就是标准的和诗，只不过以“答”字标题而已。

以答诗的标志性字眼儿作和诗标题的情况，直到唐代仍很普遍。试看杜甫的《酬高使君相赠》诗：

古寺僧牢落，空房客寓居。故人供禄米，邻舍与园蔬。双树容听法，三车肯载书。草玄吾岂敢，赋或似相如。

这是为回应高适的《赠杜二拾遗》诗而作的。当时，杜甫初到成都，尚未定居草堂，而暂住浣花溪寺中。高适在彭州得知这一情况，先写一首五律诗慰问：

传道招提客，诗书自讨论。佛香时入院，僧饭屡过门。听法还应难，寻经剩欲翻。草玄今已毕，此外更何言？

诗借想象杜甫寓居佛寺的生活、读书和写作情况，表达了对老友的关切和问候。而杜诗则比照高诗，亦用五律，逐联作答，句句相应，通过报告自己寓居寺中的实际生活和创作状况，表达了对老友盛情关切的答谢之意。显然，这也是一首标准的和诗，而采用了一般答诗常用的“酬”字标题。

这样看来，和诗与答诗既然具有如此“二而一”的密切关系，那干脆一律称作答诗不就是了，又何必还要多此一举地另立“和诗”一目呢？原因在于，和诗对答诗而言，毕竟只是被包容的关系，而不是恒等的关系；也就是，虽然一切和诗都可归入答诗，但答诗并不都能称作和诗，和诗与答诗毕竟还存在“一而二”的区别。其区别点即在：

答诗（非和诗的）只重在对人而发。它集中注意于对赠者的盛情厚意的一般性回应，至于诗的具体内容的确定以及表达形式的选择则悉听自便。因为这样的答诗实非针对对方赠诗而仅为答谢对方赠意（包括对实物或信函等的）而写。典型的诗例如李白的《答友人赠乌纱帽》：

领得乌纱帽，全胜白接䍦。山人不照镜，稚子道相宜。

这是答谢友人赠物的。

又如他的《以诗代书答元丹丘》：

青鸟海上来，今朝发何处？口衔云锦字，与我忽飞去。鸟去凌紫烟，书留绮窗前。开缄方一笑，乃是故人传。故人深相勖，忆我劳心曲。离居在咸阳，三见秦草绿。置书双袂间，引领不暂闲。长望杳难见，浮云横远山。

这是答谢友人来信的。

又如他的《答湖州迦叶司马问白是何人》：

青莲居士谪仙人，酒肆藏名三十春。湖州司马何须问？金粟如来是后身。

这是回答别人问话的。

总之，诸如此类的诗，一概只能称作答诗而不是和诗。

和诗则必须对诗而发。它不仅要密切照应赠诗的内容（即和意），而且还常常要有意照应赠诗的形式（如和韵），正因如此而适才成其为“唱和”。无“唱”之作，固然也就无所谓“和”，最多只能称作“答”，如前举李白诗即是；反之，无“和”之作，更断然称不起“唱”，却始终只能称作“赠”，此类诗多不胜举，于此从略。要而言之，唱和唱和，必然是有唱有和，二者相辅相成；但比较地说来，最要讲究的却是在“和”。因为唱者可以自主发挥，不受限制；而和者则只能被动相应，要守约束。正是基于这样的理解，我们才不依照惯例复称“唱和”诗，而只意在强调地单称“和”诗。

笔者过去曾指出别诗可看作赠诗的一个特类，现在则要进而指出和诗可看作答诗的一个特类。

二

和诗的创作应是很早就出现了，可以说它一开始就与答诗一而二、二而一地共生共长着。据文献资料记载，出现于秦、汉之际的那首虞姬《答项王歌》，既是迄今所知最早的一首答诗，同时也是目前所见最早的一首和诗。《史记·项羽本纪》载：

项王军壁垓下，兵少食尽。汉军及诸侯兵围之数重。夜闻汉军四面皆楚歌，项王乃大惊曰：“汉已皆得楚乎？是何楚人之多也！”项王则夜起，饮帐中。有美人名虞，常幸从，骏马名骓，常骑之。于是项王乃悲歌慷慨，自为诗曰：“力拔山兮气盖世，时不利兮骓不逝。骓不逝兮可奈何？虞兮虞兮奈若何！”歌数阕，美人和之。

细玩诗中一再呼唤着“虞兮虞兮奈若何”的句意，可知这是项王遭逢穷途末路、万般无奈之际，本能地求援似的唱给一直陪伴在他身边的爱姬听的。而从已经提示的“美人和之”的要件可知，这无疑完全称得起一首“唱”诗了。

又据唐人张守节《史记正义》引汉初人陆贾《楚汉春秋》所载，知虞姬的“和”诗为：

汉兵今略地，四方楚歌声。大王意气尽，贱妾何乐生！

诗的意思很明白，是紧相照应着项王唱诗的万般无奈的求援之意作出了“贱妾何乐生”的决绝的回答，表白事既无可挽回，则甘心与之同赴一死。这更无疑是一首道地的“和”诗。只不过《史记正义》引《楚汉春秋》这首诗时原不带题目，题目显系后人受了《史记》所说“美人和之”的启示而追定为《和项王歌》的。则诗之有“和”之称，或即肇自于此吧。

最早自觉地以“和”字标识于诗题之上的，据目前所见文献资料所载，则似应始于东晋末年大诗人陶渊明。今检陶集存诗57题125首（含1首联句），其中有3题4首即直接以“和”字标目：《和刘柴桑》、《和郭主簿》（二首）及《和胡西曹示顾贼曹》。只是刘、郭、胡三人原来的“唱”诗今已无从得见，故和诗与唱诗之间是如何对应关系也不可能探知其详而已。

至于最早的“和韵”诗，据目前所见文献资料看，则似应为出现于南齐与北魏时期的一组唱和之作，即载于北魏作家杨衒之《洛阳伽蓝记》一书中的谢氏的《赠王肃诗》及陈留长公主的《代答诗》。

王肃，字恭懿，琅邪临沂（今属山东）人，曾仕齐为秘书丞。太和（北魏孝文帝元宏年号）中奔魏，累迁尚书令、扬州刺史。景明（北魏宣武帝元恪年号）二年（501）卒，年三十八。据《洛阳伽蓝记》载：

洛阳城南正觉寺，尚书令王肃所立也。肃在江南，娶谢氏女。及至京师，复尚公主。其后谢氏为尼，来奔，作诗赠肃。公主亦代肃赠谢。肃闻之甚恨，遂造正觉寺以憩之。

谢氏赠诗为：

本为箔上蚕，今作机上丝。得络逐胜去，颇忆缠绵时。

陈留长公主答诗为：

针是贯线物，目中恒任丝。得帛缝新去，何能衲故时？

不难看出，谢氏赠诗的用意是借蚕丝的比喻希望达到唤起对方重念旧情的效果，而陈留长公主的答诗则不仅在内容上借针线的比喻针对谢氏诗意加以反驳，更在形式上写出了和韵诗中的步韵之作，这应该说是为和诗的体制开创了新的局面。

不过，留心一下诗歌发展史可知，这样的和韵诗在此后相当长的时期内并未引起众多诗人们的注意和响应。正如南宋学者洪迈《容斋随笔》卷16“和诗当和意”条所云：“古人酬和诗必答其意，非今人为次韵所局也。观《文选》所编何劭、张华、卢谌、刘琨、二陆、三谢诸人赠答，可知已。唐人尤多，不可具载。”的确，今抽检初唐“四杰”的和诗，如王勃1首，杨炯9首，卢照邻6首，骆宾王3首；盛唐诸大家的和诗，如王维32首，孟浩然17首，高适62首，岑参14首，李白23首，杜甫22首，发现只有个别篇子为和韵诗，如孟浩然的《和张丞相春朝对雪》：

迎气当春立，承恩喜雪来。润从河汉下，花逼艳阳开。不睹丰年瑞，安知燮理才。撒盐如可拟，愿糁和羹梅。

而张丞相（九龄）的唱诗《立春日晨起对积雪》为：

忽对林亭雪，瑶华处处开。今年迎气始，昨夜伴春回。玉润窗前竹，花繁院里梅。东郊斋祭所，应见五神来。

二诗皆用上平声十“灰”部韵，孟诗显系依韵的和韵诗。除此之外，则大抵皆为和意之作。证明洪氏之言不诬。

和韵诗的大量产生，应是始于中唐。明代学者徐师曾《文体明辨序说》“和韵诗”条指出：“中唐以还，元（稹）、白（居易）、皮（日休）、陆（龟蒙），更相唱和，由是此体始盛。”是符合实际的。今知中唐大诗人白居易还曾专意把他与另一中唐大诗人刘禹锡的唱和之作单独编成了一部《刘白唱和集》（据白氏自称集中收诗达138首），可见当时二人唱和之盛况。惜今已失传，所幸赖现存二人各自的别集庶几还可理出一个大概来。

三

和诗，可以从不同的角度分出不同的类别。

首先，是从和诗的内容角度分。虽说和诗的内容总的要求都应该如宋人洪迈《容斋随笔》“和诗当和意”条所强调的能达到“皆如钟磬在虡，叩之则应，往来反复，于是乎有馀味矣”的地步，方为上乘，但细分则有：

第一，顺其意而和之。如白居易先作《与梦得同登栖灵寺塔》诗为：

半月悠悠在广陵，何楼何塔不同登。
共怜筋力犹堪在，上到栖灵第九层。

诗中表达与知友刘禹锡兴致盎然地同登扬州栖灵寺（大明寺别名）塔的乐趣。

刘禹锡继作《同乐天登栖灵寺塔》诗为：

步步相携不觉难，九层云外倚栏杆。
忽然语笑半天上，无限游人举眼看。

则顺从白诗之意亦抒二人同登塔顶，眼见无限风光的乐趣以和之。

第二，匡其意而和之。如白居易先作《咏老赠梦得》诗为：

与君俱老也，自问老何如？眼涩夜先卧，头慵朝未梳。有时扶杖出，尽日闭门居。懒照新磨镜，休看小字书。情于故人重，迹共少年疏。唯是闲谈兴，相逢尚有馀。

诗中一味感叹老而慵懒无用，情绪比较消极。

而刘禹锡继作《酬乐天咏老见示》诗为：

人谁不顾老，老去有谁怜。身瘦带频减，发稀帽自偏。废书缘惜眼，多炙为随年。经事还谙世，阅人如阅川。细思皆幸矣，下此便翛然。莫道桑榆晚，为霞尚满天。

则先顺从白诗之意承认人老体弱为不可抗拒的自然规律，然后转而强调人老未必不是幸事，因为人老肯定阅历广博，经验丰富，正可以发挥此种优势，再干出一番辉煌的事业。这就对白诗有所匡正，思想显得积极起来。

第三，谢其意以和之。如刘禹锡有《白太守行》诗为：

闻有白太守，抛官归旧溪。苏州十万户，尽作婴儿啼。太守驻行舟，阊门草萋萋。挥袂谢啼者，依然两眉低。朱户非不崇，我心如重狴。华池非不清，意在寥廓栖。夸者窃所怪，贤者默思齐。我为太守行，题在隐起珪。

诗中热情地歌赞了白氏为苏州刺史期间深得民心的卓然政绩，并着意地称颂了其不溺仕宦、有心归隐的情志。

而白居易继作《答刘禹锡白太守行》诗为：

吏满六百石，昔贤辄去之。秩登二千石，今我方罢归。我秩讶已多，我归惭已迟。犹胜尘土下，终老无休期。卧乞百日告，起吟五篇诗。朝与府吏别，暮与州民辞。去年到郡时，麦穗黄离离。今年去郡日，稻花白霏霏。为郡已周岁，半岁罹旱饥。襦袴无一片，甘棠无一枝。何乃老与幼，泣别尽沾衣，下惭苏人泪，上愧刘君辞。

词中深表愧对苏州百姓并兼谢刘氏赠诗盛意以和之。

第四，反其意以和之。如宋代大诗人陆游有《卜算子·咏梅》词为：

驿外断桥边，寂寞开无主。已是黄昏独自愁，更著风和雨。
无意苦争春，一任群芳妒。零落成泥碾作尘，只有香如故。

这是一首咏物词，全词以拟人化手法极力刻画了梅花孤芳自赏和凄凉抑郁的悲剧形象。

毛泽东也有《卜算子·咏梅》词：

风雨送春归，飞雪迎春到。已是悬崖百丈冰，犹有花枝俏。

俏也不争春，只把春来报。待到山花烂漫时，她在丛中笑。

以拟人化手法，深情地歌赞了梅花凌冬报春及与群芳共享良辰的高贵品质。词题下自注“读陆游咏梅词，反其意而用之”。遂成为对陆作的反其意的和词的名篇。

其次，是从和诗的韵式角度分。明代学者徐师曾《文体明辨序说》“和韵诗”条指出：“按和韵诗有三体：一曰依韵，谓同在一韵中而不必用其字也；二曰次韵，谓和其原韵而先后次第皆因之也；三曰用韵，谓用其韵而先后不必次也。”

第一，依韵的诗例如白居易先有《代梦得吟》诗为：

后来变化三分贵，同辈凋零太半无。
世上争先从尽汝，人间斗在不如吾。
竿头已到应难久，局势虽迟未必输。
不见山苗与林叶，迎春先绿亦先枯。

而刘禹锡的和诗《乐天重寄和晚达冬青一篇因成再答》为：

风云变化饶年少，光阴蹉跎属老夫。
秋隼自能凌汗漫，寒龟饮气受泥涂。
东隅有失谁能免？北叟之言岂便诬？
振臂犹堪呼一掷，争知掌下不成卢。

二诗韵字虽不同，但均属上平声七虞部。

第二，用韵的诗例如刘禹锡先有《冬日晨兴寄乐天》诗为：

庭树晓禽动，郡楼残点声。
灯挑红烬落，酒暖白光生。
发少嫌梳利，颜衰恨镜明。
独吟谁应和，须寄洛阳城。

而白居易的和诗《和梦得冬日晨兴》为：

漏传初五点，鸡报第三声。
帐下从容起，窗间昽曈明。
照书灯未灭，煖酒火重生。
理曲弦歌动，先闻唱渭城。

二诗韵字全同，但白诗中间二韵与刘诗顺序有异。

第三，次韵的诗例如刘禹锡先有《秋夕不寐寄乐天》诗为：

洞户夜簾卷，华堂秋簟清。
萤飞过池影，蛩思绕阶声。
老枕知将雨，高窗报欲明。
何人谙此景？远问白先生。

而白居易的和诗《酬梦得秋夕不寐见寄》为：

碧簟绛纱帐，夜凉风景清。
病闻和药气，渴听碾茶声。
露竹偷灯影，烟松护月明。
何言千里隔，愁思一时生。

二诗韵字及其顺序全同。

以上三种情况，皆属在和意前提下的和韵之作。另有一种比较少见的如徐师曾《文体明辨序说》“和韵诗”条所谓“并其意不用者”，如宋代大诗人苏轼和陶渊明《饮酒诗二十首》其五为：

小舟真一叶，下有暗浪喧。夜棹醉中发，不知枕几偏。天明问前路，已度千银山。嗟我亦何为？此道常往还。未来宁早计，已往复何言。

而陶渊明的《饮酒诗二十首》其五为：

结庐在人境，而无车马喧。问君何能尔？心远地自偏。采菊东篱下，悠然见南山。山气日夕佳，飞鸟相与还。此中有真意，欲辩已忘言。

二诗除在韵式上韵字及其顺序全同，应属次韵者外，在内容上则各说各话，了不相干。这应是最极端的和韵诗。

再次，是从和诗的时空角度分。

第一是“现和”，即唱诗与和诗写作的时间相连，地点相同。如白居易先有《醉赠刘二十八使君》诗为：

为我引杯添酒饮，与君把箸击盘歌。
诗称国手徒为尔，命压人头不奈何。
举眼风光长寂寞，满朝官职独蹉跎。
亦知合被才名折，二十三年折太多。

而刘禹锡的和诗《酬乐天扬州初逢席上见赠》为：

巴山楚水凄凉地，二十三年弃置身。
怀旧空吟闻笛赋，到乡翻似烂柯人。
沉舟侧畔千帆过，病树前头万木春。
今日听君歌一曲，暂凭杯酒长精神。

二诗均写在刘、李二人共同参加的一次宴席上，是白在刘劝饮之际先写诗以赠，对刘杰出的才具给予了热情的赞扬，对刘坎坷的遭遇表示了深切的同情。而刘则当场作诗以和，委婉但又明确地表达了诚挚的谢意和富有积极意义的看法。这无疑是典型的现唱现和之作。

第二是“遥和”，即双方人分两地，和诗的写作与唱诗有一定的空间和时间的距离。如白居易先有唱诗《分司初到洛偶题六韵兼戏呈冯尹》为：

相府念多病，春宫容不才。官衔依口得，俸禄逐身来。白首林园在，红尘车马迴。招呼新客旅，扫掠旧池台。小舫宜携乐，新荷好盖杯。不知金谷主，早晚贺筵开。

而刘禹锡继作和诗《遥和白宾客分司初到洛中戏呈冯尹》为：

西辞望苑去，东占洛阳才。度岭无归思，看山不懊来。冥鸿何所慕？辽鹤乍飞回。洗竹通新径，携琴上旧台。尘埃长者辙，风月故人杯。闻道龙门峻，还因上客开。

白氏唱诗是写在其已调任太子宾客分司东都而到洛阳之后，刘氏和诗则写在其尚在长安任礼部郎中兼集贤殿学士之时。二人居地两分，时隔先后，称“遥和”者以此。

第三“追和”，此种和诗的写作与唱诗的时空距离拉得更远，且唱者系已逝之人。如前引苏轼和陶诗即是。苏辙《追和陶渊明诗引》认为：“古之诗人有拟古之作矣，未有追和古人者也。追和古人则始于东坡。”不过，如单从追和的本意应指唱诗者已逝的角度看，其实早在唐代大诗人杜甫于唐代宗大历五年（770）就写出过《追酬故高蜀州人日见寄》之作：

自蒙蜀州人日作，不意清诗久零落。今晨散帙眼忽开，迸泪幽吟隔如昨。呜呼壮士多慷慨，合沓高名动寥廓。叹我悽悽求友篇，感时郁郁匡君略。锦里春光空烂漫，瑶墀侍臣已冥寞。潇湘水国傍鼋鼍，鄠杜秋天失雕鹗。东西南北更谁论，白首扁舟病独存。遥拱北辰缠寇盗，欲倾东海洗乾坤。边塞西蕃最充斥，衣冠南渡多崩奔。鼓瑟至今悲帝子，曳裾何处觅王门。文章曹植波澜阔，服食刘安德业尊。长笛谁能乱愁思，昭州词翰与招魂。

而高适此前于唐宪宗上元二年（761）所写《人日寄杜二拾遗》诗为：

人日题诗寄草堂，遥怜故人思故乡。柳条弄色不忍见，梅花满枝空断肠。身在南蕃无所预，心怀百忧复千虑。今年人日空相忆，明年人日知何处。一卧东山三十春，岂知书剑与风尘。龙钟还忝二千石，愧尔东西南北人。

二诗的写作时间前后相错整整九年。而高适卒于唐代宗永泰元年（765），也就是杜甫之和是在高已死五年之后，因于诗题称高特标“故”字。

四

研讨过去是为了更好地发展现在。所以，这里本着“古为今用”的精神再就当下传统和诗的创作略表两点粗浅的意见。

第一，和诗作为传统诗词中常见的一种，直到今天仍然可以派上用场，它的使用率仍然是相当高的。请看 1986 年由人民文学出版社出版的《毛泽东诗词选》，正副编共收诗词 47 题 50 首，有 10 首都是和诗，竟占收入作品总数的五分之一。可见，会写和诗在今天也还是进行传统诗词创作应该具备的基本功之一。那种不分青红皂白一概排斥和诗的看法是站不住脚的。

第二，和诗的创作是被动式的，犹如命题作文，它是很受限制的：一要受内容题材方面的限制，不允许自说自话，而必须回应唱诗的内容，二要受表达形式（包括体式、韵式）的限制，不允许自行其是，而必须与唱诗的表达形式相称。所以，要想写好它并不那么容易，弄不好就会触犯或无病呻吟或敷衍拼凑的大忌，乃至跌入纯粹文字游戏的怪圈。而和诗要写得上层次、有价值，除却体式和韵式的适当考较之外，最根本的是应该首先在内容上把握住两点：第一，起码要和出真情；第二，进而要和出新意。在这两方面，如果能将前举杜甫的《追酬故高蜀州人日见寄》、刘禹锡的《酬乐天咏老见寄》、《酬乐天扬州初逢席上见赠》、毛泽东的《卜算子·咏梅》等古今和诗的范篇细加研摩，定会得到非常有益的启示和借鉴。

原载《第八届文选学国际学术研讨会论文集》广陵书社 2010 年 12 月出版

南宋词坛重镇——姜夔

一

姜夔（约1155—约1209），字尧章，自号白石道人，饶州鄱阳（今江西波阳）人。父噩，进士出身，卒于知汉阳（今属湖北武汉）任上。父死时，姜夔才十四岁，孤苦无依，只得寄住于汉川（今汉阳西北）长姊家。淳熙三年（1176）二十二岁起，出游扬州、合肥等地，旅食于江淮一带。淳熙十三年（1186）三十三岁游长沙，结识当时著名前辈诗人萧德藻，甚受赏识，得娶其侄女为妻，且随萧同往湖州（今属浙江），卜居于苕溪弁山白石洞下，白石道人之称，即起于此。其间，经萧氏推荐曾赴杭州向杨万里请教诗学，又经杨氏介绍赴苏州拜谒范成大，均受到特别器重。此后常往来于苏、杭、金陵、合肥、无锡等地，与南宋初年名将张俊之曾孙张鉴、张镃兄弟及尤袤等名流结游，诗酒唱和。张鉴曾欲赠锡山田庄供其养老，又拟出资为其买官，参知政事张严也曾拟辟为僚属，均被一一婉拒。庆元二年（1196）四十二岁时，移家杭州西湖之滨，依张鉴而居。五十岁前后与辛弃疾有文字交往，情甚笃厚，且词风颇受辛氏影响。张鉴兄弟去世后，生活失去依靠，晚年十分贫困，乃至死时无以为殓，幸得友人吴潜料理，葬于杭州钱塘门外之西马塍。

二

去年开讲唐宋词的时候，我们曾经指出，如果要给词的发展勾画一个简单的轮廓，那便是：词萌于隋，兴于唐，繁衍于五代，而大盛于两宋。

的确，两宋（北宋和南宋）是词这一新的文学样式大显身手、取得辉煌成就的时代，所以历来有“唐之诗，宋之词”的美誉。当然如再加具体的梳理，可知，北宋词的发展大致经历了三个时期，一是由五代入宋的过渡期，代表词人有范仲淹、晏殊、欧阳修、张先、晏几道等；二是词的多种风格竞奇斗妍的繁盛期，主要代表词人有柳永、苏轼、秦观、贺铸等；三是词在艺术上的深化期，主要代表词人是周邦彦。

南宋词的发展也大致经历了三个时期，一是词风由北而南的转化期，主要代表词人是李清照和向子諲；二是词的爱国主题的高潮期，主要代表词人有张元幹、张孝祥、岳飞、辛弃疾、陆游、陈亮、刘过等；三是词的体制的极变期，而姜夔，则是这一时期最具代表资格的一位词人。清代学者朱彝尊曾明确指出，词至“宋季而始极其变，姜尧章氏最为杰出”。（《词综》）

姜夔远绍周邦彦特别讲求研辞练句、选色揣声的词法，近遵李清照“词别是一家”和必须协律的词论，通过自己既高度重视艺术技巧又在一定程度上能够抒发家国兴亡之慨的独具特色的创作实践，使宋词尤其是婉约词发生了新的变化。应当说，姜词代表了与辛词不同的发展趋势，而成为南宋堪与辛弃疾相颉颃的另一词坛重镇。正是由于他的引领，继而先后出现的史达祖、吴文英、王沂孙、张炎等一大批词家，都有意无意瓣香于他，在创作内容风格上与他基本相同或大致相近，于是形成一个以音律和谐、技巧精湛、格调高雅、比兴深婉为共同特征的盛极一时且影响深远的流派，常被称作风雅词派或格律词派，而与辛派分道扬镳。不消说，在词的思想性上，是远不及辛派词那样昂扬强烈的。但在艺术性上却各有独到，成就颇高。如姜夔的清空骚雅，史达祖的工巧细腻，吴文英的密丽秾挚，王沂孙的深微缠绵，张炎的和婉疏朗，都堪称极致。

三

姜夔天资聪慧，多才多艺，除擅长诗、词、文外，于诗歌、音乐、书法等多方面，也均有很高造诣，可以说是继苏轼之后又一位难得的艺术通才。但在政治上，却不能不是一个落魄失意者，在生活上，也不得不始终寄人篱下。他原本怀有求为世用、一展才学的抱负，如曾在庆元三年（1197）向朝廷上书论雅乐，进《大乐议》、《琴瑟考古图》各一卷，希冀得到识拔，可惜因当值乐官妒其才而被拒绝采纳。庆元五年（1199）又向朝廷献《圣宋铙歌鼓吹曲》十二章，虽获“免解”（免去地方参选手续）而直接参加礼部进士考试，又不幸名落孙山，从此布衣终身。当然，所以会造成如此局面，也排除不了与他孤高自许、狷介自律的性格特点和生活态度有一定关系。正如他在《石湖仙》词中借颂扬范成大所表白的：“浮云安在？我自爱绿香红舞。容与，看世间几度今古。”既然怀有这种潇洒自在、看破古今的襟怀和志趣，无疑也就很大程度上是自绝于通向富贵功名之路。到头来，只能做一个一面虽备受人们尊仰赏爱，一面又摆脱不了自己内心寂寞感伤的清客雅士。而这，不仅规定了他词作的思想感情基调，而且决定了他词作的清空骚雅的主体风格。

姜夔词的主体风格为清空骚雅，最早是宋元间人张炎在《词源》一书中概括出来的：

词妥清空，不要质实。清空则古雅俊拔，质实则凝涩晦昧。

姜白石词，如野云孤飞，去留无迹；吴梦窗词，如七宝楼台，眩人耳目，碎折下来，不成片断。此清空质实之说。

又说：

白石词如《疏影》、《暗香》、《扬州慢》、《一萼红》、《琵琶仙》、《探春慢》、《八归》、《淡黄柳》等曲，不惟清空，又且骚雅，读之使人神观飞越。

随后，陈衍《石遗室诗话》又对骚雅作了具体解释：

词者意内而言外也。意内者骚，言外者雅。苟无悱恻幽隐不能自道之情，感物而发，是谓不骚；发而不有动宕闳约之辞，是谓不雅。

质言之，所谓“清空”，是与“质实”对言，指意念上的清远空灵，写事状物，常是遗貌取神，虚处落笔，侧面烘染，而不作直接刻画。其实质是晚唐诗的绵邈风神与北宋诗江西派的瘦硬意骨的融合；所谓“骚雅”，是与“浮艳”对言，指意趣上的承扬《诗经》、《楚辞》传统，常是通过比兴寄托，寓意见志。其实质是既关注家国大事（区别于闺房花草），又诉之于温柔敦厚，渊婉和平。

姜夔尽管在诗、文创作方面也都展现出不凡的才华，但在中国文学史上，终究是一位杰出的词人名家。他的词早有专辑，集名《白石道人歌曲》，凡六卷，别集一卷，刻本当出于作者手定。今传笺注本以夏承焘《姜白石词编年笺校》为最精审。姜夔作为开宗立派的词坛大家，一生经自己审定仅存词八十四首，数量不能算多，但篇篇称得起传世精品，可见他当年编辑自己词集遴选作品时何等严肃认真。现在选读其中四首（精读两首略读两首），以见一斑。

四

请先看他的《扬州慢》：

淮左名都，竹西佳处，解鞍少驻初程。过春风十里，尽荠麦青青。自胡马窥江去后，废池乔木，犹厌言兵。渐黄昏、清角吹寒，都在空城。　杜郎俊赏，算而今、重到须惊。纵豆蔻词工，青楼梦好，难赋深情。二十四桥仍在，波心荡、冷月无声。念桥边、红药年年，知为谁生。

姜夔妙解音律，能创调，喜自度曲。在他现存八十四首词中，自度曲即达十七首之多，且每首都在句旁注有工尺谱，因而成为今存唯一得见的宋代词乐文献，在我国古代音乐史上具有重大价值。《扬州慢》就是他最早的一首自度曲。大凡自度曲调名常与所写内容相扣合，这首《扬州慢》就是写与扬州有关的内容的。《扬州慢》为双调，九十八字。上片十句，四平韵，五十字，下片九句，四平韵，四十八字。按题材说，这是一首纪游词。姜夔作词喜欢立题加序（一般短则为题，长则称序），此词前即有序，云：

淳熙丙申至日，予过维扬。夜雪初霁，荠麦弥望。入其城，则四顾萧条，寒水自碧。暮色渐起，因自度此曲。千岩老人以为有《黍离》之悲也。

这个序，不仅扼要地交代了写作此词的时间、背景、动因和情怀，而且巧妙地点明了全词的社会内涵。“淳熙”为宋孝宗年号，“淳熙三年至日”即1176年冬至那一天。当时词人二十二岁，是刚从湖北汉川大姊家出游，沿江东下，初到扬州（序中称“维扬”，出自《尚书·贡》“淮海维扬州”）。扬州是一座历史文化名城，唐时最为繁盛。北宋时期，扬州仍处于长江运河航运的枢纽地位，又是对外贸易的港口之一。但到南宋高宗、孝宗年间，金兵三次（1129，1161，1164）逾淮南侵，扬州均首当其冲，惨遭浩劫。姜夔来扬州时，已是第三次被劫十二年之后，这里仍残破非常，元气未复。词人正是睹景感怀，而成此篇。序中引用千岩老人所评“有《黍离》之悲也”，正是借《诗经·王风·黍离》的典故，以点明《扬州慢》词旨即在抒发家国兴亡之慨。“千岩老人”即萧德藻，字东夫，福建闽清人。绍兴三十一年（1141）进士。晚年居湖州，因爱其地弁山千岩竞秀，遂以之自号。需要说明的是，姜夔作此词十年后方才与萧氏结识，可知序中原不当有此语，词学大家夏承焘已经指出：“此词小序末句，盖后来所增。白石词序多此例，《翠吟楼》、《满江红》、《凄凉犯》皆是。”（《姜白石词编年笺校》）

词的上片侧重写景，而景中寓情。依所写内容又可细别为两层：

“淮左名都，竹西佳处，解鞍少驻初程”三句，为一层，是先交代游访扬州的因由，顺势以对仗之法，着重点出扬州昔日的繁盛。“淮左”即淮东，宋时初置淮南路，后分东西两路，古时方位以东为左，故称淮东为淮左。“名都”指扬州，当时是淮南东路首府。“竹西”指竹西亭，在扬州城北门外五里处，禅智寺前，为扬州主要名胜之一。今已不存。“解鞍少驻”，卸下马鞍，短暂停留。“少”应读阴平“shao”，借作稍，意为短暂。“驻”，为特殊目的而停留。“初程”，最初的路程，即第一程。这三句意谓，词人早听说扬州是一座占据重要地理区位的历史文化“名都”，是一个富有著名景点的游览“佳处”，对它向往已久，所以这次出游，第一站就选定扬州。这样，既交代了游访扬州的因由，又巧妙地为下面实写如今的扬州预设了一个对照系。

“过春风十里，尽荠麦青青。自胡马窥江去后，废池乔木，犹厌言兵。渐黄昏、清角吹寒，都在空城”七句，为另一层，是实写到访扬州时的所见所闻和所感，从而强力突现如今扬州的荒凉。“过春风十里”两句是以白描之法，实写眼前所见。“过”，此处意为过访、游览。“春风十里”，本指扬州城内最繁华的一条大街，但由词序可知，词人这次到扬州时，正值冬至之日，按季节根本不合。原来，这里不过是借唐代诗人杜牧《赠别》诗“春风十里扬州路，卷上珠帘总不如”句意，泛指扬州街道而已。“尽”，全都。“荠麦”，野麦，一说荠菜和野麦。“青青”，状其生长旺盛。“荠麦青青”，已见荒凉之景，再着一“尽”字，更把昔日繁华一笔扫净，尤显今日荒凉程度之深重。“自胡马窥江去后”三句，是以移情之法，借助眼前所见，以抒心中所感。“胡马窥江”，是对金兵南侵的委婉说法，一个“窥”字，正好凸显其非正大光明性质。“废池”，被毁的城池。“乔木”，古老的大树。“厌”，厌恨。“兵”，此指战乱。“渐黄昏”两句，是以烘染之法，实写耳边所闻。“清角”，声音凄清的号角。“吹寒”，吹奏出悲凉的调子。“都”，全，此处意为布满、回荡。“空城”的“空”，尤可见遭劫后扬州的萧条、荒凉。以上七句意谓，如今游赏扬州，真正见到的却是，十里长街，荠麦旺长，满目荒芜；听到的是，日暮时分，军号响起，尽是凄凉；感到的是，连那被毁的城池，古老的高树，也似乎在表达着对当年金兵南侵的惨绝人寰的战祸的极度厌恨。物犹如此，人何以堪！总之，扬州从往日十分繁华的“名都”竟然沦为如今一片废墟的“空城”，其变化之巨大，实在令人不禁唏嘘，无比惊愕。

词的下片侧重抒情，而情不离景。依所写的内容也可细别为两层：

“杜郎俊赏，算而今、重到须惊。纵豆蔻词工，青楼梦好，难赋深情”五句，为一层，是以联想之法，借唐代诗人杜牧在扬州之事，思昔伤今，承上片词意，再翻进一层。“杜郎”，即杜牧，字牧之，京兆万年（今陕西西安）人，文宗太和二年（828）进士。牛僧儒节度淮南驻扬州期间，杜牧曾于太和七年（833）至九年（835）任节度府掌书记，而与扬州关系密切。“俊赏”，指对风景有高度的欣赏能力，一说指人风流倜傥。“算”，估料词，意为大概，恐怕。“纵”，即使，就算是。“豆蔻词”，指杜牧在扬州所作《赠别》诗，有“娉娉袅袅十三余，豆蔻梢头二月初”之句。“豆蔻”，此为“豆蔻年华”之缩略语，借指妙龄少女。“青楼梦”，指杜牧在扬州所作《遣怀》诗，有“十年一觉扬州梦，赢得青楼薄幸名”之句。“青楼”，此指歌伎的住处。句中“工”、“好”二字，极赞杜牧诗才超凡。“难赋深情”，很难写出表达深情的诗句。以上五句意谓，即使是杜牧那样善于游赏，风流倜傥，当年供职此地曾留下过像《赠别》、《遣怀》等一系列脍炙人口的著名诗篇的诗人，如果今天再来，见此荒凉之景，恐怕也会十分惊讶，万分感伤，难以用他高妙的诗笔，表达出此时无比悲怅的感情。

“二十四桥仍在，波心荡、冷月无声。念桥边、红药年年，知为谁生”四句，是以化典之法，造设虚实交错之景，以表悲怅之情。“二十四桥仍在”二句，系化用杜牧诗《寄扬州韩绰判官》“青山隐隐水迢迢，秋尽江南草未凋。二十四桥明月夜，玉人何处教吹箫”句意。扬州自古水多桥多，至今仍有“城在水中，水在城中”之称。“二十四桥”，大概建于隋代，悉以城内坊巷为名。桥名详见于北宋沈括《补梦溪笔谈》卷三《杂志》，惜不足二十四之数。且沈氏自注至宋时已仅存八桥。据此可知，姜词所谓“二十四桥”，显非纪实，不过是借用杜牧诗句而对扬州名桥的一种泛指。另一说认为“二十四桥”实则一桥，即吴家砖桥，又名红药桥，在熙春台后，跨西门街东西两岸，相传曾有二十四位美女在此吹箫，故称。句中“仍”字，透露出对往昔的思念与向往之情。“荡”，摇晃。“冷月”，形容映在水中的月的倒影显得凄冷。而缀以“无声”，更烘染出环境的死寂。“念桥边、红药年年”二句，系化用南朝谢朓诗《值中书省》“红药当阶翻”及杜甫诗《哀江头》“细柳新蒲为谁绿”句意。“红药”即芍药。这末四句意谓，二十四桥虽然仍在，但如今所能见到的，不过只剩下一丸“冷月”的投影无声地摇荡在瘦西湖的“波心”而已；当年“玉人”们在这里夜月下演练吹箫的胜景，再也不可能重现了。于是不由地心想，桥边那年年盛开的芍药花，早已无人赏顾，它们究竟还要为谁吐芳呈妍？句中着一“念”字，充分彰显出词人的深长怅惋之意。总之，这四句是以景结情，曲折地但又有力地吐露了词人面对时移景迁、物是人非而生的不尽悼惜之叹。

这首词是姜夔的成名作，也是他最负盛名的代表作。它全面地体现了姜词思想和艺术的特点和成就。从思想看，它抒发的是家国兴亡之慨，突出地反映了词人关怀世事的爱国精神，其社会意义不容低估。词学大家唐圭璋《唐宋词简释》谓此词“感怀家国，哀时伤乱，境极凄焉可伤，语更沉痛无比。参军芜城之作，不得专于前矣”。所评至当。从艺术看，它巧用了侧面烘染、曲折见意的表述方法，如上片所谓“荠麦青青”，实即兜露“彼黍离离”之意，“废池乔木”，恰正传达伤乱之情，“清角吹寒，都在空城”则更可见城中无人，从而引发人们自然悟出当朝上无抗金北伐之计，下无同仇敌忾之兵，实在危亡可惧之势；下片“二十四桥”以下结尾四句，更借景语引发今昔之慨，无主之悲。以上皆为巧用侧面烘染之法的生动例证。再如上片化用杜牧扬州之诗，下片援引杜牧扬州之事，则又是巧用曲折见意之法的生动例证。而这一切融合一起，正好集中地反映了姜词清空骚雅的风格特色。清代词评家陈廷焯对此尤加赞赏，如他在《白雨斋词话》中评此词：“‘自胡马窥江去后………都在空城’数语，写兵燹后情景逼真，‘犹厌言兵’四字，包括无限伤乱语。他人累千百言，亦无此韵味。”洵非溢美。

请再看他的《点绛唇·丁未冬过吴松作》：

燕雁无心，太湖西畔随云去。数峰清苦，商略黄昏雨。　第四桥边，拟共天随住。今何许？凭栏怀古，残柳参差舞。

词调《点绛唇》，始见于五代冯延巳《阳春集》。据杨慎《词品》，当“取梁江淹（《咏美人春游》）诗‘白雪凝琼貌，明珠点绛唇’以为名”。又称《点樱桃》、《十八香》、《南浦月》、《沙头雨》、《寻瑶草》等。属双调，四十一字。上片四句，三仄韵，二十字。下片五句，四仄韵，二十一字。清人万树《词律》认为，上片第二句首字宜仄，“作平则不起调”。

这是一首怀古词。所怀古人为晚唐著名诗人陆龟蒙，字鲁望，自号天随子，即随顺天然之意，语出《庄子》。以其品德高洁，为人旷放，拒涉宦海，笑傲江湖，安贫乐贱，守节自持，而深受姜夔心仪。

词题“丁未”，即宋孝宗淳熙十四年（1187）。“冬”，是说那年冬天。“过吴松作”，是指词人第二次（第一次是当年春天）自湖州赴苏州拜谒范成大，途经吴松甫里陆龟蒙隐居故地时，一面缅念先贤，一面感怀当世，而作此词。

词的上片写景喻人，预作铺垫。

“燕雁无心，太湖西畔随云去”两句，是直写雁飞。“燕雁”，北来的大雁。“燕”，应读阴平“yan”，地名，此指北方。“无心”，无机心，即纯任自然。“太湖”，湖泊名，在今江苏无锡、苏州、宜兴及浙江湖州之间，当时词人正途经此处。两句意谓，北来的大雁，自由自在地，早随着太湖西岸的浮云飞去得无影无踪。从字面看，这两句只是对雁飞云飘的一般性风景描述，实际上，已在暗用陆龟蒙《归雁》诗“北走南征像我曹，天涯迢递翼应劳”及《秋赋有期因寄袭美》诗“云似无心水似闲”语典，是以征雁高翥湖边随云而去之风景，映衬志趣洁远、洒落无滓之高人。而这高人，自非如陆龟蒙之俦莫属。

“数峰清苦，商略黄昏雨”两句，是移情山容。“清苦”，原指人的守贫茹苦，此处借指山的寒寂寥落；“商略”，原指人的商量、酝酿，此处借以形容山的云绕雾罩。而这，正是姜夔妙用移情（亦即拟人）之法的得意之笔。卓人月《词统》尤其欣赏“商略”二字，激赞为“诞妙”，是说二字用得近乎荒唐实则十分奇妙，两句意谓，眼前那几座山峰，在黄昏阴云的缭绕之中兀立并峙，仿佛商量着如何对抗夜雨的来袭。从字面看，这两句也只是对江南山中烟雨景象的形象化勾勒，而实际上，则是借寒山兀立、博弈阴雨之气象，比拟傲峭耿介，抗拒尘泥之清士。而这清士，又非如陆龟蒙之俦难当。

词的下片吊古抒感，跌出主旨。

“第四桥边，拟共天随住”两句，点明吊古，表达殷切怀念与向往陆龟蒙的襟抱。“第四桥”，即吴江城外之甘泉桥，“以泉品第四”，故名（《苏州府志》），附近甫里即当年陆龟蒙隐居之地。两句意谓：我真想就此常住在这甘泉桥边，与唐代高人清士陆龟蒙相伴，度完余生。

“今何许？凭栏怀古，残柳参差舞”三句，转为伤今，抒发忧虑时事的情怀。“今何许”之“何许”，可有何处、何时、何样等多义，蕴涵丰富。“栏杆”，指桥头栏杆，或指驿楼栏杆，均可。“参差”音“cenci”，长短不齐。三句意谓，如今时势怎样呢？我倚着桥头栏杆，一面心想已成历史的如烟旧事，一面眼望岸边枝条长短不齐的残柳在寒风中摇来摆去的衰飒之景，不禁悲从中来，嗟叹不已。

这首词的最大特色，是能在极为有限的篇幅里，借凭吊古人将对个人情怀的抒发演展为对时事堪忧的吐诉，从而提高了整词的思想厚度和品位，确有如唐代诗人陈子昂的著名吟唱《登幽州台歌》“前不见古人，后不见来者，念天地之悠悠，独怆然而涕下”那样广袤无垠的气韵。而这，又是词人清空骚雅的主体风格所使然。清人陈廷焯《白雨斋词话》卷二评此词：“白石长调之妙，冠绝南宋；短章亦有不可及者，如《点绛唇》一阙，通首只写眼前景物，至结处云：‘今何许？凭栏怀古，残柳参差舞’，感时伤事，只用‘今何许’三字提唱，‘凭栏怀古’以下，仅以‘残柳’五字咏叹了之，无限哀感，都在虚处，令读者吊古伤今，不能自止，洵推绝调。”近人俞陛云《唐五代两宋词选释》评此词：“‘凭栏’二句，其言往事烟消，仅余残柳耶？抑谓古今多少感慨，而垂柳无情，犹是临风学舞耶？清虚秀逸，悠然骚雅遗音。”均可谓中肯之论。

五

请再来略读他的咏物组词《暗香》、《疏影》。《暗香》正文：

旧时月色，算几番照我，梅边吹笛。唤起玉人，不管清寒与攀摘。何逊而今渐老，都忘却、春风词笔。但怪得、竹外疏花，香冷入瑶席。　　江国，正寂寂。叹寄与路遥，夜雪初积。翠尊易泣，红萼无言耿相忆。长记曾携手处，千树压、西湖寒碧。又片片吹尽也，几时见得。

《疏影》正文：

苔枝缀玉，有翠禽小小，枝上同宿。客里相逢，篱角黄昏，无言自倚修竹。

昭君不惯胡沙远，但暗忆、江南江北。想佩环、月夜归来，化作此花幽独。

犹记深宫旧事，那人正睡里，飞近蛾绿。莫似春风，不管盈盈，早与安排金屋。还教一片随波去，又却怨、玉龙哀曲。等恁时、重觅幽香，已入小窗横幅。

组词前有序：

辛亥之冬，予载雪诣石湖。止既月，授简索句，且征新声。作此两曲，石湖把玩不已，使工妓肄习之，音节谐婉，乃名之曰《暗香》、《疏影》。

由此序可知，这组词是宋光宗绍熙二年（1191）暮冬姜夔冒雪往访范成大期间，应主人之请而作，且是自度曲。题目系摘用北宋诗人林逋《山园小梅》“疏影横斜水清浅，暗香浮动月黄昏”诗句而成。

我国最早的咏物之作，可以上推到屈原的《橘颂》，它一出现，就把此类诗（包括后来出现的词）的创作定格在非为咏物而咏物，必借咏物以寄意的高起点上。于是，尽可能达到咏物与寄意的完美统一，就成为此类作品写得成功的关键，成为后世继作者奋力追求的目标。据此标准而审读姜夔这组词，不得不承认是一组达到了很高水准的咏物之作。

既然这组词创作于同一时期，且连题目的含义也紧相关联，所以照我们的理解，其所寄之意应该是一致的，即都是词人对‘玉人’——他过去的情侣的思念和自己特定的一段身世之感。只是所采用的具体写法有所不同而已。概言之：《暗香》是写生活中的真梅，所寄之意是对他过去情侣的刻骨铭心的怀想，在词中，梅成为他运思走笔的一条结构链。而所用方法是由“我”的心事发端，全词几乎句句不离梅，但侧重点却在抒写自己的过去、现在、回忆和感慨；《疏影》是写艺术上的画梅，所寄之意仍与他过去的情侣密切相关，在词中，梅则成为他的情侣的一种象征物。而所用方法则是从“梅”的际遇落笔，全词也处处写梅，但侧重点却在影射情侣的清丽、高洁、幽独和愁绪。

总之，这组词写得空灵流转，既不因赋梅而滞于梅，也不因抒怀而为情所制，达到了“不即不离”、“融化不涩”、“用事不为事所使”（张炎《词源》）的理想境界。同样很好地体现了姜词清空骚雅的风格特色。

河南老年诗词研究会讲座

2010 年 12 月 28 日讲

律体诗句平仄的求正与容变

律体诗格律中最核心的一项是讲究平仄。从理论上说，对诗句平仄的调理只有朝着完全符合标准格式的地步努力才算真正的“求正”；但在创作中，这样的“求正”实在太难，于是需要“容变”。根据千百年来代代诗人的实践经验，总结出能“容”之“变”可分两大类：一是诗人享有充分自由的无条件的常规变格，另一是诗人要受限制的有条件的特殊变格。就当前情况看，凡写律体诗，在诗句平仄调理方面，于坚持“求正”的前提下，对“容变”也必须加大重视的力度。

一

律体诗（即格律诗）是相对于古体诗而言的。与古体诗最根本的区别，在于它有一整套严谨的格律。而这套严谨格律中最核心甚至可说是灵魂的一项，就是讲究平仄。我们现在强调写律体诗要“平仄从严”，原因即在于此。

律体诗是一个大概念，广义地说词和曲皆可包括在内。不过我们这里所讲律体诗句平仄的求正与容变，是只限制在整个律体诗家族中最基础和最具代表性的、也是通常人们最喜爱写的五、七言律诗和律绝的范围，连较少见的六言律诗都排除在外，当然更不会涉及词和曲了。这是应该首先申明的。

律体诗讲究平仄，集中地体现在其具体诗句的自身构成和相互搭配上。它的总原则是：一句之中，平仄相间；本联之内，平仄相反；两联之间，平仄相黏（请注意，按现今汉字的规范要求，这里只能用“黏”音 nián，不能再用“粘”音 zhān）。正是在以上的总原则下，形成了律体诗句平仄的标准格式。具体说来，五言的有 4 种，即：

仄仄平平仄，称平仄脚式；
平平仄仄平，称仄平脚式；
平平平仄仄，称仄仄脚式；
仄仄仄平平，称平平脚式。

七言的也有4种，即：

平平仄仄平平仄，称平仄脚式；
仄仄平平仄仄平，称仄平脚式；
仄仄平平平仄仄，称仄仄脚式；
平平仄仄仄平平，称平平脚式。

我们强调“平仄从严”，从理论上说，凡写律体诗，就只有在每一诗句每一用字的平仄调理上完全符合上述标准格式，才算得上严格意义上的“正”；而且，在写律体诗时，也只有不打任何折扣地朝着这个地步努力，才称得起真正的“求正”。

必须强调指出，“求正”无疑是非常重要的。尤其对于初学写作律体诗的人，熟记并严格按照上述标准格式指导并检视自己的习作是绝对不可或缺的一项基本功，否则，说是在写律体诗其实只能成为一句空话。

二

但是，在创作实践中，一个不争的事实是，要真正写出完全符合标准格式的律体诗实在太难了。考察古往今来浩瀚如海的律体诗作，做到每一平仄无一不合标准格式的篇什即使不好说“绝无”，也必须承认是“罕有”。我最近专门对流传至今而不衰的著名的唐诗选本——《唐诗三百首》（喻守真《详析》本）作了一个统计，结果发现，全书共收诗317首，除却107首应属古体诗外，在下馀210首律体诗（五律80首，七律51首，五绝20首，七绝59首）中，完全符合标准格式的要求的只有两首，一首是中唐诗人李端的五绝《听筝》：

鸣筝金粟柱，素手玉房前。
欲得周郎顾，时时误拂弦。

另一首是中唐诗人柳中庸的七绝《征人怨》：

岁岁金河复玉关，朝朝马策与刀环。
三春白雪归青冢，万里黄河绕黑山。

此外，还有一首晚唐诗人杜牧的七绝名篇《赠别》其一：

娉娉嫋嫋十三馀，豆蔻梢头二月初。
春风十里扬州路，卷上珠帘总不如。

就每句每联看，虽平仄全合，但联间失黏，只能归入“折腰体”，到底算不上律体诗句平仄之“正”。

经过这样的抽样调查，在210首律体诗中，全合标准格式的仅只2首，按比率算，还达不到总数的百分之一。也就是，竟少到了百难遇一，难道不是“罕有”吗？如此看来，不妨借用李白的诗句说，要写出完全符合标准格式的律体诗来，真是到了“难于上青天”的地步了。

三

“求正”既然如此之难，怎么办？于是就要“容变”。“容变”，并不是后来更不是今天才想出来的对策，而是自打律体诗形成的时候就有了。应当说，“求正”与“容变”是一对矛盾统一体，也可以比方成一对天生的“双胞胎”。从律体诗发展的历史看，大家公认初唐时期的著名诗人沈佺期和宋之问是完成律体诗的最后定型者，清代学者赵翼《瓯北诗话》曾特别指出：“至初唐沈宋诸人，益讲求声病，于是五、七律遂成一定格式，如圆之有规，方之有矩，虽圣贤复起，不能改易矣。”照理说，他们的律体诗作品应该是当然的全合标准格式了，但经检视二人之作，竟难找出一首这样的篇什。请看曾被后人推为唐人七律第一的沈佺期的《古意呈乔补阙知之》（字下带横线为不合标准格式者，后同)：

卢家少妇郁金堂，海燕双栖玳瑁梁。
九月寒砧催木叶，十年征戍忆辽阳。
白狼河北音书断，丹凤城南秋夜长。
谁为含愁都不见，更教明月照流黄。

再看宋之问著名代表律绝《渡汉江》：

岭外音书断，经冬复历春。
近乡情更怯，不敢问来人。

连这样被后人视为律体诗典范的篇什都达不到全合标准格式，足证在律体诗定型之初，其诗句的“求正”与“容变”就已经同时存在了。

关键是该“容”怎样的“变”。容变不容乱变，乱变势必变乱，而变乱也就压根儿不成其为律体诗了。根据千百年中代代诗人（特别是有突出成就的大诗人）的创作经验，约定俗成地总结出该“容”之“变”可分为两大类：一类是诗人可享有充分自由的无条件的一般称为律体诗句平仄的常规变格；另一类是诗人要受到限制的有条件的一般称为律体诗句平仄的特殊变格。可以毫不夸张地说，正因为先有标准格式作为前提依据，再加上这两类变格作为必要补充，才保证了律体诗的创作在实际操作上成为可行，使诗人对诗句平仄的选择获得更多的余地，从而写出一篇篇律中有变，变而仍律的，既合律中规，井然有序，又活泼生动，毫不呆板的精品名作，支撑起律体诗坛繁花似锦，万紫千红的大好局面。下面，就着重对律体诗句平仄的两大类变格分别加以介绍。

四

律体诗句平仄的常规变格是由标准格式第一次通融而形成的变格。因为它完全适用于所谓“一三五（五言为一三）不论”的口诀的规定，诗人享有充分自由，不受任何条件限制，千百年来大家都习以为常、视变如不变了，所以称之为常规变格。具体说来，这种常规变格是指由标准格式通融为五言的第一字

（五言“仄平脚”句第一字除外）七言的第一、三字（七言“仄平脚”句第三字除外）平仄不拘，即是平是仄，可任诗人自定。这样，五言的平仄常规变格可有3种，即：

平仄平平仄（第一字由仄变平），
仄平平仄仄（第一字由平变仄），
平仄仄平平（第一字由仄变平）。

七言的平仄常规变格可有10种，即：

仄平仄仄平平仄（第一字由平变仄），
平平平仄平平仄（第三字由仄变平），
仄平平仄平平仄（第一、三字皆变）；
平仄平平平仄仄（第一字由仄变平），
仄仄仄平平仄仄（第三字由平变仄），
平仄仄平平仄仄（第一、三字皆变）；
仄平仄仄仄平平（第一字由平变仄），
平平平仄仄平平（第三字由仄变平），
仄平平仄仄平平（第一、三字皆变）；
平仄平平仄仄平（第一字由仄变平）。

这样，五言律体诗句平仄由原来的4种标准格式加上3种常规变格共得7种格式，七言律体诗句平仄由原来的4种标准格式加上10种常规变格共得14种格式，于是，就使诗人在诗句平仄的调理上获得了更多的选择自由。

这里顺便交代一个问题，就是常规变格本来是给诗人以充分自由，不附加任何条件的，但诗家（尤其是一些名家）为适应对偶的需要或增强语感上抑扬顿挫的韵味，却往往在常规变格时，也有意采用一些或“句中自对”或“句间相应”的技巧，形成一种对应（并非真正拗救）平衡的格局。如杜甫的名篇《蜀相》：

丞相祠堂何处寻？锦官城外柏森森。（句间相应，且句中自对）
映阶碧草自春色，隔叶黄鹂空好音。
三顾频繁天下计，两朝开济老臣心。（句间相应，且句中自对）
出师未捷身先死，长使英雄泪满襟。（句间相应）

五

有了常规变格，固然使诗人在诗句平仄调理上获得了不小的方便，但它毕竟只能管到诗句的第一、三（五言为第一）字位的范围，因而是有限的，而在实际创作中，遇到诗句其它字位平仄调理上的困难时，仍然会陷入无能为力、通关乏术的尴尬局面。这就需要在“容变”上再创新路，于是，先辈诗人们在长期实践经验的基础上，又总结出一整套行之有效的特殊变格。

律体诗句平仄的特殊变格是由标准格式进一步通融而形成的变格。因为它或者不再符合“一三五（五言为一三）不论”口诀的规定，或者不能满足“二四六（五言为二四）分明”口诀的要求，而应该甚至必须采取一定的措施加以补救，也就是，它的出现，是要伴随着一定条件的，所以称为特殊变格。具体说来，这种特殊变格又可细分为以下三种：

第一种是“孤平拗救”。按照传统的理解，“孤平”是专指标准格式中的“仄平脚”句五言第一字该平却仄七言第三字该平却仄。出现这种情况就叫“犯孤平”，而“犯孤平”是写律体诗的第一大忌。在旧科举时代，试帖诗“犯孤平”就算不及格。为什么会是这样呢？这里无法充分展开论述，只能简单谈一点个人看法，我认为主要原因在于，一般说来，律体诗的非押韵句（即出句）讲究起势险峭激切，故多倚重仄声，律体诗的押韵句（除首句入韵为出句外，皆为对句）要求声情平稳悠扬，故更有赖平声，这才容易在一联中造成跌宕起伏、婉转动听的美感效应。而“孤平”恰恰出在押韵句中，少了一个平声，势必破坏诗句的平稳悠扬的美感效果。所以这种情况一旦出现，必须设法补救，补救的唯一方法就是“本句自救”。虽说有时也会在出句中作一些配合，但终究取代不了这种自救。“本句自救”的具体操作方法，是将五言第三字由仄变平，成为：

仄平平仄平

将七言第五字由仄变平，成为：

仄仄仄平平仄平

五言例诗如王维的《终南别业》：

坐看云起时

金昌绪的《春怨》：

莫教枝上啼

七言例诗如贺知章的《回乡偶书》：

笑问客从何处来

杜甫的《至后》：

远在剑南思洛阳

第二种是“古风式句尾”。古风式句尾，是由律体诗句标准格式五言第三字七言第五字变格而成。若从单个拍节的重音看，本与五言的第一字七言的第一、三字性质相同，其或平或仄，似乎也应是可以自由不拘的，但因为它与句脚相连，对声韵的效果影响较大，所以在一般情况下，是不宜轻易变格的，只是由于有些诗人喜欢用古风韵味的诗句入律，以至形成“古风式律诗”别体，而使用这种古风式句尾时，又常在相对诗句的句尾处少作变动加以适当的搭配，从而造成一联内平仄上的新平衡。古风式句尾共有四项：

一是标准格式“平仄脚”句句尾变格而成“仄平仄”。这种句尾在唐时常由对句句尾变“平仄平”形成搭配。如李白《赠孟浩然》：

吾爱孟夫子，风流天下闻。

王维《终南别业》：

雨中草色绿堪染，水上桃花红欲燃。

但因为它出现在出句里，对声韵效果影响不是很大，也有不再加以搭配的。如李白的《送友人》：

此地一为别，孤蓬万里征。

入宋以后，逐渐放宽，不以对句搭配者更多，遂一任它单独出现而不问，故称此为“小拗”。“小拗”，即虽不合标准格式，但影响不大，可救可不救的意思。

二是由标准格式“仄平脚”句句尾变格而成“平仄平”。这种句尾可由出句句尾变“仄平仄”相搭配，更常因“孤平拗救”所必须；但单独出现也无妨，而且，单独出现的情况还相当普遍。押韵句本来就重平声，现在添了一个平声，对增强声韵效果似乎还有帮助，这大概是它可以经常单独出现的根本原因。诗例如钱起的《谷口书斋寄杨补阙》：

泉壑带茅茨，云霞生薜帷。

李颀的《送魏迈之京》：

朝闻游子唱离歌，昨夜微霜初度河。

李白的《登金陵凤凰台》：

凤凰台上凤凰游，凤去台空江自流。

杜甫的《蜀相》：

丞相祠堂何处寻？锦官城外柏森森。

杜甫的《宿府》：

风尘荏苒音书绝，关塞萧条行路难。

刘禹锡的《西塞山怀古》：

今逢四海为家日，故垒萧萧芦荻秋。

三是由标准格式“仄仄脚”句句尾变格而成“仄仄仄”，俗称“三仄调”。一般说，三仄调是应当注意避忌的；不过因为它本不止一个声调，实际包括上、去、入三声，如交错连用，仍会显出一些变化，除非三上、三去、三入相连，才真成为声病，但此情况很难出现，故可不被列入绝对避忌；而且，它是处于出句的不押韵地位，仄声多些不算大碍，甚至有些诗人为了突出仄声，以取得激切险峭的声情效果，更索性将五言的第一字七言的第三字也变为仄声，全句有可能只剩一个平声，而对句仍常保留标准格式“仄平平”句尾。如杜甫的《因崔五侍御寄高彭州一绝》：

百年已过半，秋至转饥寒。

又《咏怀古迹五首》其二：

怅望千秋一洒泪，萧条异代不同时。

四是由标准格式“平平脚”句句尾变格而成“平平平”，俗称“三平调”。而三平调传统上是被看成写律体诗的第二大忌的，大概因为它三个平声连在一起所造成的声情效果过于平直单调，尤其处于对句的韵脚地位，势必破坏诗句婉转悠扬的音律美感，故当竭力避免。也正因此，如上项所说当出句出现“三仄调”时，则在此对句仍常以标准格式“仄平平”句尾搭配。但也不能把问题看得过于绝对，在唐宋律体诗中，“三连平”的情况并非绝无仅有，而考察其原因，则往往是一联诗中上下句连锁反应的结果，为彼此照顾，做到对应互补，有时诗人也不惜打破禁例。如韦应物的《简卢陟》：

可怜白雪曲，未遇知音人。

王维的《酌酒与裴迪》：

草色全经细雨湿，花枝欲动春风寒。

甚至，有用了“三平调”也丝毫没有影响诗作成为传世名篇的。如杜甫的《卜居》：

浣花流水水西头，主人为卜林塘幽。

这首诗，所有杜诗选集几乎没有漏收过，可见其成就之高。杜甫一向严于诗律，为什么会犯“三平调”大忌？而既犯大忌，又为什么竟还能成为历史公认的传世名篇呢？其根本原因，恐怕正在于大诗人杜甫做到了不以律害意，从而把诗意表达得最为确切圆满之故。

六

上述两种“孤平拗救”和“古风式句尾”，归总起来看都属于因为不符合“一三五（五言为一三）不论”口诀的规定而形成的变格。现在要说到的第三种特殊变格则是由不能满足“二四六（五言为二四）分明”口诀的要求而形成的变格。大致又分以下三项：

一是由标准格式“仄仄脚”句五言第四字七言第六字该仄却平造成的变格，一般称为“特拗”。属本句自救，即将五言第三字七言第五字由平变仄，而在此情况下，则五言第一字七言第三字一般保平不变，成为如下格式：

五言：平平仄平仄

七言：仄仄平平仄平仄

如王勃的《送杜少府之任蜀州》:

无为在歧路

杜甫的《咏怀古迹五首》其三:

千载琵琶作胡语

应当强调指出，在唐宋诗人创作中，这种变格用得非常普遍，连应试的排律都允许出现。今检《唐诗三百首》，这种变格在五律 80 首中，竟有 38 处之多；在所选杜甫七律 10 首中，也达到 3 处。可以说已经几乎是俯拾即是，以致毋宁将它归入“常规变格”，乃至看成与标准格式“仄仄脚”句平行的又一式了。

二是由标准格式“平仄脚”句五言第四字七言第六字该平却仄造成的变格，这被称为“大拗”，必须对句相救，即将标准格式“仄平脚”句五言第三字七言第五字由仄变平，形成如下搭配：

五言：仄仄平仄仄，平平平仄平。
七言：平平仄仄平仄仄，仄仄平平平仄平。

如白居易的《古原草送别》:

野火烧不尽，春风吹又生。

杜甫的《泛江送客》:

二月频送客，东津江欲平。

有必要指出，由于这种“平仄脚”句五言第三字七言第五字还可应平而仄（如古风句尾“仄平仄”），则就可能五言最多出现五个仄声，七言最多出现六个仄声。如此，则尤须对句五言第三字七言第五字由仄变平，以为补偿，清代学者李少鹤《拗法谱》称此为“一平救五仄法”。如杜甫的《归来》:

客里有所过，归来知路难。

杜牧的《江南春》：

南朝四百八十寺，多少楼台烟雨中。

三是由标准格式“平平脚”句五言第四字七言第六字应平却仄，而本句自救，即将五言第三字七言第五字由仄变平。其具体格式为：

五言：仄仄平仄平
七言：平平仄仄平仄平

应当指出，这实际应是典型的古风格式，故称为“古拗”。唐宋诗人或为了内容表达的需要，或为了追求诗句的高古，有时采用此法，尤其是一些诗大家，同样写出了仍属律体的名篇佳作。如孟浩然的《岁暮归南山》：

北阙休上书，南山归敝庐。

又《临洞庭湖赠张丞相》：

八月湖水平，涵虚混太清。

杜甫的《送窦九归成都》：

文章亦不尽，窦子才纵横。

又《即事》：

暮春三月巫峡长，皛皛行云浮日光。

又《昼梦》：

安得务农息战斗，普天无吏横索钱。

以上所讲特殊变格，包括孤平拗救 1 项，古风式句尾 4 项，特拗、大拗和古拗 3 项，合共又多出 8 种格式；于是，五言律体诗句再由原来 7 种增加到 15 种格式，七言律体诗句再由原来 14 种增加到 22 种格式，可供选择。不妨说，如将这些格式熟练掌握，那么，写起律体诗来，就更拥有了左右逢源、得心应手的最大的方便；或者借用哲学术语，则是已经从“必然王国”真正进入“自由王国”的领域了。

七

总之，既写律体诗，则律体诗句平仄的“求正”就是头等重要的，因为这是写律体诗首先必具的基本功，少了它，写律体就将成为不可能；同时，既写律体诗，则律体诗句平仄的“容变”也是绝对需要的，因为这是写律体诗应有的具体操作本领，有了它，写律体才会成为实际可行，二者缺一不可。就当前情况看，凡真心写律体诗的人，出于“平仄从严”的考虑，一般对诗句平仄的“求正”是给予了足够的重视的，这自然是无可指责的。但遗憾的是，相对来说，有的对“容变”却有所忽视或缺乏应有的了解，而误认为凡写律体诗只有句句皆合标准格式（至多放宽到“常规变格”的程度）才算正宗，对稍有“越规”者即不问青红皂白地一概加以排斥，甚至连先辈诗人创造出来且实际已属约定俗成的一些特殊变格也不予承认，这就不是真正的继承，而成为一种“作茧自缚”式的倒退，长此以往，只会使诗越作越死板僵化，更谈不上推陈出新了。这里所讲，目的即在于强调，大家写律体诗，在诗句平仄的调理方面，于坚持“求正”的前提下，对“容变”也必须加大重视的力度，以便使我们律体诗的创作进一步繁荣昌盛，万紫千红，产生更多的佳篇精品。至于所讲是否有当，欢迎方家批评指正。

河南老年诗词研究会讲座

2011 年 6 月 25 日讲

咏史诗说略

——读《文选》随札

摘要：咏史诗是对以历史上的人和事为歌咏题材并从而抒感言志寓理的一类诗的总称，细别可有狭义咏史和怀古两类。我国咏史诗源远流长，它的源头，可以上溯到3000年前的《诗经》时代，而独立意义上的咏史诗的正式出现，是从汉代肇始的，自那时以来，已有2000多年漫长的岁月。在2000多年漫长的岁月里，我国咏史诗的创作经历了由述史叙事（即初体）到借史抒怀（即常体）再到评史寓理（即广体）的演变过程。咏史诗的基本要求，一要坚持“事信言文”的原则，二要贯彻“古为今用”的精神。

关键词：咏史诗　源远流长　基本要求

经检《文选》所收咏史诗，计有王粲《咏史》、曹植《三良》、左思《咏史》（8首）、张协《咏史》、卢谌《览古》、谢瞻《张子房》、颜延年《秋胡》、《五君咏》（5首）、鲍照《咏史》、虞羲《咏霍将军北伐》，合共21首，从篇数看，在全书收诗23类中，竟占到相当靠前的第七位。这，一则反映了咏史诗其时已发展到一定规模的状况，再则更体现出主编萧统对此一诗体的高度重视。我们有理由推断，正是由于受了该书在诗体分类上富于创意地将“咏史”单独立目的昭示与启发，后世才有越来越多的诗人更加自觉地投入此类诗的创作，乃致降及唐代咏史诗的创作形成了作家约达500余人，作品约达3000首左右的空前盛大的局面。总之，除却社会生活、诗体自身的发展变化等因素外，《文选》对促进咏史诗创作的繁荣应当说也功不可没。

一

什么是咏史诗？笼统地说，咏史诗是对以历史上的人和事为歌咏题材并从而抒感言志寓理的一类诗的总称。具体地说，咏史诗又可细分两类：一类是直接以历史上的人和事为歌咏题材的诗；再一类是以诗人亲历的历史遗迹、遗址或遗地为由头或中介，从而引起对有关历史人、事的歌咏的诗。前者即狭义的咏史诗，后者则一般称怀古诗。

辨别是狭义咏史还是怀古，一个简单的方法是从题目上判断，即凡带有“怀古”或地名一类标志性字样的应属怀古诗，否则当为狭义咏史诗。但这并不十分可靠。因为事实上有些虽题目带有上述标志性字样的，未必就是怀古，如《文选》所收卢谌《览古》，“通篇直叙蔺生事”①，原本应是狭义咏史；相反，有些虽题目未带上述标志性字样的，如《文选》所收王粲《咏史》和曹植《三良》，实系二人随曹军西征马超过穆公墓时有感所作，谢瞻《张子房》，实系诗人游张良庙时有感所作，却皆称得上地道的怀古佳篇。所以归根结底，是应从诗的创作缘起检视，所谓“怀古必切时地”②，即凡怀古之作必须是由特定的时间地点所引起的，否则就应视为狭义咏史诗。

为了正确界定咏史诗，有必要将它与“史诗”或“诗史”加以区别。所谓“史诗”，原本是西方术语，最早见于亚里士多德《诗学》，泛指以具有神话色彩的重大历史事件或传说为题材内容、以塑造本民族著名英雄形象为基本宗旨的长篇叙事诗。如古希腊的《伊里亚特》、《奥德赛》，我国《诗经》中的《生民》、《公刘》，藏族古代的《格萨尔王传》，蒙族古代的《江格尔》等即是。它一般都题材重大，叙事完整，人物雄杰，篇幅宏伟。咏史诗则不然，它不以详细叙事塑造英雄形象为目的，而只是通过对某些古人古事有选择性的情节的歌咏以抒感言志寓理，且多篇幅短小。所谓“诗史”，则是我国传统的文学术语，似最早见于《新唐书·杜甫传赞》，是对古典诗歌中能反映某一历史时期重大社会现实情况的作品的一种赞誉性的称呼，而不是诗体分类的概念。“诗史”的“史”，只是对后人而言的，对作者来说，却仍是他生活于其中的那个时代耳闻

① 《义门读书记》，中华书局 1987 年版，第 893 页

② 《说诗晬语》，人民文学出版社 1979 年版，第 244 页

目睹身历的社会现实生活，杜甫的一些诗如“三吏”、“三别”，吴伟业的《圆圆曲》等，就被后人称为“诗史”；而“咏史诗”的“史”则不然，它不仅对后来的读者，即使对作者本人来说，也都是已经过去的历史了。

此外，为了正确界定咏史诗，还须将它与传统诗词中的“用典”加以区别。传统诗词中的用典，大多关涉到古人古事，有的还几乎通篇用典，却不是咏史诗。因为“用典”是创作手法问题，诗中的“典”，一般只相当于一个词语，它只起临时借代、比喻、例证等辅助表达的作用，而并非所要歌咏的题材；而咏史诗则是指诗歌的一个类别，咏史诗中的“史”，是作为诗的题材使用的。

二

我国古代咏史诗源远而流长。这主要是因为：

第一，我国是文明古国，历史悠久，保留下来的历史文化遗产（包括文字典籍、民间传说、实地遗存）异常丰富，这就为咏史诗创作的繁荣发展提供了取之不尽、用之不竭的题材宝库；

第二，与前项条件相联系的，我们中华民族自古以来就形成了珍视历史、借鉴历史的传统观念，这就为咏史诗创作的长盛不衰创设了坚实可靠的思想前提；

第三，我国古典诗歌由《诗经》、《楚辞》所开启的比兴寄托的表达套路，也为咏史诗创作的成功进行奠定了足资借鉴的方法范式。朱自清先生曾说：“后世的比体诗可以说有四大类：咏史、游仙、艳情、咏物。”① 缪钺先生也说：“咏史诗自古有之……这也是一种广义的比兴手法。”② 都明确揭示了咏史诗体得以成立的这个重要的支撑点。

先看源远。

我国咏史诗的源头，至少可以上溯到两千年前的“楚辞”时代。朱自清先生曾经指出：“后世的比体诗可以说有四大类：咏史、游仙、艳情、咏物……这四体的源头都在王（逸）注《楚辞》里。”③ 的确，像屈原的《离骚》、《天问》

---

① 《朱自清古典文学论文集》，古海古籍出版社 1981 年版，269 页。

② 《略谈杜牧的咏史诗》，《文史知识》1985 年第 5 期。

③ 《朱自清古典文学论文集》，古海古籍出版社 1981 年版，269 页。

等篇中，就涉及了许多历史传说和历史人物、历史事件，这些虽尚非全篇关注的焦点和中心内容，还算不上独立意义的咏史，却无可否认地具有为后世的咏史抒怀、借古讽时导夫先路的意义。

我国咏史诗的源头，其实还可以上溯到三千年前的《诗经》时代。首先，在《诗经》的《雅》、《颂》里，有许多祭祖祭神的篇章，如《文王》、《大明》、《绵》、《文王有声》、《生民》、《公刘》、《玄鸟》、《殷武》等，都是歌颂商、周先祖丰功伟绩的，内容涉及商、周先祖的历史传说、民族起源、部落迁徙、农业生产、社会活动、文治武功等诸多方面。尽管这些诗篇的创作是完全出于对祖先的顶礼膜拜甚至为了祈福保佑，总体看来充其量还只能归属于“史诗”的范畴，但它们至少在崇古重史的层面上，无疑对我国咏史诗的产生发挥了启示性的作用。更重要的是，在《诗经》中还真的已经出现咏史性质的诗篇，如《大雅》的《荡》篇，《诗序》云：“召穆公伤周室大坏也。厉王无道，天下荡荡，无纲纪文章，故作是诗也。”① 即认为此诗是召穆公伤厉王无道之作。朱熹进而指出：“诗人知厉王之将亡，故为此诗，托于文王所以嗟叹殷纣者。”② 而诗的正文更有明言：“殷鉴不远，在夏后之世。”可以说，这是目前见于文献记载的我国古代诗歌史上最早的一首讽喻性的咏史诗。又如《王风》的《黍离》篇，《诗序》云：“闵宗周也。周大夫行役于宗周，过故宗庙宫室，尽为禾黍，闵周室之颠覆，彷徨不忍去，而作是诗也。”③ 可以说，这是目前见于文献记载的我国古代诗歌史上最早的一首怀古式的咏史诗。总之，《诗经》中的这些诗篇，作为咏史的滥觞和萌芽，不妨说早已开了我国古代咏史诗的先河。

再说流长。

我国独立意义上的咏史诗的正式出现，是从汉代肇始的。西汉武帝时期东方朔的《嗟伯夷》，当是目前见于文献记载的最早的一首有署名的咏史诗，可惜只剩残句：

穷隐处兮窟穴自藏，与其随佞而得志兮，不若从孤竹于首阳。

从诗题看，知是歌赞上古时期的伯夷的；从残句看，则知用骚体写出，是

① 《十三经注疏》中华书局 1980 年版第 552 页

② 《诗经集传》中国书店 1994 年第 212 页

③ 《十三经注疏》中华书局 1980 年版第 330 页

直承了屈原借历史人物以抒情言志的传统。而自那时以来，已有两千多年漫长的岁月。在两千多年漫长的岁月里，我国古代咏史诗的创作经历了由述史叙事到借史抒怀再到评史寓理的演变过程。

首先是述史叙事阶段。

根据文献资料记载，我国最早自觉地进行咏史诗的创作的，是东汉时期的班固，他的那首歌咏历史人事的诗作在我国古代诗歌史上第一次以“咏史”命题，标志了独立意义上的咏史诗的最终形成，从而可与其他类别的诗体区别开来，应当说，具有划时代的价值：

三王德弥薄，惟后用肉刑。太仓令有罪，就逮长安城。自恨身无子，困急独茕茕。小女痛父言，死者不可生。上书诣阙下，思古歌鸡鸣。忧心摧折裂，晨风扬激声。圣汉孝文帝，恻然感至情。百男何愦愦，不如一缇萦。

这首诗专意记叙了西汉著名医学家淳于意小女缇萦只身赴京上书朝廷自请甘为奴婢以赎父罪这一史实经过，仅在诗末对孝女缇萦的果敢行为略表钦慕赞颂之情而已。可见班固的咏史诗仅只注重对于史实的客观叙述，并且一诗只咏专人专事，即清代学者何焯所谓“咏史者不过美其事而咏叹之，檃括本传，不加藻饰”①，而在客观的叙述中略见作者的旨意。这标志着咏史诗发展演变的第一阶段的开始。与班固同时的辛延年的《羽林郎》，本已如此，在这之后的近百年中，乃至王粲的《咏史》、曹植的《三良》等，也大都沿着这个路子走，咏史就只咏史，并不旁涉。何焯把这定为咏史诗的“正体”②，其实，看作“初体”，似更确切。

接下来是借史抒怀阶段。

到了汉末，作为“建安七子”之一的孔融的《杂诗》其一，独创性地引述历史人物以自况，突破咏史诗仅限咏史本身的成例，开了咏史中杂以抒怀的先声：

岩岩钟山首，赫赫炎天路。高明曜云门，远景灼寒素。昂昂累世士，结根在所固。吕望老匹夫，苟为因世故。管仲小囚臣，独能建功祚。人生有何常？

---

① 《义门读书记》中华书局 1987 年版第 893 页

② 《义门读书记》中华书局 1987 年版第 893 页

但患年岁暮。幸托不肖躯，且当猛虎步。安能苦一身，与世同举厝！由不慎小节，庸夫笑我度。吕望尚不希，夷齐何足慕？

诗的前半是咏吕望、管仲历史人物的；诗的后半则顺势转为抒发自己“不慎小节”、不“与世同”的胸襟与怀抱。

再到西晋左思的《咏史》，更明确地走上了借古人古事专抒个人情怀的道路；并且为了抒怀的需要，常不限于只咏专人专事，而将有关史例串演成具有启发性和富于感染力的序列。实质上，已不再是原始意义（即何焯所谓“正体”）的咏史诗，倒可归属于抒情诗的范围了。清代学者张玉谷评云：

太冲《咏史》，初非呆衍史事，特借史事以咏己之怀抱也。或先述己意，而以史事证之；或先述史事，而以己意断之；或止述己意，而史事暗含；或止述史事，而己意默寓。各还悬解，乃能脉络贯通。①

可谓精当。如《咏史》八首其一：

郁郁涧底松，离离山上苗。以彼径寸茎，荫此百尺条。世胄蹑高位，英俊沉下僚。地势使之然，由来非一朝。金张籍旧业，七叶珥汉貂。冯公岂不伟，白首不见招。

这首诗是生活在“上品无寒门，下品无世族”的西晋时代而出身寒素的左思自鸣不平之作。“冯唐白首屈于郎署”（荀悦《汉纪》），与左思一生遭际略合，故诗中以冯唐自况，并借其他历史人物对比衬托，从而生动形象地反映了寒门知识分子与世族门阀之间的尖锐矛盾，有力地抨击了门阀制度的不合理性。

何焯评左思的咏史诗“多摅胸臆，乃又其变”，② 即认为是咏史诗的“变体”。他看出了左思对咏史诗的重大发展变化是对的，但把左思的咏史诗定为“变体”是不妥的。倒应当说，到左思的《咏史》才标志了咏史诗的真正成熟。钟嵘评左思《咏史》云：“文典以怨，颇为精切，得讽人之致。”③ “典”即典

① 《古诗赏析》上海古籍出版社 2000 年版第 251 页

② 《义门读书记》中华书局 1987 年版第 893 页

③ 《诗品注》人民文学出版社 1961 年版第 28 页

雅，“怨”即不平，“精切”指借古讽今的手法运用得精当贴切，“得讽人之致”是说具有鲜明的讽刺与批判现实的精神。的确，左思的《咏史》诗内容深刻，笔力雄健，气势豪迈，语言朴实，风格与建安诗人相近。由于有这样突出的特点和优点，就成为后世诗人创作咏史诗时竞相仿效的榜样，占得了咏史诗常态的地位。东晋的陶渊明，南朝的鲍照，初唐的陈子昂，盛唐的李白等诗大家，无不深受其影响，写出了一篇篇借史抒怀的名作。从这个角度看，如果班固的《咏史》可以说代表了咏史诗的“初体”的话，那么，左思的《咏史》诗就应该说是代表着咏史诗的“常体”。

再接下来是评史寓理的阶段。

本来，在借史抒怀的第二阶段，咏史诗的创作就已经逐渐带上一些议论的成分，而到中、晚唐乃至宋代以后，随着以议论入诗的风气的形成，咏史诗创作中的说理色彩也一步步加强，从实质上看，有些作品简直可以划归为政治诗了。其中如唐代的杜甫、刘禹锡、杜牧、李商隐，宋代的王安石、苏轼、李清照、陆游、辛弃疾等大家，都有此类咏史名篇传世。下面仅举唐代几例，以见一般。如杜甫的《蜀相》：

丞相祠堂何处寻？锦官城外柏森森。映阶碧草自春色，隔叶黄鹂空好音。三顾频烦天下计，两朝开济老臣心。出师未捷身先死，长使英雄泪满襟。

这是一首怀古式的咏史诗。诗中着重评价了诸葛亮的高尚人品、卓绝才干和丰功伟绩，又表达了对诸葛亮未能收复中原、身已先死的叹惋，还流露出自己抱负难展的郁滤之情。总之，它无愧为一首历史内涵厚重的咏史名作，又当得起现实意义深刻的抒怀杰构。浦起龙评此诗：“后来武侯庙诗，名作林立，然必枚举一事为句。始信此诗统体浑成，尽空作者。”甚为中肯。①

又如刘禹锡的《西塞山怀古》：

王濬楼船下益州，金陵王气黯然收。千寻铁索沉江底，一片降幡出石头。人世几回伤往事，山形依旧枕寒流。今逢四海为家日，故垒萧萧芦荻秋。

这首诗是有鲜明的针对性的。唐王朝自安史之乱以后，各地藩镇拥兵自重，

① 《读杜心解》，中华书局1961年版，第615页。

对抗朝廷，构成国家难以消解的祸患。宪宗执政期间，曾主持平藩，朝廷权威相应加强。但到穆宗长庆四年（824），也就是诗人写此诗前不久，宪宗病死，河朔三镇又相继反叛，一度收敛的割据势力重新抬头，刚刚显露转机的全国统一局面再次出现被破坏的极大危险。诗人正是有虑于此，于是借凭吊西塞山之机，以古讽今，写成此诗，首先对野心勃勃的藩镇发出严正警告：凭险割据，破坏统一，必然灭亡！同时也向新朝当局发出委婉提醒：一定要百倍珍惜和坚决维护国家统一，千万不可让分裂割据的历史再度重演。全诗在内容上以怀古始，以鉴今结，很好地贯彻了古为今用的原则，体现了作者集历史家的严峻、政治家的锐敏、哲学家的深刻与文学家的才情与一身的思想品格和精神风貌；而在表达上，则将记叙、议论、抒情熔为一炉，使全诗成为一个玲珑剔透的艺术整体。前人赞此诗云："似议非议，有论无论，笔着纸上，神来天际，气魄法律，无不精到，洵是此老一生杰作，自然压倒元、白。"并非溢美。①

又如杜牧的《赤壁》：

折戟沉沙铁未销，自将磨洗认前朝。东风不与周郎便，铜雀春深锁二乔。

杜牧的咏史诗"好异于人"②，多用翻案法，直接评论历史人物事件，对兴亡成败的关键问题发表独到见解，自然会带有更浓的史论色彩，其巧妙处在于能避开逻辑推理和论证，而诉诸形象性语言的抒发，达到史论与诗咏的完美结合。此诗即一典型例证。全诗精髓在"东风"二句，意谓赤壁之战，虽曹军败北，但若论才略，周瑜本非曹操敌手，他的取胜，只因得了"东风"的偶然之助罢了。其要旨在不能以一次成败论英雄，而这，确系灼见，因而是颇富新意的。

又如李商隐的《贾生》：

宣室求贤访逐臣，贾生才调更无伦。可怜夜半虚前席，不问苍生问鬼神。

这是李商隐有代表性的"纯用议论矣，却以唱叹出之，不见议论之迹"③

① 薛雪《一瓢诗话》人民文学出版社1979年版第147页

② 胡仔《苕溪渔隐丛话》（后集）人民文学出版社1962年版第108页

③ 《李商隐数据汇编》中华书局2001年版第617页

的咏史诗。此诗立意的卓绝之处，在于能摆脱一般诗人总是借贾谊被贬长沙一事以抒写不遇之感的老套，而着眼于个人的遇与不遇，应主要从整个国家的利益考虑，以自己的进步主张是否得到重视和采纳、政治才干能否得到发挥作为衡量标准。而在表达上采取抑扬唱叹之法，将高明的立意通过顿挫的抒情巧妙地展示出来，使诗篇成为评史寓理的咏史名篇。明代学者胡应麟云：

晚唐绝："东风不与周郎便，铜雀春深锁二乔"，"可怜夜半虚前席，不问苍生问鬼神"，皆宋人议论之祖。①

这可以看作是对杜牧、李商隐咏史诗特点及其在文学史上地位及影响的甚有见地的评价。的确，他们的评史寓理之作，是继杜甫、刘禹锡之后，为咏史诗的创作开拓了新的更加广阔的道路。从这个角度看，如果说汉代的班固代表了咏史诗的"初体"，西晋的左思代表了咏史诗的"常体"，那么，晚唐的杜牧和李商隐则代表的是咏史诗的"广体"，在咏史诗的发展史上同样具有里程碑的意义。从此之后，这三"体"（初体、常体和广体）咏史诗汇成了相当强势的创作的巨流，在我国整个古代文学发展史的长河中一直奔腾向前，不断涌现出传诵不衰的精品、神品。乃至今日，仍是中华诗词创作的一个不可忽视的重要方面。

三

咏史诗的基本要求有二：

要坚持"事信言文"的原则。

"事信"，是指咏史诗必须取材于真正的历史（包括信史以及有文献可考的历史传说），做到"咏而有据"。否则，即不得认为是咏史诗。

这里有必要申明，咏史诗毕竟是诗而不是史，因此，在"咏而有据"的前提下，又应该给诗人的创作以充分的自由。比如在选材上，应允许对史实有所侧重，乃至"攻其一点，不及其馀"；在立意上，应提倡只要能言之成理，就特别看好角度新颖，见解独到。这样，即使同一题材也完全可能写出立意各异却都称得起上乘的咏史佳作。请看一组同以项羽自刎乌江为题材的诗例：

① 《诗薮》，中华书局 1962 年版，第 122 页。

咏项羽

唐·于季子

北伐虽全赵，东归不王秦。空歌拔山力，羞作渡江人。

此诗批评项羽虽有临危救赵的果决和勇敢，却无暂拥秦王、以收民心的深谋与远虑，所以空有伟力，终招失败，在所难免。不过羞于渡江，自刎而死，仍不失英雄气概。

题乌江亭

唐·杜牧

胜败兵家不可期，包羞忍辱是男儿。江东子弟多才俊，卷土重来未可知。

此诗批评项羽不该自刎乌江，似对前诗观点有所异议。认为胜败乃兵家常事，失败时应有忍受耻辱的度量，如能活下来总结经验教训，以利再战，江东有许多杰出人才，卷土重来，反败为胜，并非不可能。

乌江亭

宋·王安石

百战疲劳壮士哀，中原一败势难回。江东子弟今虽在，肯与君王卷土来？

此诗显然有又向杜牧发难的意味，而推断垓下之败，大局已定，无可挽回。当时天下疲弊，人心思安，厌恶战争，即使逃往江东，又有谁肯跟他一道卷土重来呢！

夏日绝句

宋·李清照

生当为人杰，死亦为鬼雄。至今思项羽，不肯过江东。

此诗完全赞颂项羽，大力肯定他乌江自刎正反映了他的英雄本色。认为他生前固然是“人杰”，死后也无愧为“鬼雄”，值得后人永远敬仰他、怀念他、效法他。

项羽

宋·陆游

八尺将军千里骓，拔山扛鼎不妨奇。范增力尽无施处，路到乌江君自知。

此诗评价项羽固然体魄超强、武力过人，可惜有勇无谋，曾让范增费尽心智计谋竟不予采用，直到乌江战败走投无路，可该后悔当初拒绝范增献策的失误了吧！

以上各诗，都紧扣着项羽乌江自刎这一基本史实展开，从而保证了“事信”；而又能围绕自刎一事，各抒己见，立旨互异，从而展现出百花争妍、朵朵新鲜的多姿状貌。而这，正是咏史诗所应当具备的。

“言文”，是指咏史诗必须是“诗”，即必须是按照诗的艺术规范写成的。说得稍微具体一点，就是三“体”咏史无论述史叙事、借史抒怀还是评史寓理，尽管各有侧重，却都要讲求史实的节略性、语言的含蓄性和表达的抒情性。比如，即使是述史叙事的，也必须放弃史实的全面和完整，而根据诗的主题的需要加以筛选，只保留那些最有用的情节片段进行集中的串演。再比如，如果是借史抒怀的，则必须力避“史”与“我”的游离，而把握二者最佳的契合点，借助于含蓄的语言进行巧妙的暗示。又比如，即使是评史寓理的，也必须排除抽象的逻辑推理和论证，而采取饱蘸感情、抒心泄臆式的吟叹进行形象的表达。从而，创造出述史、抒怀、寓理有机统一的艺术境界。这，正是咏史诗所执意追求的。

要贯彻“古为今用”的精神。

“古为今用”，可以说是咏史诗的生命，也是它的全部价值所在。具体说来，可分多种情况，比如：颂古励今，论古诫今，吊古伤今，引古赞今等。

颂古励今的，如前引班固的《咏史》、李清照的《夏日绝句》都是。诗中大力颂扬古人，无非想树立起一个榜样，勉励后人学习、仿效。前文已有论及，于此不赘。

论古诫今的，又可细分两类：

一是有针对性的讽喻现实。如前引刘禹锡的《西塞山怀古》即是。又如辛弃疾的《永遇乐·京口北固亭怀古》：

千古江山，英雄无觅，孙仲谋处。舞榭歌台，风流总被，雨打风吹去。斜阳草树，寻常巷陌，人道寄奴曾住。想当年，金戈铁马，气吞万里如虎。

元嘉草草，封狼居胥，赢得仓皇北顾。四十三年，望中犹记，烽火扬州路。可堪回首，佛狸祠下，一片神鸦社鼓。凭谁问，廉颇老矣，尚能饭否？

此词是作者晚年最重要的作品之一，是有针对性的讽喻现实的名篇。辛弃疾晚年再被起用，先任绍兴知府兼浙东安抚使，后改任镇江知府。本篇即作于此任上。当时，宰相韩侂胄独揽军政大权，急于事功，草率发动北伐。辛弃疾虽一贯主张对金用兵，支持北伐，坚信金国必乱必亡，但又认为那时南宋尚不具备取胜条件，而主张先要做好充分准备，并把对金用兵之事托给元老重臣，然后再付诸实行。词中即引南朝刘宋元嘉北伐失败的史实为鉴，表达了词人这一重要战略思想，希望能为韩所接受。但韩刚愎自用，不唯拒绝采纳这一建议，反把刚上任十五个月的辛弃疾以“好色贪财”罪名罢职。不久，韩北伐果然惨败。未几，辛也赍志以殁。

二是非针对性的反思历史。如前引杜牧的《题乌江亭》和王安石的《乌江亭》就是典型篇例。二诗皆为对项羽当年兵败垓下自刎乌江一事进行反思，提出个人见解而写。又如《文选》所收曹植的《三良》也属此类：

功名不可为，忠义我所安。秦穆先下世，三臣皆自残。生时等荣乐，既没同忧患。谁言捐躯易，杀身诚独难。揽涕登君墓，临穴仰天叹。长夜何冥冥，一往不复还。黄鸟为悲鸣，哀哉伤心肝。

此诗实际是以抒写三良对生命的渴望和留恋为主调，寄寓了作者对历史上未曾被关注过的个体生命本身价值进行的深沉的思考。钱志熙先生指出：“魏晋之际是社会的生命意识弥漫、积聚的时期。这种弥漫积聚着的生命意识，成了魏晋的诗歌、艺术和人生哲学的原生点。”① 应当说，曹植的这首诗，正是这种背景下的产物。

吊古伤今的，如陈子昂的名篇《登幽州台歌》：

前不见古人，后不见来者。念天地之悠悠，独怆然而涕下。

---

① 《唐前生命观和文学生命主题》，东方出版社 1997 年版，第 231 页。

此诗四句，一路抒情。前两句着意突显自己的孤独，后两句集中愤叹人生的有限。全诗在由无限广阔的空间转向无限久远的时间的大背景上，以慷慨悲凉的调子，生动地抒发了作者登上幽州台刹那间纵临千古、旷视四海的阔大胸怀，成功地塑造了一个忧国忧民却生不逢时的封建知识分子的感人形象，使读者仿佛看到，他那样高大而又如此孤独，他壮怀激烈而又屈抑难伸，他挺立于宇宙历史一块无名高地上，四顾茫然，荷戟彷徨，挥洒着英雄无用武之地的悲愤的眼泪。

又如苏轼的《念奴娇·赤壁怀古》：

大江东去，浪淘尽、千古风流人物。故垒西边，人道是、三国周郎赤壁。乱石崩云，惊涛拍岸，卷起千堆雪。江山如画，一时多少豪杰。　　遥想公瑾当年，小乔出嫁了，雄姿英发。羽扇纶巾，谈笑间、强虏灰飞烟灭。故国神游，多情应笑我，早生华发。人间如梦，一尊还酹江月。

此词写于作者因“乌台诗案”被贬黄州（今湖北黄冈）团练副使期间，当时诗人46岁。词中描绘了赤壁雄伟壮丽的景色，歌颂了古代英雄周瑜的赫赫战功，而主旨在于借吊历史上的英雄以感叹自身的落寞失意，抒发年岁渐老、事业无成，更由诗得罪、遭受贬谪的忧愤情怀。只因其胸襟开阔，而能作达观之辞，透豪迈之气，不致显得过于哀伤，遂成为词史上的名篇。

引古赞今的，如陈毅的《游晋祠》：

周柏唐槐宋献殿，金元明清题咏遍。世民立碑颂统一，光义于此灭北汉。帝王兴废长已矣，人民世纪金不换。请君凭栏听黄鹂，请君细数春来燕。请君随流望菽麦，请君再看大修建。

诗的前四句歌咏晋祠本身，揭示其所存遗迹见证了历史的盛衰兴废。后六句则一转而为热烈歌颂人民当家做主后的新时代的巨大变化和骄人成就。

当然，此类诗篇中之最为佼佼者，则自非毛泽东的《沁园春·雪》莫属：

北国风光，千里冰封，万里雪飘。望长城内外，唯馀莽莽；大河上下，顿失滔滔。山舞银蛇，原驰蜡象，欲与天公试比高。须晴日，看银装素裹，分外妖娆。　　江山如此多娇，引无数英雄竞折腰。惜秦皇汉武，略输文采；唐宗宋祖，稍逊风骚。一代天骄，成吉思汗，只识弯弓射大雕。俱往矣，数风流人物，还看今朝。

此词上片尽情赞美祖国自然风光的壮美艳丽，为后面的抒情议论作好铺垫。下片则引出历代著名帝王加以评论，从而衬托今天的英雄人民更为风骚。作者自注："雪：反对封建主义，批判两千年封建主义的一个反动侧面。文采、风骚、大雕。只能如是，须知这是写诗啊！难道可以谩骂这些人们吗？别的解释是错的。末三句，是指无产阶级。"① 十分明确地指出了此词引古赞今的主旨。

第九届文选学国际学术研讨会论文

2011 年 8 月有 24 日

---

① 《毛泽东诗词选》，人民文学出版社 1986 年版，第 63 页。

关于“诗家语”

一

从基本原理看，文学是语言艺术，所以，归根结底，写文学作品其实就是写语言。而诗是文学样式之一种，所以，毫无疑问，写诗也就是写语言。不过，由于诗体客观上要受字数、平仄、押韵等因素的限制和诗人主观上要为有更好的表达着想，于是，诗的语言与其他文学样式如散文、小说的语言相比，又有所不同。一言蔽之曰：写诗要用“诗家语”。

“诗家语”的命题最早是由北宋大文学家王安石提出来的，说明他已经把诗的语言问题上升到了自觉的理论认识的高度。据宋人魏庆之所编《诗人玉屑》卷六载：

王仲至召试馆中，试罢，作一绝题云：“古木森森白玉堂，长年来此试文章。日斜奏罢《长杨赋》，闲拂尘埃看画墙。”荆公见之，甚叹爱，为改作“奏赋《长杨》罢”，且云：“诗家语，如此乃健”。

现在要问，为什么这样一改就成了“如此乃健”的“语家语”呢？

事实上，王安石改王仲至诗句“日斜奏罢《长杨赋》”为“日斜奏赋《长杨》罢”，字是一个未变，而只将“赋”与“罢”二者位置作了一个不合常规的调换罢了。乍读起来，在句意的表达上，似乎还不如原句那样顺畅。但经仔细推敲，其中是大有学问的。《长杨赋》本是汉代著名赋家扬雄的名作，王仲至原句是要借此典故来表现他应试完毕以后自得自信的心情，总体看意思表达得还是清楚的，但问题却出在过于呆笨上，因而减损了诗味。你看，“奏罢《长杨赋》”只是一个简单的动宾结构，《长杨赋》的用典，也太嫌直露。说到底整个诗句仅限于常规的叙述，并非“诗家语”。而经王安石一改则大大提高了诗句的张力（即表现力），现出了诗大家王安石艺术手段的高超和老辣。首先，把原句中的单词《长杨赋》拆散且倒置起来，变成了同位成分“赋”与“《长扬》”，这就在表意上得到特别的强调；其次，把原句中“罢”字与“奏”字分离移至句末充当全句的补语，这就在句子结构上增加了层次；还有第三，由于原句末合口呼的“赋”字换成了开口呼的“罢”字，这就在语调上从低暗沉闷转为高亢响亮，也更切合作者当时自得自信的精神状貌。因而，说这是点铁成金，一点儿也不为过呀。

由此可见，王安石所说“如此乃健”的“诗家语”，正是指诗词创作中语句上的那些不合常规的特殊组合。

关于诗句的不合常规的特殊组合，王力先生的《汉语诗律学》曾从语法学的角度归纳出了23种类型，值得我们加以关注，认真学习和研讨，并在自己的创作实践中掌握和运用。这里，仅就最常见者略举几例：

其一是“变性”，即通常所谓“词类的活用”。用一个成语打比方，可称为“冒名顶替”。这在律体诗的创作中，是经常用到的。王力先生把具体的“变性”细分成6类。当然最多的是将名词形容词用作动词。这里仅举1例：

春风又绿江南岸

——王安石《泊船瓜洲》

句中“绿”字是形容词变作动词用，这一变，使诗句大为生色，成为名句。详细情况留待下文具体说明。

其二是“倒装”。用一个成语打比方，可称为“语无伦次”。这在律体诗的创作中也是经常用到的。清人洪亮吉《北江诗话》指出：“诗家例用倒句法，方觉奇峭生动”。王力先生把具体的“倒装”细分成5类。这里也仅举1例：

香稻啄馀鹦鹉粒，碧梧棲老凤凰枝

——杜甫《秋兴》八首其八

诗句咏叹位于鄠县（今陕西户县）西五里因鱼多而得名的渼陂湖周围物美产丰，林深树嘉，鸟异禽珍。实为“鹦鹉啄馀香稻粒，凤凰棲老碧梧枝”的倒文。香稻，即稻，冠一“香”字，更壮其饱满。碧梧，即梧桐树，冠一“碧”字，更见其茂盛。句式错综，提前宾语，形成工对，不仅凸显了香稻、碧梧，而且增加了音韵之美。

其三是“省略”。用一个成语打比方，可称为“话不囫囵”。这在律体诗的创作中同样是经常用到的。王力先生把具体的“省略”细分成11类。这里也仅举1例：

鸡声茅店月，人迹板桥霜

——温庭筠《商山早行》

诗句意谓我闻鸡声出茅店望见一轮残月，人过板桥踏秋霜留下一行足迹。因把所有动词都给省了，变成了词语的并列，这叫“词组代句”。

附带说明一下，诗词创作中的所谓“互文”其实质也是一种省略。著名的例子如：

秦时明月汉时关

——王昌龄《出塞》其一

诗句是当句对，将月、关分属秦、汉，形成互文，从而时空交织地发出一个警示，是说：明月照临关塞的景象，自秦、汉以来就一直是这样了。

其四是“错配”。用一个成语打比方，可称为“想入非非”。这往往是由诗人运用了比拟、夸张、想象等艺术手段而造成的诗句词语间的不正常搭配。如：

感时花溅泪，恨别鸟惊心

——杜甫《春望》

诗句运用移情之法，通过人格化的景物描写，以烘托诗人国破家亡的悲痛心情。“感时”，兼扣时局动乱和春天来临。“恨别”双关家人离散和个人漂泊。而“感时”、“恨别”的主体是“花”和“鸟”，且上下互文见义。“花溅泪”是说，花草见国家残破和人民流离，也不禁地下泪；“鸟惊心”是说，春鸟见国家残破和人民流离，也惊恐地啼叫。按常理，这些词语间的搭配都是错的，“花”怎么会因“感时”而“溅泪”？“鸟”怎么会因“恨别”而惊心？但诗词创作中允许。

又如：

白发三千丈

——李白《秋浦歌》其十五

在现实生活中，谁能有三千丈的头发？不要说三千丈，三丈也不可能，但写诗可以。

又如：

此时相望不相闻，愿逐月华流照君

——张若虚《春江花月夜》

人能跟着月光飞到亲人那边吗？当然是想入非非，但诗中允许。以上几例，归结起来，都是通过诗句词语有意的错配而更好地彰显了无理而有情、且越无理越有情的艺术的特殊规律。

二

从根本性质看，“诗家语”其实正是“形象思维”诉诸诗句的一种具体体现。

形象思维，是一切文学创作（包括诗、文、小说、戏曲四大类）所必须共同遵循的一条基本原则。它的要义，体现在诗词创作方面，如果用我国古代文学理论的术语加以概括，可以表述为三个字，即：赋、比、兴。

说到这里，我们会很自然地记起毛主席《给陈毅同志谈诗的一封信》中的一段话：

又诗要用形象思维，不能如散文那样直说，所以比、兴两法是不能不用的。赋也可以用，如杜甫之《北征》，可谓“敷陈其事而直言之也”，然其中亦有比、兴。“比者，以彼物比此物也”，“兴者，先言他物以引起所咏之词也”。

这段话，应该是对形象思维与赋、比、兴关系的一个经典性的说明。但可惜一直以来，却如当代著名诗人和诗论家霍松林先生在《诗的“直说”及其他——对毛主席<给陈毅同志谈诗的一封信>的理解》中所尖锐批评的那样；“有些同志只抓住了‘诗要用形象思维，不能如散文那样直说，所以比、兴两法是不能不用的’这几句话加以发挥，从而得出两个结论：一，诗不能“直说”；二，形象思维就是比、兴两法”。而“这是不符合文艺创作的实际，也不符合毛主席的原意的”。

首先，如果能对这段话作全面的仔细的体会，毛主席的原意应该是：第一，既强调了诗不能如散文那样直说；第二，又以杜甫的名作《北征》为例，明确表示了“敷陈其事而直言之”的“赋也可以用”。也就是说，毛主席所反对的是“如散文那样”的“直说”，而并未否定“敷陈其事而直言之”的“赋”。

关键在于赋的“直言”应该是“诗的直言”。我非常拥护霍松林先生在上引文章中所作的分析：“很清楚，这个‘直言’（指赋——引者）是就既不须‘以彼物比此物’，又不须‘先言他物以引起所咏之词’而言的，其含义并不等于‘浮浅’、‘粗浅’、‘平直’、‘质直’或‘直遂’。总之，它不是个贬义词”。“即使单纯用赋，但诗里面的赋必须同诗的抒情特点和词彩、节奏、韵律、章法等形式上的特点相结合”。

根据以上理解来检视“诗家语”，它既然是指诗词创作中语句上所作的一些不含常规的特殊组合，那么，不正好证明诗中“赋’的“直言”确非“如散文那样”的“直说”了吗？应当承认，如前文所举所谓“冒名顶替”——变性、“语无伦次”——倒装、“话不囫囵”——省略各例，其实都可以归入诗的赋法的范围，而“想入非非”——错配中的比拟，则显然是诗的比法的一种具体应用。至于诗的兴法，因为它总要“先言他物以引起所咏之词”，只能作为“引子”出现在全诗的开头或诗的章节的开头，其适用范围有限，而与诗句的特殊组合无涉，故可于此置而不论。

三

从创作实践看，“诗家语”是须经过反复锤炼才能得到的。

这里可以拿作诗与书法中的写字做个比较。二者虽说都属于艺术创作，但又各有不同特点。就写字说，一个字的写成，最好是一蹴而就，尤其是笔画上讲究一笔到位，最忌描来描去，所以有“字是黑狗，越描越丑”之说。一首诗的写成，却相反是不厌其改，应精益求精。可以说，好诗都是改出来的，尤其在遣词造句上，往往要经过反复推敲，才有可能达到理想的境界。这种修改、推敲的过程，就是锤炼的过程。

杜甫说他是“为人性僻耽佳句，语不惊人死不休”（《江上值水如海势聊短述》）。可以想见，他每作一诗在诗句的锤炼上都下了何等扎实深厚的工夫。

有学者说：人们常讲“没有最好，只有更好”，这对诗句的锤炼并不适用。此言千真万确，我们在诗句的锤炼上，就不能只满足于“更好”而应该抱持一定要达到“最好”的态度，下够老杜“语不惊人死不休”的工夫。

请看宋代大诗人王安石修改自己诗作《泊船瓜洲》的例子。

京口瓜洲一水间，钟山只隔数重山。
春风又绿江南岸，明月何时照我还。

据宋人洪迈《容斋续笔》卷八载：

吴中士人家藏其草，初云“又到江南岸”，圈去“到”字，注曰“不好”。改为“过”，复圈去，改为“入”，旋改为“满”。如是者十许字，始定为“绿”。

应当承认，大诗人王安石早就在不满足于“更好”而一定追求到“最好”方面给我们做出了典范。仔细体会，王诗前面拟改数字都因为只限于写风本身，又较为抽象，所以作者总不满意而一直在改，终于选定“最好”的“绿”字，既将春风转换成了可见之景，显得形象生动，又兼顾了风后的效果，表意更为丰满。而且，还使由“绿”透出的盎然春意与作者奉诏回京的欣喜心情恰相谐和，从而烘托了全诗乐观欢快的感情基调，实现了诗句最大的张力，已经达到无可移易的地步。我们所说的“最好”，就应当是这样的。

河南老年诗词创作研讨会论文

2011 年 12 月 27 日

咏物诗说略

——读《文选》随札

我国古代咏物诗的产生并不算晚，且在传统诗体总量中占有相当的比重。但《文选》对此类诗的处置却是只有选篇，并无立目。这是为什么呢？看来，个中原因，终须在具体检讨咏物诗自身发展演变的过程之后，才好找到。

一

何谓咏物诗？这可作两个层次的界定：从低层次说，但凡以某一具体物象（包括自然的和社会的，有生命的和无生命的）为吟咏题材者，即为咏物诗，正如范仲淹《赋林衡鉴序》所说："指其物而咏者，谓之咏物。"从高层次说，上品味的咏物诗，应是非仅为咏物而咏物，更须借咏物以寄意者，就像沈谦《填词杂说》评苏轼《水龙吟·似花还似非花》所断："幽怨缠绵，直是言情，非复赋物。"才算最好。朱自清先生《诗言志辨》正是据此，将咏物诗归为比体诗四大类中的一类。

在界定咏物诗时，区分咏物与写景的不同是必要的。因为二者之间确有近似之处（如都离不开描写），以致误把写景混入咏物，造成咏物诗范围无边扩大的，自古及今，并非罕见。古代如清康熙年间所编《佩文斋咏物诗选》序文即认为："诗之咏物，自三百篇而已然矣。"其实，《诗经》里只有咏物之句而尚无咏物之诗。当今如新近出版的《历代四季咏物词赏析》竟将唐张志和的《渔歌子·渔父》、宋苏轼的《卜算子·黄州定慧院寓居作》以及辛弃疾的《青玉案·元夕》都算作咏物之篇也一并收入，更为离谱，就是明证。应当看到，咏物诗与写景诗还是有明显不同的，其不同处大致有三：

第一，在题材上，咏物诗所咏之物必是单一的，既咏某物，即须念兹在兹，不得旁骛。写景诗则所写之景应是复合的，如要有主景、背景，正景、侧景，宏景、细景，远景、近景；

第二，在写法上，咏物诗总专注于所咏物象本身的形神刻画，常借咏物以寄意。写景诗则需兼顾所写景象之间的搭配、烘染，要趁写景而融情；

第三，在效果上，咏物诗最好使人读后受到理智上的某种启迪。而写景诗则要让人读后获得感情上的审美满足。

辨别是否咏物诗，看题目固不失为一种惯常之法。因为咏物诗的题目常示有某物字样以为特殊标志，如东汉蔡邕的《翠鸟》、曹魏曹植的《野田黄雀行》等就是。但终究难说此法绝对可靠。因为有些诗虽然题目带有某物字样，如《诗经·国风》的《硕鼠》、汉乐府的《陌上桑》、唐李商隐的《锦瑟》，却实非咏物之作。相反，有些诗题目并不带某物字样，如西汉班婕妤的《怨诗》、曹魏刘桢的《赠从弟三首》、曹植的《吁嗟篇》，倒都是地道的咏物名篇。所以，归根到底，还是要根据诗的内容加以判断。

二

我国古代咏物诗从它正式产生到发展成熟，实际经历了一个开局格高而寡嗣、继而量夥而偏浮、再后势盛而尚淳的漫长曲折的过程。请稍作展开讨论如下。

我国古代咏物之祖，非屈原的《橘颂》莫属。

后皇嘉树，橘徕服兮。受命不迁，生南国兮。深固难徙，更壹志兮。绿叶素荣，纷其可喜兮。曾枝剡棘，圆果抟兮。青黄杂糅，文章烂兮。精色内白，类可任兮。纷緼宜修，姱而不丑兮。

嗟尔幼志，有以异兮。独立不迁，岂不可喜兮？深固难徙，廓其无求兮。苏世独立，横而不流兮。闭心自慎，终不过失兮。秉德无私，参天地兮。愿岁并谢，与长友兮。淑离不淫，梗其有理兮。

年岁虽少，可师长兮。行比伯夷，置以为像兮。

据有关专家考证，楚襄王元年（前298），屈原遭谗被放，此诗应当写在他临行之前（参汤炳正《屈赋新探·<九章>时地管见》）。今联系背景，细味此作，其咏物寄意之旨，当更灼然可见。全诗自觉地将“取象”置于服从“立意”的前提下，而在由形到神高度赞颂橘树外妍内美的同时，巧妙地映照出自己人品的高洁，形象地宣告了他“受命不迁，生南国兮”亦即生就如此、坚而莫夺的爱国精神，“深固难徙，廓无求兮”亦即抗世根深，卓然难匹的孤傲性格，以及“苏世独立，横而不流”亦即矢志不渝、严于律己的高尚情操。

总之，自从屈原的《橘颂》一出现，就把咏物诗的创作定格在非仅为咏物而咏物，更要借咏物以寄意的高起点上。

遗憾的是，尔后很长一段时间里，真能嗣响者却寥若辰星。今据逯钦立所撰《先秦汉魏晋南北朝诗》作约略统计，在两汉400年中，可指认为咏物之作者，仅有汉高帝刘邦的《鸿鹄》、汉昭帝刘弗陵的《黄鹄歌》、班婕妤的《怨诗》、班固的《白鸩诗》、张衡的《怨诗》、蔡邕的《翠鸟诗》、汉乐府古辞《鸟生》、《古诗十九首》其十《迢迢牵牛星》等，总共不超过10首。而其中首屈一指者，当推班婕妤的《怨诗》：

新裂齐纨素，鲜洁如霜雪。裁为合欢扇，团团似明月。出入君怀袖，动摇微风发。常恐秋节至，凉风夺炎热。弃捐箧笥中，恩情中道绝。

这首诗是否为班婕妤所作，过去一直聚讼纷纭。今经萧涤非先生《汉魏六朝乐府文学史》多方论证，看来已可断其著作权确应归属于班婕妤了。再细审诗的内容，也完全切合班氏的身世遭遇。据《汉书》载，班婕妤少有才学，成帝时被选入宫，为婕妤。后赵飞燕姐妹得宠，婕妤恐久而见危，遂自求供养太后于长信宫。诗中纨扇终被遗弃的命运，就正是班婕妤身世的形象写照。而全诗借扇拟人，巧言宫怨之情，设喻取象，无不物我双关，浑然一片。确如钟嵘《诗品》所评：“词旨清捷，怨深文奇。”具有很高的思想艺术水准，完全当得起屈原《橘颂》篇的杰出嗣响之作。此外够得上品位的，就只剩《翠鸟诗》和《迢迢牵牛星》而已。

笔者上文之称我国古代咏物诗“开局格高而寡嗣”者，以此。

降及六朝，随着我国古代第一次文人诗创作高潮的到来，咏物诗则逐渐成批量地涌现。今据逯钦立《先秦汉魏晋南北朝诗》作约略统计，此一时期咏物之作总数至少在330首以上，即使截至南梁昭明《文选》成书之际，也已达150首左右。且从题材看，又涉及面甚广，可以说举凡日月星辰，风云雨露，山水土石，树木花草，鸟兽鱼虫，家具陈设，衣物装饰，笔墨纸砚，等等，无不能成为吟咏对象。当然，其中某些篇章，的确当得起思艺俱佳，无愧为继武屈原之作，佼佼者如魏刘桢的《赠从弟三首》：

泛泛东流水，磷磷水中石。苹藻生其涯，华叶纷扰溺。采之荐宗庙，可以羞嘉客。岂无园中葵，懿此出深泽。

亭亭山上松，瑟瑟谷中风。风声一何盛，松枝一何劲。冰霜正惨凄，终岁常端正。岂不罹凝寒，松柏有本性。

凤凰集南岳，徘徊孤竹根。于心有不厌，奋翅凌紫氛。岂不常勤苦，羞与黄雀群。何时当来仪？将须圣明君。

此组诗如题目所示，本意是为赠人，并不期于咏物，却全借咏物发之。三首诗分别以苹藻、松、凤凰为吟咏对象，又十分注意取舍剪裁，对三者本身并不过多着墨，而只画龙点睛，从而恰使苹藻象喻品德之高洁，松柏象喻操守之正直，凤凰象喻志向之高远，委婉而又不失气势地表达了对从弟的深情勉励和殷切期望。

又如曹植的《吁嗟篇》：

吁嗟此转蓬，居世何独然。长去本根逝，宿夜无休闲。东西经七陌，南北越九阡。卒遇回风起，吹我入云间。自谓终天路，忽然下沉渊。惊飚接我出，故归彼中田。当南而更北，谓东而反西。宕宕当何依，忽亡而复存。飘飖周八泽，连翩历五山。流转无恒处，谁知吾苦艰。愿为中林草，秋随野火燔。糜灭岂不痛？愿与根荄连。

《三国志》裴松之注系此诗作于魏明帝太和三年（229）曹植被徙封东阿之时，可信。史载，曹丕称帝后，对宗室兄弟猜忌迫害，将他们黜贬藩国，实施隔离监视，且一再变迁封地。其子曹叡继位，对宗室的防范和迫害更变本加厉，致使曹植在十一年间，先后转徙鄄城、雍丘、浚仪、东阿、陈等处，名为侯王，实同囚犯，心情自然十分抑郁悲愤。《吁嗟篇》即创作于这样的背景之下。诗以篇首二字为题，通体用比，借吟咏转蓬流离漂泊的苦恨，抒发了诗人自己被迫频繁迁徙的悲慨。而以转蓬作为诗人的形象写照，尤其生动贴切并富于含蕴。陈祚明《采菽堂古诗选》评云："写转蓬飘盈，淋漓生动，笔墨飞舞，千秋绝调。"又谓："此诗托讽情志，何减三百篇，不独煮豆之诗称至性也。"的确，这首诗达到了咏物与寄意的高度完美的统一，实可谓整个六朝时期此类诗的翘楚之篇。

但可惜，从总体看，像这样能够继武屈原之作仍毕竟太少。如相形于整个六朝咏物诗偌大的总量，简直就只能算是凤毛麟角。而由于受到六朝时期中国文学转向唯美主义发展大势的影响，尤其在汉族政权南迁，到齐、梁社会处于苟且偏安态势中所形成的轻靡文风的强力支配下，咏物诗的创作越来越偏离咏物寄意的正道，乃至堕入了变咏物为“玩物”的怪圈。

笔者上文之称我国古代咏物诗“继而量夥而偏浮”者，以此。

“开局格高而寡嗣”，“继而量夥而偏浮”，《文选》就产生在咏物诗这样发展变化的大背景之下。应该承认，针对如此状况，《文选》主编萧统对咏物诗作“有选篇，无立目”的处置是得当的，正确反映了此类诗当时发展的实际。首先，我们不能不佩服萧统的眼光。请看本文前举早期咏物佳篇如西汉班婕妤的《怨诗》，东汉《古诗十九首》其十《迢迢牵牛星》，魏刘桢的《赠从弟三首》，毕竟都被收进《文选》，只是散在不同类目内，未以咏物名之罢了。其次，作为咏物诗之祖的屈原的《橘颂》，按《文选》分类标准自当为“骚”而不是“诗”，且屈骚代表作正多，即使在《九章》里《橘颂》也难称拔尖，故《文选》不予收录，本属正常。至于曹植的《吁嗟篇》之所以落选，虽如朱述之《曹集考异》认为：“松之採入志注，大有史识；昭明不入《文选》，不无遗憾。”不能说没有道理，但换个角度，要从曹植入选作品达25首所占《文选》全书比例看，已经不少，所以为求总体平衡，而将此诗割爱，也不足怪。

入唐以后，特别到了陈子昂出现之时，整个文学风气发生了深刻变化，文学发展的大方向端正了，随之而来的是咏物诗的创作真正进入了成熟繁盛的新时期。其中应该着重提到的诗人有陈子昂、张九龄和杜甫。陈子昂高举大旗，他的《修竹篇》和《感遇》三十九首中的《兰若生春夏》、《翡翠巢南海》诸篇，可以说以实际创作示范重新开启了咏物寄意的坦途；张九龄紧接响应，也写出了《感遇》诗十二首，而以“兰叶春葳蕤”、“孤鸿海上来”等草木禽鸟的形象寄喻自己的情志，无疑助长了咏物寄意诗的阵势；再到杜甫，则写出了一系列高品位的咏物佳篇，上承陈、张，更将此类诗的创作推到了繁荣昌盛的高峰。比如他早年所写《房兵曹胡马》、《画鹰》等篇，已经显露出咏物寄意的倾向，尔后在秦川所写《初月》、《归雁》、《促织》、《萤火》，再后在成都所写《病柏》、《病橘》、《鹦鹉》，乃至到晚年在夔州所写《孤雁》、《鸥》、《猿》、《鹿》、《黄鱼》、《白小》诸作，可以说无不寄有深远的托意，成为后世此类诗创作竞相效法的范例。仇兆鳌《杜诗详注》卷十七引黄生的评语云："前后咏物诸诗，合作一处读，始见杜公本领之大，体物之情，命意之远，说物理物情，即从人事世法勘入，故觉篇篇寓意，含蓄无限。"洵非溢美。

笔者上文之称我国古代咏物诗"再后势盛而尚淳"者，以此。当然，这对《文选》来说，自然应是遥远的后话，与它对咏物诗为何作"有选篇，无立目"的处置根本无涉了。

三

值得特别强调指出的是，我国古代咏物诗在走过漫长曲折的发展路程之后，终于认定了以咏物与寄意的完美统一为最高追求目标，且经历代诗人的不断实践，逐渐达成"咏物最争托意隶事处以意贯串，混化无迹"（清周济《宋四家词选目录序论》）的共识，总结出为臻此境所应遵循的一条基本原则——"不即不离。"

"不即不离"，原为佛家用语，后被借来论咏物诗："不即"，是说咏物诗切忌仅限于咏物，而须使咏物时时围绕寄意来进行；否则，"即"了，所谓"体物稍真，则拘而不畅"（宋张炎《词源》），"若剪彩为花，毫发毕肖，而生气无有"（清阮葵生《茶馀客话》），当然也就难以体现所寄之意。"不离"，是说又不能完全抛开咏物，而须使所寄之意处处通过咏物来实现；否则，"离"了，就会"模写差远，则晦而难明"（宋张炎《词源》），所谓"皮之不存，毛将焉附"，连咏物自身都不存在了，则意之所寄更无从说起。总之，大凡咏物诗"非寄托不入（无寄托，则不可能写得深入），专寄托不出（只重寄托，无视咏物，也无以彰显欲明之理，所寄之意）"（清周济《宋四家词选目录序论》）：只有做到"所咏了然在目，且不留滞于物"（宋张炎《词源》），"须诗中有人，尤须诗中有我"（清阮葵生《茶馀客话》），方为上乘。

这里不妨举出唐代诗人骆宾王的咏物名篇《在狱咏蝉》，略作解读，以为实例说明。

西陆蝉声唱，南冠客思侵。那堪玄鬓影，来对白头吟。露重飞难进，风多响易沉。无人信高洁，谁为表予心！

这首诗当写于唐高宗调露二年（680）秋，诗人尚被系狱期间，诗题“在狱”二字已经点明。至于缘何“咏蝉”，则诗前自序作了明确交代：

余禁所禁垣西，是法曹厅事也，有古槐数株焉。虽生意可知，同殷仲文之枯树，而听讼斯在，即周邵伯之甘棠。每至夕照低阴，秋蝉疏引，发声幽息，有切尝闻。岂人心异於曩时，将虫响悲于前听。嗟乎！声以动容，德以象贤。故洁其身也，禀君子达人之高行；蜕其皮也，有仙都羽毛之灵姿。候时而来，顺阴阳之数；应节为变，审藏用之机。有目斯开，不以道昏而昧其视；有翼自薄，不以俗厚而易其真。吟乔树之微风，韵资天纵；饮高秋之坠露，清畏人知。仆失路艰虞，遭时徽纆。不哀伤而自怨，未摇落而先衰。闻蟪蛄之流声，悟平反之已奏；见螳螂之抱影，怯危机之未安。感而缀诗，贻诸知己。庶情沿物应，哀弱羽之飘零；道寄人知，悯馀声之寂寞。非谓文墨，取代幽忧云尔。

由此序可知，其所被系狱所西边古槐之上常有秋蝉悲鸣。诗人听后，不禁勾起了对自身遭遇的比附和联想。于是感而成篇，托蝉寄意，以抒发身陷囹圄、有冤难申的悲愤。唐汝询《唐诗解》评云：“此因闻蝉，借以自况也。蝉知感秋，犹己之被系，真影相吊而声相和者也。”可谓深中肯綮。

请看：诗的首联“西陆蝉声唱，南冠客思侵”，写因闻蝉声而我更愁。是先诉诸听觉，以工整的对句，组成一个“因果链”，将“蝉”与“我”加以关联，从而奠定全诗咏物寄意、相恰相融的结构框架。颔联“那堪玄鬓影，来对白头吟”，进而写由怨蝉而怨我。是再诉诸视觉，以流水对的形式，设置一个“对照系”，将“蝉”与“我”的关联更推演一步，从而使首联已经揭示出来的“客思侵”的内涵得以充分的展现。颈联“露重飞难进，风多响易沉”，转为“蝉”“我”合写，而紧紧扣定二者境遇十分相似的“契合点”，纯用比体，明哀蝉之处境艰危，暗伤我之遭遇险恶。尾联“无人信高洁，谁为表予心”，再承前联，进一步将“蝉”“我”合写，仍紧紧扣定二者之间境遇十分相似的“契合点”，物我双关，强力推进，造成似叹蝉之不幸，实诉我之冤痛的效果。综观全诗，可知作者始终是紧紧把握“蝉”与“我”的对比和借喻关系这一条红线精心布置，结构成篇的。首先，全诗分为前后两幅：前两联为一幅，紧密围绕“蝉”与“我”二者之间由听“声”和见“影”所形成的“关联点”加以分说，每联两句所写是一蝉一我；后两联为一幅，则始终瞄准“蝉”与“我”二者之间由境遇十分相似所形成的“契合点”加以合写，每联两句所写则亦蝉亦我。其次，在前后两幅各自包含的两联间，又呈现出递进式的微妙变化：前幅两联字面是由听“声”而见“影”，深层则表因“愁”深而“怨”生；后两联字面是由既哀蝉又哀我进而似叹蝉实叹我，深层则表由哀境遇之险恶而叹心迹之不能昭白，冤狱之难以申雪。就这样，全诗在“不即不离”的高超的艺术处置中，完美无憾地表达到了借咏物以寄意的化境，成为我国古代咏物诗中不可多得的珍品。

在本文结束前，有必要再就咏物诗的咏物与寄意之间的关系做一点交代，就是：咏物诗借不同的“物”寄不同的“意”，无疑该是常例了；而借同一种“物”寄不同的“意”的情形，也并非少见。即如同是咏蝉，就有寄意各不相同却俱称佳制的作品在。清人施补华《岘佣说诗》指出：“三百篇比兴为多，唐人犹得比意。同一咏蝉，虞世南‘居高声自远，端不（一作“非是”）藉秋风’是清华人语；骆宾王‘露重飞难进，风多响易沉’是患难人语；李商隐‘本以高难饱，徒劳恨费声’是牢骚人语。比兴不同如此。”这就说明，地位、遭遇、气质不同的诗人在同样咏蝉的作品中可以表现不同的主题，显示不同的艺术个性，其创作的天地是异常广阔的。为便于参读，今将虞世南和李商隐二人所作咏蝉诗也一并抄录附后：

虞世南的《咏蝉》是：

垂緌饮清露，流响出疏桐。居高声自远，非是藉秋风。

李商隐的《蝉》是：

本以高难饱，徒劳恨费声。五更疏欲断，一树碧无情。薄宦梗犹泛，故园芜已平。烦君最相警，我亦举家清。

第十届文选学国际学术研讨会论文

2012年8月24日

诗圣杜甫的成就之路

——纪念杜甫诞辰1300周年

摘要：杜甫是历来为我国人民所尊仰的“诗圣”。而杜甫之所以被尊为诗圣，其本质意义在于：他是我国古代一位最伟大的德艺双馨的现实主义诗人。从个人际遇看，杜甫的一生，是从一个原本优游无虞的世宦子弟，而饱经时代沧桑，尝尽人间磨难，于是一步步沦落社会下层，最终融洽为平民大众中一员的一生；从创作实践看，杜甫的一生，是由早先带有较多浪漫主义色彩，而受到生活实践洗礼，响应社会动乱召唤，于是坚定地转向现实主义，最终历练成一位忧国忧民伟大诗人的一生。以上两方面的自然叠合，适巧清晰地彰显出一条最终决定了杜甫成就的诗圣之路。

关键词：诗圣　　杜甫　　成就之路

今年，是杜甫诞辰1300周年。前不久，我到西安参加了中国杜甫研究会主办陕西师范大学承办的专门纪念他的国际学术研讨会。

的确，杜甫是值得我们很好地纪念的。这是因为：

第一，杜甫是历来为我国人民所尊仰的“诗圣”。圣者，登峰造极之谓也。可以称为圣者有多种情况。而杜甫之所以被尊为诗圣，按照今天的理解，其本质意义在于：他是我国古代一位最伟大的德艺双馨的现实主义诗人。事实上，杜甫在自己的一生中，不知疲倦地写下了一系列深刻反映当时社会现实、表达人民心声、体现高尚思想境界、并且具有精湛艺术水准的优秀诗篇。如今所能读到的他留给我们的1458首诗，应该是我国古代文学宝库中最为靓丽、最宝贵的珍品部分之一；

第二，杜甫又是当今举世公认的一位世界级的文化名人。早在1962年，即当杜甫诞辰1250周年的时候，根据第二届世界保卫和平大会的决议而成立的，有140个全国性组织、团体和个人以及30个国际性组织的代表参加的世界和平理事会，已经正式决定把杜甫列为世界文化名人，举行纪念活动。就是说，从那时起，杜甫其人已经不仅属于中国，而且超越国界，属于世界了；其诗也不仅具有中国文学的价值，而且具有世界文化的意义了。

想想看，对于这样一位取得如此辉煌成就、并且受到全世界人民所瞩目、要纪念的身为中国人的杜甫，我们中国人不更应该很好地纪念么？

接下来的问题是该怎样纪念？我个人认为，对杜甫的最好的纪念，应该是先要走近他、熟悉他、了解他；以便进而学习他、继承他、发扬他。基于如此考虑，作为走近杜甫、熟悉杜甫、了解杜甫的重要一步，现在就让我们追踪一下诗圣杜甫的成就之路。

一

杜甫，字子美，生于唐睿宗先天元年（712），卒于唐代宗大历五年（770），总共活了59岁。他的一生正逢唐朝由盛而衰的急剧转变时期，既亲历过唐代最繁荣的“开元（713—741）之治”，更遭遇了长达八年之久、使唐帝国元气大伤、一蹶不振的“安史之乱”（755—763）。他的一生正和这样的时代息息相关。

杜甫生于今属河南巩义市的南瑶湾村（他是我们河南老乡，我们为此感到光荣），而出身于一个具有浓厚儒学传统和文学传统的世代官僚家庭。他的远祖杜周，是西汉御史大夫；十三世祖杜预，为西晋名将，精通战略，号“杜武库”，又博学多才，嗜好史书，著有《春秋左氏经传集解》，至今流传；曾祖杜依艺，曾任巩县令（杜家就是从那时起定居巩县即今巩义市的）；祖父杜审言，中宗时任国子监主簿，是著名学者和诗人，为唐初“文章四友”之一；父亲杜闲，曾任朝议大夫、兖州（今属山东）司马和奉天（今陕西乾县）县令。这样的家庭出身，既培育他很早就确立起“奉儒守官”的人生宗旨，又规定了他要真正成为“诗圣”亦即最伟大的爱国爱民的现实主义诗人，不能不经历一个漫长的艰难曲折的过程。现在梳理这个过程，大致可分以下四个时期。

二

第一个时期，是他35岁以前读书和壮游即“圣前准备”时期。

杜甫幼年丧母，曾被寄养在洛阳二姑母家。据杜甫自己说：“甫昔卧病于我诸姑（即二姑母家），姑之子又病。问女巫，巫曰：‘处楹（堂屋前部的柱子）之东南隅者，吉。’姑遂易子之地以安我。我用是存，而姑之子卒。”① 可见姑母对他爱抚备至，胜过己出。当然，这也就在他幼小的心灵中埋下了博爱的种子。

杜甫自幼学习刻苦，7岁即能吟诗作文。他晚年写的《壮游》诗还深情地提到他最早一次创作：“七龄思即壮，开口咏凤凰。”14岁已在文坛崭露头角，小有名气。《壮游》诗写他：“往昔十四五，出游翰墨场（文坛）。斯文崔（尚）魏（启心）徒，以我似班（固）扬（雄）。”“脱略小时辈，结交皆老苍。”表明杜甫既勤奋好学，又才华早熟，十几岁就成为当时文坛上相当活跃、受到重视的年轻诗人。但他又非只知舞文弄墨的白面书生，或者“弱不好动”的少年老成，而同时是一个欢蹦活跳健如牛犊的小伙儿。他的《百忧集行》自称：“忆年十五心尚孩，健如黄犊走复来，庭前梨枣八月熟，一日上树能千回。”

20岁起，杜甫结束“读书破万卷”的书斋生活，开始了十余年的南北壮游。当时，青年士人在参加举业之前到全国各地漫游是一种非常流行的社会风尚。这一则可以开阔眼界，增长知识，再者又便于广事结交，扩大声誉，好为以后顺利进入仕途创造条件。所谓“壮游”即心怀壮志而出游之意，因此带有一定的社会政治目的，而与我们今天所说的旅游不是一回事。他先南游吴越，24岁曾回东都洛阳应试，由于所写文章不合主考官口味而落选，即《壮游》所谓“忤下考功第”。不过，他自认年纪尚轻，来日方长，而对此并未放在心上。于是接着北游齐赵，直到30岁时才回到洛阳。总起来看，这--时期可以说他是过着“少年不识愁滋味”如《壮游》诗所称“裘马颇清狂”的快意生活。

三年后，他33岁（744）时，在洛阳结识了刚从长安被朝廷“赐金放还”的另一伟大诗人李白。李白大他11岁，但二人一见如故，即成至交。于是他又陪同李白东游梁宋齐鲁，结下了“醉眠秋共被，携手日同行”（《与李十二同寻范十隐居》）的兄弟般的情谊。

---

① 卷25《唐故万年县君京兆杜氏墓志》2231

到了天宝四载（746），杜甫与李白在兖州城东石门分手，李白南游吴越，杜甫则前往长安求仕。此后二人再也没有见过面，但彼此的友谊却历久弥笃，一直互相深深地思念着。这可由他们各自的诗篇得到印证。如李白《沙丘城下寄杜甫》："思君如汶水，浩荡寄南征。"杜甫《梦李白》："三夜频梦君，情亲见君意。"两位伟大诗人一扫"文人相轻，自古而然"的积习而建立起来的深厚友情，被传为我国古代文学史上的一段佳话。闻一多先生在《杜甫》一文中把二人的结识比作了"两曜相遇"，热烈赞美说："我们应该吹三通画角，发三通擂鼓，然后提起笔来蘸饱了金墨，大书而特书。因为我们四千年的历史里，除了孔子见老子（假如他们是见过面的），没有比这两人的会面更重大更神圣更可纪念"①

从创作上看，杜甫20岁以前"读书破万卷"的刻苦学习，为他以后的创作奠定了坚实的文化基础，20岁以后的壮游，则使他广泛地接触了祖国无比壮丽的大好河山，结交了如李白、高适等一批才识卓具的朋友，这不仅充实了他的生活，而且开阔了他的眼界和胸襟，使他早期的诗歌创作带上了浓厚的浪漫主义色彩。如写在他25岁北游齐赵时期的《望岳》就充分体现了年轻诗人的蓬勃朝气和对人生前途的乐观自信，是这一时期的优秀代表作：

岱宗夫如何，齐鲁青未了。
造化钟神秀，阴阳割昏晓。
荡胸生曾云，决眥入归鸟。
会当凌绝顶，一览众山小。

这首诗，以"望"字统驭全篇，意境开阔，格调高昂，生动形象地描绘了东岳泰山雄伟壮观的气象，鼓荡着对祖国山河的热爱。特别是"会当凌绝顶，一览众山小"一联，既表明了诗人实地登山的决心，更抒发了他积极向上的进取精神，体现出盛唐诗歌浪漫主义的时代特色。

但归根到底，这一时期，他一方面固然在生活上得到了充实，在艺术上得到了历练，另一方面，却毕竟尚未确立自己创作道路的具体走向和形成自己独具的创作风格。因此，还只能说是他创作上的准备期。

---

① 第3册《杜甫》，154。

三

第二个时期，是他35岁到44岁困守长安即“迈入圣域”时期。

杜甫35岁（746）到长安求仕，从他所写《奉赠韦左丞丈二十二韵》“自谓颇挺出，立登要路津。致君尧舜上，再使风俗淳”的诗句可以看出，他对个人前程原本充满了稳操胜券、马到成功的自信。入京第二年，也正巧赶上玄宗特诏天下通一艺的士人到京城就选的机会。这是一次“制举”，据马端临《文献通考·制举》记载，这种制举不定期进行，“试之日，天子亲临观之。试已，糊其名，于中考之。文策高者，特授以美官，其次，与出身。”杜甫满怀信心地参加了这次“特诏”考试。凭他的学力和才智，考中本应毫无问题，但出人意料的是，当朝宰相李林甫从中作祟。他怕士人对策时揭发自己的恶迹，就竭力向玄宗建议不必劳皇上大驾亲自主考评判，可交由尚书省长官负责试问。玄宗采纳了他的建议，于是李林甫买通试官，使应试者全部落选，然后向玄宗上表称贺，说是“野无遗贤”了。结果，这次特诏考试实际上变为一场可耻的政治骗局。杜甫与其他所有参加考试的士人一起，成了这场骗局的直接受害者。

但以“奉儒守官”为世代家传的杜甫虽然受到如此打击却并不甘心作罢，而按照当时一般的社会风气，从此走上了漫长的“干谒”之路（一些学者据诗人《自京赴奉先县咏怀五百字》有“独耻事干谒”之句而判定他从未干过此类事，其实是一种误解）。一方面他上诗朝臣（如《奉赠韦左丞丈二十二韵》就是一首货真价实的干谒诗），结果一再遭到冷遇；一方面他献赋天子，他的三大礼赋（《朝献太清宫赋》、《朝享太庙赋》、《有事于南郊赋》）终于得到玄宗的赞赏，而被召至集贤院，准备考试录用。史载：“帝奇之，使待制集贤院，命宰相试文章。”哪知又碰上李林甫从中作梗，应试后便如泥牛入海，永无消息，再一次受到捉弄。就这样，由于唐玄宗日趋昏庸和权宰把持阻挠，杜甫一直不被任用。本来从他入长安第二年，因为父亲病逝于奉天任上，家庭经济已日见拮据，生活一天比一天艰难，再加上两试不第，干谒无果，仕途遇阻，更使他沦落到十分潦倒的窘境，如此竟长达十年之久。《奉赠韦左丞丈二十二韵》“骑驴十三载，旅食京华春。朝扣富儿门，暮随肥马尘。残杯与冷炙，到处潜悲辛”的诗句，正是他这一时期困守生活的生动写照。

直到他44岁（755）那年，在推却“拜迎长官心欲碎，鞭挞黎庶令人悲”

（高适《封丘县》）实在无法接受的唐朝品级最低的从九品河西（今陕西省合阳县一带）尉的任命之后，才得到一个右卫率府兵曹参军的职务。这是太子宫负责管理武库（兵器甲胄仓库）的从八品小官，品级虽稍高于河西尉，而离实现“致君尧舜上，再使风俗淳”的抱负仍然尚差十万八千里，当然不会满意，但无论如何总算进入了仕途，对于始终抱定“奉儒守官”家传的他来说，毕竟不好再加拒绝，于是勉强上任了。他的《官定后戏赠》“不作河西尉，凄凉为折腰。老夫怕趋走，率府且逍遥。耽酒须微禄，狂歌托圣朝。故山归兴尽，回首向风飙”自我解嘲的诗句，表明他的心情是十分苦涩的。不巧就在这年十一月，“安史之乱”爆发，叛军很快打到京城长安附近，这使到职不久刚刚结束困守生活的诗人杜甫，又不得不为避乱而进行艰苦备尝的奔波。

从创作上说，长安十年困守的积极成果，是使杜甫终于实现从一个无忧无虑的官宦子弟到忧国忧民的志士和敢于直面现实的诗人的转变。应当看到，这对杜甫所以能成为诗圣，是具有关键意义的。这十年间，他尝尽了当权者的冷遇，受够了困苦生活的磨难，但也正由此而使他对社会现实有了越来越清醒的认识，逐渐打消了他对所谓“盛世”的幻想，深切感受到了国家的危机和人民的苦难，于是把笔触指向对现实问题的揭露和批判，写出了《兵车行》、《丽人行》、《前出塞九首》、《自京赴奉先县咏怀五百字》等一系列反映天宝后期大动乱即将来临时的社会风貌的现实主义的杰作。这是他创作的成熟期，其中如《兵车行》：

车辚辚，马萧萧，行人弓箭各在腰。耶娘妻子走相送，尘埃不见咸阳桥。牵衣顿足拦道哭，哭声直上干云霄。道旁过者问行人，行人但云点行频。或从十五北防河，便至四十西营田。去时里正与裹头，归来头白还戍边。边庭流血成海水，武皇开边意未已。君不闻汉家山东二百州，千村万落生荆杞。纵有健妇把锄犁，禾生陇亩无东西。况复秦兵耐苦战，被驱不异犬与鸡。长者虽有问，役夫敢申恨？且如今年冬，未休关西卒。县官急索租，租税从何出？信知生男恶，反是生女好。生女犹得嫁比邻，生男埋没随百草。君不见青海头，古来白骨无人收。新鬼烦冤旧鬼哭，天阴雨湿声啾啾。

此诗约为天宝十载（751）针对玄宗用兵吐蕃而作。它首创“即事名篇，无复依傍”（元稹《乐府古题序》）的新乐府体，开了中唐元、白新乐府运动的先声。诗分两大段：第一段写应征士卒出发时家人奔走相送、牵衣顿足、拦道痛哭的悲惨情景，第二段借行人（出征士卒）口吻，广泛而深刻地揭露了唐王朝扩边战争带给人民的深重灾难。诗句“边庭流血成海水，武皇开边意未已”，矛头直指最高统治者唐玄宗。结尾写战场“古来白骨无人收，新鬼烦冤旧鬼哭”的景象，与开头所写亲人送别、顿足痛哭的场面前后呼应，更使全诗充满了悲剧气氛。这首诗，淋漓尽致地控诉了唐朝统治者穷兵黩武的罪行，宣告了诗人现实主义创作的正式开篇。

又如《自京赴奉先县咏怀五百字》：

杜陵有布衣，老大意转拙。许身一何愚，窃比稷与契。居然成濩落，白首甘契阔。盖棺事则已，此志常觊豁。穷年忧黎元，叹息肠内热。取笑同学翁，浩歌弥激烈。非无江海志，潇洒送日月。生逢尧舜君，不忍便永诀。当今廊庙具，构厦岂云缺？葵藿倾太阳，物性固难夺。顾惟蝼蚁辈，但自求其穴。胡为慕大鲸，辄拟偃溟渤？以兹误生理，独耻事干谒。兀兀遂至今，忍为尘埃没。终愧巢与由，未能易其节。沉饮聊自遣，放歌破愁绝。岁暮百草零，疾风高冈裂。天衢阴峥嵘，客子中夜发。霜严衣带断，指直不得结。凌晨过骊山，御榻在嵽嵲。蚩尤塞寒空，蹴踏崖谷滑。瑶池气郁律，羽林相摩戛。君臣留欢娱，乐动殷胶葛。赐浴皆长缨，与宴非短褐。彤庭所分帛，本自寒女出。鞭挞其夫家，聚敛贡城阙。圣人筐篚恩，实欲邦国活。臣如忽至理，君岂弃此物？多士盈朝廷，仁者宜战栗。况闻内金盘，尽在卫霍室。中堂舞神仙，烟雾蒙玉质。煖客貂鼠裘，悲管逐清瑟。劝客驼蹄羹，霜橙压香橘。朱门酒肉臭，路有冻死骨。荣枯咫尺异，惆怅难再述。北辕就泾渭，官渡又改辙。群冰从西下，极目高崒兀。疑是崆峒来，恐触天柱折。河梁幸未坼，枝撑声窸窣。行李相攀援，川广不可越。老妻寄异县，十口隔风雪。谁能久不顾，庶往共饥渴。入门闻号咷，幼子饿已卒。吾宁舍一哀，里巷犹呜咽。所愧为人父，无食致夭折。岂知秋禾登，贫窭有仓卒。生常免租税，名不隶征伐。抚迹犹酸辛，平人固骚屑。默思失业徒，因念远戍卒。忧端齐终南，澒洞不可掇。

这是杜诗中与《北征》并驾齐驱的两首鸿篇巨制之一，也是他最重要的代表作之一。写在唐玄宗天宝十四载（755）冬十月他刚刚接受右卫率府胄曹参军任命，就要结束长安困守生活之际，是他对过去十年蹭蹬岁月社会经验和心路历程的一次深刻回顾和系统梳理。由于诗以述志抒情为主，共500字，故以“咏怀五百字”为题。按内容可分三个层次：从开头到“放歌破愁绝”，是直接抒写怀抱，为第一层；从“岁暮百草零”到“川广不可越”，是以途中所见所闻为引子，抒发强烈的忧国忧民的感慨，为第二层；从“老妻寄异县”到篇末，写到家后的所见所想，进一步推已及人地抒发深沉的忧国忧民的感慨，为第三层。就思想内容说，这首诗集中抒发了诗人以稷契自许的人生追求，忧国忧民的胸怀抱负和耻事干谒的高尚情操；真实地反映了唐代安史之乱爆发之际那种触目惊心的社会现实，使读者可以从中清楚地看到当时社会贫富极为悬殊、阶级对立异常尖锐的状况，感到整个大唐帝国危机四伏，社会大动乱即将来临的政治征兆。就艺术表现说，这首诗成功地开启了在长篇中以议论为诗的先例，巧妙地采用了以纪行为线索、以咏怀为中心的别致而紧凑的结构，而且充分地体现出沉郁顿挫的独特风格。总之，无论思想和艺术都取得了很高的成就，标志着杜甫现实主义创作的全面成熟，具有里程碑的意义。

四

第三个时期，是他44岁到48岁陷贼与为官即“圣路挺进”时期。

“安史之乱”是唐王朝由盛而衰的转折点，杜甫适逢其时，亲历乱离，饱经忧患。这期间他曾一度被俘虏到沦陷后的长安，只因官职卑微，不受注意，未被特别囚禁。他不甘屈服，半年后瞅准一个机会，冒死逃出长安，而立即奔赴当时中央政府所在地凤翔（今属陕西），见到了新即位的唐肃宗。从他《述怀》“生还今日事，间道暂时人”“麻鞋见天子，衣袖露两肘”的诗句，可以想象到他当时经历了何等的艰险和困苦。

肃宗为此而大受感动，当即任命他为左拾遗。这是一个虽仍级别很低（从八品）却地位重要（可以接近皇帝）的谏官，比起过去做兵器库保管至少在政治上有了发言权，他觉得早就抱定的“致君尧舜上，再使风俗淳”的政治理想终于遇到实现的机会，高兴极了，一上任就忠实地履行谏诤的职责，积极地向皇帝提批评建议。哪知不到一个月，竟因上疏营救房琯罢相事得罪了肃宗，差一点被下狱治罪，幸好肃宗念其为人老实，又是初犯，决定暂免追究，而放他长假，让到鄜州（今陕西富县）探亲，实际上是把他支开，疏远了他。三个多月回朝消过假虽说仍留在原职，却已没有先前那样跟在皇帝身边，随时提批评建议的机会。不久，还是被追贬华州（今属陕西）司功参军，成为负责该地祭祀、学校、选举等文教工作的九品小官。

一年后（759），正赶上关中大饥，他终于下定决心辞去官职，携带全家离开京畿，西迁秦州（今甘肃天水），再迁同谷（今甘肃成县），直到年底，到达成都（今属四川）。这是他生活中最不安定的一段时间，所谓“一岁四行役”（《发同谷县》）。而“满目悲生事，因人作远游”（《秦州杂诗》其一）的诗句，则透露他是为糊口而不得不带领全家不停地奔波，最后流落蜀中的。

从创作上说，这一时期诗人所经历的战乱之苦和受到的一再贬谪的政治打击，固然毁灭了他仕进的愿望，但却由此造成他深入下层人民生活和投入实际斗争的机会，从而使他在现实主义创作道路上取得了长足的进展，写出了如《春望》、《北征》、“三吏”、“三别”、《秦州杂诗》等一系列具有高度人民性和爱国主义精神的优秀诗篇，达到了我国古代诗歌现实主义的高峰。这是他创作上的深化期，证明他在成就诗圣之路上，迈出了坚定不移的步伐。

如《春望》：

国破山河在，城春草木深。
感时花溅泪，恨别鸟惊心。
烽火连三月，家书抵万金。
白头搔更短，浑欲不胜簪。

此诗写在唐肃宗至德二载（757）春杜甫被俘于沦陷中的长安期间。诗中饱蘸着他的一腔爱国血诚，深刻体现了他忧国忧民的思想情怀。诗的前两联着重写春望之景，而触景伤怀。其中“感时花溅泪，恨别鸟惊心”两句以移情之法，通过人格化的景物描写，烘托出国破家亡的悲痛心绪，十分深蕴耐味。诗的后两联着重抒春望之情，而忧时悯乱。其中“逢火连三月，家书抵万金”两句既抒忧国忧民的无限沉痛，又表亲人隔绝的不尽哀伤，凝聚着诗人担荷整个人间悲剧的至性深情，尤其显得声泪俱下，格外感人。

又如“三吏”“三别”中的《石壕吏》：

暮投石壕村，有吏夜捉人。老翁逾墙走，老妇出门看。吏呼一何怒，妇啼一何苦！听妇前致词：三男邺城戍。一男附书至，二男新战死。存者且偷生，死者长已矣！室中更无人，惟有乳下孙。有孙母未去，出入无完裙。老妪力虽衰，请从吏夜归，急应河阳役，犹得备晨炊。夜久语声绝，如闻泣幽咽。天明登前途，独与老翁别。

此诗写于唐肃宗乾元二年（759）三月。前此一年（758）六月杜甫被贬华州（今陕西华阴县）司功参军，年末到洛阳探亲，次年三月从洛阳返回任所，这正是安史之乱发生后的第四个年头。当时朝廷曾调集60万大军围攻叛军于相州（今河南安阳市），但很快遭到惨败；为退守河阳（今河南孟州市），保住洛阳，就大肆抓丁，以充实防务，结果搞得人心惶惶，鸡犬不宁。诗中写的就是诗人由洛阳返回任所途经石壕（在今河南陕县东南70里）投宿时亲历的一幕夜间抓兵的惨象，从而抒发了对人民遭受苦难的深切同情，表达了对胥吏专横暴戾、鱼肉乡民的深恶痛绝，具有极强的人民性。此诗在表达上也很有特色：客观记述，赋中见情；结构严谨，层次井然；详略得当，寓问于答。这些，都突出体现了杜甫现实主义的艺术成就。

五

第四个时期，是他49岁到59岁漂泊西南和流落荆湘即“终成诗圣”时期。

在长达十一年的漂泊流落生涯中，他先后寓居成都和夔州（治所在今重庆市奉节县）近九年，这期间，虽也不时地得到亲友的一些接济，生活比过去稍为安定，他有了可以安身的草堂（如成都浣花溪草堂，夔州瀼西草堂），还一度开了药铺，经营一些草药生意。这给他提供了一定的物质生活条件，使他有可能写出一批优秀的田园诗。但仍时常不免于衣食艰难，受着茹苦含辛的煎熬。《茅屋为秋风所破歌》中“布衾多年冷似铁，娇儿恶卧踏里裂”，《百忧集行》中“入门依旧四壁空，老妻睹我颜色同。痴儿未知父子礼，叫怒索饭啼门东”的诗句，正是他这一时期生活状况的真实写照。这期间，也曾因时任西川节度使的好友严武的推荐，接受过为期约半年的从六品检校工部员外郎的任命，因而后人常称他为“杜工部”。但这只是一个朝廷闲职，无需到任，又不领俸禄，其实不过徒有虚名而已。

杜甫57岁（768）出川，当时，除原先害有虐疾和肺病外，又添了风痹和糖尿病，已经成了一个“右臂偏枯半耳聋”（《清明二首》其二）在生活上艰于自理的老人了。从三峡出川后，杜甫又在荆湘一带流落近两年，他已经穷困得无处可住，全家老小只好寄寓在一条破船上沿江漂流。先是从湖北到湖南的岳阳、长沙以至衡阳，本想投亲靠友，但因情况突变，投靠无着，无奈之下，又打算北归中原，结果仍未如愿，而到他59岁（770）那年冬天，最后还是病死在从长沙折回岳阳途中的那条破船上。

从创作上说，在漫长的十一年漂泊流浪的艰难生涯中，诗人仍始终关怀着国家的安危和人民的痛苦，并一直坚持诗歌创作。直到他弥留之际所写的绝笔篇《风疾舟中伏枕书怀》中，仍念念不忘地吟咏着“战血流依旧，军声动至今”的诗句，深情地发出忧国忧民的慨叹。正是在这种忧国忧民精神力量的支持下，使他在生命的最后十一年中，竟然写下了1000多首思想深刻艺术精湛的好诗。《茅屋为秋风所破歌》、《蜀相》、《闻官军收河南河北》、《又呈吴郎》、《秋兴八首》、《登高》、《登岳阳楼》等，都是这一时期创作的传世的精品。这是他一生创作的总结期。到此他也最终走完了成就诗圣之路。

如《闻官军收河南河北》：

剑外忽传收蓟北，初闻涕泪满衣裳。
却看妻子愁何在，漫卷诗书喜欲狂。
白日放歌须纵酒，青春作伴好还乡。
即从巴峡穿巫峡，便下襄阳向洛阳。

此诗一题《闻官军收两河》，写于唐代宗广德元年（763），当时诗人正拖家带眷流落在梓州（今四川三台县）避难。诗中所写是诗人乍听到全国胜利喜讯刹那间所激起的一迭欣喜欲狂的感情浪潮。依照表达侧重点的不同，诗可分两个层次。前两联为一层，是通过典型细节的描绘，极写诗人乍听到全国胜利喜讯时的狂欢之状。后两联为一层，是以浪漫主义为手法，特写诗人欢庆胜利中的狂想之情。通过从狂欢之状到狂想之情的生动描绘，淋漓尽致地宣示了诗人衷心拥护平定叛乱、热烈欢庆祖国重归统一的深厚的爱国精神。在表达上，通过仅只56个字，居然能将刹那间的感情变化写成一派丰富多彩、绚烂夺目的生活场景，既气氛紧张，使人读时生应接不暇之感，又条理井然，让人读后兴从容圆满之叹。总之，在诗中，热烈的气氛烘染与冷静的心理解剖达到了十分完美的统一，展现了杜甫现实主义创作高超的艺术水准。

再如《又呈吴郎》：

堂前扑枣任西邻，无食无儿一妇人。
不为困穷宁有此，只缘恐惧转须亲。
即防远客虽多事，便插疏离却甚真。
已诉征求贫到骨，正思戎马泪盈巾。

作为诗圣，杜甫诗歌创作一以贯之的基本主题，就是爱国爱民。在他一系列爱国爱民的优秀诗作中，如果说前举《春望》、《闻官军收河南河北》可以看作他集中抒发爱国思想的突出代表的话，那么，《又呈吴郎》则无愧为他主要表达爱民情怀的典型篇例。此诗写于唐代宗大历二年（767）秋天。正文可分两层，前两联为一层，是现身说法，先亮出自己怎样做，并申明何以这样做，以为下文作好铺垫。后两联为一层，是正面劝诫，但力避简单化处理，而几经曲折，循循善诱，通过以情感人，以理服人，达到动机与效果的完全一致。尤其尾联“已诉征求贫到骨，正思戎马泪盈巾”两句，从一个西邻老妇的遭遇，一件打枣的小事，竟然推演到整个国家的大局，联想到普天下的穷苦百姓，这更是杜甫胸怀天下、爱国爱民思想的合乎逻辑的表露。

六

基于以上所述，可作如下概括：

从个人际遇看，杜甫的一生，是从一个原本优游无虞的世宦子弟，而饱经时代沧桑，尝尽人间磨难，于是一步步沦落社会下层，最终融洽为平民大众中一员的一生；从创作实践看，杜甫的一生，是由早先带有较多浪漫主义色彩，而受到生活实践洗礼，响应社会动荡召唤，于是坚定地转向现实主义，最终历练成一位忧国忧民伟大诗人的一生。以上两个方面的自然叠合，适巧清晰地彰显出一条最终决定了杜甫的成就诗圣之路。

由此不禁想到《孟子·告子下》中的一段名言：

> 天将降大任于斯人也，必先苦其心志，劳其筋骨，饿其体肤，空乏其身，行拂乱其所为，所以动心忍性，增益其所不能。[3]卷12《告子下》,298

现在对照杜甫，深感有充分理由宣告，这段名言，亦得非杜甫之所以成就诗圣之谓乎？

总之，诗圣杜甫在无论做人或是为文两方面，都给我们作出伟大的昭示，留下了十分珍贵的精神文化财富。我们应该很好地学习研究杜甫，认真地继承发扬这份遗产，增强爱国主义感情，提高思想文化修养，从而为发展繁荣当今的中华诗词创作，为把我国建成社会主义文化强国做出应有的贡献。我想，这就是我们今天纪念诗圣杜甫的根本意义之所在。

参考文献：

[1] 仇兆鳌。杜诗详注 [M]，北京：中华书局 1979

[2] 闻一多，闻一多全集 [M]，北京：三联书店 1982

[3] 杨伯峻，孟子译注 [M]，北京：中华书局 1960

河南老年诗词研究会讲座

2012 年 11 月有 27 日讲

文人词祖　光耀百代

——李白《忆秦娥》《菩萨蛮》精赏

忆秦娥

箫声咽，秦娥梦断秦楼月。秦楼月。年年柳色，灞桥伤别。　　乐游原上清秋节，咸阳古道音尘绝。音尘绝。西风残照，汉家陵阙。

菩萨蛮

平林漠漠烟如织，寒山一带伤心碧。暝色入高楼，有人楼上愁。　　玉阶空伫立，宿鸟归飞急。何处是归程，长亭更短亭。

一

李白（701－762），字太白，号青莲居士，祖籍陇西成纪（今甘肃省天水市附近），隋末其先人流徙碎叶（唐属安西都护府，在今吉尔吉斯斯坦北部托克马克附近），李白即出生在那里。他五岁随父迁居绵州彰明县（今四川省江油市）青莲乡。少时即显露过人才华，吟诗作赋，博学广览，并好仗义行侠，怀有辅弼之志。二十五岁出蜀，长期在各地漫游，对社会生活多所体验。三十岁时首入京城长安，旋无果而出。天宝初受召再入长安而供奉翰林，因其生性傲放，屡忤权贵，终遭排诬，实仅历时一年馀即被唐玄宗“赐金放还”。天宝三载（744）在洛阳结识杜甫，成为终生知友。约天宝十一、二载三入长安，欲面陈救危之议于玄宗，复终以根本无望而离开。安史乱中出于平叛动机，曾入永王李璘幕。不久受璘败牵累，长流夜郎，所幸途中遇赦东归。晚年漂泊困顿，最后衔着壮志未酬的遗恨，病卒于其族叔、时任当涂（今安徽省当涂县）县令李阳冰处，享年六十二岁。

李白是继屈原之后最具个性特色和浪漫精神的诗人，达到了盛唐浪漫主义诗歌艺术的巅峰，历来与伟大的现实主义诗人杜甫并称“李杜”，且享有“诗仙”之誉。今存诗九百余首，有《李太白集》传世。他的词作不多，大都被收入成书于五代到北宋初期的《尊前集》里（经考证有部分伪作）。其中以这里选来的《忆秦娥》、《菩萨蛮》两首最为人传诵。宋代人黄昇《唐宋诸贤绝妙词选》曾尊之为“百代词曲之祖”。

大约在初盛唐时期，文人们大都囿于传统偏见，还不屑于学习运用来自民间的词这一文学样式写作。即便偶有所为，也常是随手交付乐工、歌伎们去演唱，仅在民间流传而已，并不重视收进文集，也不一定要亮出自己的尊姓大名。于是，那类作品也就很少能以文人词的面目流传下来。由此可以推测，本为李白所作而被尊为“百代词曲之祖”的这两首词，或许就是因为这样的缘故而未被收入当初的载籍，以致后来引起作者、作时问题聚讼纷纭，难定一是的。

不过，在我们看来，无论由现存文献资料检验，或以时代条件观照，还是从作家因素考量，乃至就作品风格鉴别，却都有利于证明这两首词应系李白所作：

先由文献资料检验。关于《忆秦娥》一词，其正文虽始见于迟至南宋初人邵博《邵氏闻见后录》卷十九，且其附有说明云：“李太白词也。予尝秋日饯客咸阳宝钗楼上，汉诸陵在晚照中，有歌此词者，一座凄然而罢。”这在流传时间和方式上固然易遭人质疑；但早在此之前，北宋人李之仪《姑溪居士文集》卷四十五，在所收自作词《忆秦娥》题下，即已注明“用太白韵”，其词是：

清溪咽，霜风洗出山头月。山头月。迎得云归，还送云别。　　不知今是何时节，凌歊望断音尘绝。音尘绝。帆来帆去，天际双阙。

今以此与邵录李白词相对照，其韵正合。李氏时代去唐未远，所见当为可信。是知李白词北宋时就一直无疑议地流传着。只不过降至南宋初始正式见于载籍（《邵氏闻见后录》），再至南宋末黄昇《唐宋诸贤绝妙词选》及坊间所编《草堂诗馀》，更明确认定为李白词收入，流播遂广罢了。

关于《蛮菩萨》一词，首先，持异议者多据晚唐人苏鹗《杜阳杂编》所说：“大中（唐宣宗年号）初，女蛮国入贡，危髻金冠，缨络被体，号菩萨蛮队，遂制此曲，当时倡优李可及作菩萨蛮队舞，文士亦往往声其词。”于是以为此调迟至中唐时始有，李白当然不得预为填词，而应是后人伪作。但今按，《菩萨蛮》一调早已见载于盛唐人崔令钦《教坊记》中；且敦煌曲子词现存此调之作达十馀首，据其年代可考者，如“枕前发尽千般愿”、“敦煌古往出神将”二阕也都产生在大中以前：由是则此调产生于中唐说自然不攻自破，因之据以断李白作为伪也就随之无效。其次，持异议者又多以此词始见录于宋神宗时僧人文莹《湘山野录》卷上，因其附有“此词不知何人写于鼎州（今湖南省常德市）沧水驿楼，复不知何人所撰。魏道辅（泰）见而爱之，后至长沙，得《古风集》于曾子宣（布）内翰家，乃知太白所作”等语，遂判李白作为不可靠。殊不知早在成书于五代北宋初的《尊前集》中已收录此词，文莹应未见此书，故而发出“不知何人所撰”的疑问；更不幸者后人未再细究根底，竟据以率然作出此词非李白作的结论。而且，又据宋高承作《事物纪原》卷二“小词”条引杨绘《本事曲子》云：“近传一阕，云李白制，即今《菩萨蛮》，其词非李白不能及，信其自李白始也。”《事物纪原》约成书于北宋神宗元丰三年（1080），与《湘山野录》应属同一时代著作，是亦足证李白《菩萨蛮》一词此前早已传世，并非《湘山野录》所首载。

要之，确如词学大师夏承焘先生《全唐五代词序》所指出的，我们之所以认定此二作出于李白之手，验之于现存文献记载，是得到了“系统、扎实的材料”作为支撑的。

再以时代条件观照。持异议者每以此二词超越了词体发展水平，不类盛唐人所作，遂断定不应出自李白之手。但事实却是，当时杂言体曲子词不仅早就活跃于民间，这由敦煌发掘的文献资料业经证明；而且即使文人署名之作也并非绝无仅有，如署名唐玄宗李隆基的《好时光》：

宝髻偏宜宫样，莲脸嫩，体红香。眉黛不须张敞画，天教入鬓长。　莫倚倾国貌，嫁取个，有情郎。彼此当年少，莫负好时光。

署名崔怀宝的《忆江南》：

平生愿，愿作乐中筝。得近玉人纤手子，研罗裙上放娇声。便死也为荣。

署名李康成的《采莲曲》：

采莲去，月没春江曙。翠钿红袖水中央，青荷莲子杂衣香。云起风生归路长。归路长，那得久，急迴船，两摇手。

署名韩翃的《章台柳》：

章台柳，章台柳，往日依依今在否？纵使长条似旧垂，也应攀折他人手。

由此可见，李白只不过是较早向民间学习而开文人填词风气且取得突出成就的一人而已。所以，所谓超越词体发展水平的说法同样是站不住脚的。

复从作家因素考量。第一，在生活经历方面，李白是五岁时自胡、汉杂居的西域碎叶移居内地，而在曲词的重要发源地蜀中度过青少年时代的，二十五岁后七、八年中，又曾漫游吴歌、西曲盛行的两湖、江浙一带，加之开元、天宝年间更广泛地接受过富于创造精神的各地新兴民歌的熏陶和影响，特别是在长安供奉翰林期间，还经历了一段“入侍瑶池宴，出陪玉辇行”（《秋夜独坐怀故山》）的酒绿灯红，歌舞升平的宫廷生活；第二，在创作倾向方面，李白心胸开阔，思想活跃，对新事物极富于敏感和热情，尤其一向重视且善于从民间文学中汲取营养和借鉴；第三，在自然禀赋方面，李白才华横溢，又喜爱音乐，能歌善舞——以上几种因素综合作用的结果，更足以使他具备了能得时代风气之先，而创作出像《忆秦娥》、《菩萨蛮》这样在文人词坛独领风骚的神品杰构的绝对优势。

最后，就作品风格鉴别亦宜判为李白所作的理由，为了行文的方便，且留待下面结合对此二作的具体赏析时加以说明。

总之，根据以上四方面的举证，我们完全可以认定在未能提出充足的反证和充分的否定理由之前，异议尽管异议，迄今李白的著作权却仍是难以动摇的。我们由衷拥护词学大师唐圭璋先生在他主编的《唐宋词鉴赏辞典序言》中所作的论断：

现存最早的文人词，当属盛唐大诗人李白的《忆秦娥》和《菩萨蛮》。宋黄昇《唐宋诸贤绝妙词选》尊之为“百代词曲之祖”。如果我们在“词曲”之前加上“文人”二字，这一评价还是符合实际的。

二

现在先看《忆秦娥》。

《忆秦娥》一调，始见于本篇，当系李白首创。因词中有“秦娥梦断秦楼月”之句，遂定名为此。又名《秦楼月》、《碧云深》、《玉交枝》、《双荷叶》、《蓬莱阁》、《子夜歌》、《乐游原》等。分仄（多用入声）韵与平韵两体，俱为双调，四十六字。前后片各五句，上片二十一字，下片二十五字。每片第一、二、三、五句押韵；第三句须叠第二句末三字，在结构上起过渡作用，在格律上起连锁作用；且结句首字例用仄声，得去声尤妙。

照一般理解，这是一首思妇念远词。但如作深一层体会，它的思想意义却远远超出了闺怨的范围。具体创作时间向无定指，从知人论世的角度考量，我们同意有学者所作当在天宝年后期的推断，清人刘熙载《艺概·词曲概》认为：“太白《蛮菩萨》、《忆秦娥》两阕，足抵少陵《秋兴》八首。想其情景，殆作于明皇西幸后乎?”不为无理。这首词看似平常，实为奇崛，明写闺情，暗发幽思，其实属于“比”体。全词的重心，是通过一年到头思妇念远的描写，抒发了词人借吊古以伤时的深沉感慨。

词的上片看字面是写思妇的春怨。“箫声咽，秦娥梦断秦楼月。秦楼月。”这三句是说，秦娥从春夜的梦境中惊醒，唯听箫声悲切，唯见月光如水，遂倍觉凄苦和孤寂，再也无法成眠。“咽”，本意声音受阻而滞塞，此状声音悲切，一个“咽”字，既传尽了箫声如泣如诉的神韵，又为全词定下了凄苦哀伤的基调。“秦娥”，本指秦地美貌的女子，扬雄《方言》：“秦、晋之间，美貌谓之娥。”后衍化为对美女的通称。“梦断”，即梦醒。这里用“断”而不用“醒”，既强调了梦醒的突然，又显示了梦境与现实的巨大反差。不消说她是从美好的春梦里惊醒而落入倍感凄冷的现实中的。“秦楼月”，秦娥楼头的月光。这是她梦醒后所见令人倍感凄冷的眼前之景。以上三句系化用典故而成。据汉代人刘向《列仙传》所载，春秋时期有一个名叫萧史的人，善吹箫，能招来孔雀、白鹤。秦穆公的女儿弄玉也爱吹箫，穆公就将她嫁给萧史。萧史教弄玉吹箫，声如凤鸣，引来了凤凰。于是穆公为他们修建了凤台，二人就住在台上，数年不再下来。最后竟随凤凰一同飞走。古时楼、台通称，典故中凤台即词中“秦楼”所本。但在词中，已不拘守于萧史与弄玉的具体人事，而实为仅借故事中某些片段影像推演出的秦娥梦醒见月听箫的情景。“年年柳色，灞桥伤别。”两句是接写秦娥于难再入睡的辗转反侧中，回忆起当初在灞桥边折下柳枝送别丈夫时的依依不舍和自那以后竟年复一年独守空房的无奈，不禁更加悲伤。“灞桥”（此从《邵氏闻见后录》），在长安东灞水上，汉唐人自长安东行必经此桥，且有到此折柳赠别的风俗。唐人称“销魂桥”。“灞桥”一作“霸陵”（汉文帝陵墓），当本南宋后期黄昇《唐宋诸贤绝妙词选》。但如当代学者钟振振在《词苑猎奇》一书中所分析的，一则黄氏书晚出，所录文字自不如早出的邵氏书所引更为可靠；再则当时行人东行均须经灞桥而未必要谒霸陵；三则如作“霸陵”又与末句“汉家陵阙”犯“陵”字之重，恐作者不至笔嫩如此，故不宜取。细味起来，整个上片寓意并不只是思妇念远如此简单。深层里，却应是假托秦娥念远的形象，曲折地表达了词人对逝去的某种美好事物的苦思与追想。可以看出，这种苦思和追想是执着的，但又分明是不会有结果的。

词的下片看字面是写思妇的秋怨。“乐游原上清秋节，咸阳古道音尘绝。音尘绝。”这三句是写秦娥更想到先前每年重阳佳节，她总要与丈夫相依相携，登高游乐，而后却惜别经年，杳无音信，而越发黯然销魂，无限失落。“乐游原”，又名乐游苑，秦时称宜春苑，汉宣帝时在此建乐游庙，始改称乐游原。唐时，乐游原的西北部被划入长安城区，以其地势高阜，登原远眺，可以尽览长安城内外之景，且京中第一胜景曲江即在此处，遂成为仕女们游乐必到之地。“清秋节”，即九月九日重阳节。因为此时天气多明净爽朗，故如此称。古时风俗，到这一天，亲人们要合家团聚，同插茱萸，登高游乐，饮菊花酒，以消灾去祸。“咸阳古道”，咸阳为秦代都城，自汉以后，凡由长安往西北方向去的人必经这条道路，故称。“音尘”，本指车马行进时发出的声响和荡扬的尘土，这里代指音信。以上三句，看字面是写秦娥的秋怨，但深层里，据我们体会，其中所表达的，实则是词人由于曾亲历过的盛唐景象一去不返而在内心激起的巨大感情落差。这，正是上片所分析到的那种已逝的让词人执著地苦思与追想却又不会有结果的美好事物的社会现实内涵。于是，也就顺理成章地最后结穴出“西风残照，汉家陵阙”这样全词的警策，是说，可叹当年那庄严巍峨的汉代陵墓和金碧辉煌的宫殿建筑，如今都沦落到秋风萧瑟、夕阳残照之中。“西风”，秋风。“残照”，落日余晖。“汉家陵阙”，咸阳北原上基本成一条直线排列起来的西汉十一代皇帝的陵墓，绵延约达百里之远。“阙”，古代皇宫、陵墓前建筑的对称形门楼。同样，这两句，看字面是思妇远望所见，深层里则是词人面对历史沧桑而不禁从心底迸发出的怀古伤时的深沉感慨。就中暗含着的“潜台词”其实是：眼看着大唐王朝的昌盛繁荣已成过去，不也要无可挽回地仅只留下令人难以割舍却又万般无奈的历史纪念了吗！总之，“‘西风’八字，只写境界，兴衰之感都寓其中。其气魄之雄伟，实冠古今。”（唐圭璋《唐宋词简释》）无怪乎词学大师王国维在《人间词话》中盛赞说：“太白纯以气象胜。‘西风残照，汉家陵阙’，寥寥八字，遂关千古登临之口。后世唯范文正之《渔家傲》，夏英公之《喜迁莺》，差足继武，然气象远不逮矣。”的确，能发出如此悲壮而又雄放惊世的浩叹，舍生活于盛唐而深受时代精神熏陶且又以天下为己任的诗词巨擘李白，其谁可当耶？

三

再看《菩萨蛮》。

《菩萨蛮》这一词调，据近人杨宪益《零墨新笺》的考证：“‘菩萨蛮’三字，乃‘骠且蛮’或‘符诏蛮’之异译，其调乃古缅甸乐，开（元）、天（宝）间传入中国。”此调又名《子夜歌》、《菩萨鬘》、《一箩金》、《重叠金》、《花间意》、《梅花句》、《花溪碧》、《飞仙曲》、《晚云烘日》、《婆罗门引》、《巫山一片云》等。有多体，俱分上下两片，四十四字。通行体上片四句，为七七五五句式，二十四字，两仄韵，两平韵；下片四句，为五五五五句式，二十字，两仄韵，两平韵。龙榆生《声调之学》云：“此调于繁弦促节之间，有凄清怨慕之致。”

照一般理解，这是一首游子思归词。全词着力抒发了游子羁旅异乡的浓重的惆怅之情。虽依体制要分上下两片，但两片之间表意一气贯通，其实无法截然划开。

词的上片起拍“平林漠漠烟如织，寒山一带伤心碧”两句，是写游子放眼远眺所见原、山之景：原野上无边的树林被笼罩着浓重迷茫的暮霭，一望如带的远山呈现出一派凄冷肃杀的秋色。“平林”，原野上的树林。《诗·小雅·车辖》：“依彼平林”，毛传释“平林”：“林木之在平地者也。”“漠漠”，广远迷蒙的样子，状下文之“烟”，南齐谢朓《游东田诗》有“生烟纷漠漠”之句，即一明证。“烟”，此指暮霭，即傍晚时分所起的云气和烟雾。“织”，《说文》：“织，作布帛之总名也。”段玉裁注：“经与纬相成曰织。”即用经纬线交叉之法，将纱或线制成布、绸或呢等织物。后亦借以比喻客观事物的纷繁交错，此即言暮霭浓密之状。明人沈际飞《草堂诗馀正集》卷一谓：“云如髻，可方烟如织。”清人李调元《雨村词话》谓：“词用‘织’字最妙。始于太白词‘平林漠漠烟如织’。孙光宪亦有句云‘野棠如织’，晏殊亦有‘心似织’句，此后遂千变万化矣。”这里正是通过“漠漠”“如织”之“烟”即广远浓密的暮霭这一自然景色的烘染，象征性地描状出游子内心那种无法化解的羁旅难归之愁。“寒山一带”，秋山远望像一条带子。“寒山”此指秋山。而“一带”系实指而非泛说。“伤心碧”，极言山的青苍，宛如碧玉一般。“伤心”，此处用作副词，表程度，意如“极”、“尤其”。为蜀地方言，现在四川还盛行这一语汇。词学大师俞平伯《唐宋词选释》谓：“这和杜甫《滕王亭子》‘青江锦石伤心丽’，句法极类似。伤心是重笔。‘伤心丽’极言文石五色的华美。”著名学者何满子在为该词所写的鉴赏文章中更强调指出：“李白和杜甫都在四川生活过，以蜀地的口语入词，化俗入雅，妙语天成。这是不是也可以作为这首词是李白作品的一点姑妄言之的佐证呢?”可见，即从语言风格方面，竟然也可以发现此词为李白所作的蛛丝马迹。细细品味，说寒山“伤心碧”，实则暗用了《楚辞·招隐》“王孙游兮不归。春草生兮萋萋”以草盛衬愁浓之法，是着意渲染山色的青苍以隐约兜露游子的羁旅之愁。一说“伤心”，是形容词，形容山色愁惨，“伤心碧”是说绿得让人看了万分难过，亦通。只是对“伤心”一词的解释尚欠贴切。接下来，歇拍“暝色入高楼，有人楼上愁”两句，即点明时间的推移和游子所处的位置与心情。“暝色”，暮色。“高楼”，驿楼。“有人”的“人”，指游子。“人”字前加一“有”字，起到了表达上将第一人称转换成第三人称的作用。“愁”，当为羁旅之愁。两句在表意上呈因果关系，是说：随着暮色渐渐漫上驿楼，游子的羁旅之愁也步步加浓。且由此可知，起拍所写“平林”、“寒山”之景，原是游子此前在驿楼之上远眺时所见。句中“入”字是拟人化用法。事实上，暝色并非可以捉摸之物，本无所谓入或出，只不过就楼上人的感觉看，又确是外面先有暝色，然后由远而近地侵入楼内的。于是，这里巧妙地拈用“入”字，说是暮色好像有意涌入驿楼，使楼内暗了下来。照常理，每当秋色肃杀、夕阳西下之际，也往往是人们急寻止泊、企求归宿的愿望格外强烈之时。这首词的上片，正是通过深秋与暮色的描写，巧妙地营造出一种寂寞、凄苦、苍凉的典型环境，为凸显词的主题奠定了基础。

词的下片换头“玉阶空伫立，宿鸟归飞急”两句，则紧承上片歇拍，进一步写游子的行踪和所见。“玉阶”句写行踪。“玉阶”，一作“玉梯”，白色石阶的美称，此指驿楼的阶梯。“伫立”，长久站立。句意谓：他在暮色愈浓中移步下楼，又久立于如玉的阶梯上张目凝望。凝望什么呢?从下文“何处是归程”句得知，是在急切地寻觅通向故乡的路程。句中“空”字，深刻地揭示出游子由巴望到绝望的心态变化。“宿鸟”句则写所见，即凝望的结果。“宿鸟”，正要归巢夜宿的飞鸟。句意谓：他凝望的结果，是只时不时地见有急于回巢夜宿的鸟儿飞过。请注意这看似交代所见之景，实则是一笔巧妙的反衬，是以鸟有所归而反衬人未能归，试想，相形之下，游子不更要平添羁旅之愁了么？于是逼出煞拍“何处是归程，长亭更短亭”两句，直接写游子思归不得而茫然无依的心理活动。两句自问自答。“何处是归程”是问，是由秋景萧瑟、暮色苍茫所触发起来的欲归不得之问，句中“处”字，兼有时、空两方面的含义，既问归去之路，又问归去之期。“长亭更短亭”是答，是说展望前景，只见亭亭相替，迭现无穷，却不知归路几许，也不知归期何时。“亭”，汉代学者刘熙《释名》卷五谓：“亭，停也，人所停集也。”即古时官道上修建的供行人临时歇脚的处所。“长亭”，大亭，约十里一所。“短亭”，小亭，约五里一所。南朝庾信《哀江南赋》有“十里五里，长亭短亭”之句，即其证。“更”，此处有长短交替迭现无穷意。别本有作“连”者，这固然也将就了《菩萨蛮》词调结句第三字常用平声的惯例，却毕竟于意未安，因为长亭、短亭是十里、五里间隔开来而建的，不可能“连”在一起，故不宜采用。值得注意的是，这煞拍两句，写得极为含蓄和深沉，游子的无限伤感惆怅之情尽从迷茫的自问自答和亭亭相替的景物描写中显现出来。

李白一生多在漂泊漫游中度过，因此写行旅之感是他诗歌创作的重要内容；而他的行旅又往往是没有明确具体的指向的，所以“何处是归程”就成了他反复咏叹的主题。如再向深处开掘，不难发现，其实正像他曾在《蜀道难》、《行路难》、《梦游天姥吟留别》等诗歌名篇中借助于行路、梦游等景物描写以表达人生维艰、前途未卜的内心体验那样，写于他饱经磨难的晚年的这首词，又何尝不是通过“王粲登楼”式的游子思归的题材，而婉曲地吐露了自己在人生的征途上茫然前行、不知所之的难以消解的困惑和忧伤呢！从这个角度看，此词实在是一首非同寻常的“夫子自道”之作。明乎此，也就更容易理解此词的结穴处为什么会发出“何处是归程，长亭更短亭”那样极度迷茫而又尤为深沉的喟叹的原因所在了。

四

关于这两首词的作者作时作地乃至作意问题，先师华钟彦教授在他的《李白<蜀道难>心解》一文（见《华钟彦文集》）中曾作出过肯切的按断，今特引录于此，以为本篇的结束语：

《忆秦娥》是一阕伤别词，别的时间应是唐政权垮台的前夕，如同“残照”。别的地点，可以肯定是在长安，小小短章，显示读者五次。一则曰秦娥秦楼，二则曰霸陵伤别，三则曰乐游原，四则曰咸阳古道，五则曰汉家陵阙。此词恰恰符合天宝十二载唐政权危如累卵、李白忍痛离京时的情况，通过艺术形象，显示出作者为国忧伤之情。此词与《菩萨蛮》是同时之作，过去有些人对此二词都疑非李白之作，信伪迷真，近年来怀疑者少了，而认识二词作于此时此地者还是不多。这确是作者诀别唐政权的挽歌。“西风残照，汉家陵阙”等等景物，都显示出作者亲身的感受，是第三次离开长安时的特征。它比《菩萨蛮》“何处是归程，长亭更短亭”的政治透明度更大，政治感伤性更强，有唐政权的存在，作者才能有《蜀道难》之感，等到唐政权随着“残照”没落下去，作者连《蜀道难》之感也不会产生，那就是无处不难了。

附录：

渔家傲

范仲淹

塞下秋来风景异，衡阳雁去无留意。四面边声连角起。千嶂里，长烟落日孤城闭。

浊酒一杯家万里，燕然未勒归无计。羌管悠悠霜满地，人不寐，将军白发征夫泪。

喜迁莺

夏　竦

霞散绮，月沉钩。帘卷未央楼。夜凉银汉截天流，宫阙锁金秋。

瑶阶曙，金茎露。凤髓香和烟雾。三千珠翠拥宸游，水殿按凉州。

河南老年诗词研究会讲座

2013 年 12 月 24 日讲